PREMIÈRE ÉRUPTION

L'ÉPOPÉE DE K'TARA
LIVRE SECOND

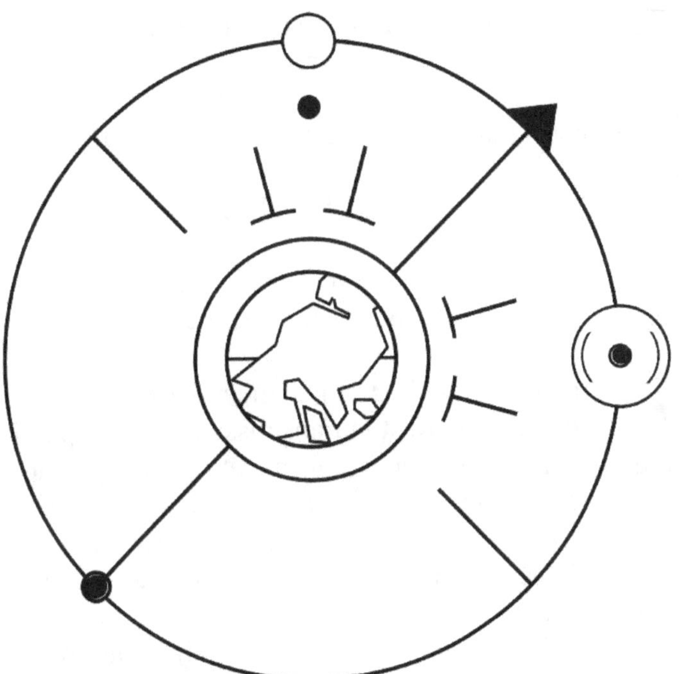

L.A. DI PAOLO

TRADUIT DE L'ANGLAIS PAR
CLAIRE BOURÉLY

Édition originale américaine sous le titre de First Eruption

© 2021 L.A. Di Paolo

Traduction française pas Claire Bourély

ISBN : 978-1-732-5330-5-9
Édition Finale

Édition originale américaine sous le titre de First Eruption

ISBN : 978-1-732-5330-5-9
Édition Finale

À ceux qui croient

REMERCIEMENTS

Il n'y a qu'une seule personne que je désire remercier cette fois-ci, pour avoir permis que la version française du deuxième tome de **Conquerors of K'Tara** voie le jour : Claire Bourély. Malgré ses études de doctorat, ses charges de cours et ses enfants, Claire a trouvé le temps pour compléter cette autre traduction, et je lui en suis bien reconnaissant car il ne serait pas facile d'apprendre à quelqu'un d'autre les façons de parler de chacun des personnages, ni non plus de lui apprendre qui se vouvoie et qui se tutoie.

L.A. Di Paolo.

Table des matières

I LES BOURRAS DANS LES VENTS DES ARDARS

De chasseurs en chassés

De sa voix sifflante qui tentait de passer par-dessus les vents déchainés, Toras dit :
- Sheffar ! Ces choses peuvent bouger au cœur de la tempête : et si nous ne partons pas, nous subirons le même sort que le pauvre Elmanon, là-bas. Nous devons nous mettre en route !

Le secundus baissa les yeux, ne sachant que faire. Il secoua la tête. Oui, ces choses affreuses avaient déjà transpercé l'un d'eux et l'avaient emporté dans d'atroces souffrances.

Mais Elmanon avait fait l'erreur de défier ces créatures. Elles avaient relevé le défi et avaient traversé la vaste plaine aride entre la lisière de la forêt et le rocher derrière lequel il s'était abrité.

Sheffar n'arrivait pas à effacer l'image d'Elmanon que les créatures avaient éventré sous leurs yeux, les laissant impuissants. Sheffar lui-même avait failli se faire emporter par les vents en voulant traverser la clairière pour porter secours à son camarade.

Heureusement pour les autres, les bourras s'étaient acharnés sur le corps du pauvre homme, et l'escouade en avait profité pour s'éloigner, s'agrippant aux branches basses du Vieux Pouilleux pour atteindre cet abri.

Il semblait cependant qu'il leur était impossible d'aller plus loin, car devant eux s'étendait la plaine aride qu'il était peine perdue de vouloir traverser sans s'accrocher à quelques végétaux solidement enracinés. En effet, la tempête des ardars fut violente ce jour-là, et ses vents impétueux arrachèrent tout ce qui n'était pas puissamment ancré dans le sol par de profondes racines ou par la force de son propre poids.

Et pourtant, le commandant avait raison : ils devaient se mettre en route. Sans cela, les bourras leur tomberaient dessus à coup sûr. Mais il restait toujours cette même question :

Comment traverser la plaine ? C'est ce qu'il souffla à Toras lorsque Sheffar décida enfin de répondre.

Laiella, adossée contre la pierre de la corniche sous laquelle elle avait trouvé refuge, toisa Sheffar. Ses sourcils roux rendaient sa grimace encore plus méprisante dans l'obscurité du midi. La femme se tourna vers Toras et dit :

- Vous avez raison, Commandant, on doit avancer. On peut essayer d'atteindre cette grotte, là-bas ; j'ai vu des furans y entrer au moment où les vents se sont levés. Comme vous l'avez remarqué, les créatures ont l'air terrorisées par les furans, on devrait donc être en sécurité là-bas, le temps que la tempête se calme.

Secundus Sheffar demanda :

- Et comment allons-nous y arriver sans nous envoler ou nous faire broyer le crâne ou les os par une pierre tourbillonnante ?

Laiella lui répondit en ricanant :

- Mon peuple fait ça tout le temps sur Brémin : on aime se défier les uns les autres pendant les tempêtes pour atteindre des abris toujours plus éloignés. Avez-vous peur de faire ce que nous, le peuple *bizarre*, faisons pour nous amuser ?

Indigné et furieux, l'officier lui répondit :

- *Peur* ? Je ne suis pas un–
- Secundus ! Nous ferons ce que propose la prima. Bon, comment doit-on s'y prendre, Laiella ?

Le secundus Sheffar lança un regard acide à la prima, puis se retourna pour guetter les bourras.

Sans perdre une minute, Laiella se mit à donner ses instructions à la troupe, en parlant bien fort afin que tout le monde l'entendît :

- Ôtez toutes sangles et ceintures et prenez-les à la main si vous le pouvez ; sinon, laissez-les là. Aplatissez-vous au sol. Comme personne n'a l'habitude de faire cela, restez groupés pour que je puisse vous rattraper au cas où le vent entraînerait l'un de vous.

Toras fronça les sourcils, mais la laissa faire.

La première portail Laiella, à présent *Prima* première portail Laiella, se jeta à terre et sortit immédiatement de son abri en regardant à droite et à gauche. Une fois sûre qu'il n'y avait pas de bourras alentour, elle fit signe à Toras et aux autres de l'imiter.

Toras était encore sous le coup de la surprise devant la bravoure dont faisait preuve la femme. Bien sûr, il connaissait sa réputation à Urbs Lucis. Mais c'était autre chose de la voir en action, armée de son regard calme et froid, pendant que même ses hommes tremblaient devant la situation. Dès que tout le monde se fut mis en route, les vents s'engouffrèrent sous le corps aplati de Laiella et la soulevèrent. Toras avala sa salive et l'appela, mais Laiella s'arrêta simplement et força son corps à se remettre à plat sur le sol ; toujours impassible. De leur côté, les hommes blêmirent – même Toras. Le prince poussa un soupir de soulagement en voyant son premier officier se déplacer avec la même assurance qu'avant.

Laiella fit signe aux hommes d'avancer. Toras, Sheffar, Falor, Yaris et Hanne se mirent à ramper maladroitement, tentant tant bien que mal de rester à plat.

Il ne fallut pas attendre longtemps avant que l'un des soldats se retrouvât entraîné par les vents et se mît à appeler au secours. C'était Yaris, un petit homme d'âge moyen. Malgré sa petite taille, ni le solide Falor ni le terriblement puissant Hanne ne furent capables de l'attraper et de le retenir. Après s'être assurée que tout le monde était bien ancré, Laiella se laissa emporter légèrement en arrière en direction de Yaris qui se retenait du bout des doigts à un petit rocher.

Lorsque Laiella atteignit l'homme, elle l'attrapa, l'enfonça dans le sol et lui ordonna de rester à plat. Le soldat la remercia dans un souffle et la suivit jusqu'aux autres.

La troupe se remit de nouveau à ramper vers la grotte, qui se trouvait encore à une dizaine de mètres. Sans tarder, ce fut au tour de Hanne de glisser. Lorsque Falor essaya de le retenir par les épaules, il reçut une branche cassée de plein fouet qui lui taillada le bras. La douleur le fit lâcher son camarade et Hanne se retrouva contre la corniche d'où ils étaient partis – là où les attendaient trois bourras hilares.

Une peur irrationnelle s'empara des hommes qui écarquillaient les yeux en regardant les créatures. Sauf Toras. Le prince se laissa décoller en arrière vers Hanne. Quand il atteignit l'homme, il le poussa au sol – tout comme l'avait fait Laiella avec Yaris – et lui ordonna d'avancer. Toras se dirigea ensuite vers Falor qui paniquait malgré son expérience et sa musculature ; peut-être était-ce dû à sa blessure. Se rappelant sa première rencontre avec les créatures, trois mois plus tôt, le jour où il avait perdu Felor, Toras pensa : *Je ne vais pas perdre aussi Falor.*

Laiella avait tout observé d'un air médusé sur son visage vert, tout en ayant un œil sur Yaris et Sheffar. Elle regarda les bourras qui avaient commencé à marcher vers eux et se dépêcha de trouver une solution. *Il faut que je fasse quelque chose pour nous permettre d'atteindre la grotte plus rapidement. Mais quoi ?*

Toras venait de rejoindre Falor et avait dégagé une branche de son pantalon, réduisant ainsi sa prise aux vents. Mais Toras eut du mal à faire avancer Falor qui était affaibli. Heureusement, Hanne était revenu pour lui prêter main-forte. Mais s'ils ne se dépêchaient pas, les bourras seraient sur eux avant qu'ils n'eussent atteint la grotte.

Soudain, la solution surgit dans l'esprit bouillonnant de Laiella et, en une fraction de seconde, un poids écrasant aplatit tous les hommes au sol.

Ils la regardèrent, se demandant ce qui se passait. Ils ne purent pas entendre ce qu'elle leur disait à cause du sifflement des vents, mais ils la virent s'agenouiller, puis se lever avec des mouvements lents et lourds. Toras se rendit compte qu'elle devait utiliser le Lien parce que les débris étaient détournés d'eux comme par magie et il y avait cet étrange sifflement qui accompagnait certains Liens particuliers des Lux Baiulae. Elle se hâtait, mais ses bras bougeaient étrangement. Nul ne sembla comprendre jusqu'à ce qu'une voix retentît dans la tête de Toras, l'intimant de les faire tous lever et marcher.

Sans être sûr de ce qu'il faisait, Toras envoya une brève prière aux Fondateurs et se releva. Il se sentait fort lourd, mais il pouvait tenir contre les vents. Il tenta de relever Falor, mais ce dernier semblait peser une tonne, alors il lui cria de se mettre debout. Hanne, qui s'était lui aussi levé, se mit de l'autre côté de Falor et, ensemble, les trois hommes parvinrent à avancer. C'était une bonne chose, car les bourras n'étaient plus qu'à quelques mètres.

Malgré la montagne de débris qui continuaient de s'abattre sur eux, et bien qu'ils fussent hors d'haleine, meurtris et ensanglantés, les gardes forcèrent leurs jambes à courir sous leur poids anormalement lourd, et ils réussirent à atteindre leur but.

Les furans, blottis au fond de la grotte, se levèrent et poussèrent des cris d'excitation.

Scratch se précipita vers Toras. Dès qu'il fut près de son maître, il se mit à crier et à bouger la tête d'avant en arrière ; les bourras approchaient.

Toras dit :

- Je sais, Scratch, je sais. Prima, Secundus, il nous faut un plan, tout de suite. Et que tout le monde sorte son épée !

Tandis qu'il dessellait son furan, Toras remarqua qu'il se passait quelque chose à l'entrée de la grotte. Là, il vit Craie, le furan d'Elmanon : le destrier tournait en rond, inquiet.

Yaris, qui se trouvait derrière Toras, dit :

- Il faut faire quelque chose pour lui.

Toras poussa un grand soupir ; ce n'était pas le moment de s'occuper d'un furan brisé. Il courut vers l'animal, résolu à le renvoyer immédiatement à l'arrière. Mais lorsqu'il arriva près de Craie, le furan le jeta contre le rocher. Toras sentit la colère monter en lui.

- Craie, nous n'avons pas le temps !

Et en effet, les bourras allaient arriver d'une minute à l'autre. Ils ricanaient en le regardant et poussaient d'affreux grognements pleins d'excitation.

Toras prit une grande inspiration, se calma, posa doucement sa main gauche sur la tête de Craie et la droite sur son bec.

Le furan tenta de résister à ce mouvement d'apaisement, mais au bout d'un moment qui parut une éternité, il commença à se détendre.

- C'est bien Craie. Elmanon n'est pas là. Nous le chercherons plus tard. Il faut que tu ailles dans le fond à présent », dit Toras tout en lui montrant le chemin.

Lorsqu'un trait rebondit sur le mur juste derrière Toras, il perdit patience et poussa le furan au fond de la grotte. Mais Craie ne bougea pas et s'agita de nouveau. Conscient qu'il ne pourrait pas contraindre le furan, Toras répéta sa stratégie d'apaisement. Le furan se détendit un peu plus cette fois, et Toras l'emmena auprès des autres.

Toras fut soulagé en voyant le destrier s'asseoir. Il tourna les talons, prêt à combattre, lorsqu'il entendit Sheffar hurler :

- Commandant ! Ils sont presque là. Il faut nous préparer. Mais comment allons-nous nous défendre ? La grotte n'est pas assez profonde.

Toras se tourna vers la prima, le regard empli d'espoir.

- Je suis désolée, Toras, mais je ne peux rien y faire. Les boucliers reliés ne sont d'aucune utilité contre leurs piques, et si je génère des armes reliées, nous allons rapidement manquer d'oxygène.

Exaspéré, le prince soupira :

- Très bien, dans ce cas, trois d'entre nous iront s'aligner de ce côté de la colonne, et les trois autres, de ce côté-là. Nous utiliserons les selles pour bloquer leurs traits du mieux que nous pourrons, et nous attendrons qu'ils n'aient plus assez de substance pour générer leurs piques.

Sur ce, Toras envoya les furans à l'arrière et chacun prit sa place, grognant et gémissant.

Les bourras jaillirent à l'entrée de la grotte, poussant des grondements d'impatience. Puis ils se mirent rapidement à crier en apercevant les furans dans le fond.

Mais les créatures semblèrent comprendre que les quadrupèdes n'allaient pas se jeter sur eux, et le premier projectile organique ne tarda pas à siffler aux oreilles de Toras. Son cœur s'emballa tandis qu'il jetait un regard inquiet derrière lui. Craie restait avec les autres, à l'écart.

Les gémissements des hommes emplirent la grotte tandis que se fichait dans les selles un nombre incalculable de piques lancées par la demi-douzaine de créatures de la première ligne. Pendant ce temps, la deuxième ligne criait et dansait en attendant son tour.

Alors que la nuée de piques ininterrompues frappait les selles, traversant parfois les brèches vers le fond, le prince se demanda pour quelle raison les créatures n'avaient pas simplement tenu le siège jusqu'à ce que ses compagnons et lui mourussent de faim. Mais, de toute évidence, les bourras n'étaient pas assez intelligents pour cela. Ils continuèrent d'éjecter leurs piques jusqu'à ce que, à court de projectiles, ils fussent obligés d'entrer dans la grotte.

Malheureusement pour eux, aucun trait n'avait atteint sa cible, bien que plusieurs fussent passés près et se soient accrochés dans les ailes des furans ou dans les uniformes des soldats. Les bourras entrèrent prudemment, aux aguets, griffes en avant, sans lâcher des yeux les furans qui semblaient prêts à se jeter sur eux.

Les soldats reculèrent le plus loin possible pour attirer au fond de la grotte les bourras qui continuaient à avancer. La dernière créature entrée, Toras ordonna à ses soldats de s'écarter et aux furans d'avancer.

Les montures se jetèrent sur les créatures et les gardes les imitèrent. La stratégie était risquée, surtout dans un si petit espace, mais les chances étaient *bien* meilleures surtout grâce à la peur des créatures pour les furans.

Comme ils commençaient à se sentir piégés, les assaillants devenaient plus dangereux, donnant des coups de griffes dans tous les sens pour effrayer les furans. Le détournement d'attention des bourras les mena à leur perte : après quelques intenses minutes d'esquives en attaques, d'esquives en morsures, les douze assaillants gisaient au sol, le crâne brisé par les becs des furans ou éventrés par les lames des humains.

La compagnie avait du mal à y croire, mais elle avait survécu, prête à combattre encore une fois. Tous devaient une fière chandelle aux furans et à leur commandant. Maintenant, si seulement la tempête pouvait s'arrêter.

Rituel ou punition

La compagnie de la Garde noire dut supporter l'odeur nauséabonde des créatures mortes et la puanteur de leurs substances pendant encore une demi-heure en attendant la fin de la tempête. Les hommes s'étaient mis à jurer et à maudire, mais ils s'étaient arrêtés net lorsque Laiella les avait foudroyés de son regard gris-pierre. Ils avaient alors passé le reste du temps à maugréer et à cracher, ce qui, bizarrement, n'avait pas semblé déranger la prima.

Le seigneur commandant Toras et sa troupe étaient arrivés dans cette vallée, à mi-chemin entre le Col de Corne et l'avant-poste de Mont-Lac un peu plus tôt ce matin-là, quelques heures avant les ardars. Ils avaient voyagé jusque-là après avoir reçu plusieurs rapports faisant état de nombreux bourras attaquant les villages voisins. Les rapports étaient étrangement précis – étrangement, parce que, d'habitude, lorsque des incidents anormaux survenaient, les témoignages devenaient toujours extravagants – et lorsque la troupe arriva, elle trouva, *en effet*, un grand nombre de bourras se régalant des restes de quelques pauvres gardiens de bêleurs.

Cela eut pour effet de mettre, à juste titre, la Garde noire en colère, et elle massacra le groupe de bourras à l'aide des furans. Il faut dire que les soldats et leurs montures étaient devenus experts dans l'extermination des bourras au cours des trois derniers mois. Une fois le travail achevé, la troupe s'était envolée pour rejoindre le Col de Corne avant les ardars.

Cependant, tandis que l'escadron survolait une forêt qui abritait un petit village, une nouvelle colonne de créatures surgit et se dirigea vers le hameau. La troupe fut obligée de fondre sur le village pour se battre. Heureusement pour les habitants du village, lorsque les soleils jumeaux arrivèrent à leur apogée, les bourras se retirèrent dans les bois pour y poursuivre le combat.

Les deux camps s'épuisèrent à combattre dans la chaleur et l'humidité jusqu'à ce que les ardars fussent remplacés par les grondements de la tempête. Ce fut à ce moment que la troupe chasseuse devint la troupe chassée, car ni les humains ni les furans ne purent résister aux vents violents ni aux débris qui déchiraient leur chair et brisaient leurs os. Les créatures quant à elles, si grotesques et impitoyables fussent-elles, ne semblaient pas dérangées. La situation s'était soldée par la mort d'Elmanon et la fuite désespérée de la troupe.

Mais le combat était enfin terminé ; les créatures avaient cessé de se multiplier ; et la tempête était passée. Toras se tenait là, à l'entrée de la grotte, regardant sa « Prima première barrière Laiella Lux Baiula du cordon rouge » à la dérobée. La femme détestait lorsque Toras l'appelait par son titre entier, titre qu'il avait tout simplement inventé, ne sachant pas comment s'adresser à elle autrement, puisqu'il n'y avait jamais eu, auparavant, de Lux Baiula dans la Garde noire – ni dans la Garde royale d'ailleurs.

Toras se surprit à penser qu'il aimait cette femme, en dépit du fait qu'elle lui avait été imposée par son père, le haut roi Octavius I, à la suite de ses nombreuses bêtises au cours de l'année. Laiella avait pour ordre de démettre le prince de son commandement avant qu'il ne commît une nouvelle erreur fatale.

Toras avait d'abord détesté cette femme – il lui en voulait d'exister et lui reprochait aussi que son arrivée marquât le départ de son primus Kendor, même si elle n'était responsable d'aucune de ces deux choses. Il avait pris la peine de ridiculiser chacun de ses conseils tactiques, même les plus ingénieux, et l'avait ignorée à la moindre occasion. Mais Laiella était toujours restée imperturbable et n'avait jamais tenté de l'embarrasser devant ses hommes. Bien qu'il y eût encore certains jours où il désirât qu'elle partît, il réalisa soudain, en l'épiant du coin de l'œil, qu'il l'admirait, qu'il la respectait – et même pire : qu'il l'aimait bien.

À cet instant, il entendit la voix de Falor. Entre deux gémissements, l'homme posait une question à la prima.

Laiella fronça les sourcils :

- J'ai utilisé un Lien sonactique pour vous rendre plus pesants et un autre pour tenir les débris à l'écart. C'était une astuce, vraiment, mais la seule qui pouvait nous assurer de rejoindre la grotte avant que les créatures ne nous attrapent ; vous n'êtes que des Alvinoriens après tout, et des hommes en plus !

Falor lui répondit avec indignation :

- Quoi ? *Que* des Alvinoriens ? Et des *hommes* en plus ? Je suis sûr qu'un homme est sans doute bien meilleur pour rester à plat sur le sol que quelqu'un avec – enfin, vous voyez ce que je veux dire.

Les compagnons de Falor éclatèrent de rire, mais s'arrêtèrent net lorsque la prima les menaça d'un froncement de sourcils :

- Non, je ne vois pas ce que vous voulez dire, garde. En fait, *nos* hommes trouvent leurs *appareils* bien plus dérangeants que nous nos poitrines. De toute évidence, vous n'avez pas ce problème – en bon Alvinorien.

Falor, tout grand gaillard qu'il fût, devint rouge comme le cordon de la Lux Baiula et suffoquait en tentant de répliquer, quand Toras le coupa :

- Très bien ! Vous l'avez cherché, Falor.

Comme il considérait son commandant d'un air fâché, entrecoupé de phrases avortées, le garde réalisa que quelque chose de bien plus important que sa fierté était en train de se produire. Protégeant ses yeux de la lumière qui entourait la silhouette de Toras, il dit avec une certaine excitation :

- Seigneur Commandant, la tempête est terminée !

Le prince tourna la tête pour regarder dehors. D'un ton à la fois soulagé et alerte, il dit :

- En effet. Et je crois que je viens de voir quelque chose sortir de son terrier à la lisière de la forêt. Prenez vos affaires et sortons d'ici. Dès que nous aurons mangé, je veux essayer de comprendre d'où viennent ces bourras.

Yaris demanda :

- Seigneur Commandant, vous pensez qu'ils sortent de terre ?

Toras acquiesça :

- C'est ce que je me suis dit pendant que vous… vous envoyiez des piques.

Laiella regarda le prince d'un air étonné.

Il poursuivit, confiant :

- Je me rappelle qu'il y a plusieurs entrées de grottes au pied des monts Furan ; c'est de là que doivent venir certains d'entre eux. Je–

Falor s'écria :

- Seigneur commandant, c'est ça ! C'est de là qu'ils viennent ! Savez-vous que ces grottes font partie d'un grand réseau qui s'étend sur des kilomètres ? Ça expliquerait qu'ils apparaissent un jour en un endroit, et, comme par enchantement, qu'ils réapparaissent des kilomètres plus loin.

Toras renifla bruyamment, rejetant sa tête en arrière, mi-surpris, mi-satisfait de ce qu'ils venaient de découvrir.

- C'est ça, Falor. Ça *doit* être ça. Nous connaissons notre mission, alors.

C'est à ce moment que Yaris dit :

- Je n'aime pas ça, Commandant ; je n'aime pas les grottes, et je n'aime pas non plus l'idée que ces créatures pourraient surgir de n'importe où, autour de nous, comme des champions vénéneux.

Hanne parut agacé par la prononciation erronée du nom de cet organisme et répliqua :

- "Champi-gnon", Yaris, pas "champion." En plus, les champignons vénéneux ne poussent pas dans les grottes et ne jaillissent pas d'un seul coup non plus : ils poussent toujours un quart après les pluies.
- Ouais, mais les pluies, elles arrivent quand, hein ? Tu peux le savoir à l'avance, toi ?

Laiella et le prince se regardèrent, déconcertés. Peut-être était-ce leur manière à eux de gérer la pression des derniers mois ? Mais il leur restait encore du travail – du travail de *soldat*. Alors, Toras tapa dans ses mains pour ramener l'attention de tous sur la mission.

Cela fonctionna, mais le bruit fit grimacer tout le monde. C'était sans doute à cause de la grotte, pensèrent les hommes. Laiella devait avoir une autre explication en tête parce qu'elle regarda Toras d'un air interrogateur, les yeux plissés.

Son regard mit Toras un peu mal à l'aise, mais il avait des choses plus urgentes en tête. Il saisit sa selle et sortit, demandant à Scratch – mais ordonnant aux gardes – de le suivre. Il ajouta par-dessus son épaule :

- Que quelqu'un s'occupe de Craie pour éviter qu'il ne parte à la recherche de qui vous savez.

Dehors, des tas de cueilleurs étaient sortis du sol pour ramasser des bouts de feuilles déchiquetées, des branches cassées, des plantes déracinées trop chétives pour résister aux vents impétueux, et quelques voleteurs morts surpris en plein vol par la tempête.

Toras s'arrêta en voyant les voleteurs morts et regarda Scratch pendant un moment, désabusé. Même si les furans étaient beaucoup plus massifs que les voleteurs et rarement victimes de tempêtes, ils pouvaient toujours subir de graves blessures et cela était arrivé, deux ans plus tôt lorsqu'un stupide soldat avait trouvé malin de sortir entraîner son furan en fin de tempête. Les vents avaient retourné ses ailes comme un parapluie jusqu'à les disloquer : l'homme et l'animal avaient tournoyé jusqu'au sol où ils s'étaient écrasés.

- Je ne t'accuse pas de nous avoir abandonnés tout à l'heure, Scratch. Je voudrais juste– ahhh ! Qu'est-ce que je pourrais vouloir ? Vos ailes sont peut-être votre point faible, elles ont aussi fait de la Garde alvinorienne l'armée la plus redoutée du toute la Terrae Regis. C'est juste que les bourras ont plus peur de vous que de nous, et nous n'aurions sûrement pas perdu Elmanon si vous étiez restés avec nous.

Scratch lui renvoya un regard amer et poussa un petit gémissement avant de se laisser attirer par la myriade de bruits dans les bois. Les cueilleurs s'enfuirent devant l'intrus, mais non sans emporter leur butin avec eux dans leur abri de terre ou de bois, tout en laissant échapper des sifflements, grognements ou aboiement pour tenir le furan à l'écart.

Toras était sur le point de rappeler sa monture pour lui présenter ses excuses lorsqu'une voix féminine le sauva d'une humiliation :

- Seigneur Commandant, quel est votre plan pour trouver l'origine des bourras ?

Toras se gratta la tête un instant, puis s'écria :

- J'ai une vieille carte géologique de la région !

Laiella poussa un petit cri de stupeur :

- Pourquoi auriez-vous une carte géologique ?

Le prince haussa les épaules dans l'espoir d'éluder la question. Mais la femme à la peau verte n'en démordit pas et Toras finit par lui répondre :

- Je l'utilise lors de mes sorties avec Scratch.

La femme leva un sourcil moqueur et Toras se redressa :

- Avec cette carte, nous devrions être capables de trouver des grottes dans un rayon de cinquante kilomètres, et de les inspecter avant la tombée de la nuit.

Cette fois, la prima ne releva pas ce qu'il venait de dire, et Toras se détourna pour chercher sa monture. Il regarda dans la direction où Scratch était parti, et, ne le voyant pas, il se mit à crier :

\- Scratch ! Où es-tu ? J'ai besoin de ma selle.

Scratch mit une bonne vingtaine de secondes avant d'apparaître à l'orée de la forêt. Une fois là, il s'arrêta un instant et, de ses yeux noirs et perçants, fixa Toras qui se demandait s'il avait vraiment fâché son furan avec sa dernière remarque. Toras baissa les yeux vers la droite, loin de Laiella pour cacher son embarras grandissant face à la provocation de sa monture. Il était sur le point d'ordonner à Scratch d'arrêter ce petit jeu, lorsque celui-ci décida de venir à lui ; Toras laissa échapper un long soupir de soulagement silencieux.

Voyant que son maître était dans de meilleures dispositions, plus doux et plus accueillant, Scratch accéléra et s'arrêta juste devant Toras. Il se mit ensuite à tapoter le torse de son maître avec son bec – ce qui, pour l'homme, ressemblait plus à une bousculade qu'à une réconciliation.

Le prince ressentit une pointe de gêne tandis que Laiella regardait ce curieux manège. Il alla récupérer la carte sur la selle et dit calmement :

\- C'est bon, c'est bon. Ça suffit, Scratch.

Scratch rétorqua par un dernier petit coup et laissa son maître prendre la carte que Toras déplia sur son flanc.

Le prince appela Laiella et se mit à chercher des indications topographiques sur des entrées de grottes. Mais il n'en trouva aucune. Embarrassé, il étira nerveusement la carte et la redressa à plusieurs reprises. Il se mit soudain à froncer les sourcils et appela Falor.

\- Oui, mon Commandant ?

\- Tu avais l'air de savoir quelque chose que nous ignorions sur ces grottes. Serais-tu capable de nous indiquer où se trouvent leurs entrées sur cette carte ?

Falor balaya rapidement la carte du regard et acquiesça.

\- Montre-nous.

Pendant que Falor désignait plusieurs zones – la carte était à l'échelle 1/100 000, donc assez peu précise – les hommes à l'arrière déconcentraient Toras en bougonnant à propos de la mort d'Elmanon. Certes, le vieux soldat n'avait pas toujours été le compagnon le plus agréable, il avait toutefois été un vétéran de la Garde noire et sa mort était une grande perte. Pour ses hommes, cela signifiait que la garde était loin d'être invincible.

Nous devons retourner sur nos pas et trouver son corps afin de l'enterrer et d'emporter son gilet.

Toras reporta son attention sur Falor et lui demanda de répéter certains éléments. Une fois qu'ils furent d'accord sur la méthode d'exploration, Toras déclara aux autres qu'ils commenceraient la recherche des points d'entrée et de sortie des bourras dès qu'ils auraient retrouvé le corps d'Elmanon.

Cela ne prit pas longtemps grâce au furan désormais sans maître qui guidait la troupe. Mais cela fut épuisant : Craie courut tout le long, et Hanne – qui s'était porté volontaire pour s'occuper de lui – dut le rappeler à l'ordre plusieurs fois, de peur de le perdre. Lorsque Craie trouva le corps déchiqueté du vieux soldat, il avança vers lui, doucement, battant nerveusement des ailes. Craie demeura auprès du corps pendant de longues minutes, piaillant, criant et hurlant si quiconque tentait de s'en approcher.

Laiella secoua la tête et dit à Toras :

- Nous allons devoir laisser les furans qui sont engagés à leurs maîtres, et leur trouver des remplaçants, parce que nous ne pouvons pas faire cela chaque fois qu'un soldat meurt. Et nombre d'entre nous *vont* mourir.

Toras rejeta la tête en arrière comme si sa prima venait de dire une énormité :

- Il n'est pas question que je remplace Scratch.

La prima leva les yeux au ciel. C'était sans doute ce refus d'accepter les choses telles qu'elles étaient qui avait poussé le roi à décider de l'imposer dans la troupe de Toras.

Dix minutes plus tard, Toras secoua la tête et se dirigea doucement vers Craie. Le premier réflexe du furan fut de le repousser en criant, mais, par ses mots apaisants, Toras parvint à le calmer et Craie le laissa s'approcher. Toras posa ses mains sur sa tête, puis sur son bec. Après quelques caresses rassurantes, l'animal baissa ses ailes et sa nervosité se dissipa. Craie suivit le seigneur commandant jusqu'à l'endroit où attendaient les autres furans, et Hanne l'emmena sous sa garde.

Les soldats s'affairèrent alors à creuser une tombe profonde pour Elmanon. Pendant ce temps, Toras enleva le gilet du soldat mort, s'efforçant de ne pas vomir à la vue du ventre déchiré et vide, et le donna à Hanne qui le plaça dans la selle de Craie.

Tandis que le furan tapotait la selle et gémissait discrètement, les hommes glissèrent le corps dans la tombe, le recouvrirent de terre et laissèrent à Yuuto le soin de dire une prière pour leur défunt camarade.

Vers quatre ApG[1], la troupe se sépara enfin pour ratisser les environs à la recherche du mode de déplacement des bourras. Hanne et Falor partirent explorer les grottes au sud de Lianor – le village le plus proche – avec Toras, et Yaris et Sheffar se mirent en route vers le nord de la ville, en compagnie de Laiella. La troupe avait rendez-vous pour faire le point à huit ApG dans la taverne du village.

Il fallut trente minutes de vol et de nombreux atterrissages inutiles à l'équipe de Toras pour repérer la première grotte. Toras, ses hommes et les furans pénétrèrent prudemment dans cette large grotte à la recherche d'indices de la présence de bourras. N'y trouvant rien, ils se dirigèrent vers la grotte suivante. Ni celle-ci ni la troisième ne contenait quoi que ce fût qui put signaler la présence de bourras.

Arrivés à l'entrée de la dernière grotte qu'ils avaient décidé d'explorer – à quelque six kilomètres au sud-ouest de Lianor – ils s'engagèrent presque sans précaution, persuadés qu'ils n'allaient rien trouver de plus que dans les grottes précédentes. Mais, alors qu'ils s'en approchaient, les furans se mirent à

---

[1] ApG : heure après grandjour.

pousser des sifflements aigus et Scratch se plaça en travers du chemin, hérissant sa crinière.

Toras se raidit d'un seul coup.

- Que se passe-t-il Scratch ? Tu sens des bourras ?

Scratch acquiesça et Toras leva sa main pour arrêter ses hommes. Il rappela les furans qui marchaient devant eux d'un *tssss* discret. Les furans n'avaient pas de grandes oreilles pour entendre, mais ils étaient pourvus de micropoils très sensibles sur le bec, capables de capter des sons inaudibles pour les humanoïdes.

Toras tira son épée et pénétra dans la grotte avec Scratch à droite.

Le tunnel menant à la grotte était humide et dégageait une forte odeur piquante. De l'eau dégouttait en résonnant étrangement sur le sol nu. Toras, qui craignait que l'obscurité ne les empêchât de s'enfoncer profondément, aperçut une lueur vacillante qui semblait éclairer une grande pièce un peu plus loin. Il continua d'avancer.

Quelques instants plus tard, Hanne poussa un cri perçant. Il tomba nez à nez avec deux bourras épinglés sur le mur de droite de la caverne, suspendus par des piques à peine plus grosses que celles avec lesquelles les créatures attaquaient. Éventrés, ils avaient été éviscérés, et leurs organes finissaient de brûler dans un foyer improvisé à côté d'une grosse stalagmite. Les têtes des créatures étaient disposées pour menacer de leurs regards l'entrée de la grotte.

Hanne souffla :

- Est-ce une punition ou un rituel religieux ?

Falor répondit :

- Je pense que celui-ci, à gauche, faisait partie de ceux qui m'ont attaqué. En fait, non, je ne pense pas, j'en suis sûr. Il avait une grosse tête et un crochet sur le bras gauche, exactement comme celui-ci. Je l'ai poignardé dans l'œil droit et il s'est mis à gémir d'une manière que je n'avais jamais entendue avant ; c'était assez troublant. Je suis sûr que c'était lui.

Hanne rétorqua :

- Ouais, et je reconnais l'autre chose. C'est une de celles que j'ai tuées. J'étais tellement énervé que je lui ai coupé la jambe, l'ai entaillé de l'épaule au nombril et lui ai craché au visage. Je crois que cela a fâché ses pairs.

Toras secoua la tête :

- C'est probablement un rituel destiné à nous prévenir de ce qui va bientôt se passer. Ça n'augure rien de bon. Ça veut donc dire que nous devons *absolument* les trouver en premier.

Hanne demanda :

- Comment allons-nous faire ? Il n'est pas question que nous trois, avec nos furans, nous partions à l'assaut de ces créatures dans ces grottes ; qui sait ce que nous allons y trouver.
- Je suis d'accord. Nous en parlerons avec les autres, ce soir au village.

Le seigneur commandant acquiesça à sa dernière remarque, comme s'il venait de prendre une décision, puis il partit avec son équipe rejoindre les autres au village de Lianor.

PERMANERE USQUE AD FINEM

II DE NOUVELLES MISSIONS

La Protectrice

Ne prétendez pas savoir ce que je ressens, Mitsuko. Je sais que vous êtes là pour m'aider, et vous l'avez déjà fait plusieurs fois. Mais vous perturbez mes invités et votre simple présence les met mal à l'aise.

Mitsuko Lux Baiula, la cordon mauve chargée de protéger le roi contre les éventuels Temptatori, répondit :

- Je m'excuse si j'–
- Pas *si*, Mitsuko.

La Lux Baiula – une immigrante de Yeltchek, une terre de l'autre côté de la mer de Tarkoth, mais qui avait grandi à Dgiba à l'embouchure de la rivière Jalahrani sur la côte ouest de l'Alvinorie – répondit avec un accent alvinorien presque parfait qui massacrait encore les « r », et seulement les « r ».

- Pardon pour mon inconvenance, mon roi. Si je vous comprends bien, vous voulez que je sois plus discrète et que je m'adresse à vous en privé en cas de doute sur l'un de vos invités.
- Oui. Votre présence les dérangera toujours, mais, au moins, ils ne partiront pas d'ici en me croyant contrôlé par la sororité.
- Je comprends, Sire. Je ferai… ce que vous me demandez.
- Merci, Mitsuko. Maintenant, dites-moi ce qui s'est passé dans la salle du trône. Avez-vous délibérément attisé la colère de Dame Moradina ? Je la connais depuis longtemps, et elle a toujours été une personne respectueuse faisant preuve d'une véritable maîtrise d'elle-même. Mais la femme que j'ai vue dans cette salle semblait avoir complètement perdu la tête : elle ne cessait de vous lancer des regards menaçants à la dérobée. Lui avez-vous fait quelque chose dans le Lien ?

Calme et imperturbable, Mitsuko Lux Baiula répondit :

- Je suis désolée, Sire. Je n'ai rien fait à elle, mais je sondais bien son cerveau, ainsi que vous m'y avez autorisée. Je crois que Dame Moradina a été… affectée.

Toujours peu habitué aux manières détournées de la cordon mauve – manières assez éloignées de celles d'un membre de l'Ordre de la lumière – Octavius grogna :

- Que voulez-vous dire, Lux Baiula ?
- Je veux dire… affectée par un Temptator.
- *Quoi ?* À cause de sa manière de réagir à votre détection ?
- C'est ça, Sire.

La réponse de la cordon mauve déstabilisa Octavius et le mit mal à l'aise. Mais au lieu de se calmer, il devint encore plus nerveux. Il répondit d'un ton agressif :

- Vous croyez donc que sa réaction était étrange ? Vous savez pourtant que Dame Moradina a deux Lux Baiulae à son service. Il est donc fort probable que celles-ci lui aient appris à reconnaître lorsque quelqu'un la sonde. Je crois bien que c'est ce qu'il s'est *réellement* passé, et qu'elle s'est fâchée lorsque vous avez continué votre détection malgré le fait qu'elle s'en soit aperçue.

Mitsuko Lux Baiula fronça un sourcil en se demandant si le roi n'était pas lui aussi affecté. Mais, comme elle connaissait déjà assez bien le roi, elle laissa cela de côté et répondit à son accusation :

- Quelque chose d'autre, Sire, l'a mise en colère – deux choses en fait.

Le roi la regarda du coin de l'œil, mais elle l'ignora et poursuivit.

- Tout d'abord, j'ai trouvé dans son cerveau une sorte d'espion externe placé là pour alerter quelqu'un en cas de processus de détection.

Mitsuko Lux Baiula attendit la réaction du roi. Lorsqu'il lui fit signe de continuer, elle ajouta :

- D'autre part, eh bien – attention, Sire, il ne s'agit là que d'une simple supposition – j'ai senti une grande excitation inattendue dans son cortex cingulaire, la zone du mensonge ; ainsi qu'une autre grande excitation dans le cortex préfrontal – la zone de la vérité. Ces deux zones paraissaient lutter l'une contre l'autre pour prendre le pouvoir. Dame Moradina s'est peut-être rendu compte que quelque chose la contrôlait et aurait alors voulu dénoncer tout cela : cette détection externe et ce combat entre elle et notre présumé Temptator.

-   *Votre* présumé Temptator.

-   Et ce combat entre elle et *mon* présumé Temptator est peut-être à l'origine de la folie passagère dont nous avons été témoins.

Furieux, Octavius faisait les cent pas dans son bureau, les mains dans le dos, reniflant et secouant la tête de temps à autre. Puis il finit par s'arrêter, relâcha ses épaules et soupira lorsque s'élevèrent les chants du Voces Creatoris.

Le chœur de la capitale avait pris le nom de *Voix du Créateur* en raison de sa capacité d'apaisement lorsqu'un citoyen avait besoin de se calmer, d'excitation s'il devait être éveillé ou de stimulation s'il cherchait l'inspiration. Le chœur chantait du matin au soir, six jours par quart tout au long de l'année, alternant les chanteurs au cours de la journée. Les voix emplissaient la ville grâce aux liaisons des Lux Baiulae en retraite.

Un long et doux diminuendo acheva d'apaiser la colère du roi, ne lui laissant à présent que ses pensées rationnelles. Se tournant vers sa protectrice, il dit :

-   Si tel est le cas, alors c'est le premier cas de – comment vous appelez cela, métamorphose ?

Mitsuko acquiesça.

-   Le premier cas connu de métamorphose parmi les patriciens. Mais bel et bien un cas, et combien suivront ?

Octavius allait serrer les poings, mais en entendant à nouveau la musique, il se détendit.

- Nous devrons vérifier votre découverte sur Dame Moradina. Mais qu'allons-nous faire si vous avez raison ?

Les lèvres pincées, Mitsuko répondit :

- Malheureusement, la sororité n'a pas encore trouvé le moyen de réparer les dommages causés par les Temptatori, pas plus que nous n'avons établi de protocole officiel pour confirmer la présence d'un... phare dans l'esprit de quelqu'un. Sans protocole, il nous est impossible d'agir.

Octavius eut du mal à comprendre la logique :

- Vous venez de dire que vous aviez ressenti cette chose dans l'esprit de Moradina. Alors qu'est-ce qui empêche la sororité d'utiliser la même technique pour chercher ces... phares ?
- Eh bien, je ne sais pas trop comment j'ai fait pour la sentir. Mais je laisserai les cordons jaunes me sonder dès que possible.

Octavius grogna, puis agita étrangement ses sourcils en se répétant le mot « phare » ; cela lui rappelait quelque chose. Ses yeux oscillaient de droite à gauche à mesure qu'il fouillait dans ses souvenirs. Soudain, il les écarquilla : il se rappelait.

Tout à coup conscient du regard de Mitsuko qui pesait sur lui, il leva les yeux vers sa protectrice et lui demanda :

- Comment allez-vous vérifier que Dame Moradina a bel et bien été affectée ?
- Je vais demander à mes Sœurs d'Urbs Lucis de m'y aider. Nous devrons le faire avec prudence et travailler avec les deux Lux Baiulae qui se trouvent à son service, ce qui signifie que nous devrons d'abord nous assurer que *celles-ci* ne sont pas également affectées. Nous pourrons les utiliser pour tenter d'obtenir la confirmation dont nous avons besoin. Si son esprit est contrôlé ou espionné, Lorina et Silla Lux Baiulae pourront l'examiner sans éveiller de soupçons.

- Très bien. Veuillez en informer Urbs Lucis. Mais rappelez à Krystiana qu'elle ne doit prendre *aucune* mesure contre l'un de mes sujets sans m'en parler avant, et surtout contre Moradina.

La protectrice du roi poussa un petit grognement pour signifier qu'elle avait compris, vexée par l'accusation portée contre la Magna Mater. Elle quitta ensuite le bureau du roi, le laissant méditer sur ces événements troublants.

Les réflexions d'Octavius furent en effet fort intenses : malgré les Voces Creatoris, qui avaient à présent entonné un chant sur la confiance et l'élévation, Octavius se remit à arpenter son bureau, s'arrêtant par moment pour reprendre de plus belle. Se souvenant du mot « phare », il ralentit la cadence. Aithen lui en avait déjà parlé. Il s'agissait alors d'une chose que les Locari avaient implantée à son fils afin de l'aider à réapprendre la langue alvinorienne. Le mot que Mitsuko avait employé correspondait-il au Lien des Locari ou était-ce une simple coïncidence ?

Ses pieds se remirent à polir le plancher alors qu'il considérait un autre élément troublant : Moradina était la dame d'Antar, la ville dans laquelle il avait sa retraite et où il devait bientôt donner un bal. Il frissonna à l'idée que ses Lux Baiulae pussent peut-être être elles aussi contrôlées par les Temptatori. Urbs Lucis n'en avait pas encore capturé un seul – du moins à sa connaissance – et, de toute évidence, leurs transferts de mémoire n'avaient jamais fourni aucune indication quant à la manière de reconnaître les serviteurs de Noctiferus. *Très mauvais. Effrayant, même.*

Dans la taverne à Lianor

Prima Laiella parlait à voix basse pour éviter les oreilles indiscrètes. Elle avait créé un bouclier sonore, mais, comme elle n'était pas experte en la matière, leurs voix – surtout si elles étaient fortes – risquaient de le traverser. Les chasseurs de bourras s'étaient retrouvés à Lianor et discutaient à présent autour d'un petit repas bien arrosé dans la taverne du village de leurs découvertes et de la suite des opérations.

-   Je pense toujours que nous ne devrions pas entrer seuls dans les grottes, même munis de torches ou de lampes organiques de poche. Je suis incapable d'utiliser le Lien en toute sécurité dans ces grottes, et aucun de nous n'est formé à ce type de combat.

Sheffar acquiesça, mais les autres se demandèrent si la première barrière avait déjà perdu son courage du matin.

Laiella s'en rendit compte et ajouta : « Je n'ai pas peur de mourir, mais, *oui*, j'ai peur de vous entraîner dans une mission suicide. Dans le meilleur des cas, nous exterminerons quelques bourras avant qu'ils finissent par avoir le dessus ; dans le pire des cas, nous n'en tuerons aucun et ils nous massacreront tous.

Toras la coupa :

-   D'accord, Prima, que proposez-vous ?
-   Je propose d'appeler Maréna Lux Baiula. En tant que cordon jaune, elle est entraînée à la lecture animale. Nous pourrons envoyer des pisteurs et elle pourra nous dire ce qu'ils voient. S'ils rencontrent des bourras, nous le saurons également, ainsi que le lieu exact où ils se trouvent et la manière de nous y rendre. Et si en plus Maréna réussit à enregistrer toutes les données sensorielles des animaux, ce qu'elle peut apparemment faire, nous pourrons également cartographier les tunnels explorés. Tout cela nous donnera un avantage considérable sur les bourras – de bonnes chances de les vaincre – et je serai alors *ravie* de lancer une attaque, avec le soutien d'autres cordons rouges à la tête de chaque équipe, contre ces choses immondes.

Falor et Yaris s'écrièrent en chœur :

-   Elle peut faire ça ? Pas juste lire les esprits, mais savoir ce que les animaux voient ?
-   Savoir ce qu'ils voient, entendent, sentent, touchent et ressentent. Oui.

Yaris lâcha un « hum », puis demanda :

- Mais que vouliez-vous dire par "avec le soutien d'autres cordons rouges à la tête de chaque équipe" ?

Laiella soupira :

- Il faut que chaque équipe compte une personne capable de savoir ce que voient les créatures, ce qui signifie que quelqu'un devra être lié à Maréna qui sera elle-même connectée aux animaux.

Yaris fronça les sourcils, tout comme les autres soldats.

Toras, qui avait compris sa logique, renchérit :

- Nous réglerons ces détails lorsqu'elles seront là. Laiella, appelez Maréna Lux Baiula, s'il vous plaît, et demandez-lui de nous rejoindre illico presto. Je suppose que vous pouvez l'appeler par le Lien ?

Laiella répondit :

- Oui. Mais je propose que nous l'attendions à l'avant-poste de Mont-Lac, Seigneur Commandant. Les villageois – attisés par les clercs de l'église d'Aiala qui semblent s'être installés à demeure dans la région – n'ont pas l'air très heureux de me voir ici. Ils le seront encore moins en voyant Maréna surgir, flanquée d'un groupe de cordons rouges.

Surpris par son commentaire, Toras siffla de rage et força Laiella à essayer d'épaissir le bouclier sonore. Quelques clients avaient déjà tourné la tête vers eux. Elle fit signe au prince de baisser la voix, mais cela le fâcha encore plus.

- Je suis leur prince, et vous, mes officiers ! Vos Sœurs viendront ici sur mes ordres. Les villageois n'ont pas le droit de s'opposer à mes décisions, *quelles* qu'elles soient.

- Peut-être, Seigneur Commandant, mais à moins que quelqu'un parvienne à faire changer les clercs d'avis, ces villageois continueront à se méfier de nous, les Lux Baiulae. Quant à nous – je veux dire, nous tous ici –, nous sommes de simples soldats et n'avons pas les moyens de négocier avec les clercs.

- Je sais ! Je sais. Mais ce sont les terres de mon père, et
  ils en jouissent seulement parce qu'il le veut bien.
  L'avant-poste est trop petit pour que nos forces s'y
  rassemblent, donc nous resterons ici. J'irai parler moi-
  même au chef du village et aux clercs, afin de m'assurer
  qu'aucun d'eux ne vienne entraver notre mission qui est
  de *les* protéger !

Toras se dressa et surprit Laiella en changeant de sujet, mais
cela ne surprit pas ses soldats :

- Alors voici ce que nous allons faire : nous continuerons
  à surveiller la zone pour y détecter les bourras en
  attendant Maréna Lux Baiula, et si nous devons nous
  défendre, nous nous en chargerons nous-mêmes. Mais !
  Il faut *absolument* que nous nous préparions davantage
  au cas où les combats se déroulent encore durant les
  ardars. Cela signifie qu'il nous faut trouver des lieux
  sûrs dans lesquels nous pourrons nous retirer avant de
  nous engager dans un combat.

Toras se dirigea vers sa selle, qui était appuyée sur le porte-
selles à l'entrée de la taverne, et en sortit une carte. De retour à
la table, il tendit le plan aux autres et leur demanda d'identifier
ces fameux lieux sûrs.

Les hommes hochèrent la tête tandis que Toras ajoutait :

- Dès que Maréna Lux Baiula sera là et que nous saurons
  où se cachent les créatures, nous les attaquerons en
  groupe et les exterminerons. Il nous faut donc plus
  d'hommes.

Se tournant vers Laiella, il ajouta :

- Prima, une fois que vous aurez communiqué avec vos
  Sœurs, je veux que vous contactiez Col de Corne pour
  demander des renforts.

Laiella prit acte des instructions du prince avec une attitude
illisible.

La Manu Dextra

Assise dans son bureau d'Urbs Lucis, la Manu Dextra[2] regardait les soleils par la porte-fenêtre d'un air inquiet. Jambes croisées, menton dans la main et coude sur la table laquée, elle pensait à… beaucoup trop de choses.

Les trois derniers mois avaient perturbé toute l'organisation d'Urbs Lucis qui devait se préparer contre l'invasion attendue de Zébula et contre les attaques du Scytale aux quatre coins du royaume, tout en augmentant les effectifs et en enseignant aux Sœurs comment générer des nébuleuses. De plus, en raison de l'insécurité de tous – malgré, et parfois à cause de, leurs souvenirs anciens et de sa position de Manu Dextra dont le rôle était de donner des conseils – Élyana était sans cesse sollicitée pour résoudre sur tel ou tel problème.

Malheureusement pour elle, elle avait d'autres responsabilités. Elle devait par exemple régler des affaires moins importantes, comme trois des cinq filles envoyées en champ de purification à Furanville revenues sans avoir rien appris sur les principes fondateurs de la sororité. Moradien, par exemple, continuait de provoquer ses instructrices et avait donné du fil à retordre à Élyana un peu plus tôt ce jour-là. D'autre part, Lisandeka et Morla semblaient craindre Moradien et lui obéissaient au doigt et à l'œil. Seules Carrain et Lopenia paraissaient avoir compris ce qu'elles avaient appris au cours des trois mois passés à purifier les écoulements urbains de la capitale, et elles restaient à l'écart des autres.

Élyana attrapa une pointe aiguisée sur la table, la trempa dans l'encrier, et se mit à griffonner dans son carnet. Elle laissa sa main se déplacer librement, sans y penser, de haut en bas, de droite à gauche, dessinant quelques courbes au hasard. Quelques minutes plus tard, elle rejeta la tête en arrière dans un léger ronflement ; elle avait dessiné un visage.

Pourquoi ai-je dessiné cela ? L'autre partie d'elle-même lui répondit : *Peut-être parce que sa présence te manque, sa*

---

[2] Manu Dextra : Main Droite

compagnie, sa discrétion – même ses travers un peu sombres – son sourire et vos discussions. Ce à quoi la première partie d'elle-même rétorqua : *Je devrais peut-être aller faire un tour dans la capitale. Ça fait longtemps.*

Élyana poussa un bruyant soupir, puis se leva, se dirigea vers le balcon et s'appuya contre l'encadrement de la porte. Ses yeux ne parvenaient pas à quitter le soleil rouge. Il commençait alors à se coucher, juste derrière son homologue bleu qui avait déjà à moitié disparu sous la ligne d'horizon. Les nuits avaient commencé à se rafraîchir à l'approche de l'hiver, mais les journées étaient toujours aussi chaudes, et la température, à cette heure, était encore très douce.

Il n'y a rien à faire pour alléger mes responsabilités pour le moment, mais je peux chasser les maux de tête que me causent ces filles. Je dois tout simplement régler le problème Moradien. Il y a quelque chose d'illogique dans cette histoire : Moradien est la fille d'un propriétaire terrien respectable, mais malgré sa propension à tout remettre en question, elle n'avait jamais défié l'autorité auparavant. Comment se fait-il qu'elle soit soudain devenue si rebelle et qu'elle paraisse se moquer totalement de son avenir dans l'Ordre – ou dans la société ?

Elle s'exclama :

-   Se pourrait-il que nous nous soyons trompées en la testant ?

Pour toute réponse, elle se mit à renifler, haussa les épaules et secoua la tête.

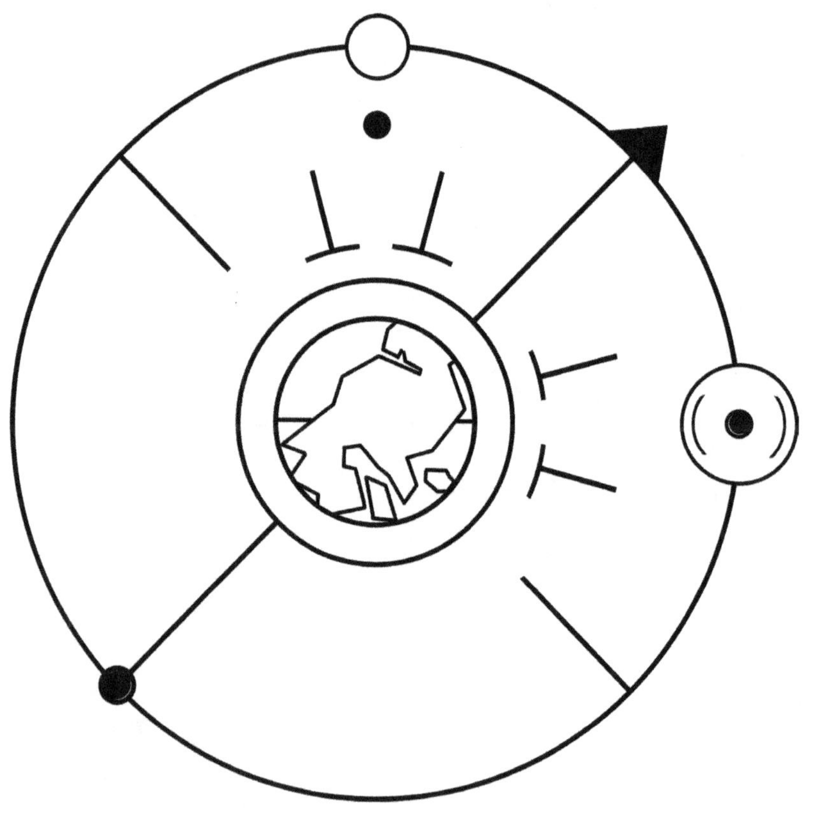

Ooldrina

- Ooldrina, vous n'acceptez pas de vous connecter. Vous avez littéralement besoin d'ouvrir votre esprit au Lien.

Tout en se mordant les lèvres, la jeune-fille aux origines cheveux noirs et peau lait de noisette de sa race répondit :

- Je suis navrée, Lux Baiula, mais cette chose me terrifie. Lorsque je m'ouvre, je ressens une présence malveillante. Cette chose, elle me donne d'affreuses pensées.
- *Cette chose ?*

Après un mois de travail avec cette fille, Clara Lux Baiula avait toujours du mal à la comprendre par moments. Heureusement, son autre élève, Raaviana, avait plus de facilités en alvinorien et parvenait mieux à contrôler ses compétences dans le Lien. *Peut-être que maître Methrim pourrait aider Ooldrina à dépasser ce qui l'empêche d'évoluer. Mais je n'ai pas envie de l'appeler. Il m'inspire des émotions que je ne devrais pas avoir.*

Ooldrina répondit :

- Cette chose – Je veux dire… m'ouvrir au Lien.

Frustrée, Clara secoua la tête, se mit en mouvement, puis, d'un sourire patient, invita la jeune-fille à l'imiter.

La cordon jaune emmena la Zébulonienne sur le balcon, un vaste espace en forme de demi-lune aux murs recouverts de plantes, sans rien au milieu sinon un coussin en feuilles de lacora. Le fond de l'air était frais, mais encore agréable.

Clara Lux Baiula se dirigea vers le coussin.

Lorsque Ooldrina s'assit, la plante rebondit légèrement, puis se modela pour la soutenir jusqu'à ce qu'elle fût droite et bien équilibrée.

- Je connais ce sentiment, Ooldrina, mais c'est souvent une simple impression. D'un autre côté, si vous avez vraiment été blessée par des vibrations intempestives, je

comprends vos réticences. Est-ce que c'est ce qui vous
est arrivé ?

La fille baissa les yeux, se mordit les lèvres et haussa les
épaules, hésitante, tandis que les reflets de lumière mauve
d'Alba sur sa peau pâle créaient une atmosphère étrange.

La réaction de la jeune-fille confirma ses soupçons. Clara
ajouta :

- Ça va. Allons-y doucement. Je vais venir dans le Lien
  avec vous.

Ooldrina fit un timide signe de tête, un hochement vers le
haut, et Clara compris qu'en zébulonien, cela voulait dire « s'il
le faut » ou « peu importe ».

- Comme tous les autres sens, les capacités de détection
  sensorielle ont besoin d'un point d'entrée, vous devez
  vous ouvrir au Lien. Mais vous devez aussi être prête à
  vous protéger en cas de danger. C'est exactement
  comme si vous gardiez vos yeux et vos oreilles ouverts
  pour voir et entendre ce qui se trouve autour de vous,
  mais que vous laissiez vos yeux se refermer par réflexe
  si une épine volait vers vous et que vous bloquiez le son
  si un bruit violent venait à éclater. Au fil du temps, vous
  apprendrez également à protéger votre esprit tout en
  restant ouverte au Lien, bien que cela modifie un peu la
  perception.

La jeune-fille au large visage esquissa un nouveau
hochement vers le haut, accompagné cette fois d'un
haussement de sourcils et d'un bruyant soupir.

- Mais Biléna veut envoyer moi en Zébulonie le mois
  prochain. Je n'ai pas temps d'apprendre.
- Elle veut *m*'envoyer… et je n'ai pas *le* temps
  d'apprendre.
- Oui, Lux Baiula, pa–pardon.

Troublée, Clara soupira. Il y avait tant de choses que les
Sœurs ignoraient à propos de la psychologie des Zébuloniens et
de leur manière d'accéder au Lien, qu'elle craignait que leurs
méthodes pussent nuire à la jeune-fille. Mais elles avaient

besoin d'elle pour cette mission en Zébulonie. Elle devait être prête à temps. Si seulement elles avaient pu les trouver plus jeunes. *On dit que la nécessité est mère du progrès, mais elle est aussi mère de nombreux maux.*

- Ooldrina, écoutez-moi. Je ne prendrai pas le risque que vous soyez blessée à cause de demandes mal avisées précipitant votre entraînement, et je ne vous ferai pas de mal *moi-même*. Me faites-vous confiance ?

Malgré le nez bien droit de Clara, son visage lisse et son regard profond et franc qui inspiraient la confiance, le ton de la femme était parfois assez brusque. La réfugiée zébulonienne mit un moment avant de répondre :

- Je vous crois.

Clara plissa un œil. La jeune-fille avait-elle employé le mot « croire » plutôt que « confiance » à dessein ? Ou la croyance désignait-elle la confiance pour les Zébuloniens ? Clara ne posa pas la question.

- Très bien. Lorsque vous me rejoindrez dans le Lien, je créerai une connexion mentale entre nous ; je pourrai ainsi sentir, voir et entendre ce que vous recevez du Lien. Nous nous entraînerons alors à protéger notre esprit. Si, à un moment, je sens que vous recevez des vibrations hostiles, je les bloquerai pour vous si vous n'êtes pas capable de le faire. Dans ce cas, restez calme et soyez attentive : vous sentirez ce que je fais. Avec un peu de pratique, vous finirez par pouvoir le faire vous-même.

- Je finirai ?

- Vous finirez. Bientôt, dans un futur proche.

Pour toute réponse, Ooldrina tendit ses lèvres, tout comme elle et Raaviana semblaient le faire après avoir compris quelque chose.

- Vous vous rappelez comment établir une connexion mentale ?

La jeune-fille répondit d'un étrange hochement de tête vers le haut, mais elle écarquilla les yeux en même temps, inspira bruyamment et se tordit les mains.

J'imagine que ça veut dire « oui ».

- Je vous promets d'y aller doucement, mais ce sera encore un peu douloureux.

La jeune-fille usa d'un ton inhabituellement confiant :

- Je suis bon prête, Clara Lux Baiula.

D'un air enjoué, Clara ajouta :

- Vous allez devoir prendre le temps d'apprendre à parler un bon alvinorien. Mais pour l'heure, fermez les yeux et entrez en transe. En même temps, écoutez les battements de votre cœur.

Ooldrina lui lança un regard interrogateur :

- Les battements de *mon* cœur ?

- Oui. Normalement, vous devriez écouter les miens. Mais, pour l'instant, je veux que vous écoutiez les vôtres. Cela vous permettra d'atteindre plus rapidement un bon état de concentration et, quand vous les aurez trouvés, vous n'aurez pas de mal à entendre les miens. Si vous n'y parvenez pas, je vous retrouverai.

- Vous ne voulez pas établir la connexion mentale tout de suite ?

- Non, nous le ferons depuis le Lien.

Ooldrina tendit à nouveau ses lèvres et se mit au travail.

Ooldrina eut besoin d'un peu plus de temps que prévu pour trouver son propre battement et pour percevoir ensuite celui de Clara, entrer dans le Lien et apparaître à ses côtés. Mais elle y arriva, et plus vite que lors des tentatives précédentes lorsque la jeune-fille avait commencé par se concentrer sur le cœur de Clara.

Le lieu que Clara avait choisi était sombre et lugubre ; elle espérait que cet environnement déclencherait les peurs de la jeune-fille tout en ouvrant son esprit aux vibrations du Lien ; elle espérait qu'en la confrontant à ses peurs, elle aurait l'occasion de lui montrer comment ignorer ces sensations irrationnelles et ne protéger son esprit que contre de véritables menaces.

- *Vous avez mis un peu trop de temps à entrer, Ooldrina. Vous devez absolument continuer à vous entraîner pour être capable d'entrer dans le Lien sur demande, si vous êtes en danger et que vous devez communiquer rapidement avec quelqu'un. Toutefois, c'est beaucoup mieux*, dit Clara à la jeune-fille dont les mouvements oculaires étiraient la forme de son visage dans tous les sens.

Ooldrina envoya un sourire pitoyable à Clara qui soupira :

- *Bien. Connectons-nous.*

L'instant d'après, une corde ondulante de lumière bleu pâle sortit de la forme de la Lux Baiula et rejoignit celle d'Ooldrina avec une intensité contenue.

Lorsque Ooldrina vit la corde, sa forme se figea, tout comme son corps dans la pièce, et elle faillit sortir du Lien. Comme elle était tendue, Ooldrina reçut la corde avec plus d'intensité que prévu, comme un fouet, et se mit à hurler. Elle en oublia de s'y accrocher ; et Clara dut recommencer.

- *Vous devez vous calmer, Ooldrina.*

Toujours aussi tendue, la forme d'Ooldrina gémit à nouveau, mais elle attrapa la corde cette fois, et Clara la laissa se reposer un instant.

Voyant la forme d'Ooldrina se détendre, Clara poursuivit :

- *Maintenant, envoyez-moi une corde à votre tour.*

Les yeux noirs de la jeune-fille menacèrent Clara d'un coup de fouet encore plus violent.

- *Je n'ai pas peur de la violence de votre corde, Ooldrina. Je veux simplement que vous appreniez à maîtriser le Lien. Si vous faites exprès de m'envoyer un grand coup de fouet, cela me va. Mais si je vois que votre lancé n'est pas maîtrisé, je ne serai pas satisfaite, qu'il soit violent ou calme. Maintenant, ripostez !*

La forme de la jeune-fille se dilata et se contracta. L'instant d'après, un violent coup de fouet atteignit la Lux Baiula qui grogna.

La cordon jaune pensa : *Calme-toi, Clara, c'est toi qui le lui as demandé.*

Bien que la connexion ne fût pas totalement établie, pensées et sensations se mirent à circuler par le Lien, et Clara perçut un mélange de peur et de ressentiment.

- *Ce n'était* pas *maîtrisé, Ooldrina.* »
- *Pardon, Lux Baiula. Mais vous me faites sursauter en me demandant de riposter.*
- *Ce n'est pas une excuse. Une Lux Baiula se doit de garder son calme – en toute circonstance. Quand j'enverrai le prochain coup de fouet, regardez-le, mais ne vous laissez pas envahir par la peur, et si je dois encore crier pour que vous ripostiez, laissez* cela *aller aussi.* »

Il fallut encore quelques coups de fouets avant que la connexion soit tout à fait établie. Mais au fil des tentatives, les ripostes de la jeune-fille devinrent de mieux en mieux maîtrisées jusqu'à atteindre Clara sous la forme d'une lumière bleue bien tendue.

Clara inspira calmement.

- *Je sens votre peur, Ooldrina. C'est là-dessus que nous devons travailler à présent. Que sentez-vous chez moi ?* »
- *Le calme,* répondit la jeune-fille d'un ton déçu.
- *Parfait. Ressentez ce calme ; laissez-le entrer en vous jusque dans vos pensées. Cela vous aidera à ouvrir votre esprit.*

Dès que la jeune-fille entendit « ouvrir votre esprit », son pouls accéléra vivement et sa forme se mit à bourdonner et à clignoter. Clara – toujours patiente – répéta plusieurs fois ses instructions à Ooldrina et la laissa ressentir et s'imprégner de ses paisibles vibrations. Une fois calme et aussi stable que le

Lien le permettait, la forme d'Ooldrina afficha un visage empreint d'une profonde déception.

- *Ne soyez pas déçue, Ooldrina. Normalement, il faut des mois pour apprivoiser ses réactions, et des années pour les maîtriser. Ce que vous avez réalisé en seulement un mois est considérable.*

La jeune-fille leva les yeux un instant, reconnaissante, mais pas encore tout à fait convaincue.

- *Maintenant, montrez-moi comment vous protégez votre esprit.*

Elle s'exécuta, recouvrant d'un voile son esprit avec une telle vivacité que cela surprit Clara. Le bouclier était toutefois assez faible, et la Lux Baiula le traversa pour lui dire :

- *C'était rapide, mais imprécis, probablement à cause de votre peur permanente et de votre manque d'entraînement avant de vous aventurer dans le Lien. Je pense que vous pouvez faire mieux. Je veux que vous ouvriez à nouveau votre esprit et, cette fois, je vous transmettrai une série de vibrations très rapide ; certaines seront bonnes, et d'autres, mauvaises – mais ne vous inquiétez pas, elles ne seront pas réelles. Je veux que vous protégiez votre esprit lorsque vous ressentirez une mauvaise vibration et que vous soyez perméable aux autres.*

La forme de la jeune-fille pris un air inquiet. Mais, en l'espace d'un instant, elle acquiesça ; après tout, elle avait réussi à faire confiance à la Lux Baiula – et à la plupart des autres également – depuis son arrivée dans cette impressionnante Ville des lumières, avec ses sphères éternellement flamboyantes, ses flèches et ses murs d'ardamantis bleu, ses bibliothèques et ses laboratoires.

Ooldrina mit longtemps à atteindre l'objectif que Clara Lux Baiula lui avait fixé, mais elle n'en eut pas conscience ; en effet, pour avoir conscience du temps qui passe, dans le Lien, il faut soit ressentir l'épuisement de son corps, soit replonger régulièrement dans le monde physique. Mais Clara, elle, sentit les minutes et même les heures passer, et elle se demandait si tout cela servait à quelque chose. Mais au bout du compte, Ooldrina parvint à conserver son esprit ouvert tout en le fermant lorsque cela devenait nécessaire.

- *Par le doux lait d'Aiala! Vous avez réussi, Ooldrina.*

La jeune fille forma un sourire; pas un grand sourire, mais un sourire tout de même.

- *Vous pouvez prendre quelques minutes pour vous reposer. Je vais relâcher le bouclier que j'ai généré autour de nous et vous pourrez ouvrir votre esprit au Lien.*

La forme d'Ooldrina ne faiblit pas ni ne montra aucun indice de tension, pourtant, elle ne tendit pas ses lèvres cette fois, en signe d'accord. Au lieu de cela, elle pencha la tête en avant.

J'espère que cela signifie qu'elle est prête maintenant.

Lorsqu'elle relâcha le bouclier et que les vibrations commencèrent à se frayer un chemin dans l'esprit d'Ooldrina, Clara prit soin de les traiter dans son propre esprit sans les renvoyer à la jeune-fille, ce qui risquerait de créer une boucle d'aller-retour de plus en plus importante. C'était justement sa capacité à contrôler ce que les autres recevaient d'elle, même par connexion mentale, qui lui avait valu d'être choisie pour former les Zébuloniennes.

Clara ressentit de l'agitation et de l'inquiétude, tapies juste au-dessous du niveau du perceptible. Elle envoya à Ooldrina des pensées apaisantes, et le pouls de la jeune-fille ralentit légèrement. *Comment la Sororité a-t-elle pu former qui que ce soit avant la découverte de la connexion mentale ?*

Voilà que la Lux Baiula sentait le pouls d'Ooldrina s'emballer à nouveau. La jeune-fille se mit à ouvrir un petit espace lumineux et vibrant au beau milieu de l'obscurité. Clara envoya :

- *Ooldrina ! Pourquoi essayez-vous de nous emmener ailleurs ?*

- *Pardon, Lux Baiula, mais j'ai vraiment peur, et je ne peux pas m'empêcher de penser à un ciel clair.*
- *Ooldrina, laissez-vous aller*, fit Clara avec signe de tête.

La jeune-fille prit un moment pour faire ce que son instructrice lui demandait, mais sa forme révélait que c'était à contrecœur.

- *Prenez sept profondes inspirations, puis reprenez l'exercice. Mais cette fois, je veux que vous me disiez tout ce que vous ressentez comme vous le ressentez, cela pourrait vous aider à mieux maîtriser vos peurs.*

Résignée et déprimée, la jeune-fille fit ce que Clara lui demandait. Son pouls ralentit à nouveau, et elle se mit à raconter à Clara ce qu'elle ressentait : des émotions pêle-mêle – peur, colère, tristesse, joie, bonheur, colère, frustration, colère, plaisir, inquiétude, et bien d'autres. En transmettant ces mots à Clara, les émotions d'Ooldrina évoluèrent de la confusion à l'anxiété, et enfin à l'angoisse.

Clara soupira en silence et renvoya des vibrations apaisantes à la jeune-fille. À quoi d'autre pouvait-elle s'attendre ? À quoi d'autre pouvait-*on* s'attendre ? Il y en avait pour des années de véritable entraînement, avant qu'une femme pût entrer dans le Lien en toute sécurité. Mais les choses étaient ainsi, et les filles devaient se préparer pour une mission que même une Lux Baiula ne voudrait pas se voir confier.

Clara avait tout d'abord refusé la demande de Larca et avait confié ses inquiétudes à Bilena. Mais la Praefecta Philosophas lui avait ordonné de faire ce qu'on lui demandait. Frustrée, Clara avait déclaré vers la fin de la réunion que ces décisions irresponsables coïncidaient avec l'arrivée de Lusk Methrim. Mais la cheffe de la Cordonneté jaune était une femme de données, et les données fiables disponibles lui prouvaient que Lusk était un homme digne de confiance.

À cet instant, Clara sentit qu'une peur intense s'emparait de la jeune-fille. Elle lui envoya une question – n'ayant pas senti de danger –, mais la jeune-fille paniqua et ne lui répondit pas. Clara protégea alors l'esprit d'Ooldrina et les sortit du Lien.

La haine

Lusk essayait de cacher sa panique grandissante. Clara Lux Baiula, qui, en tant que cordon jaune, faisait partie de l'opération d'infiltration en Zébulonie, était venue lui demander de l'aide à propos de l'une des deux Zébuloniennes ramenées d'une ville frontalière le mois précédent. Ces filles étaient des *Alterintrantes* zébuloniennes, c'est-à-dire créées par ces Janarae qu'il méprisait plus que tout. Lusk dut se retenir de hurler de colère en entendant la Lux Baiula formuler sa demande. Pourquoi ne lui avait-on pas dit que ces filles étaient des Alterintrantes ?

Il avait beau être très puissant dans le Lien et avoir gagné en confiance depuis son arrivée en Alvinorie, il n'en détestait pas moins les Janarae et leurs progénitures. Il voulut refuser ; demander pourquoi elles tenaient absolument à faire entrer des femmes zébuloniennes alterintrantes à Urbs Lucis. Mais il avait une mission à accomplir pour le Maître des Ténèbres et devait rester à Urbs Lucis – et pour y rester, il devait paraître sympathique. C'est pourquoi, après avoir fait les cent pas dans sa chambre, il se résigna à accepter son sort. C'est alors qu'une idée germa dans son esprit : *Peut*-être, pensa-t-il, *que je pourrais profiter de l'occasion pour les faire enfin payer*. Mais elles n'étaient que des filles, et des réfugiées en plus. Pouvait-il vraiment les condamner pour ce que les Janarae lui avaient fait subir ?

Lusk était sur le point d'ouvrir la porte de la salle de l'école lucienne. Il s'arrêta devant elle, prit une profonde inspiration, soupira, puis frappa –une voix étouffée l'invita à entrer et il poussa la porte.

Clara Lux Baiula se tenait à côté de la jeune-fille au centre de la chambre. La femme se retourna et s'exclama :

- Maître Methrim ! Merci d'être venu. Je vous présente Ooldrina. Ooldrina, voici Lusk Methrim – le Zébulonien dont nous vous avons parlé. Il s'occupera de vous apprendre la langue zébulonienne actuelle ainsi que les coutumes de la cour de Zébula.

Lusk sentit une violente envie de vomir le frapper dans le ventre. Ooldrina… ce nom signifiait « fille de Ool », mais il aurait tout aussi bien pu s'agir de « fille de Oolviana », le nom de sa mère biologique. Cette pensée le bouleversa. Pourquoi s'appelait-elle ainsi ? Non, il était devenu fou : si elle était vraiment une créature issue d'Oolviana, elle n'aurait jamais été une Alterintrante, puisque Oolviana n'en était pas une elle-même. Pourtant… l'alignement de ses yeux…

No ! Illic nolite ire[3].

- Maître Methrim, quelque chose ne va pas ?

Lusk prit le temps de faire le vide dans sa tête :

- Pardon, Lux Baiula.

Puis, d'un ton en totale contradiction avec ses sentiments, il ajouta :

- Je vous prie de m'excuser, Ooldrina. Je… vous rencontre. »

L'expression de la jeune-fille se transforma pendant un bref moment. Elle ne savait peut-être pas beaucoup de choses, mais elle savait distinguer le vrai du faux. Elle se demanda alors si cet homme se méfiait d'elle à cause de ses origines. Sa mère lui avait raconté de quelle manière les hommes étaient traités en Zébulonie, qu'ils étaient tous des esclaves. D'ailleurs, son propre frère de naissance avait été enlevé par les Janarae pour devenir l'un de leurs esclaves. La seule consolation de sa mère était de savoir son fils au service de la Reine. Mais cet homme était trop sûr de lui, trop imbu de lui-même et n'avait pas l'air d'avoir déjà été esclave. Par rapport aux hommes de Razeb – le village dans la chaîne du Sagr d'où elle était originaire et où vivaient nombre de rescapés de Zébulonie – il était beaucoup

---

[3] Non. Ne te laisse pas aller.

trop raffiné, trop fier. Alors pourquoi se méfiait-il d'elle ? Et quelle était cette silhouette familière de son visage ? Était-ce juste le fait qu'il était un Zébulonien, comme elle ?

Lusk, qui avait remarqué ce qui se passait dans la tête de la jeune-fille, se força à lui demander :

- Vous avez l'air de vous interroger sur moi.

Il n'était *pas* question pour Lusk de s'adresser à elle par son nom.

- Oui, Elak[4] Methrim, jamais je n'ai rencontré de Zébulonien comme vous ; vous êtes différent. Mais je sais que vous non plus, vous ne m'appréciez pas.

Clara les regarda tous les deux avec surprise et s'adressa à la jeune-fille !

- Ooldrina, Maître Methrim n'a aucune raison de ne pas vous aimer. Qu'est-ce qui vous fait dire ça ?

La jeune-fille haussa les épaules, refusant de répondre, mais Clara insista.

- Sa manière de me saluer. Ce n'était pas sincère, Lux Baiula.

Clara cligna des yeux et soupira. Elle parut chercher les bons mots pour répondre à cette affirmation. Elle souffla par le nez et étira ses lèvres, dans un geste déterminé, et commanda :

- Maître Methrim, voulez-vous bien rassurer Ooldrina ?

Lusk hésita un instant. *Pourquoi hésiter ? J'ai la maîtrise de la situation. Je suis un Temptator – et le meilleur.* Lusk se tordit les mains derrière son dos. *Mais qu'est-ce que ça peut faire qui je devrais être ou ne pas être ? Je n'ai pas envie de former cette fille !*

Voyant que l'inquiétude de la Lux Baiula augmentait progressivement, il répondit :

- J'imagine que mon ancienne vie et mes expériences avec les Zébuloniennes me rendent un peu réticent

---

[4] Elak : Terme zébulonien signifiant « homme ». Les Zébuloniennes s'adressent aux hommes par leur genre.

lorsqu'il s'agit d'engager la conversation avec elles, Lux Baiula. C'est probablement ce qu'elle a ressenti.

La jeune-fille répliqua :

\- Je sais de quelle manière on traite les hommes en Zébulonie, Elak Methrim. Mais ma mère m'a apprise que c'est mal.

L'alter ego de Lusk se mit à penser : *Si elle sait réellement ce que les Janarae infligent aux hommes, pourquoi s'adresse-t-elle à toi de cette façon ?*

Lusk lui répondit qu'il n'en savait rien. Et pour ne pas perdre le contrôle, il ferma les yeux et laissa passer sa colère.

Clara, qui se sentait de plus en plus mal dans cette situation pour le moins étrange, essaya de changer de sujet en corrigeant Ooldrina.

\- Ma mère m'a *appris*, Ooldrina, lui dit-elle.

La jeune-fille rougit et recula. Clara se racla la gorge :

\- Maître Methrim, je connais Ooldrina depuis un mois maintenant. Nous avons travaillé tous les jours ensemble – pendant plusieurs heures – et je ne l'ai jamais entendue parler des hommes avec dédain. Je suis persuadée qu'*elle* ne souscrit pas aux jugements des autres femmes de votre pays.

\- Sa manière de parler démontre le contraire, Lux Baiula, dit Lusk.

Puis, se tournant vers la fille d'un air assassin, il lui demanda :

\- Les hommes de Razeb ne sont donc plus des *shutsha* ?

La fille, vexée, ne répondit pas. Clara lui demanda ce que signifiait « shutsha ».

Avec un sourire feint, Lusk lui répondit :

\- *Shutsha* est un adjectif employé pour les hommes. Ce mot désigne à la fois le genre biologique et le statut d'esclave, mais il est également employé pour parler d'une chose aux fonctions exclusivement utilitaires et destinée à être jetée après usage ; tous les hommes sont des *shutsha* en Zébulonie.

Clara poussa un soupir et attendit la réponse de la jeune-fille. Mais Ooldrina se détourna.

- C'est la raison pour laquelle je... me montre aussi réticent à aider cette fille, Lux Baiula.
- Maître Methrim, Ooldrina. Nous avons une tâche importante qui nous incombe ici, et il est absolument nécessaire que nous y parvenions. Sans cela, Ooldrina et son amie échoueront et qui sait ce que Zébula et ses Janarae leur feront subir. Ne pouvons-nous pas mettre tout cela de côté ? Ne pouvons-nous pas nous concentrer sur ce qui importe vraiment ?

Après un moment d'une rare tension au cours duquel Ooldrina, remuée par un sentiment de culpabilité, et Lusk, la mâchoire contractée, ne cessèrent de se regarder, les deux finirent par accepter ; l'une avec le hochement vers le haut des Zébuloniens, l'autre avec le hochement vers le bas des Alvinoriens.

La Lux Baiula remercia la Créatrice. Le Zébulonien se maudit en silence, se demandant pourquoi il n'avait pas tout simplement essayé d'attiser la méfiance de la jeune-fille.

- Merci à vous deux, dit Clara.

Puis, avec un ton trop mielleux pour une Lux Baiula, elle ajouta en direction de Lusk :

- Maître Methrim, je sais que vous deviez seulement parfaire la maîtrise d'Ooldrina de la langue zébulonienne et lui enseigner les coutumes de la cour de Zébula. Cependant, j'aimerais que vous fassiez aussi autre chose.

À cet instant, Lusk sentit un hurlement en lui, mais il avait lui aussi sa propre mission :

- Je suis là pour servir, Lux Baiula.

Parvenant à cacher son soulagement mieux qu'elle n'avait su le faire pour son appréhension, Clara répondit :

- Merci. J'ai eu du mal à apprendre à Ooldrina comment protéger son esprit des influences négatives dans le Lien, tout en restant ouverte afin de savoir ce qui s'y trouve. Il semble aussi que je ressente les choses *après* elle, malgré le fait que nous soyons connectées – un grand mystère pour moi. Je me disais que les Zébuloniens ont peut-être une manière différente de protéger leur esprit, ce que vous pourriez lui enseigner, si, bien sûr, les Alterintrants hommes et femmes de votre race accèdent au Lien de la même manière.

Lusk ressentit un coup dans le ventre et un sentiment de révolte envahit sa poitrine. Il n'allait *tout de même pas* apprendre à cette Zébulonienne comment se protéger. Peu lui importait qu'elle ou sa famille de naissance eussent pu fuir la Zébulonie, ou qu'elles traitassent *mieux* les hommes que ne le faisaient les femmes du royaume austral.

Il savait pourtant qu'il n'avait pas d'autre choix que de poursuivre cette mascarade afin de pouvoir continuer sa mission. En y pensant, il réalisa que comme la jeune-fille n'était toujours pas formée, il n'avait rien à craindre d'elle dans le Lien ; son ventre se détendit et sa poitrine se libéra aussitôt.

Soudain, un sentiment de victoire envahit son esprit et il souffla par le nez, ce qui ne manqua pas de raviver la méfiance de la jeune-fille ainsi que l'inquiétude de la Lux Baiula. Il se rendit compte qu'il devait trouver une bonne explication à ce reniflement pour éviter de rompre cet équilibre fragile et dit :

- Pardon, Lux Baiula, Ooldrina. Je repensais à l'ironie de la situation. Mais pour répondre à votre question, Lux Baiula, les Zébuloniens accèdent *en effet* au Lien d'une manière différente. Nous percevons également certaines vibrations bien plus tôt que vous.

Lusk remarqua que Clara tordait ses lèvres avec inquiétude et poursuivit sans le relever.

- C'est comme la musique ; tout le monde peut l'entendre, mais il y en a qui sont plus sensibles à certaines notes ou tonalités. Cela signifie que nous pouvons entendre une chanson avec ces notes ou tonalités plus vite que les autres.

Clara acquiesça, tout en demeurant troublée par ce qu'il venait de dire.

- Alors vous serez d'une grande utilité.

Lusk pencha la tête en signe d'accord.

Ooldrina, qui ne pouvait plus se retenir, demanda :

- Quoi ? Vous êtes un…

- Les Janarae, tout comme la Reine, produisent principalement des êtres féminins. Mais de temps en temps, elles choisissent de créer un homme ; je suis l'un d'eux, répondit Lusk avec un petit sourire.

- Vous êtes fils d'une Janara ?

Cette fois, Lusk acquiesça avec un hochement zébulonien vers le haut.

Ooldrina parut choquée et le geste affirmatif de son compatriote la déconcerta. D'une voix tremblante, elle répondit :

- Je ne… jamais connais d'homme alterintrant.

- J'en suis l'un des rares.

Ooldrina ne posa pas d'autres questions. Le visage de la Lux Baiula s'adoucit d'une manière inhabituelle pour une porteuse de la lumière, tandis qu'elle entrevoyait un accord possible ; de son côté, Lusk paraissait attendre patiemment ses instructions. Au bout d'un moment, la jeune-fille mit sa main droite par-dessus la gauche, près de son corps, et pencha la tête.

Clara se tourna vers Lusk d'un air interrogateur. Le visage de Lusk lui indiqua que la jeune-fille était prête.

- Merci, Ooldrina, dit Clara. Alors, commençons. Maître Methrim, vous savez établir une connexion mentale ?

Lusk acquiesça tout en cachant sa crainte à l'idée de devoir partager son esprit avec la jeune-fille.

- Ooldrina, veuillez vous asseoir sur le tapis et vous préparer à retourner dans le Lien, en prenant soin d'ouvrir votre esprit à ce qui se trouve autour de vous, sans oublier d'ériger des barrières pour vous protéger contre d'éventuelles intrusions nuisibles.

La jeune-fille hésita encore un peu, mais avant que Clara n'eût le temps de le lui reprocher, elle s'assit et se prépara. Clara poursuivit :

- Merci. Maître Methrim et moi allons établir ensemble une connexion mentale afin de vous protéger. Mais c'est seulement lui qui vous guidera pendant que je vous observerai en espérant comprendre comment votre esprit—

Lusk leva les mains pour interrompre la cordon jaune avec un regard d'une intensité inhabituelle :

- En fait, Lux Baiula, je préfèrerais être seul avec elle.

Interdite, Clara rejeta sa tête en arrière, mais cligna des yeux – comme mue par une force invisible – et dit :

- J'ai totalement confiance en vos capacités, Maître Methrim. Et je peux toujours observer les changements dans son métabolisme en cas de stress intense. N'oubliez pas, Ooldrina, d'écouter d'abord votre cœur et ensuite celui du maître Methrim, ajouta-t-elle en levant son index.

Là-dessus, les deux Zébuloniens se préparèrent à entrer dans le Lien.

Lusk s'installa en face d'Ooldrina, et Clara à leurs côtés, mais près de la jeune-fille. Lorsqu'ils furent prêts, Lusk ferma les yeux. Derrière ses paupières et sous la pâleur de son visage en méditation, il s'efforça de calmer sa haine contre la jeune-fille et son envie de la tuer sur-le-champ, tandis qu'il entrait dans le Lien pour l'y retrouver.

Si quelqu'un avait pu l'observer à ce moment, il aurait remarqué aux légers mouvements de ses lèvres et de ses mains qu'il était animé d'émotions contradictoires, dont certaines firent tressaillir Ooldrina à plusieurs reprises. Lusk craignit que Clara ne s'en rendît compte et qu'elle l'arrêtât, mais la Lux Baiula savait que l'opération de connexion mentale était un processus difficile – même pour les meilleurs - et elle ne fit cas ni des tressaillements d'Ooldrina ni des grimaces de Lusk.

Dans le Lien, c'était la tempête, et Lusk dût faire preuve d'une grande volonté pour ne pas s'en prendre à la jeune-fille. Se connecter à une Zébulonienne fut sans doute ce qu'il avait eu de plus pénible à faire – plus encore que ce que ses actions les plus cruelles contre ceux qui s'étaient mis en travers de sa route. Ce qu'il avait fait subir à ses victimes le révoltait, mais cela – être contraint de connecter ses pensées à celles d'une personne dont la race l'avait méprisé toute sa vie – lui retournait l'estomac. Comme il eût aimé la faire souffrir pour tous ces affronts ! Mais la Lux Baiula les surveillait et il lui eût été impossible de ne pas remarquer ses liaisons dangereuses contre sa compatriote.

Ou peut-être pas ? Il avait peut-être montré quelques-unes de ses reliures aux Sœurs, mais il ne leur avait pas tout dévoilé. Dans tous les cas, il ne pouvait pas se permettre de faire du mal à la jeune-fille – l'Umbra l'avait prévenu que le combat entre les deux nations devait absolument être égal et difficile des deux côtés, ce qui revenait à permettre aux Alvinoriens d'avoir un certain avantage sur les Zébuloniens. Il ne pouvait peut-être pas lui faire de mal, mais il pouvait toujours la tenter et salir son esprit avec son entière collaboration.

Après quelques minutes de douloureuses interactions entre les deux itinérants du Lien, Clara commença à se demander si le maître Methrim n'avait pas du mal à établir la connexion. Elle était sur le point de le lui demander lorsqu'elle vit les épaules des deux Zébuloniens se relâcher et entendit leurs battements se synchroniser – signe de la connexion mentale.

À l'abri de la surveillance de Clara, que – pour une raison inconnue – il n'avait jamais essayé de séduire, Lusk laissait à présent le grand Temptator revenir en lui, le tentateur des hommes et des femmes, le meilleur de l'armée de Noctiferus.

Cette transformation se matérialisa dans le Lien, sous la forme qu'il avait choisie pour tenter la jeune-fille, et il se mit à séduire Ooldrina.

La forme d'Ooldrina recula lorsqu'elle le vit si sûr de lui et si attirant. Ce ne fut pas la peur qui causa ce recul, mais le simple fait que l'apparence de Lusk put avoir attisé en elle une flamme qu'elle croyait ne pas exister.

Ayant retrouvé la maîtrise d'elle-même, bien qu'encore fragile, elle demanda en mauvais Zébulonien :

- *Pourquoi vous... avez-vous choisi cette forme, Elak Methrim ?*

Lusk sut qu'il avait piégé la jeune-fille, il prit alors soin de bien protéger ses émotions de peur qu'elle les découvrît tant elles étaient intenses.

La nécessité

Le visage déformé par le dégoût, Octavius envoya :

- *Nous pouvons continuer à nous protéger comme nous l'avons toujours fait, Élyana – en utilisant force et courage.*

Toras se tenait aux côtés de son père dans le Lien, pendant que son corps reposait, jambes croisées, dans la toute nouvelle pièce de contemplation de Col de Corne – un aménagement qui l'avait d'abord déstabilisé, puis intrigué. Il dit :

- *Père, si tu n'avais pas utilisé tes pouvoirs dans les plaines, il y a trois mois, je serais mort !*

La perspective d'entrer en guerre avait changé beaucoup de choses au cours des derniers mois, dont la nécessité pour le roi de communiquer rapidement pour des sujets importants ou en cas d'urgence. Pour aider le haut roi, la Sororité avait accepté de faire entrer dans le Lien certains non-sensoriels de sa cour, à des heures prévues à cet effet. Lina Lux Baiula, une cordon jaune récemment affectée à Col de Corne, y avait emmené Toras. Élyana, Octavius, Aithen, Mitsuko et Darya – cette dernière étant arrivée depuis peu à Furanville afin de préparer le bal que son mari allait donner – avaient pris part à la rencontre depuis la pièce de contemplation de Domus Lucis, l'ambassade de la Sororité à Furanville. Octavius avait décidé de projeter son souvenir de la grande salle d'audience pour offrir aux non-sensoriels – ainsi qu'à lui-même – un certain ancrage dans la réalité.

La forme d'Octavius se frotta le front :

- *Je n'aime pas utiliser les pouvoirs du Lien, tout simplement. Et l'idée que toute notre famille puisse être associée aux Alterintrants – si j'accepte de le faire – me retourne l'estomac.*

Darya, qui se présenta vêtue d'une modeste mais splendide robe inspirée de celles portées par les prêtresses Kynariennes en sortie non officielle dans les rues de la Kynarie, envoya :

- *Octavius, je suis moi aussi une sensorielle, tout le monde le sait et aucun de tes sujets n'a jamais porté un quelconque jugement à ce propos. Pourquoi s'opposerait-on à ce que tes fils exploitent leurs aptitudes dans le Lien ?*

Le roi répondit à la question de sa femme avec plus de douceur :

- *C'est parce que tu as passé le plus clair de ton temps en Kynarie, mon amour, et les gens là-bas se moquent de tes capacités. Mais sache que cela serait différent si tu vivais ici.*

Cette réponse parut ébranler la reine, ce qui ennuya le roi. Mais comme ce n'était pas le lieu pour se préoccuper des sentiments de sa femme, il s'arrêta là.

Élyana envoya :

- *Sire, c'est ainsi que les choses doivent être. Vos fils ont besoin d'être mieux protégés contre les Alterintrants afin de devenir des éléments clés dans la bataille contre les Janarae de Zébula. Nous courons aujourd'hui un trop grand risque pour laisser de tels principes guider nos décisions futures, même s'ils ont été très utiles en temps de paix.*

La forme d'Octavius se mit à vibrer avec intensité. Tout ce qu'il entendait – cette conversation – repoussait les limites de sa tolérance.

Élyana s'arrêta un instant pour laisser au roi le temps de digérer ce qu'elle venait de dire, puis reprit :

- *Et, comme vous devez le savoir, Sire, le recours au Lien n'est pas, en soi, une mauvaise chose. On peut l'utiliser, et on doit le faire, pour réaliser de merveilleuses choses et pour prendre de bonnes décisions, et je suis persuadée que les princes sauront agir avec discernement face aux pouvoirs dont ils seront investis.*

Et, regardant attentivement Octavius, elle conclut :

- *Comme nous tous.*

Le roi passa quelques minutes à arpenter la salle virtuelle, à la recherche de choses qu'il pouvait saisir tandis que son esprit luttait contre cette nouvelle vérité. Soudain, son bureau apparut devant lui et il se mit à paniquer. Il se rendit alors compte qu'il s'était transporté dans son bureau, là où il aimait faire les cent pas pour réfléchir aux éléments compliqués, mais que personne ne l'y avait suivi. Il reçut un envoi de Mitsuko qui s'inquiétait. Guidé par le son de la voix de sa protectrice, il revint dans la grande salle d'audience au grand soulagement de tous.

Embarrassé, le roi s'excusa :

- *Je suis désolé, en faisant les cent pas et en cherchant des choses auxquelles me raccrocher, je me suis déplacé, par inadvertance, dans mon bureau !*

Cette remarque, si anodine fût-elle, permit au roi de réfléchir à ce qu'il pouvait faire d'une manière plus objective. Il se redressa, puis demanda :

- *Que proposez-vous de leur apprendre, Élyana ?*

Les paroles du roi suscitèrent des soupirs de soulagement de la part de Darya et des princes, qui témoignaient également d'une certaine inquiétude. Les réactions des Lux Baiulae - si on avait pu les percer à jour – furent plus diverses, allant de la satisfaction d'Élyana à l'inquiétude relative de Lina, en passant par la curiosité de Mitsuko.

Élyana s'adressa à tout le monde :

- *Avant de commencer leur formation, les princes doivent subir un examen afin que nous connaissions toute l'étendue de leur potentiel. S'ils possèdent la constitution atomique et la flore microbienne pour cela, ils devront recevoir une formation à la fois défensive et... offensive, Sire.*

Le roi sentit un poids lourd s'écraser sur ses épaules, mais il ne s'opposa pas à cette décision et répondit :

- *Alors, qu'il en soit ainsi.*

IV ATTAQUE CONTRE LES BOURRAS

La présence, juste à l'entrée de Lianor, de trente-trois membres de la Garde noire et de cinq Lux Baiulae avait réveillé tous les habitants du hameau habituellement si calme, malgré les récents bouleversements dus aux dernières attaques de bourras et à l'arrivée des clercs d'Aiala. Les gardes formaient maintenant un rang pour recevoir les ordres de la Prima Laiella.

Au moment de prendre la parole, la femme affecta un air aussi fier qu'un Bréminois. Mais ce fut surtout son statut de Lux Baiula qui impressionna la plupart des hommes. Elle déclara :

- Soldats, les créatures que nous nous préparons à affronter dans les grottes n'ont rien de comparable à ce que vous avez combattu jusque-là. Mais vous avez été entraînés à vous défendre contre elles ainsi qu'à les abattre. À chaque instant, rappelez-vous ce que vous avez appris, laissez votre corps accomplir les mouvements qu'on lui a enseignés, et restez proche de votre bataillon, car si vous vous vous perdez là-dedans, il y a de fortes chances pour que vous y restiez. Étant donné que nous ne pourrons utiliser ni lampes ni torches dans les grottes, car les bourras – qui ont une excellente vision nocturne – nous repéreraient immédiatement, chaque bataillon sera mené par une Lux Baiula. Mes Sœurs et moi serons vos guides dans les ténèbres.

Les hommes s'agitèrent, mal à l'aise et déconcertés. L'un d'eux demanda :

- Pardon, Prima. Mais même si vous êtes nos guides, comment pourrons-nous combattre si nous n'y voyons rien ?

Des hommes grognèrent pour approuver la question et l'inquiétude de leur camarade.

- Nous allumerons les lampes dès que cela sera nécessaire.

Le soldat acquiesça, toujours aussi mal à l'aide.

Laiella fit une pause, puis désigna ses Sœurs :

- L'une de mes collègues cordons rouges se joindra à chacun des trois bataillons ; le quatrième sera avec moi. Chaque bataillon ne comptera aussi qu'un seul furan, sinon ce sera le chaos dans ces grottes.

Quelques vétérans se regardèrent inquiets de devoir affronter les bourras sans les furans.

La prima poursuivit :

- Maréna Lux Baiula vous enverra ses lincots–

Un soldat lui coupa la parole pour lui demander ce qu'ils allaient faire de lincots.

Laiella incendia le soldat du regard et celui-ci recula dans un garde situé derrière lui. L'homme le repoussa en avant en l'insultant.

- Comme j'étais en train de le dire, Maréna Lux Baiula se connectera aux lincots et les utilisera comme pisteurs. Elle les enverra en éclaireurs afin que nous connaissions tous les mouvements des bourras en temps réel. Elle transmettra ces informations à chaque chef de bataillon. Donc, tant que nos petits pisteurs ne se font pas empaler par ces monstres, nous n'aurons aucune difficulté à trouver les bourras sans être pris par surprise. Nos épées, et peut-être nos arcs – mais surtout notre talent – sont tout ce dont nous aurons besoin pour accomplir notre mission aujourd'hui, c'est-à-dire tuer ces horribles créatures tapies dans le réseau souterrain, jusqu'à la dernière.

Un soldat demanda, un peu inquiet à l'idée de s'attirer les foudres de l'officière :

- Pardon, Prima, mais pourquoi ne pas les attirer hors des grottes ? Ne serait-il pas plus facile de gagner de cette manière ?

L'impatience de Laiella face à ces innombrables questions commença à se voir, car son visage vert pâle devenait de plus en plus foncé. Encadré par sa chevelure rouge vif, elle avait l'air redoutable.

- Comme je l'ai déjà expliqué, *Rucius*, ici, à l'air libre, ils ont l'avantage. C'est en les piégeant dans la grotte principale où ils semblent aimer se rassembler que nous avons les meilleures chances de les vaincre.

L'homme acquiesça, se forçant à regarder leur capitaine malgré son embarras. Laiella eut l'air de prendre du plaisir à le voir réagir ainsi, et continua de le fixer jusqu'à ce qu'il se mît à tripoter son armure.

L'un des plus âgés demanda d'une voix hésitante :

- Prima… est-ce que nous allons devoir ramper à l'intérieur ou est-ce qu'on pourra se tenir debout ? Je n'ai pas de problème de souplesse, mais je m'inquiète de la possibilité de porter nos armes.

Laiella décida de laisser répondre Maréna et se tourna vers elle pour lui céder la parole.

La cordon jaune se racla la gorge :

- D'après ce que j'ai pu voir par les yeux des lincots – n'oubliez pas qu'ils sont beaucoup plus petits que nous, donc leur appréciation des distances est différente de la nôtre, même si j'ai essayé de réajuster leurs proportions aux nôtres – la plupart des tunnels sont suffisamment hauts et larges pour que deux humains puissent se tenir côte à côte. Les grottes ont l'air de descendre à pic par endroits, et se rétrécir par d'autres, mais, encore une fois, la majorité du réseau devrait être facilement accessible.

Le soldat hocha la tête, mais cachait mal son envie de ridiculiser la cordon jaune pour son explication trop compliquée, ce que la prima ne manqua pas de remarquer. Elle pensait également que la réponse aurait pu être plus simple, mais elle se devait de remettre le soldat à sa place :

- Vous pourrez vous tenir debout dans la plus grande partie du réseau, Domar. Et lorsque ce ne sera pas possible, vous ne devriez pas avoir besoin de vous pencher beaucoup pour être petit.

Le soldat rougit et serra le poing sur son épée, tandis que les autres riaient.

- Tu l'as cherché, soldat…

Hanne le railla :

- Ouais, mais c'est pas pire que ce à quoi Falor a eu droit l'autre fois dans a grotte, alors estime-toi heureux, Domar !

Laiella se tourna vers le prince et lui lança un regard rempli de reproches, comme pour lui rappeler que ces hommes étaient les siens, ce à quoi il répondit par un simple haussement d'épaules. Ils avaient été là tous les deux ce fameux jour, et ceux qui connaissaient la remarque de Laiella à Falor sur les Alvinoriens se remirent à rire. Domar accepta la plaisanterie comme un bon soldat.

Mais il était temps de revenir à la situation. La prima dit alors :

- Bon, avez-vous d'autres questions ?

Lorsque tous répondirent en chœur « Non ! », elle se tourna vers le seigneur commandant et lui demanda s'il voulait ajouter quelque chose.

Toras répondit de manière sarcastique :

- Non, vous avez tout dit.

Laiella fit rouler ses yeux et ordonna à Maréna Lux Baiula d'appeler ses Sœurs afin d'établir la connexion mentale. Elles en auraient besoin pour permettre à la cordon jaune de partager avec les autres ce qu'elle percevrait et pour qu'elles puissent communiquer entre elles.

Les soldats se préparèrent à assister à ce rituel surnaturel, certains avec appétit, d'autres avec crainte, et d'autres encore avec une certaine incompréhension. L'un des soldats reçut un avertissement après avoir chuchoté à ses voisins qu'il avait entendu dire que ce « rituel » n'était pas du tout nécessaire à l'utilisation des pouvoirs de ces femmes, et que c'était une mise en scène destinée à effrayer les non-sensoriels.

Dès que les Sœurs eurent formé un cercle autour de Maréna, la cordon jaune prononça la formule : « Sorores, nostris mentibus nunc nos ligare. »[5]

L'instant d'après, ses cheveux se dressèrent dans toutes les directions, tandis que ceux de ses Sœurs s'étiraient vers elle. Des rubans de lumière bleue reliaient les femmes par leurs cheveux – un spectacle étrange, mais merveilleux – et ces rubans se mirent à crépiter pendant une bonne minute, après quoi leurs cheveux retombèrent avec douceur, dans un mouvement ralenti. Les femmes rouvrirent les yeux, s'adressèrent des signes de tête et se dispersèrent pour accomplir les tâches qui leur avaient été confiées.

Les hommes demeurèrent bouche bée, jusqu'à ce que leurs secundi les fissent sortir de leur torpeur en aboyant.

Pendant ce temps, à l'extérieur du village, nombre d'habitants avaient assisté au rituel en compagnie de deux clercs. De loin, ils n'avaient pas pu voir le visage des femmes au centre du cercle, mais ils avaient reconnu la couleur de leurs robes et avaient entendu les rubans étinceler et claquer. Des malédictions inaudibles résonnaient dans leurs bouches, encouragées par les clercs. Seuls quelques-uns se taisaient – refusant de participer à ces absurdités superstitieuses – et continuaient d'observer avec attention le spectacle de cette étrange force militaire.

Une fois que Laiella eut la confirmation que tous les bataillons étaient prêts, elle fit un signe de tête à sa Sœur cordon jaune, se tourna vers Toras, attendant son feu vert, puis la compagnie décolla pour rejoindre l'entrée de la grotte située à quelque cinq kilomètres de là.

Tandis que les équipes furanes prenaient de l'altitude, Maréna Lux Baiula regardait clercs et villageois d'un œil méfiant. Quelques gardes demeuraient à ses côtés et elle savait que nul ne chercherait à menacer une Lux Baiula, mais elle avait besoin de concentration pour guider les gardes dans les

---

[5] Mes Sœurs, que nos esprits se relient.

tunnels. Avec un peu de chance, ils resteraient à l'écart et se contenteraient de râler de loin.

Lorsque les derniers soldats de la compagnie eurent disparu au-dessus des nuages, la cordon jaune rejoignit sa tente, s'assit au sol et entra dans le Lien. Une fois à l'intérieur de cet espace éthéré, elle se connecta aux lincots qu'elle avait dispersés la veille pour cartographier le réseau souterrain et pister les bourras. La carte était encore lacunaire, mais elle serait bientôt complète, elle en était convaincue. Elle était presque sûre que les lincots avaient trouvé la grotte dans laquelle les bourras étaient assemblés. C'était là qu'elle devait guider le bataillon d'assaut aujourd'hui.

Se connecter à de petites créatures n'était pas une entreprise difficile, mais pour se connecter à l'esprit d'un animal – et conserver ce lien – il fallait soit le voir, soit l'entendre, soit l'isoler parmi les autres animaux qui se trouvaient à cet endroit. Comme Maréna n'était pas capable de les isoler des autres animaux dans les grottes, elle avait emmené avec elle une douzaine de petits octopodes, une espèce endémique de Haute-Alvinorie, et inexistante dans l'Est. Elle serait ainsi capable de distinguer facilement leurs vibrations de celles des autres animaux de la région.

Après avoir passé une minute à chercher leurs vibrations, Maréna parvint à se connecter aux douze créatures. Le flot de flux sensoriels l'étourdit un instant, mais pas plus longtemps. En effet, au cours de ses douze mois d'entraînement intense en Kynarie, Maréna avait appris à atténuer la puissance des flux qui aurait probablement étouffé une autre Lux Baiula. Elle avait également appris à activer et désactiver sur demande le flux de chaque animal. Cela posait cependant un problème, car l'activation des différents flux – en séquence et non simultanément – impliquait un changement de perspective soudain et une certaine désorientation lorsque les pisteurs se déplaçaient dans différentes directions.

À cet instant, Maréna vit par les yeux des lincots en cage que la compagnie venait d'atterrir et qu'une forme qui ressemblait à Sheffar – la vision des créatures était différente de celle d'un humain et difficile à interpréter – brandissait une griffe de bourras sous leurs nez pour les entraîner à supporter cette odeur. Les pisteurs, dont elle accueillait les flux sensoriels, réagirent par une violente excitation de leur centre olfactif, ce que le cerveau de Maréna analysa comme une sensation de nausée et d'écœurement.

Alors qu'elle se remettait, elle vit une main ouvrir la cage, et onze lincots se précipitèrent dehors, devant celui dont elle percevait le flux. En un instant, tous étaient dans la grotte, à la poursuite de leurs cibles. Maréna fut submergée par l'empressement des douze animaux. Ce raz de marée devint encore plus difficile à gérer à cause de la myriade d'odeurs que son petit informateur lui transmettait ; c'était comme si les bourras avaient rapporté leurs proies pour s'en repaître.

Je suis désolée, petit. Même si je t'aime bien, je ne peux pas rester connectée à toi. C'est trop.

Et Maréna se débarrassa de la plupart des flux du petit pisteur, sauf ceux liés aux sons et aux odeurs qu'elle commençait à recueillir, un par un, également auprès des autres lincots.

Dès que les différents flux furent à peu près organisés dans son esprit, elle se mit à les analyser avant de contacter les cordons rouges.

- *Mes Sœurs, les pisteurs n'ont encore détecté aucun bourras. Dès qu'ils en rencontreront un dans les tunnels, je vous en informerai. Espérons toutefois que le gros de la colonie se trouvera dans la grotte principale, et que vous n'aurez pas à craindre de vous retrouver piégés par des bourras qui errent dans le réseau.*

Les cordons rouges envoyèrent un signe de tête et guidèrent leurs bataillons respectifs de grotte en grotte, tandis que la pression montait chez les hommes qui progressaient à l'aveuglette. De son côté, Maréna reporta son attention sur les pisteurs.

À cet instant, l'un des petits octopodes poussa un cri et se mit à siffler. Une intense odeur fétide accompagna les cris d'agonie de l'animal empalé par un bourras. Maréna ne ressentit pas la douleur, ce dont elle se félicita, mais les gémissements du pauvre lincot suffit à la secouer ; elle coupa sa connexion à l'animal.

Sa formation en lecture animale n'avait jamais intégré le traitement des émotions et des sensations d'animaux en souffrance, étant donné qu'elle avait eu lieu dans des environnements contrôlés et que les prêtresses kynariennes ne faisaient pas délibérément mal au sujet de leurs expériences. Elle se demanda, le temps d'une pensée fugace, si sa formation n'allait pas se révéler inadéquate. Elle grogna et pria pour qu'aucun autre lincot ne fût ainsi tué, puis elle atténua la puissance des flux au cas où cela se reproduirait. Au moins, se dit-elle, ce n'était pas son petit informateur.

La cordon jaune envoya une communication à ses collègues :

- *Mes Sœurs, un bourras vient de transpercer un lincot. Je vous envoie ses coordonnées.*

Au bout d'une quinzaine de minutes, deux lincots – situés dans deux tunnels distincts – arrivèrent dans la grotte principale, là où les bourras s'étaient réunis la veille. Les signaux que l'un des lincots lui envoya n'étaient pas clairs et elle ne put déterminer combien de créatures se trouvaient là, bien que ses flux olfactifs fussent alors submergés. En revanche, les signaux visuels de l'autre lincot étaient plus précis, et elle vit clairement la colonie ; elle était grande, vraiment grande. Maréna avala sa salive. La cordon jaune reçut en plus des signaux auditifs de la part de trois autres pisteurs. Ceux-là avaient trouvé des bourras qui erraient dans des tunnels secondaires, sans doute de retour d'une chasse infructueuse, si Maréna interprétait correctement les grognements des lincots.

Sans tarder, la femme envoya un message à ses quatre collègues pour leur signaler la présence de la colonie dans la grotte centrale, et pour avertir Lira Lux Baiula que des bourras se trouvaient en amont.

Dans le tunnel le plus septentrional, le prince rappela les ordres à ses hommes, pour apaiser leur nervosité dans le tunnel obscur. Ses chuchotements sonnaient parfois comme le sifflement du Scytale, ce qui contribua à augmenter le malaise des soldats.

- N'oubliez pas, nous attaquons seulement au signal de Xéna, c'est-à-dire lorsque tous les bataillons seront arrivés à la grotte centrale. C'est aussi valable pour toi, Scratch. Tu attaques quand je te le dis.

Même sans voir le furan, Toras savait au bruit qu'il faisait que Scratch n'avait pas apprécié cet ordre.

- Rappelez-vous aussi que si vous éventrez un bourras, vous devez vous éloigner rapidement de lui, sans quoi vous resterez englué dans la substance qui s'échappe de leurs tripes. Et battez-vous par groupes de deux, dos à dos, pour éviter de vous faire surprendre par-derrière.

Les hommes grognèrent qu'ils avaient compris, et deux le firent en jurant, puis ils continuèrent leur progression – en file, main sur l'épaule du précédent – avec Xéna en tête dans les passages sombres. Scratch restait auprès de son maître autant qu'il le pouvait. Tout le monde attendait impatiemment de retrouver un peu de lumière et d'affronter l'ennemi.

Dans un autre tunnel, Lira Lux Baiula avançait avec son équipe. Tous marchaient avec précaution sur le sol inégal, de peur de trébucher ou de tomber, sauf Coureur – le furan de Sheffar – qui n'avait aucun problème avec le sol, mais qui était gêné par l'étroitesse du chemin. Ses plaintes sonnaient comme les gazouillis agacés d'un voleteur essayant d'éloigner les autres mâles de son nid, et Sheffar fut obligé de le faire taire plus d'une fois.

Tout en prêtant attention à ce qu'elle sentait autour d'elle et qui pouvait indiquer la présence d'un danger, et en restant attentive aux envois de Maréna ou de ses autres Sœurs, Lira sentait que les hommes faisaient de leur mieux pour mémoriser chaque descente et chaque virage des tunnels au cas où le pire arrivât et qu'ils dussent sortir de là par eux-mêmes. Elle se promit de tout faire pour éviter cela.

Quelques virages, une ascension surprenante et une bonne centaine de mètres de descente plus tard, Lira s'arrêta. Dans l'ordre, le secundus Sheffar et les six hommes qui le suivaient à la queue leu leu l'imitèrent.

Cette dernière portion des grottes étant plus large, le furan, qui marchait à quelques pas de Sheffar, ne sentit pas son maître s'arrêter. N'entendant plus le pas de son maître, il se mit à protester, et Sheffar lui fit signe de faire silence.

Lira chuchota :

- Secundus, il y a trois créatures dans un tunnel transversal, juste devant nous à gauche. Je propose que nous avancions jusqu'à arriver un peu avant le passage. Nous laisserons quatre hommes ici, et les autres passeront par l'autre côté.

Sheffar répondit avec le même volume :

- Ne vont-ils pas nous repérer dès que nous traverserons ?
- J'allumerai les lampes à ce moment-là. Nous serons momentanément aveuglés, mais cela devrait les aveugler plus longtemps.

Sheffar grogna :

- Très bien – si vous le dites. Messieurs, faisons ce que propose la Lux Baiula. Francis, Domar et Yaris, vous resterez avec moi de ce côté – et aussi Coureur, reste avec moi. Zeb, Larus, et Mirko, vous suivrez Lira Lux Baiula et irez vous placer de l'autre côté du passage. Si les créatures se trouvent toujours dans le tunnel parallèle lorsque nous recouvrerons la vue, nous leur décocherons des flèches. Si nous sommes trop proches pour les flèches, pensez à votre entraînement et préparez-vous au combat rapproché.

Comme le bataillon reprenait son étrange progression de main sur épaule, le cri aigu d'un lincot tué atteignit leurs oreilles. Sans le vouloir, des mains se crispèrent sur les épaules qu'elles tenaient.

Maréna transmit un envoi urgent à Lira disant :

- *Lira, le lincot qui pistait les bourras près de vous vient d'être transpercé. Je ne peux plus vous guider, mais juste avant que le lincot ne soit tué, il m'a montré que les créatures étaient encore à une douzaine de mètres de votre tunnel.*
- *Peux-tu en envoyer un autre à sa place ?*
- *Je suis désolée ; je ne suis pas encore capable de les contrôler.*

La cordon rouge envoya un soupir à sa collègue, puis invita les hommes à la suivre avec un « Allez » presque imperceptible. Quelque douze pas plus loin, elle s'arrêta et dit :

- On y est, Secundus. Vous trois, vous traverserez avec moi, sortez vos épées, nous n'aurons probablement pas la possibilité d'utiliser les arcs.

Des grognements de surprise s'élevaient du tunnel transversal, à quelques pas des soldats, quand tout à coup une lumière aveuglante illumina la grotte. Lira encouragea les trois soldats à la suivre.

L'instant d'après, ses yeux virent à nouveau et elle aperçut les bourras à seulement deux longueurs d'épée. Ils se frottaient les yeux, et leurs sifflements paraissaient à la fois gênés et furieux. Lira voulut attaquer, mais aucun des six hommes n'avait encore recouvré la vue.

Elle siffla :

- Allez, soldats, allez !

Leur rétablissement parut interminable, mais ils finirent par lui indiquer d'un geste de la main qu'ils y voyaient à nouveau. Lira leur fit signe à son tour, leur demandant de ne pas faire de bruit, puis elle se mit à gratter le sol de la grotte de la pointe de son épée. Cela attira l'attention des bourras qui – toujours éblouis – lancèrent une douzaine de traits à l'aveuglette. *Parfait. Espérons qu'ils vont continuer ainsi et qu'ils seront à court de munitions avant d'avoir recouvré la vue.*

Sheffar, qui se tenait en face de Lira de l'autre côté du passage, la regarda avec insistance. Ses gestes indiquaient qu'il voulait attaquer sans tarder, avant que le bataillon ne perdît son avantage. Lira secoua la tête et agita son épée en direction du sol. Sheffar comprit et se mit lui aussi à gratter le sol. Les bourras décochèrent une nouvelle série de piques qui se fichèrent dans les parois et dans le plafond de la cavité, plutôt que d'atteindre les hommes.

Lira essayait de savoir si les créatures étaient en train de récupérer leur vision lorsque l'une d'elles la fixa droit dans les yeux en grognant avec fureur. Le bourras, qui semblait à la tête de la petite troupe, agita son bras crochu et chargea.

Sheffar chuchota :

- Soldats, Coureur, tenez-vous prêts !

Il ne nomma pas la Lux Baiula, n'étant pas sûr d'avoir le droit de lui donner des ordres, mais elle acquiesça tout de même.

Le temps de trois battements de cœur effrénés, les bourras apparaissaient déjà dans le tunnel principal. Sheffar s'élança dans un hurlement si terrifiant que les bourras sursautèrent, et ses hommes attaquèrent.

Mais le chef des monstres reprit ses esprits à la vitesse de l'éclair, se retourna et para le coup de Sheffar d'un geste rapide de son bras droit. Sans attendre, il lança son bras gauche qui aurait embroché Sheffar si Coureur n'avait pas jailli sur la créature pour l'amputer de son crochet. La bête cria, mais son membre repoussa aussitôt.

Les deux autres bourras – une bête imposante et l'autre un peu plus grêle – lançaient des piques vers leurs adversaires malgré la courte distance. Lira Lux Baiula se protégea du colosse avec son petit bouclier, puis sauta sur lui avec toute l'agilité qui caractérisait une Lux Baiula.

Les soldats de la Garde noire encerclèrent le plus agile et l'attaquèrent de tous côtés, sans relâche. Mais à leur grande surprise, le bourras libéra plusieurs traits coup sur coup. Deux hommes furent touchés. Lira Lux Baiula, qui se battait en arrière, reçut un trait perdu.

La femme gémit : la pique empoisonnée avait traversé sa cuisse, mais elle continua de se battre tant bien que mal. Quant aux deux soldats, ils s'effondrèrent, pris de spasmes.

Le chef de meute, dont le crochet n'avait pas totalement repoussé, se battait toujours malgré son handicap. Le monstre fouetta le secundus et son furan de sa langue rouge et combattit de plus belle, comme s'il défendait quelque chose. Mais que pouvait-il protéger ? Cette question allait et venait dans l'esprit de Sheffar, sans jamais se cristalliser. Le monstre envoya encore quelques piques sur Sheffar et Coureur, le premier tentant désespérément de parer les projectiles, et le second bondissant de droite à gauche pour éviter les traits organiques.

Sheffar cherchait une idée. Son cerveau s'accrocha à la seule qui lui vint. Il fit signe à son furan de reculer et de se tenir tranquille un moment. Coureur obéit, malgré quelques tentatives avortées tandis qu'il s'éloignait et resta à l'affût du signal de son maître.

Le secundus harcelait le bourras sans relâche, si bien que ce dernier en oublia le furan.

La créature intensifia ses efforts pour combattre l'humain, balançant son bras déformé et lançant des piques, mais à une cadence un peu moins soutenue.

La dernière pointe égratigna le cou de Sheffar et l'homme paniqua à l'idée d'avoir été empoissonné. Il hurla et ragea, furieux qu'il était. Il ne souhaitait qu'une chose : tuer cette maudite chose. Il attaqua le bourras et le frappa avec son bouclier.

La créature agrippa le bouclier et Sheffar tira de toutes ses forces pour déséquilibrer la chose qui essayait de l'attraper avec son autre bras. Le secundus vit l'occasion qu'il attendait et appela son furan.

À l'instant où le bourras s'apprêtait à lancer une pique sur le côté, Coureur fondit sur lui, enfonça son bec dans son large cou et le brisa. Le bourras se débattit frénétiquement, mais finit par s'effondrer, faisant trembler le tunnel, ce qui éteignit la lampe organique. Les ténèbres s'abattirent d'un seul coup et les soldats se mirent à paniquer. Les deux bourras survivants – qui savaient qu'ils avaient maintenant l'avantage – poussèrent un horrible sifflement et leurs rires s'élevèrent avant de céder la place au silence.

Sheffar, Lira et les quatre hommes encore debout, grognèrent. L'un d'eux demanda d'une voix tremblotante :

- Lux Baiula, pouvez-vous rallumer la lumière ?
- Je suis désolée. Je ne vais pas pouvoir avant quelques minutes.

Le soldat chuchota :

- Que fait-on maintenant ?

Le bruit de traits s'enfonçant dans le corps de l'homme, suivi de râles, perça les ténèbres. Lira ordonna aux soldats de s'aplatir contre les parois, de se couvrir de leur bouclier et de se protéger avec leurs lames en cas de nouvel assaut de piques.

Mais Lira ne bougea pas. Elle contacta Maréna, espérant que celle-ci aurait un autre pisteur à proximité. Il n'y en avait aucun, et Lira décida de demeurer en transe et d'ouvrir ses sens à tout ce qu'elle pourrait percevoir. Elle ressentit des décharges électriques provenant de l'un des soldats qui agonisaient à ses pieds. Le battement de cœur d'un autre soldat lui parvint et lui indiqua qu'il était sur le point de passer à l'action. En une fraction de seconde, après un rapide débat avec elle-même, elle entra de force dans son esprit pour le calmer. Puis elle sentit le bruit étouffé, mais bien réel de l'air déplacé par un objet qui arrivait vers elle. Elle tenta de parer le coup avec son bouclier, mais il était trop tard. La pique vint se ficher dans le côté de son ventre dans un bruit de déchirure.

Lira gémit dans un frisson mortifère et le bourras poussa un hurlement victorieux. Mais son rire puissant avait donné à Coureur une cible. Le furan l'attaqua et enfonça son bec dans la colonne vertébrale de la créature.

À moitié adossée contre la paroi, Lira tenta d'entrer dans le Lien pour ralentir la progression du poison. Elle n'eut malheureusement pas l'énergie de le faire. Espérant que l'une de ses Sœurs pût la trouver et prélever sa mémoire avant que l'intégralité de sa vie et de ses expériences ne s'évanouisse, Lira employa son dernier soupir à *murmurer* le message qu'elle aurait dû leur envoyer. Son cerveau s'éteignit tandis qu'il réalisait son erreur.

Le gémissement de la victime de Coureur alerta le dernier de ses congénères. Le monstre se détourna des soldats qu'il s'apprêtait à empaler et lança ses dernières piques sur Coureur. Par chance, le furan ouvrit ses ailes et bloqua les projectiles avant qu'ils n'eussent pu attendre son corps. Mais le poison se répandit bientôt dans ses organes membraneux, et une douleur terrible l'étreignit. Voyant le furan affaibli, le colosse se jeta sur lui.

Le grondement meurtrier de la créature suivi du cri de détresse de son furan attira l'attention de Sheffar. Le soldat n'y voyait rien, à part quelques ombres. Il appela Coureur, mais le furan n'était pas en état de lui répondre, luttant pour sa vie. Le secundus plaça alors sa main gauche devant lui et – l'épée dans sa main droite – se laissa guider par les sons.

L'officier sentit son pouls accélérer tandis que son esprit tentait d'analyser les données qu'il recevait pour décider de s'arrêter, reculer, parer ou frapper. Mais en trébuchant sur une pierre, sa main atterrit sur la peau nue et bosselée du dos d'un bourras. Sheffar sursauta et à l'instant où il décida de frapper, la créature se retourna et le projeta au sol. Il rejeta d'un seul coup l'air de ses poumons alors qu'il atterrissait sur une pierre pointue. Il hurla.

Le bourras s'apprêtait à lui porter le coup fatal dans un grognement sadique, quand Coureur – dont le flanc et les ailes saignaient abondamment – trouva la force de se relever pour aller enfoncer son bec dans le bras charnu de la créature. Le bourras hurla et tenta de libérer son bras, mais le furan mordit de plus belle, jusqu'à briser le membre.

À ce moment, la lumière se répandit de manière inattendue et aveugla tout le monde. Sheffar recouvra rapidement la vue cette fois ; il en profita pour planter sa lame dans le dos du bourras et l'acheva. La créature lâcha un dernier cri et tomba à terre, morte, tandis que Sheffar et Coureur s'effondraient, épuisés. Sheffar jeta un rapide coup d'œil autour de lui ; Yaris, Mirko, et Larus étaient toujours vivants. Yaris le regarda avec des yeux farouches, remplis de colère. L'homme avait bien dit qu'il détestait les grottes et leur obscurité. Heureusement, il pouvait au moins se tenir debout dans ces tunnels.

Qu'auraient-ils fait s'ils avaient dû ramper ?

Près d'une des entrées de la grotte principale, Toras et son bataillon attendaient avec impatience. Ils avaient tenu bon face à la nausée provoquée par l'odeur de la chair cuite dont ils imaginaient l'origine.

Toras chuchota à Xéna :

- As-tu reçu la confirmation que toutes les équipes sont en place ?

Xéna lança un regard sombre au seigneur commandant. Elle lui répondit qu'il n'y avait que trois bataillons puisque celui de Lira et Sheffar n'avait pas réussi et qu'il fallait d'ailleurs se dépêcher pour qu'elle et ses sœurs pussent recueillir la mémoire de Lira avant que celle-ci disparût.

Toras avala sa salive et durcit ses traits avant de répondre :

- Alors nous serons trois bataillons contre ces choses ! Mais, Xéna, notre mission est devant nous, dans cette grotte. Si nous pouvons atteindre votre Sœur, nous le ferons. Mais vous devez vous concentrer sur le ici et maintenant.

La Lux Baiula regarda le prince d'un œil meurtrier. Elle savait toutefois qu'il avait raison, et elle relâcha ses épaules autant qu'une cordon rouge pouvait le faire sur un champ de bataille : c'est à dire pas suffisamment pour que son relâchement fût remarqué.

Toras poursuivit ; ne faisant aucun cas des sentiments de la femme :

- Vous pensez qu'il y en a combien là-dedans ? Trente, quarante, cinquante ?

Xéna soupira :

- J'en compte une quarantaine devant nous. Laiella et Ulva en ont dénombré une soixantaine à elles deux, pardelà ces colonnes. Je dirais une bonne centaine.
- Ça en fait quatre contre un. Bon, peu importe, nous en tuerons autant que nous le pourrons au premier tour, et nous utiliserons les stalagmites et les stalactites pour nous protéger jusqu'à ce qu'ils soient à court de munitions.

Doutant du plan de Toras, Xéna fronça les sourcils.

- Je ne suis pas certaine qu'ils soient aussi bêtes pour gaspiller ainsi tous leurs traits ; ils fonceront sur nous.
- Pas s'ils voient les furans.
- Vous voulez mettre les furans en première ligne ?!
- Pas tout à fait. Êtes-vous capable d'utiliser vos capacités de liaison maintenant ?

Xéna acquiesça :

- Il devrait y avoir suffisamment d'oxygène ici.
- Pouvez-vous créer une sorte de bouclier sur les furans pour bloquer les projectiles ?
- Hum, je ne pense pas. Les boucliers ne repoussent que les objets contenant du métal.
- Queue d'grass.
- Mais, peut-être que je pourrais déformer l'air devant eux. Cela pourrait au moins ralentir les piques des créatures et donner aux furans le temps de les éviter.
- Vous êtes sûre ?

Recevant un signe positif de Xéna, le prince dit :

- D'accord, alors faisons ça.

Il se tourna ensuite vers Scratch et lui dit :

- Scratch, tu comprends ce que je veux que tu fasses ? C'est dangereux, mais la Lux Baiula sera là pour te protéger.

Scratch acquiesça sans conviction et pépia pour demander plus d'informations.

- Je veux juste que vous leur fassiez face. Quand nous fonçons sur eux ou quand les bourras attaquent, alors vous attaquez. Et restez calmes en voyant leurs traits. Soyez simplement vigilants et mobiles pour éviter les projectiles.

Scratch acquiesça avec davantage de conviction cette fois.

- C'est bon. Xéna, veuillez demander à Laiella et à Ulva de préparer leurs bataillons. Nous entrerons sur vos ordres.

Un grognement qui sous-entendait une autre idée partit de Xéna.

- Qu'y a-t-il ? Vous n'êtes pas d'accord ?
- Je vous propose de créer une diversion.
- C'est ce que j'allais dire. Pouvez-vous créer un bruit ou faire quelque chose qui inciterait les créatures à se tourner vers la paroi du fond ?
- Je peux faire encore mieux ; je peux lancer une spirale de feu parmi eux.
- Non, ça les ferait se disperser, et je ne veux pas qu'ils nous voient avant que nous soyons en position. S'il vous plaît, faites ce que je vous demande, Lux Baiula.

La cordon rouge lança un regard glacial au prince, mais elle se tut et accepta, malgré tout. Elle avait compris qu'il était inutile de remettre en question les ordres du seigneur commandant devant ses hommes. Elle envoya alors un message à ses Sœurs et se prépara à créer une diversion sur la paroi du fond.

Alors que Toras et ses hommes se mettaient en place, Xéna les interrompit en se raclant la gorge :

- Pardon, mon Seigneur Commandant, mais la première barrière Laiella n'est pas d'accord avec votre plan.
- Quoi ?

- Elle dit qu'il vaudrait mieux en abattre un maximum avant d'entrer... avec quelques embardées de spirales enflammées.
- Je vous ai déjà dit non, pourquoi lui dirais-je oui ?

Xéna parut choquée, comme si le prince venait de lui poser la question la plus stupide au monde.

- Veuillez dire à Laiella que c'est moi qui commande et que je ne suis pas d'accord avec elle, tout comme je ne l'ai pas été avec vous. Il est évident qu'elle ne trouve pas mon plan insensé, sinon elle l'aurait dit plutôt que de suggérer quelque chose de *mieux*.

Visiblement, le prince connaissait bien les méthodes de sa prima, et elle acquiesça. Elle envoya ensuite la réponse de Toras à Laiella.

- Alors, qu'a-t-elle dit ?
- Elle fera ce que vous commandez.
- Enfin. Maintenant, la diversion.

L'instant d'après, un grand bruit répétitif ébranla les bourras et les fit se retourner dans sa direction. Comme le bruit continuait, quelques-uns lâchèrent la nourriture qu'ils tenaient dans leurs mains et se levèrent inquiets, ne sachant pas s'ils devaient s'approcher de la paroi pour l'examiner ou s'enfuir.

- Allons-y, lança Toras ; et Xéna relaya l'ordre à ses Sœurs.

Comme ils entraient, Toras se retourna vers les autres bataillons. Il leur fit signe de se mettre en position derrière les grosses stalagmites.

Toras sentit son pouls s'accélérer à l'idée du combat imminent ; ils n'avaient jamais combattu, et encore moins attaqué une horde aussi importante. Jusqu'à présent, ils s'étaient seulement défendus contre de petits groupes de ces créatures. Là, c'était bien différent, et il espérait ne pas avoir conduit ses troupes à l'abattoir. Tandis qu'il continuait d'avancer, il se demanda si c'était la demeure des bourras. Si ce n'était pas le cas, où était-elle – s'ils en avaient une ? Et pourquoi, alors, se rassemblaient-ils ici ?

La voix de Xéna interrompit les pensées du prince.

- Commandant, nous sommes tous en position. Et le bruit retient *en effet* l'attention des créatures sur la paroi ; ils sont probablement plus stupides que nous le pensions.

C'est alors qu'un immense bourras à la peau rougeâtre et boursouflée tourna le regard dans l'autre direction, comme pour contredire Xéna. La chair de la créature semblait étrangement gélatineuse. Si le bourras n'eût pas été si massif, ses épaisses bosses indiquant sa puissante musculature, tout le monde l'eût ignoré en riant. Un hurlement de colère s'éleva de la poitrine du monstre, attirant l'attention de ses compagnons qui se détournèrent de la paroi pour regarder dans la même direction que lui. Lorsqu'ils remarquèrent les humains et les furans, ils poussèrent des cris stridents.

Toras dit d'une voix sombre :

- Eh bien, j'espérais que nous frapperions les premiers, mais c'est comme ça. Espérons qu'aucun d'eux ne nous surprendra par-derrière.

Rugissant à son tour, Toras commanda de passer à l'attaque. Les furans se placèrent devant chaque équipe, mais avec prudence ; ils étaient courageux et même dangereux, mais pas stupides ; contrairement à certains humanoïdes, ils n'avaient pas la soif de tuer dans le sang. Les trois Lux Baiulae se dépêchèrent de générer des liaisons qu'elles espéraient capables de protéger les furans. Flèches et jets enflammés partirent à l'assaut de la chair. Ce fut le chaos.

L'énorme bourras, qui était probablement le chef, grogna, et ses piques se mirent à fuser vers les assaillants. Mais il ne donna pas à ses congénères l'ordre de les assaillir ; les furans paraissaient les retenir, pour le moment.

Les mains moites, Toras regarda Scratch et les deux autres furans, priant les voûtes sombres que les liaisons des Lux Baiulae fussent efficaces. Il poussa un soupir de soulagement et sourit avec reconnaissance à Xéna lorsqu'il vit les furans esquiver facilement les piques.

Les bourras ne comprirent pas ce qu'il se passait et, bien que leur chef les poussait maintenant à avancer, ils refusèrent de le faire. Beaucoup tombèrent – surtout les plus petits – sous les flèches et les jets enflammés qui les frappaient de plein fouet.

Xéna jeta un regard en coin à Toras :
- Votre stratégie fonctionne, sauf que nous n'en tuons pas autant qu'il le faudrait.

Toras hocha la tête d'un air inquiet, puis se mit à lancer des flèches à son tour, visant le chef. Mais la créature n'en avait que faire, quoiqu'elle semblât fâchée, et effrayée pour ses congénères. Le chef agita frénétiquement ses bras courts et poussa des glapissements comme s'il suppliait une partie de la colonie d'aller se cacher. Toras et Xéna se regardèrent stupéfaits, ne comprenant pas ce qui était en train de se passer.

Puis Xéna blêmit. Elle venait de recevoir un envoi de Laiella, lui disant qu'elle avait senti une vibration provenant de l'un des bourras près d'elle.

Elle demanda à la prima :
- *Que veux-tu dire, tu as reçu une vibration d'un bourras ?*
- *C'était une pensée. Ça sonnait comme une pensée. Une pensée apaisante et suppliante. Et il m'a envoyé l'image d'une femme en train d'allaiter. Ce ne sont pas tous des combattants.*
- *Quoi ???*

Ulva, qui écoutait l'échange de pensées, mais avait gardé le silence jusqu'à lors, apporta une clarification :
- *Xéna, je crois qu'elles les portent dans les replis de leur peau. Je viens juste d'en voir un gigoter tandis que sa mère fuyait pour éviter nos flèches. Et il y en a d'autres moins petits qui se cachent sous elles.*
- *Alors que fait-on ?*

La prima envoya :
- *Nous devons les laisser partir, Xéna. Dis-le au seigneur commandant. Immédiatement.*

Xéna reprit des couleurs en se préparant à transmettre l'ordre de sa supérieure, puis se tourna vers le prince agité :

- Laiella dit qu'il y a ici des femmes qui allaitent et des enfants parmi les créatures. Nous devons les laisser partir, ajouta-t-elle sur un ton qui ne laissait aucune place au débat.

Toras se figea l'espace d'un instant, mais un trait le força à se baisser pour s'accroupir derrière une stalagmite. Il secoua la tête, en proie à la colère.

- Ces créatures sont dangereuses, Lux Baiula. Ce sont des mangeurs d'hommes ! Que proposez-vous ? De battre en retraite. De lever un drapeau pour leur permettre de sortir en toute sécurité avant que nous puissions reprendre les hostilités avec leurs mâles ?

Durcissant son visage d'un regard assassin, Xéna dit au prince :

- Laiella, Ulva et moi sommes d'accord pour dire que nous ne pouvons pas les attaquer. Nous devons trouver un moyen de les faire sortir.

Toras était sur le point de hurler. Elles n'étaient *pas d'accord* ? Au lieu de cela, il poussa un petit grognement et dit :

- Est-ce que les jeunes et les femelles prennent part au combat ?

Xéna secoua la tête.

Dans un autre contexte, Toras eut fait arrêter la femme, mais à présent, il n'avait pas le choix. Sa réponse vint dans un souffle :

- D'accord. Il y a un tunnel sur la paroi du fond. Dis à tout le monde de laisser le passage libre. Si les femelles et leurs enfants s'enfuient par là, nous ne les pourchasserons pas. Mais si les créatures utilisent cette tactique pour nous prendre par-derrière, nous les tuerons *tous*.

La cordon rouge parut soulagée ; elle acquiesça, transmit l'ordre à ses Sœurs, puis cria la consigne aux hommes de l'escouade pour bien se faire entendre.

De fugaces pensées à propos des raisons qui le poussaient à ne pas accorder toute sa confiance à la sororité traversèrent l'esprit de Toras, puis il reprit le combat.

Quelques secondes plus tard, des miniatures de bourras accompagnés de modèles plus grands portant des poches de lactation sur les flancs se mirent à sortir par la paroi du fond. Les femelles lancèrent des regards haineux aux humains, tandis que l'une d'elles parut regarder Laiella avec reconnaissance. Toras avala sa salive en croyant entendre le chef pousser un soupir de soulagement, juste avant de grogner quelque chose à ses soldats qui revinrent à l'attaque avec encore plus d'intensité.

Dix minutes après le début du combat, un cri s'éleva à gauche du prince. Le premier homme venait de tomber – dans le bataillon de Laiella. Mais la prima ne sembla pas s'en préoccuper et continua à lancer des traits enflammés sur les bourras au milieu des jets de piques.

- Prima, l'un de vos hommes est à terre ! cria Toras.
- C'est un soldat, il sait ce qu'est la mort, lui répondit Laiella.

Toras se retourna pour décocher une autre volée de flèches sur les bourras, puis ordonna à Laiella d'aller voir l'homme. La cordon rouge lâcha un grognement désapprobateur et rappela son furan pendant qu'elle examinait le soldat. Les six autres gardes de son bataillon lui jetèrent des regards furibonds. Pendant que Laiella s'occupait de Corian, les autres poussèrent des cris d'alerte : le départ du furan avait encouragé une douzaine de bourras à avancer.

Laiella ordonna à un autre garde, Ruvius, de s'occuper du soldat blessé, puis retourna au combat. Elle généra un nouveau bouclier devant son furan, Racine, avant de le renvoyer au-devant des bourras qui continuaient d'avancer.

Les créatures reculèrent immédiatement en voyant revenir le furan. Leur chef proféra des paroles dans leur langue inintelligible pour les inciter à avancer. Les voyant toujours indécis, il s'élança en avant, renversant tous ceux qui se trouvaient sur son chemin, visiblement agacé par la lâcheté de ses congénères et par ce combat interminable.

Laiella ordonna à ses hommes de tirer à volonté sur le géant, pendant qu'elle lançait des rafales de jets enflammés. Tous, et surtout Laiella, regardaient médusés la créature avancer vers le bataillon, sans se soucier des flèches qui se fichaient dans sa chair ni des projectiles reliés qui avaient réussi à freiner même le Scytale.

Racine hurla sur la chose et transmit des vibrations à ses camarades. Scratch lui répondit par des cris offensifs similaires et tourna vers Toras des yeux suppliants lui demandant la permission d'attaquer. Toras prit une profonde inspiration, hocha la tête, et ordonna à Laiella ainsi qu'à Ulva de laisser passer les furans. L'instant d'après, Scratch, Racine et Trait se lancèrent à l'assaut des bourras.

Toras et Laiella se regardèrent et décidèrent que le moment était venu pour eux d'entrer dans la mêlée. Ils avaient abattu environ un tiers de la colonie. Leurs chances étant à présent meilleures, ils donnèrent l'ordre aux soldats d'avancer sur le terrible ennemi. Les jeunes pousses se provoquaient en hurlant, les soldats plus aguerris se concentraient et priaient pour sortir vivants de la bataille, et les trois Lux Baiulae focalisaient leurs esprits et sondaient les différentes parties de leurs corps pour s'assurer que tout était prêt. Leur seul espoir était de savoir que les créatures allaient bientôt être à court de munitions.

Malheureusement pour eux, un grand nombre de bourras avaient encore beaucoup de piques à lancer, mais elles semblaient plus faibles et ne perforaient plus leurs armures. Malgré tout, les traits égratignaient ou perçaient les parties sans protection, et trois gardes s'effondrèrent au cours des premières minutes du corps à corps.

Trait, le furan du secundus Yuuto, fut tué en se jetant sur le chef qui lui brisa le cou dans un bruit répugnant. Les deux autres furans comprirent qu'ils devaient redoubler de prudence de peur de connaître la même fin funeste.

Toras balançait furieusement son épée qui, lorsqu'elle rencontrait sa cible, faisait voler en éclats griffes et os par la seule force de l'impact. Mais il fatiguait et dut ralentir un peu afin de canaliser son énergie. De temps à autre, il accompagnait ses assauts d'un beuglement d'une terrible puissance qui semblait déstabiliser ses adversaires. Plus étrange encore, ses cris le déstabilisaient *lui*, de l'intérieur. La troisième fois que cela se produisit, sa distraction faillit lui coûter la vie, quand un bourras particulièrement petit visa son ventre avec son crochet. Toras décida d'ignorer ces sensations nouvelles pour ajuster ses coups et parer ceux de ses adversaires avec plus de précision.

Quant aux cordons rouges, elles employaient leurs mouvements comme un art meurtrier, portant leurs coups avec une incroyable précision, avançant, tournant, esquivant et frappant avec une efficacité remarquable. Cependant, leurs réserves énergétiques s'amenuisaient, et les Lux Baiulae durent se mettre à l'abri le temps de prendre quelques carrés de sucres qu'elles avaient dans leurs poches. Cette substance leur permit de tenir plus longtemps, mais leurs mouvements étaient devenus plus lents.

Les soldats de la Garde noire, même sans être des Mêlés comme le prince, ou des machines à tuer comme les cordons rouges, avaient démarré le combat avec toute l'habileté, le courage et le succès qui faisaient leur réputation. Ils avaient eux aussi réussi à éclaircir les rangs des bourras, mais la fatigue avait commencé à se faire sentir et à se manifester dans leurs attaques et leurs parades plus lentes, ainsi que dans le nombre croissant de coups manqués.

Trois des six jeunes pousses – toutes issues de la campagne de recrutement du printemps dernier – avaient compris que leur bravoure n'impressionnait pas les bourras qui préféraient se battre deux par deux, même contre un seul ennemi. Ainsi, les trois hommes appelaient maintenant à l'aide. L'un d'eux fut secouru par le secundus Yuuto, mais les deux autres furent transpercés par les bourras avant que quiconque eût le temps de les aider.

Fort d'avoir éliminé un furan, le chef des bourras se dirigea vers les autres, renversant plusieurs hommes sur son passage. Lorsqu'il arriva près de Racine, quatre de ses congénères se jetèrent sur Scratch.

Le colosse franchit les derniers mètres qui le séparaient de Racine avec des grognements sordides qui en disaient plus long que des mots. Comme il semblait avoir compris que les furans empêchaient ses combattants d'avancer contre les humains, il décida de les éliminer.

Racine attaqua la bête avec tout le courage dû à sa race prédatrice, avançant plus qu'il ne reculait, et utilisant sa souplesse pour blesser son ennemi sans se laisser toucher.

Malheureusement pour lui, ses coups de bec et de griffes n'endommageaient que le gras de la créature et n'entamaient pas sa fureur. Rapidement, Racine sentit ses muscles cramper. Le colosse, apercevant une occasion, s'approcha de son cou. Le furan enfonça ses griffes dans la chair de la créature, sans pouvoir se libérer.

Le géant était en train de l'étrangler tranquillement.

Se rendant compte qu'il ne pouvait pas s'échapper, Racine cria à l'aide, mais aucun son ne sortit de sa gorge serrée. Dans un dernier effort, il frappa ses ailes postérieures contre ses ailes antérieures le plus longtemps possible avant de perdre connaissance.

Scratch venait d'abattre ses opposants quand il entendit le bruissement des ailes de Racine. Sanguinolent et épuisé, il se dressa sur ses pattes arrière et regarda en direction de Racine. Voyant le corps inerte de l'autre furan, il lâcha un cri de rage et s'élança vers lui. Les soldats qui l'avaient entendu s'écartèrent pour le laisser passer, mais pas les bourras qui furent renversés comme des quilles.

En un instant, Scratch était sur le colosse, l'enserrant dans ses ailes et enfonçant son bec dans son cou gras et boursouflé.

Toras, qui venait de trancher la gorge au dernier bourras qu'il combattait, reprit son souffle et évalua la situation. Il constata que s'ils avaient éliminé bon nombre de leurs ennemis, leurs propres effectifs avaient eux aussi diminué, et il comprit qu'à moins de mettre rapidement un terme à la bataille, ils pourraient ne pas s'en sortir vivants. Même Laiella – la fière première barrière de la Garde lucienne – avait du mal à s'en sortir contre quatre bourras qui avaient décidé de l'affronter ensemble. Toras vit qu'elle avait besoin d'aide et était sur le point de se jeter dans la mêlée lorsqu'il entendit le cri de Scratch – un cri qu'il savait reconnaître entre mille.

Son cœur se serra lorsqu'il vit Racine étendu au sol et le colosse sur Scratch tirant sur ses ailes pour les arracher. Toras passa ses mains ensanglantées dans ses cheveux, désespéré, se demandant qui aider, quand soudain une voix qu'il n'attendait pas lui redonna une lueur d'espoir.

- Seigneur Commandant, Seigneur Commandant !
- Sheffar ! Sheffar ! Mon brave ! Vite, Scratch et Laiella ont besoin d'aide.

Sans hésiter, le secundus Sheffar envoya Coureur auprès de Scratch, pendant que son homme et lui allaient prêter main-forte à Laiella.

Toras respira profondément et entra dans la mêlée en rugissant pour inciter tous les autres à mettre un terme au combat. Ses soldats reprirent son cri comme un écho, ce qui lui donna du courage, et il se jeta sur sa nouvelle cible avec une force inouïe, une force du fond du brasier, une flamme survivante qui n'attendait qu'une légère brise pour incendier toute la structure.

Il fallut encore cinq minutes, cinq interminables minutes, pour que la bataille prît fin, grâce à l'alliance des trois furans pour abattre le chef des créatures. Lorsqu'il poussa son dernier grognement rauque, la douzaine de bourras désormais livrés à eux-mêmes s'enfuirent comme des caqueteurs, leurs yeux passant curieusement du rouge au gris.

La compagnie s'assit enfin, adossée à une paroi, le plus loin possible du champ de bataille. Au fur et à mesure que leur état d'alerte diminuait, ils devenaient plus réceptifs à leurs autres sens – et plus particulièrement à l'odorat. L'un des soldats les plus jeunes vomit dès que l'odeur nauséabonde des bourras morts envahit ses narines. Cette étrange substance verdâtre, le sang des bourras, s'étalait autour des corps et se mêlait à la matière gluante qui leur permettait de fabriquer leurs projectiles. Voyant le soldat vomir, l'un des autres jeunes survivants l'imita et se vida l'estomac à son tour.

Laiella prit place auprès du prince et secoua la tête. Deux éléments troublaient son esprit : la disparition de Lira et la femelle bourras qui l'avait contactée.

La mort de Lira, sans transfert de mémoire, constituait un échec total ; c'était non seulement la perte d'un être, mais aussi la perte de toutes les interactions qu'elle avait créées et entretenues dans la sororité, ainsi que de tous les souvenirs et expériences qu'elle avait accumulés et stockés. Pendant que ces pensées traversaient son esprit, Laiella jeta un œil à Ulva et Xéna et soupira. *Au moins,* pensa-t-elle, *les jumelles sont saines et sauves.* Elle se mit ensuite à frissonner en s'imaginant ce qui serait arrivé si l'une d'elles était morte dans les mêmes conditions que Lira.

Et puis, il y avait la femelle bourras ; Laiella était sûre que c'était elle qui lui avait envoyé cette pensée – pour les avertir que certaines d'entre elles portaient des enfants. Penser qu'ils auraient tous été capables de les tuer la mettait très mal à l'aise. Les bourras étaient donc des créatures sensibles. *Mais ils tuent et mangent votre peuple !* Laiella laissa s'échapper un petit grognement.

- Vous allez bien, Prima ?
- Oui, ça va, Seigneur Commandant.

Toras hocha la tête, mais il n'était pas persuadé que son officière allait bien en la voyant réduire en poussière la petite stalagmite qu'elle tenait entre ses doigts. Il lui laissa tout de même le bénéfice du doute ; elle devait probablement être triste comme lui de la perte de tant d'hommes et de l'une de ses Sœurs.

S'il y avait une chose que Toras détestait par-dessus tout, c'était bien de perdre des hommes. Ce n'était pas tant qu'il trouvait cela injuste – après tout, les soldats connaissent les risques – mais plutôt parce qu'en rejoignant les rangs de la Garde noire, ils prêtaient serment de célibat et abandonnaient tous leurs liens familiaux. Cela les aidait à se concentrer lors des combats, mais cela signifiait également que les liens entre les soldats étaient encore plus forts et venaient souvent compenser ce qui leur manquait. C'était pour cela qu'il s'était fâché contre Laiella lorsqu'elle avait refusé de s'occuper du soldat blessé. Toras devrait laisser à ses hommes un peu de temps pour récupérer une fois rentrés à Col de Corne.

Les furans aussi allaient avoir besoin de faire leur deuil. Scratch, Racine et Coureur étaient déjà réunis autour du corps de Trait pour le pleurer. Coureur-face-brune, qui avait partagé sa couche avec Trait l'année passée lorsque Trait était dans sa phase femelle, était le plus affecté par sa disparition, et il mena le rituel de deuil avec un long et doux vibrato tout en couvrant son corps de ses ailes déployées. Scratch et Racine l'imitèrent et placèrent leurs ailes antérieures sur celles de Coureur. Tous les trois allaient être fâchés lorsque les hommes les arrêteraient pour rentrer au campement. En effet, leur rituel durait habituellement toute une nuit. Mais cette grotte n'était pas l'endroit le plus sûr pour séjourner et ils devaient quitter les lieux rapidement.

En regardant les furans, le prince repensa au chef des bourras, et lorsqu'un rire lui échappa, il surprit tout le monde ainsi que lui-même. En effet, il était déçu de ne pas avoir eu l'occasion d'affronter la bête. Hélas. *C'est peut-être mieux ainsi,* pensa-t-il, *puisqu'il a fallu trois furans et une dizaine de flèches pour en venir à bout. Pourtant, j'aurais aimé tester mes compétences contre un vrai colosse.*

Laiella tira Toras de ses pensées puériles en se raclant la gorge.

- Qu'y a-t-il, Prima ?
- Maréna dit qu'elle doit étudier le chef pour que nous soyons prêts à affronter ce genre de bourras au cas où la situation se présenterait de nouveau. Cela signifie que nous devons emporter son corps.
- Quoi ?! Vous plaisantez.
- Pas du tout. Cette créature était presque insensible à tout ce que nous envoyions sur elle. S'il y en a d'autres comme elle, nous devons savoir comment les combattre. Il n'y a pas d'autre moyen de le savoir qu'en étudiant celle-ci.
- Est-ce qu'elle a une idée de combien cette chose pèse ? Et de comment on va pouvoir la traîner hors d'ici et la sortir des tunnels ? Nous pourrions devoir la découper en morceaux !

Laiella lui lança un regard furieux.

- Bon. Laissez-moi en parler avec les secundi.

Toras marcha vers les officiers d'un air qui laissait entendre qu'il allait leur demander quelque chose qu'ils ne voudraient pas faire. Leurs visages se refermèrent avant même qu'il ouvre la bouche.

- Sheffar, Yuuto, une fois que vous aurez préparé vos morts pour le voyage, prenez quelques ceintures pour les attacher aux mains du chef afin que nous puissions l'emmener.

Les secundi toisèrent leur commandant, incrédules, mais ce dernier serra les dents et désigna les Lux Baiulae. Les secundi jurèrent, mais acquiescèrent et suivirent les ordres.

Toras regardait ses hommes s'affairer, exprimant leur chagrin de différentes manières, à travers leurs gestes, leurs expressions et leurs paroles. Pendant ce temps, Yuuto, un Pargahni, sifflait une chanson de deuil tout en lavant les morts avant de laisser les autres les envelopper dans des linges de transport.

Toras aurait dû être d'humeur sombre également, surtout en écoutant l'air de Yuuto, pourtant, il ressentait… de la joie. Il dit à Laiella :

- Vous vous rendez compte ?

La femme le regarda, sourcils levés, en attendant qu'il continue :

- Nous avons gagné notre premier combat voulu contre les bourras. Il y a eu un prix à payer, c'est sûr, mais nous savons à présent que nous *pouvons* les battre.

La réponse de Laiella ne fut pas aussi prompte et joyeuse qu'il l'eût espéré, mais il n'insista pas ; elle avait perdu quelqu'un, elle aussi, après tout, et il semblait que cette perte la troublait plus que la perte de leurs camarades ne troublait ses soldats, qui se souviendraient d'eux même s'ils ne portaient pas leurs mémoires à la façon des Lux Baiulae; c'était une chose qu'il devrait garder à l'esprit.

V CRIMES ET CHÂTIMENTS

Et tout se mit à tourner

Assis dans la salle de séjour, l'œil rivé à son verre de merotto[6] qu'il sirotait depuis vingt minutes, Lusk faisait le bilan de ce qu'avait été mission jusqu'à présent. Ses pensées étaient alors tournées vers Ooldrina qu'il avait décidé de ne pas pervertir. Il se contenterait d'entrer dans son esprit et d'en abuser tout en lui enseignant les choses que la sororité attendait d'elle pour accomplir sa mission en Zébulonie.

La fille avait continué à lui résister, mais avec de moins en moins d'ardeur, ce qui lui avait donné du courage et un sentiment de pouvoir sur cette créature de Janara.

Sa part rationnelle avait du mal à l'accepter. N'était-il pas, lui aussi, une créature de Janara ? *Non !* Lusk chassa cette idée et revint sur Ooldrina.

Ce matin, elle avait presque accepté ses avances dans le Lien. Bientôt, il serait en mesure de la coucher dans un endroit de son imagination. Où cela pourrait-il être ? Au sommet de la chaîne du Sagr ? Dans l'une des chambres qu'il avait occupées dans le palais de la reine ? Ou peut-être sur une plage ?

Es-tu sûr de vouloir faire cela ? Ne te rappelles-tu pas avoir ressenti—

Non ! La fille d'Oolviana ne serait pas *une alterintrante. Celle-ci est une fille de Janara. Tu le sais bien.*

Je ne sais rien *du tout.*

Lusk s'arrêta un instant au milieu de son dialogue intérieur, puis il lui vint une idée : *Tu pourrais simplement lui demander qui elle est.*

Non, jamais plus je ne me soumettrai volontairement au pouvoir d'une autre femme.

Très bien, alors la question reste entière.

---

[6] Merotto : Boisson alcoolisée faite à base de fruits du merotto, un arbre de Kynarie.

Ce qui n'est pas remis en question en tout cas, ce sont mes progrès avec les Lux Baiulae.

Vraiment ? Tu as réussi à convertir quelques débutantes, oui. Mais pour ce qui est des Sœurs, tu les as seulement stupéfiées.

À part la jaune et la mauve – toutes deux désormais nouvelles converses. Noctiferus et l'Umbra en seront ravis.

Ils le seraient encore plus si tu avais réussi à séduire la douce Élyana. Mais apparemment, elle te soupçonne toujours de manière chronique. Il est peut-être temps d'essayer autre chose avec elle.

Non ! Je n'en ai pas envie. Je n'ai pas non plus besoin de séduire tout le monde ; juste ce qu'il faut pour affaiblir les ennemis du fondateur.

Lusk avala la dernière gorgée de merotto, avant de se diriger vers le chauffe-bouteille, posé sur le rebord de la fenêtre, pour se servir un autre verre. Le chauffe-bouteille était un très bel objet de pierre, creusé dans sa partie face à la fenêtre pour maintenir la bouteille en place pendant que la vitre incurvée concentrait les rayons du soleil dans le liquide.

De retour sur son divan, il se laissa aller et se mit à penser à une autre fille qu'il avait envisagé de séduire : Raaviana. Mais bien qu'il y eût songé, il avait rejeté cette idée, car, comme elle était aussi fille de Janara, abuser d'elle demandait une intimité trop importante et il ne voulait pas se l'imposer – il y en avait assez avec Ooldrina. Il détestait pourtant cette jeune-fille aux yeux verts tout autant qu'Ooldrina. En y réfléchissant, il se rendit compte qu'Ooldrina suffisait vraiment ; Raaviana subirait les conséquences de la vengeance de Lusk une fois que son horripilante amie aux yeux bruns et elle seraient en Zébulonie. Son plan au point, il hocha la tête, satisfait et soulagé.

Il se mit à faire tournoyer son merotto qui lécha les bords de son verre de cristal dans une ondulation lascive, ce qui fit dériver son esprit vers Luvius Arco. Il avait rencontré ce jeune patricien un peu plus tôt dans le quart, à l'arrivée de ce dernier à Urbs Lucis pour le compte de son père, un riche marchand. *Là* se trouvait un jeune homme qu'il allait non seulement séduire, mais convertir pour lui faire rejoindre les rangs des Temptatori. Luvius avait l'étoffe d'un Temptator, sauf qu'il était trop vaniteux. Les Temptatori devaient être discrets, prudents, effacés et rassurants. Lusk devrait aider le jeune-homme à contenir sa fierté.

Luvius serait un être facile à convertir parce qu'il aimait grimper rapidement les échelons, et il le faisait avec tout le charme que lui conféraient son physique et son rang. En effet, ce garçon était persuadé que ces qualités suffisaient à attirer à lui toutes les occasions possibles – ou même à les créer. Alors, c'était exactement ce que Lusk allait faire : créer une occasion à laquelle Luvius ne pourrait résister. Mais d'abord, il devait gagner la confiance du patricien, et il savait exactement comment s'y prendre. *Cela me prendra seulement un quart.*

Quelque chose se brisa à l'intérieur du guérisseur-temptator lorsqu'il comprit la vérité de ce qu'il fomentait pour le garçon. Cette idée ralluma un sentiment de dégoût profondément enfoui, et sa colère lui fit casser le bord du verre. Il se leva, agité et frustré, et alla jeter son verre dans la poubelle murale.

Se détournant du mur, il se figea. Il fut alors secoué d'un spasme violent. Il hurla. Tomba à genoux. C'était comme si un torrent de colère le traversait, retournait ses organes et se révoltait contre l'alcool qu'il venait d'avaler. De nombreux alterintrants étaient intolérants au vin ; cela avait un rapport avec leur flore microbienne qui entrait en réaction avec l'alcool en libérant des toxines au moment de la digestion. Lusk était conscient de sa faiblesse, bien entendu, mais son esprit sans cesse agité le poussait à faire des choses dont il aurait dû s'abstenir.

Le Zébulonien s'effondra sur le côté et ne se réveilla que plusieurs heures plus tard, une fois que son foie eût neutralisé les toxines.

Quand les Ailes du maître appelle

À quelques kilomètres de Kartak, à mi-chemin entre la ville et les monts Furan, le Scytale pourfendit le ciel, un ciel incendié par la couleur sombre du soleil rouge déclinant et par les derniers rayons de son jumeau bleu qui embrassait déjà l'horizon. Le Scytale descendit en décrivant de larges cercles, comme pour étudier l'humain qui attendait au sol.

Là se trouvait une femme comme il les aimait : une prédatrice comme lui, dont il se demandait même s'il ne pourrait pas l'aimer plus encore en la goûtant. Mais il n'était pas question que l'Alis Domini la dévorât.

Son atterrissage provoqua un tourbillon d'odeurs nauséabondes provenant des matériaux en décomposition qui s'étaient accumulés pendant l'automne. En effet, la myriade de créatures venues nicher là à nonus[7] dernier étaient mortes et avaient engendré un bouillon de décomposeurs, végétaux et animaux qui avaient péri à leur tour et s'étaient eux-mêmes décomposés grâce aux nombreux microbes omniprésents sur K'Tara. La riche matière organique ainsi produite, emportée par la rivière Grand torrent, allait nourrir les plaines au pied des montagnes et donner naissance à une nouvelle vie au printemps. Mais au printemps suivant – pensa le Scytale – ce n'était pas la vie qui allait se réveiller, mais la mort.

Une fois accroupi, le Scytale dit :

- Adveni[8].

La femme rousse et musclée lui demanda avec un sourire forcé :

- Quid cupis, Alis Domini ?[9]

Le Scytale répondit sur ton suffisant qui fâcha la Coate :

- Il y a deux Luxori dans le royaume qui doivent être conduits devant l'Umbra. Tu les trouveras.

---

[7] Nonus : Neuvième mois dans le calendrier alvinorien.

[8] Je suis arrivé.

[9] Que veux-tu, Ailes du maître ?

- Des Luxori ? demanda la femme en fronçant les sourcils.
- Des alterintrants.
- Je sais ce que ça veut dire, Alis Domini. Mais je ne savais pas qu'il y en avait encore – à part un garçon membre de la *sororité*, rien de moins.

Le Scytale sembla pris au dépourvu par les propos de la Coate. Ses yeux devinrent de simples fentes alors qu'il analysait l'information. Arrivant aux résultats de sa réflexion, il secoua la tête et dit :

- Ce garçon, qui qu'il soit, ne nous intéresse pas. Notre maître sait qu'il y en a deux autres qui pourraient menacer nos plans. C'est pourquoi tu dois les trouver.
- À quoi ressemblent-ils ? demanda la femme en hochant la tête.
- Personne ne sait qui ils sont. Mais l'un d'eux se trouve dans le Nord. Il pourrait, en fait, devenir l'objet de ta deuxième mission.

La Kartaki se redressa, impatiente d'écouter les informations du Scytale et de savoir en quoi allait consister sa prochaine mission.

- J'ai ressenti quelque chose qui ressemblait aux vibrations d'un Luxor près du haut roi lorsque j'ai attaqué la capitale de l'Alvinorie, l'été passé. Il se trouve que notre maître veut qu'il soit éliminé – sauf si c'est un Luxor, auquel cas, tu me le ramèneras vivant.

La femme cligna des yeux, renifla, puis cligna des yeux à nouveau.

- Tu ne devrais pas être étonnée, Coate, dit les Ailes de Noctiferus. Notre maître trouve le manque de foi du roi dangereux ; il met en péril l'arrivée du jour de l'Union.
- Je suppose que oui, répondit la Coate. Surtout s'il s'agit d'un alterintrant, bien que personne ne l'ait jamais vu utiliser les pouvoirs du Lien. Quoi qu'il en soit, je devrais envoyer les meilleurs dans cette mission, au cas où. Je pense avoir l'équipe parfaite.

Après un court instant, elle reprit :

- Ce sera très difficile de s'introduire dans le palais.
- Espérons que Lusk Methrim aura pu séduire quelques gardes pour vous faciliter l'entrée. Mais si ce n'est pas le cas, je m'attends à ce que tes assassins pénètrent dans le palais et accomplissent leur mission en dépit des difficultés.

La Coate, ou Commandante des assassins et des temptatori, acquiesça avec détermination.

Le Scytale poursuivit :

- Assure-toi que tes gens te soient entièrement dévoués, au cas où l'un d'eux serait capturé.

La Coate répondit avec une confiance inébranlable que si l'un d'eux venait à être capturé, il se tuerait immédiatement.

- Pour l'autre alterintrant, on le voit rarement dans le Lien. Mais lorsqu'il apparaît, d'après ses vibrations, il semble se trouver quelque part dans le Sud, près des Bois sombres. Tu peux utiliser tous tes espions, mais tu dois le trouver également.

La réponse de la femme ne vint pas tout de suite. Ses yeux oscillaient de droite à gauche tandis qu'elle considérait la requête du Scytale. Elle répondit enfin :

- Le Sud est vaste. Mais si cet alterintrant se cache dans une zone protégée, je sais peut-être comment le trouver.

Curieux, le Scytale leva son sourcil caoutchouteux.

- J'ai séduit récemment une prêtresse kynarienne mécontente qui fait à présent partie des nôtres ; elle peut lire les esprits des… bêtes.

L'hésitation de la Coate sur le mot « bêtes » énerva le Scytale. Mais comme il ne voulait pas lui faire croire qu'il manquait de confiance –ce type de sentiment lui était *inconnu* – il ne releva pas ses paroles et se contenta de crier :

- Et qu'est-ce qu'on en a à faire ?
- Si le bouclier qui protège cet alterintrant est ce que je pense, il masquera toutes les vibrations de cette zone, y compris celles des animaux qui s'y trouvent. La

Kynarienne pourra inspecter le Sud à la recherche de zones aveugles.

Le Scytale ne put empêcher son expression de se transformer, si tant est qu'elle pût changer, pour passer d'un certain agacement à un étonnement teinté d'embarras avant de revenir à son apparence habituelle, hautaine.

- Je comprends pourquoi tu as été sélectionnée pour cette mission, Coate. Accomplis-la et notre maître t'en sera reconnaissant.

La femme montra qu'elle avait compris en s'inclinant à demi ; cela plut au Scytale qui lui répondit d'un grognement de satisfaction.

- Passons à autre chose : tes armées grossissent-elles bien ? questionna le Scytale.

- À un rythme régulier, mais pas assez vite pour notre maître. J'imagine que la vie si paisible que nous a offerte le *très grand* Octavius a érodé les ambitions du peuple. Toutefois, la douzaine de femmes que nous avons converties il y a quelques quarts sont en passe de devenir de bonnes temptatorae. En fait, je viens de les envoyer travailler sur quelques missions de choix.

- De *bonnes* temptatorae… C'est bien dommage que vos homologues masculins soient devenus si rares.

D'un seul coup, le visage de la cheffe des temptatorae s'assombrit. Pourquoi ce *serpent* l'insultait-il ainsi ? Elle répondit dans un sifflement :

- Vous devriez savoir qu'une bonne temptatora a beaucoup plus d'influence qu'un homme. En fait, une femme peut séduire un homme – et parfois même une autre femme – sans être nécessairement une temptatora.

Les Ailes du maître répliqua avec un coup de queue dédaigneux :

- Je le sais. Mais nous nous éloignons du sujet. J'ai besoin que vous accélériez leur entraînement et aussi le recrutement. Tu dois également savoir que le maître

Methrim est occupé ailleurs et qu'il ne pourra donc pas vous aider ici.

La Coate renifla et haussa les épaules avec mépris :

- Pourquoi penserais-je qu'il pourrait m'être d'une aide quelconque ? Il est coincé à Urbs Lucis ou Furanville depuis cet été.

Puis, fixant le Scytale, elle ajouta :

- Quand j'aurai trouvé ces deux Luxori ; je pourrai peut-être les rallier à notre cause ; en faire des temptatori ou du moins, des converses.

- Peut-être, mais je crois que notre maître a d'autres projets pour eux.

La femme hocha la tête. Puis, regardant les soleils déclinant à l'horizon, elle dit :

- Ne m'aviez-vous pas dit que ces *choses* devaient nous rejoindre à un moment donné ?

- Je suis justement en train de les appeler.

Comme par magie, entre les arbres, apparurent une immense créature et sept autres plus petites qui se déplaçaient avec nervosité tout en lançant des regards inquiets vers ce qui se trouvait dans la clairière.

Le Scytale recula ses narines en signe de dégoût. L'assassine demanda pourquoi ils étaient aussi nombreux et l'Alis Domini lui répondit que c'était parce que les créatures ignoraient qu'il pouvait les tuer simplement avec son esprit et quel que soit leur nombre.

Le Scytale s'adressa aux bourras qui approchaient en grondant et attendit qu'ils le saluent. Le chef – l'un des plus corpulents qu'il n'eût jamais vu – s'inclina étrangement devant le Scytale, tout en lançant un regard plein de haine à l'humaine.

Sans la regarder, le Scytale prévint la Coate qu'il allait poursuivre la communication par la pensée et qu'il dirait à haute voix tout ce qui pouvait être important pour elle. La femme répondit par une lamentation, car, bien qu'elle fût une alterintrante, les envois ne faisaient pas partie de ses compétences. Mais elle n'avait pas le choix ; Alis Domini faisait toujours ce qu'il voulait, sauf avec l'Umbra.

Le Scytale reporta son attention sur la créature boursouflée qui était devant lui et lui envoya l'image d'un groupe d'humains qui résistaient avant d'attaquer les bourras.

Le chef des bourras répondit avec un grognement puissant, suivi d'une nouvelle grimace empreinte de haine contre l'humaine. La Coate regarda le Scytale, attendant une explication, mais rien ne vint.

\- *Elle est au service de notre maître. C'est la Coate.*

Les bourras considérèrent l'humaine avec insistance.

Le Scytale continua :

\- *Mais, avec mille marteaux, les autres vous devez frapper. Leur organisation, vous devez abîmer.*

Broyeur de roches, le chef envoya en réponse l'image d'un millier de créatures rassemblées pour écraser les humains.

\- *Mon peuple je vais rassembler. Pour avoir profané mon espèce, ils paieront, et leurs corps nous ferons pourrir.*

Le Scytale acquiesça avec l'image de lui-même en train de les regarder écraser le haut roi.

Broyeur de roches poussa un glapissement pour lui montrer qu'il avait compris.

\- *À vous la terre sera quand vous l'aurez nettoyée. Mais les colonies, à Coate et ses gens, vous devez laisser.*

Le bourras rond et musclé acquiesça, puis tourna sa grosse tête pour regarder l'assassine de ses yeux rouges interrogateurs. Il prononça à haute voix des paroles avec une difficulté risible :

\-   Pourquoi... besouin qu'ils vivent ? Twous... typdeux ce sont. À nous, K'Tara appartient.

La main de la Coate se porta sur sa dague tandis qu'elle cria :

\-   Quoi ?! Que dit cet animal ?

Le Scytale dressa sa tête tout en haut de son long coup d'une manière si vive que l'humaine et les bourras se figèrent instantanément.

- Inutile de vous quereller. Nous servons tous le même maître et sa volonté je vous ai énoncé.

Se tournant vers Broyeur de roches, le Scytale ajouta :

- Les Kartaki, les déranger vous ne *devez* pas. Désobéissez-moi et sur vous s'abattront tous les rokons du Nord.

Les sept bourras se mirent à glapir et reculèrent en signe d'allégeance. Le chef fit claquer sa langue, confirma qu'il avait compris la volonté du maître et repartit comme il était venu, ses étranges comparses à sa suite.

Dès que les bois eurent englouti les bourras, le Scytale pivota vers la Coate et déclara :

- Je te conseille de dire à tes gens de se tenir à l'écart de ces créatures.

Sur ce, les Ailes du maître étira son cou cranté et s'élança dans les airs, soulevant du sol un tourbillon de mauvaises odeurs.

Enfin seule, la Coate déglutit et s'interrogea sur l'entente entre le Scytale et les bourras. Il lui avait très clairement dit qu'elle et ses suivants auraient encore leur place dans le futur nouveau monde.

Espérons qu'il dit la vérité parce que sinon, je trouverai le moyen de le faire disparaître.

Après cela, la femme fit volte-face et retourna dans sa petite villa à l'extrémité nord de Kartak, pour organiser sa chasse et ses assassinats.

Épanouissements

Tania Lux Baiula testa Aithen deux jours après que le roi eut consenti à ce que ses fils apprissent à utiliser le Lien et découvrit qu'il possédait la constitution atomique d'un puissant sensoriel. Sa flore microbienne, en revanche, était assez pauvre. Le prince, fâché, lui demanda s'il était possible d'agir pour l'améliorer. Tania lui expliqua qu'il existait en effet un moyen ; qu'il pouvait devenir un fantastique sensoriel s'il subissait certains *traitements* pour modifier sa constitution microbienne.

Lorsque le prince lui demanda de quels traitements il s'agissait, la Lux Baiula hésita. Mais comme il insistait, elle lui répondit que le problème n'était pas la transfection en soi, mais les effets secondaires qui pouvaient devenir – gênants. Elle précisa que le mélange de colonies microbiennes d'un puissant sensoriel conférait à sa peau une texture et une odeur qui pouvait être désagréable pour quelqu'un qui n'y était pas habitué.

- Mais je n'ai jamais senti d'odeur déplaisante chez... aucune de vous, répondit Aithen. Quant à la texture de ma peau – qui voudrait me toucher de toute façon ? Personne ne peut—

Curieusement gênée pour une Lux Baiula, Tania ajouta avec son drôle d'accent yerlayen :

- À partt une femme que vous pourriez courtiser, mon Prince. Et les genss du peuple, même vos soldatts, ils nous critiquent parfois dans notre doss – et même en face.

Aithen n'avait rien dit depuis un moment. Il n'était pas sûr de pouvoir parler à Tania de ses projets matrimoniaux. Mais, en réalité, ses projets n'avaient aucun intérêt puisque le Conseil de sélection pouvait lui refuser d'épouser Élyana. Et puis ? S'il se voyait contraint d'épouser une non-sensorielle et qu'elle ne pouvait pas supporter de le toucher, que ferait-il ? Le prince laissa échapper un grognement involontaire. Puis il expliqua à Tania qu'il se fichait totalement de ce que pourraient penser des ignares et que si pour augmenter ses compétences sensorielles, il avait simplement à changer sa flore microbienne, alors il se soumettrait à la procédure.

Tania accepta et finit par lui avouer que la sororité ne pouvait toutefois rien faire pour améliorer ses capacités de liaison qui allaient probablement demeurer faibles malgré la meilleure des formations, parce qu'il ne possédait pas la constitution adéquate. Le prince, déçu, se demanda alors à quoi lui serviraient ces *fantastiques* capacités sensorielles, à lui qui avait tant besoin de vaincre ses ennemis. Mais une fois que Tania lui eût expliqué tout ce qu'il pouvait apprendre à faire simplement avec ses capacités sensorielles, Aithen esquissa un petit sourire et demanda à Tania de mettre en route la procédure de transfection afin de commencer sa formation.

C'est ce que fit Tania. La veille du début de la formation d'Aithen, Tania avait déjà effectué le premier des neuf traitements et avait choisi ce jour même pour commencer l'éducation du prince dans les arts sensoriels.

À présent, Aithen écoutait Tania lui expliquer le contenu d'un exercice au cours duquel il devait entrer en transe et ouvrir son esprit aux flux extérieurs. Cela faisait quelques années que Aithen avait cessé d'ouvrir son esprit de la sorte, à la suite d'une nuit où – après être rentré soul dans ses quartiers, avoir décidé de méditer afin de faire passer ses nausées et son mal de tête, et s'être légèrement endormi – il avait senti des démons se déplacer et sauter sur son corps, pousser et tirer sur sa couverture pendant tout le reste de la nuit. Tout cela l'avait effrayé bien plus que tout ce qu'il avait pu vivre avant, et il avait pris la décision de ne plus jamais laisser des influences extérieures entrer dans son esprit.

Comme il hésitait à faire ce que sa docteure lui demandait, il dut lui énoncer les raisons de son refus. Elle lui répondit alors :

-    Ce genre de choses arrivent quand on a un état mental altéré. C'est la raison pour laquelle l'alcool est interdit. Vous devriez ne plus boirrre à partir de maintenant – ou alors avec modérationn, bien sûr.

Aithen se demanda si Tania voulait dire qu'une personne mal intentionnée ou un démon l'avait effectivement attaqué ou si elle suggérait qu'il avait tout imaginé. Il lui demanda des précisions.

Tania ne lui répondit pas. Elle lui assura cependant que tant qu'il resterait maître de son corps et de son esprit, les dangers du Lien n'auraient pas plus de conséquences que ceux du monde physique. Et, tout comme il avait appris à éviter les blessures physiques, il pouvait apprendre à prévenir les dangers du Lien.

Aithen acquiesça et Tania poursuivit :

- Bien. Élyana vous a déjà appris à entrer dans le Lien par le biais de la méditation, mais comme c'est un processus long, il devient inutile dès lors que l'on se trouve en danger. Dans cet exercice, je voudrais que vous vous entraîniez à y entrer sur commande.

Après une série de questions silencieuses, de rappels, réponses et confirmations qui lui passèrent à l'esprit, Aithen hocha la tête, confiant. Tania fronça les sourcils d'un air interrogateur.

Aithen s'expliqua :

- J'ai regardé comment Élyana s'y prend pour entrer dans le Lien lorsqu'elle était pleinement consciente. Chaque fois, elle colle son pouce à son index comme si elle voulait se gratter le pouce. Je suppose qu'il s'agit d'un mécanisme d'association.

- En effet, répondit Tania, vous êtes très perspicace, mon Prince. Voici ce que j'attends de vous : vous allez trouver un geste que vous pourrez faire en public ; ce doit être un geste anodin qui ne mettra pas la puce à l'oreille des alterintrants. Dès que vous l'aurez trouvé, exercez-vous à entrer plusieurs fois dans le Lien en faisant ce geste, en comptant à rebours à partir de dix ; puis recommencez la séquence en enlevant un chaque fois. À la fin, vous devriez être capable d'entrer dans la Lien simplement avec ce geste.

Aithen acquiesça avec fermeté et se mit au travail. Tout en serrant son pouce avec l'index et le majeur, il arrivait à entrer et ressortir du Lien à la fin de chaque décompte. Comme il commençait à en avoir assez, à son treizième essai, il décida d'essayer d'entrer dans le Lien sans compter.

Tania se crispa, mais elle le laissa faire – et il échoua. Les dents serrées, le prince reprit l'exercice avec le compte à rebours à six. Après la séquence à partir de trois, il était persuadé de pouvoir entrer dans en transe sans compter, mais il se résolut à terminer l'exercice. À partir de deux, il entra dans le Lien et en sortit sans problème, puis y entra l'instant d'après sans compter. Son visage s'illumina lorsqu'il sortit de sa dernière transe.

- Vous apprenez vite, mon Prince. Mais cela ne me surprend pas, je sais, depuis le temps que je vous connais, que vous êtes doué – tout comme votre frère, Toras. Il y a tout de même quelque chose qui m'intrigue.

Le prince hocha la tête et elle poursuivit :

- Je vois que vous attrapez votre pouce comme le font les gens quand ils sont nerveux. Est-ce pour cela que vous le faites ?

Fier de lui-même, le prince répondit :

- Je pense surtout que c'est un bon moyen de tromper l'adversaire – en lui faisant croire que je suis nerveux.

Tania ne cacha pas son étonnement et poussa un léger grognement.

La cordon blanche continua :

- Bon, passons à la suite. Étant donné votre constitution et votre flore microbienne, l'une des meilleures compétences que vous pourriez acquérir pour vous protéger contre les assassins ou contre les ennemis de l'ombre serait le Corae Sentiens.
- La détection de présence… pour sentir lorsqu'un ennemi est à l'approche. N'est-ce pas tout simplement une ouïe très sensible ? Ma cousine Aria possède cette sensibilité et elle trouve cela assez gênant – pour elle comme pour les autres.
- J'imagine que vous pouvez appeler ça « détection de présence », mais ce dont je parle concerne votre flore microbienne. Vos capacités méditatives devraient vous permettre de sentir les infimes vibrations de vos microbes stimulés par la flore de quelqu'un d'autre. Un bon sensoriel peut sentir la présence de quelqu'un à plusieurs mètres de lui.

Surpris, le prince rejeta la tête en arrière.

- Si vous le voulez bien, mon Prince, je vais vous
  l'apprendre.

Aithen acquiesça, mais demanda à comprendre comment fonctionnait cette compétence. Tania – qui connaissait bien le prince – lui exposa les données biologiques et physiques de cette compétence. Satisfait, Aithen lui signifia alors qu'il était prêt, et Tania commença la formation.

Ils passèrent la moitié de la journée à s'entraîner au Corae Sentiens. À la fin, Aithen était épuisé mentalement, mais excité et plein d'espoir pour la première fois depuis longtemps. Il avait donc souscrit aux exigences de la formation, et cela avait continué pendant plusieurs jours.

Le prince progressait vite – plus vite que la plupart des femmes, en réalité – même s'il n'apprenait qu'une infime partie de ce que devait apprendre une Sœur, mais ses progrès se mirent à ralentir fortement lorsque Dana Lux Baiula commença à lui enseigner les bases des compétences offensives ; à sa grande surprise, aussi frustré et embarrassé que cela le rendît – malgré ses qualités athlétiques et militaires – il avait du mal à apprendre à devenir offensif dans le Lien.

***

À Col de Corne, Toras s'entraînait avec Laiella et Na'Riina Lux Baiulae. Cette dernière venait d'arriver d'Urbs Lucis.

Na'Riina n'était pas une femme très agréable ni même plaisante. Elle était en réalité assez peu avenante et ressemblait davantage à un homme qu'à une femme, avec son visage angulaire et ses cheveux courts. Elle s'y connaissait cependant bien en combat et était presque aussi intrépide que le prince qui avait fini par la respecter malgré ses réserves initiales.

Laiella avait d'abord remis en question la décision de former le prince, compte tenu de son tempérament belliqueux. Mais comme Toras avait accepté sa tutelle – après qu'elle eut un peu insisté –, elle n'avait pas encore eu besoin de prendre des mesures draconiennes le concernant. À vrai dire, Laiella espérait ne jamais devoir le faire, car même si elle savait qu'elle n'aurait pas le choix, la plupart des hommes de Toras ne le lui pardonneraient pas.

La prima avait consenti à former Toras non seulement parce qu'il l'avait acceptée comme conseillère, mais surtout à cause du souvenir de l'effet que ses cris avaient produit dans la grotte, au cours du combat contre les bourras. Il semblait que le prince développait des pouvoirs de liaison sans s'en rendre compte ; la sororité n'avait donc d'autre *choix* que de le former. Laiella en avait parlé à la Manu Dextra qui avait informé la Magna Mater et avait ensuite envoyé Na'Riina.

À présent, Toras hurlait à tort et à travers, criant et jurant parce qu'il ne parvenait pas à entrer dans le Lien, opération qui nécessitait un état méditatif.

Na'Riina regarda sa Sœur d'un air qui exprimait très bien ce qu'elle pensait du manque de maîtrise du prince. Laiella haussa les épaules, tandis que la femme au visage impassible tentait d'ignorer les caprices du jeune homme pour se creuser l'esprit à la recherche d'une solution. Quelques minutes plus tard, après s'être gratté la tête et avoir poussé plusieurs soupirs, Na'Riina se souvint d'une chose : récemment, Kelysia avait découvert qu'il était possible d'utiliser l'intuition pour apprendre des éléments transmis par le Lien. Elle renifla gaiement, tout en formulant l'hypothèse que l'on pouvait combiner l'intuition aux capacités sensorielles pour développer des compétences de liaison. Elle exposa alors son idée au jeune seigneur commandant et à sa prima.

Laiella n'était pas convaincue, mais elle se connecta à Toras, ce qui fut déjà une entreprise difficile, puis elle commença à convoquer diverses liaisons, espérant que le prince fût capable de les ressentir, de les apprendre et de les reproduire.

Et le prince fut en effet capable de ressentir la plupart des liaisons de sa prima. Il éprouva toutefois des difficultés à reproduire nombre de pouvoirs vitactiques[10]. Lorsqu'il réussit enfin à faire se tortiller un *ver*, il émit un commentaire rempli de frustration qui surprit Na'Riina. Encore une fois, Laiella se contenta de hausser les épaules et de lever les mains pour lui expliquer que le prince était *très exigeant* envers lui-même.

En revanche, il se montra exceptionnellement doué pour les liaisons sonactiques[11]. Le prince semblait en effet capable de reproduire presque tous les sons qu'il entendait et de les moduler avec une grande précision. Le prince aimait vraiment les exercices sonactiques : il progressa rapidement, jusqu'à pouvoir faire tomber de la table une pierre de bonne taille. À ce moment, il se mit à jubiler comme un enfant hilare.

Le visage de Na'Riina était empreint d'étonnement – et de satisfaction – voyant que ses hypothèses étaient fondées et qu'il était possible d'utiliser les compétences sensorielles de quelqu'un pour lui enseigner de nombreuses liaisons. Elle dit :

\- C'était très impressionnant, Seigneur Commandant.

Toras regarda Laiella qui lui adressa un simple hochement de tête, les lèvres tirées – ce qui constituait son habituelle réponse lorsqu'elle était satisfaite. Car la femme n'était pas surprise : le prince avait toujours fait preuve d'une étrange facilité à imiter les sons, ce dont il se servait souvent pour amuser ses hommes pour les aider à se détendre.

La cordon rouge aux cheveux sombres poursuivit :

\- Maintenant, recommençons.

Mais Toras lui posa une question :

\- Lux Baiula, comment se fait-il que je ne puisse pas imiter les autres liaisons de Laiella, comme les... comment les avez-vous appelés... les pouvoirs vitactiques. ?

---

[10] Les pouvoirs vitactiques nécessitent l'utilisation de microbes pour se réaliser pleinement ; ils peuvent également se nourrir de la flore microbienne d'une personne.

[11] Les pouvoirs sonactiques nécessitent la projection du son pour agir sur les objets.

- Le fait que vous n'arriviez pas à reproduire les liaisons vitactiques ne me surprend pas : nous avons tous des compétences différentes. Mais vos capacités sensorielles naturelles conjuguées à vos dons vocaux vous permettent de reproduire assez facilement les liaisons sonactiques. J'ai entendu dire que vous aviez appris les arts martiaux de cette manière.
- Oui. J'ai simplement regardé les gardes de mon père s'entraîner pour apprendre à faire les mouvements avec autant de précision qu'eux – et même plus.

La femme trouva la vantardise de Toras agaçante, mais elle ne regarda pas sa sœur cette fois, sachant qu'elle obtiendrait pour toute réponse un simple haussement d'épaules.

- Bon, que vous appreniez par osmose ou non, le bavardage ne vous servira à rien. Alors, poursuivons.

Toras fronça les sourcils, vexé, puis se redressa et annonça qu'il était prêt.

Le prince et la Lux Baiula continuèrent à s'entraîner ainsi pendant encore une heure. Laiella lui montra comment générer des sons capables d'agir comme de puissants coups de poing lorsqu'ils étaient produits par le Lien. Toras n'eut aucun mal à reproduire ces liaisons. Au bout d'une heure, il parvint à renverser une table, sous les regards impressionnés des Lux Baiulae chez qui naissaient de nouvelles inquiétudes, mais elles n'en dirent rien.

Fatiguée, Na'Riina lâcha dans un soupir :

- Très bien, continuez à vous entraîner avec la première barrière Laiella jusqu'à ce que vous maîtrisiez cette compétence, Seigneur Commandant. Lorsque vous serez prêt, nous vous apprendrons à contrôler vos muscles pour être encore plus offensif et défensif.

Au lieu de lui répondre en lui montrant qu'il était d'accord ou qu'il avait compris, comme s'y attendait la Lux Baiula, Toras s'écria :

- Mais pourquoi mon père ne m'a jamais autorisé à apprendre ça avant ! J'aurais été tellement meilleur et j'aurais facilement pu t...

Alors que la femme se mit à tordre sa bouche et à froncer les sourcils, Toras s'interrompit et dit :

- Je sais, je sais. On n'apprend pas les arts martiaux pour tuer, mais pour se défendre et pour protéger les autres.

Laiella se contenta d'acquiescer, mais elle était vraiment soulagée.

Na'Riina ajouta :

- Et tuer ne devrait arriver que lorsqu'il n'y a plus aucune issue. Il faut aussi que vous vous rappeliez, mon Prince, que les liaisons défensives, que vous apprendrez bientôt, ne vous protègeront pas des projectiles. Elles ne sont surtout d'aucune utilité si vous êtes pris au dépourvu. Contrairement à ce que la plupart des gens pensent, nos pouvoirs ne nous prémunissent ni des blessures ni de la mort. Ils peuvent toutefois nous aider à empêcher que des actions malheureuses soient menées contre nous, dans un premier temps. Celles qui vivent le plus longtemps sont celles qui sont toujours en alerte, et qui, une fois conscientes d'une menace, ripostent avec la force nécessaire – si elle est nécessaire.

Na'Riina attendit que le prince montre qu'il avait compris, mais voyant ses yeux aller de gauche à droite et sa bouche se tordre, comme s'il s'interrogeait sur le bien-fondé de ses affirmations, elle lui demanda :

- Vous n'êtes pas d'accord ?
- Je comprends bien les limites de vos pouvoirs à votre façon de les décrire, mais je sais d'expérience qu'il est impossible de vivre longtemps lorsqu'on est toujours en état d'alerte, tout corps a besoin de se reposer de temps en temps.

Les Lux Baiulae échangèrent des regards étonnés.

- Bon, j'ai un peu exagéré, bien sûr. Mais je pense que vous savez ce que je veux dire, rétorqua Na'Riina.

Le prince ne répondit pas et fixa la Lux Baiula, d'un air vide. Na'Riina lança son poing en avant.

En Kynarie

Une voix chaude, mais énergique qui effraya les voleteurs des arbres s'écria :
- Grrr ! C'est tellement invraisemblable. Je n'ai aucune idée de là où vont ces lincots. Je ne comprends vraiment pas pourquoi chaque prêtresse ne pourrait pas suivre son propre lincot.
- Je sais, Carasina. Mais comment pourrions-nous faire puisqu'il nous faut bien plus de créatures que nous n'avons de prêtres et de prêtresses ?
- Je pourrais simplement me connecter au meneur et le guider.

Aria lui répondit :
- Cela pourrait fonctionner pour charger un ennemi, lorsque tous les lincots suivent le chef, mais cela ne fonctionnerait pas pour faire du repérage ou pour se défendre lorsque les lincots doivent se disperser.
- J'imagine que tu as raison.
- Bien sûr. Si tu veux utiliser des signaux visuels, tu as besoin d'apprendre à passer plus rapidement d'une créature à l'autre pour ne rien rater. Moi, je mémorise la structure magnétique d'un endroit, donc, même si je ne suis pas un animal en particulier, je sais assez précisément où il se trouve lorsque je reconnecte mes sens à lui.
- Tu peux faire ça ?
- Oui, et je pense que je peux même utiliser cette technique pour suivre *n'importe* quel animal.
- Comment ça n'importe quel animal ?
- Je veux dire que, d'une certaine manière, les vibrations magnétiques se combinent à celle de n'importe quel animal pour créer une résonnance particulière vraiment

facile à reconnaître et à suivre. C'est possible même s'il s'agit d'un animal auquel je ne me suis jamais connectée ou d'un animal parmi des centaines d'autres dans une même zone.

Carasina écarquilla les yeux tandis que ses sourcils s'élevaient, et Aria répondit :

- Je m'y exerce dans le cours de géologie du prêtre Yury depuis deux mois maintenant, et je crois que j'ai réussi.

- Je croyais que nous n'avions pas le droit de développer nos compétences au-delà de ce qui nous était enseigné, et donc approuvé, dit Carasina.

- Comment peut-on m'empêcher de suivre mes sens jusque là où ils me conduisent ? Répondit Aria indignée. Comment sommes-nous supposées nous dire : « Non, non, je ne veux pas ressentir cela » ?

- Eh bien, il y a des raisons, Aria. Certaines choses peuvent nous faire du mal physiquement et d'autres mentalement. Agir instinctivement sans être guidé, sans en avoir appris les propriétés, les bénéfices et les risques est dangereux.

Aria répondit d'un haussement dédaigneux des épaules, choquant son amie.

- Donc, tu veux dire que tu accepterais de t'ouvrir à n'importe quelle vibration, même les plus défendues, sous prétexte que tu peux les sentir ?

Un soupir d'agacement s'échappa d'Aria, qui dit :

- Cari, tu exagères maintenant. Tu sais bien que je ne le ferais pas. Enfin, veux-tu que je t'aide ou pas avec les lincots ?

- Non, c'est bon. Je vais demander des cours particuliers à la magistera Annan. Ça ne me dérange pas d'avoir des problèmes à cause de toi pour des petites choses stupides, mais pas pour ça, et surtout pas maintenant que nous sommes à deux doigts de notre Passage

- Parfait.

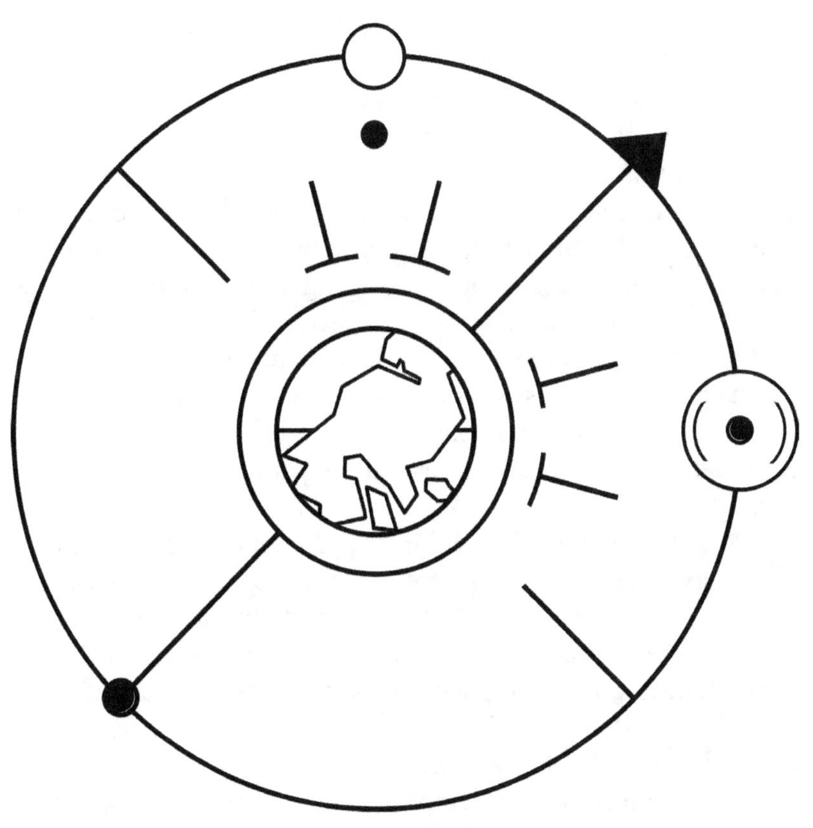

Depuis la fenêtre de la chambre d'une maison imaginaire, celle où Oolviana l'avait élevé pendant les six premières années de sa vie, Lusk regardait au-delà du vide infini essayant d'oublier ce qu'il avait fait un peu plus tôt dans la journée. Mais soudain, un sombre précipice sans fin vint remplacer le vide et se mit à le fixer. Lusk se dirigea vers la fenêtre qui ne cessait de grandir jusqu'à plonger la pièce dans l'obscurité tandis que le souvenir de ses actes s'embrasait. Il serra si fort les dents et les poings qu'il ébrécha les premières et fit pâlir les seconds.

Ce matin-là, Lusk avait enfin réussi à convaincre Ooldrina de lui faire entièrement confiance, malgré sa résistance antérieure. Il l'avait prise, non pour la mettre au service de Noctiferus, mais dans le but de se venger sur elle pour ce que les puissantes Zébuloniennes lui avaient fait et pour avoir été contraint d'aider – aider ! – deux de leurs rejetons.

Chaque instant passé dans le Lien avec Ooldrina avait été une torture pour lui, car, pour lui permettre de surmonter ses peurs dans cet espace éthéré, il avait dû partager son esprit avec elle.

À présent, malgré qu'il lui eût appris toutes les choses que Clara l'avait chargé de lui enseigner – s'ouvrir aux vibrations du Lien et se protéger seulement en cas de besoin – il lui avait également fait découvrir une peur plus grande encore : celle de Lusk Methrim ; une personne qui ne serait plus jamais esclave d'une Janara. Pourtant, son bonheur avait un goût amer, car ses actes lui avaient coûté *très cher*.

Lusk ne pouvait pas s'empêcher de vomir en se rappelant les cris d'horreur d'Ooldrina lorsqu'il avait souillé son esprit – et à travers son esprit, tout son corps, car le cerveau ne faisait aucune différence entre réalité physique et imaginaire. Il ne pouvait retenir ses haut-le-cœur ni s'empêcher de se souvenir.

Les cris implorants de la jeune fille ne cessaient de défiler dans son esprit, tandis que son moi conscient tentait de les noyer – de les faire tous couler. Ses tentatives les plus vigoureuses étaient aussi vaines que la ridicule résistance d'un enfant contre les cris de ses parents fâchés. Ignorant ce qu'il pouvait faire d'autre, Lusk invoqua le vide immensément sombre pour y noyer et y abandonner toutes ses émotions.

Il ne fallut pas longtemps pour que ses efforts échouent de nouveau et que le souvenir de ses actes refît surface, apportant avec eux une douleur sans cesse plus forte et plus intolérable.

De temps en temps, sa part irrationnelle – ou peut-être plutôt rationnelle – s'affolait et il se demandait s'il était possible qu'une Lux Baiula découvrît ce qu'il avait fait à Ooldrina. Pourvu que non. Au moins, Ooldrina ne dirait rien ; elle était en son pouvoir, entièrement en son pouvoir. Et même si le souvenir de ce qu'il lui avait fait continuerait toujours de la tourmenter, son traumatisme ne la laisserait pas dépérir, Lusk y avait veillé.

Une nouvelle nausée violente accompagna l'image du sentiment de dissociation complète et absolue avec la réalité imprimée dans le regard d'Ooldrina quand il eut terminé avec elle et qu'il se fut éloigné, la laissant seule dans cette pièce imaginaire du palais de Zébula, là où se trouvait autrefois son bureau. Son visage était vide, à part les larmes qui coulaient silencieusement le long de sa peau pâle. La mère d'Ooldrina lui avait appris à faire confiance aux hommes et à les respecter, mais Lusk avait fait mentir la première et anéanti sa confiance dans les autres.

Il essaya encore une fois d'atteindre l'obscurité apaisante du vide, mais le précipice réapparut. Sa forme trembla et tout disparut. Son esprit trouva le répit dans une torpeur sans rêves.

PERMANERÉ USQUE AD FINEM

L'arrivée de patriciens, de hauts fonctionnaires d'Urbs Lucis et de Kynarie, et enfin de la famille royale accompagnée de la cour du haut roi – la plupart à dos de vorans et quelques-uns juchés sur de superbes furans – fit sensation à Antar, en ce matin du cinquième jour du second entre-quart du mois de decimus de la mille huit centième année impériale.

Lorsque Gaius et Octavius avaient parlé pour la première fois d'organiser le bal royal à Praeghe, leurs conseillères les avaient pris pour des fous, compte tenu du désordre qui régnait et du chaos que le Scytale et les bourras semaient aux quatre coins du royaume. Organiser un bal à Praeghe eût été un acte fou ou un signe d'arrogance. Mais le premier n'était pas réapparu depuis un mois et les seconds s'étaient contentés de rester au pied des montagnes du nord. Ainsi, après avoir méthodiquement pesé le pour et le contre, le roi avait jugé que la nécessité de tenir un bal était supérieure au danger qu'il pouvait représenter ; le roi avait simplement demandé à ce qu'il fût donné dans son palais d'été, loin de tout danger immédiat.

Gaius avait accepté, les invitations furent envoyées, et tout fut préparé pour créer l'événement et organiser le bal royal le plus marquant des dix dernières années, non seulement à cause de l'implication du seigneur Gaius, mais aussi des circonstances dans lesquelles il allait se dérouler.

Les premiers invités de ce bal mémorable furent la cour du roi, le premier sénateur, la Magna Mater, la Praefecta Consuasores et la Manu Dextra ; vinrent ensuite des seigneurs et des dames de tout le royaume, les représentants des royaumes de Jarah et Pargah, et, enfin, Juur no'Duur, le roi de Yerlah en personne.

Comme à son habitude, Gaius avait fait préparer une partie des lieux pour recevoir le peuple et les petits patriciens afin qu'ils profitent eux aussi du bal. Certains d'entre eux avaient reçu l'invitation avec joie, d'autres plus timidement. En effet, la présence du roi aux abords de la ville était devenue familière, avec ses retraites annuelles, mais nul n'avait jamais été convié à un bal depuis la naissance d'Ori.

Dans la cour intérieure du palais, sous le pavillon doré installé à demeure, orné d'un côté de l'emblème familial et des trois autres, de fresques narrant la grande histoire du royaume, les gens, tantôt assis, tantôt debout, se saluaient, conversaient ou appréciaient les mets, les jardins et la musique, tout en attendant l'apparition du roi et de la reine.

Le seul élément qui fit grincer des dents dans l'assistance, fut la présence des cinq Lux Baiulae cordons rouges – cinq barrières, les plus offensives de toute la sororité – qui montaient la garde devant les portes du palais royal. Tout le monde savait qu'Urbs Lucis avait envoyé des Cordons rouges pour accroître la protection du haut roi après l'attaque du Scytale dans la capitale, mais le fait de les voir parmi eux, armées de leurs regards sévères et mortifères malgré la musique joyeuse, rendait les gens perplexes ; certains étaient même très mal à l'aise.

Debout près d'une fontaine figurant l'emblématique furan à deux têtes, le haut prince Aithen et son oncle Claudius discutaient des progrès de leur cousine Aria à l'école des Sœurs en Kynarie. Le prince portait un manteau d'un vert vif, orné d'une rangée de boutons de chaque côté et un pantalon en daim noir, tandis que le vieux Claudius était vêtu d'une tunique noire sur un pantalon vert, avec un paludamentum vert – ou cape – recouvrant la moitié de ses épaules.

Aithen venait de lui poser une question lorsque quelque chose attira son regard de l'autre côté et lui fit perdre ses mots. Avec un empressement inhabituel, il demanda à son oncle :

-   Excusez-moi, mon oncle, pouvons-nous continuer plus tard ?

Claudius souleva un sourcil, curieux, puis, ne voulant pas demeurer seul, jeta un œil autour de lui avant de répondre. Apercevant son frère royal non loin de là, il acquiesça et se dirigea vers le roi.

Aithen partit immédiatement, avec un peu plus de hâte que de raison, mais il ne pouvait alors pas s'en empêcher.

Tandis qu'il avançait en direction d'Élyana, il se demanda s'il voulait qu'elle le vît arriver ou non. Après quelques pas, il décida qu'elle ne devait pas le voir avant d'arriver à sa hauteur. Cela lui éviterait d'être gêné par sa réaction lorsque la femme lui sourirait.

Aithen n'avait vu Élyana que deux fois au cours des trois derniers mois, depuis sa réaffectation à Urbs Lucis pour occuper le poste nouvellement créé de main droite de la Magna Mater. La dernière fois remontait à une visite officielle qu'elle avait faite dans la capitale. Il mourrait alors d'envie de passer du temps avec elle et avait rêvé de ce moment en même temps qu'il l'avait redouté. Elle était là, maintenant, et Aithen courait presque vers elle tout en appréhendant les retrouvailles.

Je dois absolument *trouver un moyen de me retrouver seul avec elle.*

Son cœur s'arrêta lorsqu'Élyana, qui venait de prendre un fruit sur une table généreusement garnie, leva la tête et regarda dans sa direction. Sa bouche s'étira légèrement. *Oh*, à part ses collègues, personne n'aurait pu y voir un sourire, mais, *lui*, il le savait, et son cœur vacilla tandis qu'il continuait d'avancer.

Vêtu d'un uniforme noir entièrement décoré de furans en vol stylisés, arborant l'écusson de la forteresse Col de corne sur son épaule droite, le prince Toras savourait un verre de vin en compagnie du haut capitaine Harlion.

Comme l'officier regardait dans la direction du haut prince, le prince dit :

-   Est-ce qu'il se passe quelque chose entre Aithen et Élyana ?
-   Ah ! Vous avez remarqué ? Je pense que votre frère est épris d'elle et que, si elle n'avait pas été affectée à Urbs Lucis, il aurait commencé à la courtiser depuis des mois… ce qui aurait été loin de plaire à tout le monde.

Mais on dirait qu'une *partie du monde* va être contrariée aujourd'hui.

Toras leva un sourcil curieux puis se renfrogna, ce que Harlion interpréta comme voulant dire que le prince faisait partie de ces personnes.

Harlion haussa les épaules et poursuivit :

- En tout cas, ça m'étonnerait fort que tout cela aille bien loin, puisque les Lux Baiulae font vœu de célibat. Même si j'ai déjà vu certaines Sœurs profiter de quelques occasions – si vous voyez ce que je veux dire, ajouta-t-il avec un clin d'œil.
- Eh ! J'ignorais que vous aviez un sens de l'humour si grossier, Capitaine.

Faisant tourner son verre de vin, Harlion répondit :

- J'espère que votre frère sait ce qu'il fait, parce qu'il y a des chances pour que son cœur finisse en morceaux.
- Eh bien, Aithen n'est pas la personne la plus émotive que je connaisse, donc je pense qu'il s'en sortira s'il est éconduit. Il sera peut-être un peu morose quelque temps, mais c'est tout. Cependant, j'ignore comment je réagirais si elle acceptait ses avances ; je sais bien que l'âge n'a pas d'importance puisque les Lux Baiulae vieillissent différemment, mais Élyana fait pratiquement partie de la famille !
- Il y a ça aussi, répondit Harlion au moment où un chant diphonique émouvant, qui évoquait la joie, la force et l'espoir, attira l'attention des convives.

Le chant, ainsi que ce qu'il annonçait, mit un terme aux conversations, si futiles ou importantes fussent-elles, et les invités se hâtèrent, sans paraître rustres ni inquiets, le plus vite possible vers les tables qui leur avaient été assignées.

Aithen, Toras et le jeune Ori se retrouvèrent à la table royale. Ori sourit à ses frères et attendit à leurs côtés, rempli d'impatience. Comme ce genre d'événements importants ne se produisait que tous les cinq ans, c'était seulement la deuxième fois qu'il y assistait en tant qu'être conscient, depuis sa naissance accidentelle treize ans auparavant.

Le peuple et les petits patriciens se pressèrent le long de la haie de buissons qui entourait les jardins intérieurs pour regarder l'entrée du couple royal. Les soldats de la Garde royale, commandés par le Primus Julian, le chef de la Garde prétorienne[12], protégeaient le périmètre afin de s'assurer que nul ne tenterait d'entrer dans les jardins.

Une fois les nobles invités et la famille royale à leurs postes, l'imposant hurleur royal exhibant son plumage membraneux vert et rouge sombre, se mit à appeler le haut roi et son épouse vers les jardins.

Le haut roi Octavius et la dame Darya firent leur entrée avec toute la noblesse à laquelle leurs sujets avaient été habitués au cours des soixante-sept dernières années. Le roi s'avança, paré d'un sourire réservé, mais fier, et son épouse royale avec un sourire tout aussi réservé, mais dont la chaleur illumina le visage toujours aussi beau. Tous deux marchèrent les doigts entrelacés, prouvant que malgré les longues années de séparation, ils se désiraient toujours autant. Les petites pressions apaisantes qu'exerçait Darya sur sa main le réconfortèrent également, lui qui n'avait jamais aimé être le centre de l'attention, sauf lorsqu'il parlait ou, dans ses jeunes années, participait aux jeux annuels.

Le roi et son épouse embrassèrent leurs invités du regard en entrant sous le pavillon, mais lorsque leurs yeux se posèrent sur leurs trois fils côte à côte, leurs cœurs se soulevèrent et un magnifique sourire irradia leurs visages.

En se dirigeant vers leurs places, le roi et la reine s'arrêtèrent devant chacune des tables de premier rang pour remercier les invités d'honneur. Parmi eux se trouvaient le roi Juur no'Duur de Yerlah et son épouse qui leur firent une grande révérence ; la Magna Mater, Élyana Lux Baiula et la Praefecta Ramela qui penchèrent la tête avec respect ; le

---

[12] Garde prétorienne : garde personnelle du haut roi.

premier sénateur Léo qui inclina la tête avec plus de convictions qu'il n'en avait réellement ; les frères du roi, les seigneurs Claudius et Gaius qui serrèrent la main au roi ; la cour, avec le haut capitaine Harlion, les seigneurs Warbender et Kaffin, et Irania Lux Baiula et Mitsuko Lux Baiulae, qui leur adressèrent un signe de tête ferme et assuré ; la dame Moradina qui offrit son plus beau sourire au couple royal malgré le souvenir désagréable de sa dernière rencontre avec le roi ; et enfin Ylana Dar'Muntake et son allure royale, qui salua le roi et son épouse – sa compatriote – dans une révérence, les mains jointes. Le roi la salua à son tour, bien que le fait de voir Dar'Muntake et Krystiana au même endroit raviva la rancune qu'il couvait pour les deux femmes depuis deux mois. En effet, il lui avait semblé que, d'une manière ou d'une autre, les deux femmes s'étaient entendues pour lui assigner un jeune homme comme assistant personnel, un jeune homme qui leur était lié à toutes deux : à Krystiana par son appartenance à la sororité – aussi étrange que cela pût paraître – et à Dar'Muntake par le sang.

Enfin, ses services ne sont pas malvenus, et il semble loyal, quel que soit le moyen par lequel il est arrivé là. J'imagine que je ne devrais pas leur en vouloir, car cela risquerait de gâcher ce pour quoi nous sommes tous réunis ici.

Ayant mis un terme à son débat intérieur, Octavius finit par se rendre, en compagnie de son épouse, à la table royale où ils furent accueillis – surtout Darya –par les chaleureuses embrassades de leurs aînés et les cris de joie de leur benjamin.

Octavius et Darya ainsi que leurs fils rejoignirent leurs places, Aithen à la droite du roi, Toras et Ori à la gauche de leur mère. Harlion et Mitsuko Lux Baiula vinrent également prendre place à la table royale, occupant les derniers sièges à droite de Aithen. Lorsque tout le monde fut assis, le roi entama son discours.

- Mes chers convives, je vous remercie d'avoir accepté notre invitation à ce bal inattendu. Je sais que nombre d'entre vous ont remis en question le choix du moment.

Mais comme les choses vont mieux depuis deux mois et qu'Urbs Lucis ainsi que mes frumentarii ont confirmé que la menace n'était plus aussi forte, j'ai décidé d'organiser cet événement pour que nous puissions nous rassembler et nous entendre, de même qu'entendre cette musique qui nous lie tous et qui nous aide à entretenir notre fraternité… une fraternité dont nous ne pouvons pas nous passer pour surmonter ce qui nous arrive et ce qui se prépare.

Sur ce, Octavius regarda intensément Ylana Maryn Dar'Muntake, prêtresse suprême de l'Ordre de Kynarie et grande dirigeante de la nation insulaire.

De nombreux regards furtifs se tournèrent vers elle, remplis de crainte ou d'inquiétude. En effet les Kynariens demeuraient un mystère en Alvinorie, car ils s'y rendaient rarement, malgré les liens séculaires entre les deux pays.

- Vous devez également savoir que nous avons récemment exterminé un grand nombre des créatures qui avaient dévasté villes et villages au pied des monts Colossi et des monts Furans au cours des derniers mois. Mon fils, le prince Toras, seigneur commandant de la Garde noire, a attaqué une horde d'une centaine de bourras à la fin du premier quart ; ses soldats, les Lux Baiulae et lui ont vaincu ces créatures avec des pertes minimes.

L'assemblée applaudit des mains sur leurs genoux pour féliciter le prince.

Toras se leva rapidement puis se rassit pour laisser son père terminer, non sans prendre connaissance du signe de tête de Aithen qui lui donna plus de fierté que les applaudissements des sujets du roi.

Octavius poursuivit :

- Sa troupe a également rapporté l'une de ces créatures, et la sororité – le haut roi adressa un sourire plein de reconnaissance à Krystiana – a chargé ses esprits les plus affûtés d'analyser sa biologie afin que nous puissions trouver le moyen de les vaincre et de nous défendre contre eux. Je sais que vous avez été nombreux à perdre vos biens et des proches dans les attaques du Scytale et des bourras. Sachez toutefois que les dégâts auraient été bien plus importants si vous n'aviez pas conclu une entente avec mon aîné et héritier, le haut prince Aithen, lors des réunions qu'il a organisées en Sextus dernier ; je lui en suis extrêmement reconnaissant. Le succès de ces réunions augure un bel avenir pour la Couronne.

Octavius sourit dans la direction de Aithen et – mis à part le seigneur Arotek et ses voisins de table qui lui lancèrent un regard furieux, ainsi que quelques personnes du côté de Juur no'Duur qui parurent agacées à l'idée de devoir remercier leur vassal – l'assistance applaudit encore une fois des mains sur leurs genoux et avec encore plus de force.

- Tout comme je suis fier de mes fils, vous devriez être fiers de vos peuples, car, sans eux, ni mes armées ni Urbs Lucis ne seraient capables de protéger vos terres. Ainsi, ce soir, nous festoyons ensemble pour nous rappeler que, même si le pire reste à venir, nous avons tout – en tant que nation – pour surmonter les obstacles qui pavent notre route. Et pour vous prouver combien je crois en notre force, cette année, comme toutes les autres années, la Course trans-alvinorienne aura lieu, continua Octavius.

La foule fit éclater des acclamations et des applaudissements qui durèrent un bon moment. Cela aurait pu continuer longtemps si le roi n'avait pas tapé dans ses mains pour reprendre la parole.

- Chers convives, prenez place et laissez la musique et la bonne chère renforcer nos liens.

À ce signal, les Voces Creatoris entonnèrent un nouveau chant, kynarien cette fois, après quoi ceux des deux autres cultures suivraient, et ainsi de suite. Le chant kynarien était léger et joyeux, évoquant les tzilleurs endémiques de l'île. Les gens, qui s'étaient remis en mouvement ou qui se dirigeaient vers le roi ou vers son épouse, se mirent à sourire, à se déplacer avec plus d'entrain et à s'échanger de fermes poignées de mains. Les princes et le haut capitaine se levèrent pour accomplir leur devoir et se mêler à la foule, bien que l'esprit de Toras ne fût pas aux mondanités politiques ni celui d'Aithen qui était préoccupé par de tout autres pensées ce jour-là.

Afin de préparer les interactions ente le roi et ses invités, Mitsuko Lux Baiula se rapprocha et se posta juste derrière et à la droite d'Octavius. L'une des premières personnes à venir à la table royale fut la dame Moradina. Octavius la reçut non sans inquiétude – une inquiétude que la musique apaisante atténua quelque peu –, ne sachant pas si elle était toujours son amie et alliée ou si elle était passée dans le camp des ennemis. Urbs Lucis avait enquêté sur l'éventuelle conversion de cette propriétaire terrienne, mais n'avait pas pu conclure. Ses deux Lux Baiulae avaient été sondées et l'analyse n'avait révélé aucune emprise extérieure, mais la dame Moradina se comportait toujours de manière imprévisible. Son médecin personnel, Lorina Lux Baiula, n'avait trouvé aucune explication médicale à ce comportement. Sa conseillère, Silla Lux Baiula, n'avait pas de preuve non plus des réponses mentales inquiétantes que Mitsuko avait perçues au début du mois. La seule découverte susceptible d'inquiéter Silla était des sortes d'images fantômes d'une intense excitation situées dans les mêmes zones cérébrales que celles que Mitsuko avait sondées. Toute interaction avec Moradina devait donc demeurer sous surveillance pour le moment.

Moradina Solis fit une révérence au roi – tout en évitant de croiser le regard de Mitsuko Lux Baiula – et dit :

- Mon roi, ma reine, je suis ravie de vous revoir à Antar.

Darya remercia la femme d'un sourire légèrement moins bienveillant qu'à son habitude. Mitsuko, quant à elle, se contenta d'observer la femme avec ses sens normaux afin d'éviter de la faire réagir en la sondant. Elle s'était entendue avec le roi de tousser deux fois avant de sonder toute personne qui éveillerait ses soupçons. Si l'examen venait alors à révéler quelque chose d'inquiétant, elle interromprait la conversation en toussant trois fois, ni plus, ni moins.

Le silence de Mitsuko indiqua au roi que tout semblait sûr, et il dit :

- Dame Moradina, si nous étions dans Antar, vous ne seriez pas sa propriétaire.
- Oui, oui. Je sais que votre domaine est en dehors des frontières d'Antar, Sire. Mais les mêmes eaux baignent les deux territoires, n'est-ce pas ?
- Bien sûr, Dame Moradina. Et ces eaux sont toujours plus belles et plus accueillantes.
- Octavius s'interrompit un instant, réfléchissant à quelque chose, puis il poursuivit :
- Comment allez-vous depuis votre dernière visite dans la capitale ?

Des rides d'étonnement se dessinèrent sur le front de la dame, mais elles furent rapidement remplacées par un large sourire. Nommant le roi par son nom – ce qui agaçait son épouse – elle répondit dans un rire aigu :

- Octavius, Antar a eu beaucoup de chance de n'avoir subi aucune attaque de ce reptile volant ou de ces viles créatures des montagnes. Mais certaines rumeurs coriaces m'inquiètent, ajouta-t-elle en chuchotant.
- Des rumeurs ?
- En effet. On dit que Zébula a des espions dans le royaume… et peut-être même…

Octavius s'attendait à ce que la femme lui dise des banalités, mais ça ?! Il essaya de trouver une réponse qui pût mettre un terme à la conversation, mais Darya intervint à sa place :

- Le fait qu'il y ait des espions n'a rien d'exceptionnel, Dame Moradina ; il faut s'y attendre avant une guerre… dans nos cuisines, comme dans nos casernes.

La dame Moradina, les lèvres pincées, ne répondit pas, bien qu'elle eût l'air de vouloir le faire.

Se tournant d'abord vers sa femme, puis vers Moradina, Octavius ajouta :

- En effet ma chère. Je comprends que cela puisse vous préoccuper, Moradina, cependant, je pense qu'il serait mieux de discuter de ce type de sujet à un moment plus opportun. D'un autre côté…

Dans le dos du roi, Mitsuko mit la main devant sa bouche et toussa – deux fois.

Le roi se tendit, mais décida d'ignorer l'avertissement et de terminer ce qu'il avait à dire :

- Je serais ravi de vous écouter plus tard sur la manière dont la réfection de la bibliothèque d'Antar progresse, Dame Moradina ; ce sujet est non seulement tout à fait approprié aux circonstances, mais il me tient aussi à cœur.

Dame Moradina se redressa, consciente que le haut roi venait de la congédier, et dit :

- Bien sûr, mon roi.

Puis, se tournant vers Darya, elle ajouta sur un ton trop aimable pour être vrai :

- Madame, j'espère que vous apprécierez les ferments que mon cuisinier vous a apportés. Comme vous le savez, ce sont les meilleurs du royaume.
- En effet, je connais leur réputation et je suis certaines que nous les apprécierons, répondit Darya avec autant de douceur qu'elle le put.

Octavius remercia la dame Moradina, et, tandis qu'elle s'éloignait, pencha légèrement la tête en arrière et murmura :

- Mitsuko ! Vous avez toussé !
- Oui, Sire. J'ai ressenti un conflit en vous alors que vous vous apprêtiez à réinviter la dame Moradina.
- Alors je ne peux plus me poser de questions ni réfléchir à mes décisions avant de les prendre ?
- Darya devança la Lux Baiula et dit :
- Octavius, j'ai aussi remarqué ton hésitation, et Mitsuko Lux Baiula n'a fait que son devoir.

- Je pensais qu'elle savait faire la différence entre des réactions normales et anormales. Voilà qui va bien m'agacer, musique joyeuse ou calme.

Darya remarqua sous le masque impavide de la cordon mauve un air qui ressemblait à de la honte ou de la culpabilité. Surprise et émue, elle décida d'intervenir avant que la situation n'empirât et que la journée ne fût gâchée.

- Mon cher Octavius ; ce n'est pas la première fois de ton long règne que ta vie est menacée, et tu as, chaque fois, été restreint dans tes actions et tes interactions. Tu as toujours su les accepter alors que le danger était moindre, et tu as tout autant besoin d'être protégé aujourd'hui – si ce n'est plus – qu'auparavant.

- Grrr, d'accord. Alors, levons-nous et allons rencontrer nos invités à leurs tables plutôt que de les voir se succéder ici – j'ai besoin de me dégourdir les jambes.

Rackeli, le majordome du roi, pria alors tous ceux qui faisaient la queue de retourner à leurs places. Certains manifestèrent leur mécontentement, car la procédure sous-entendait que leur rencontre avec le roi allait se dérouler de manière moins formelle. Ils s'exécutèrent néanmoins et rejoignirent leurs places, espérant que le majordome tiendrait compte de leur ordre d'arrivée.

Le roi, son épouse et sa protectrice se levèrent et se rendirent aux tables que Rackeli leur indiquait, ainsi qu'à quelques autres de leur choix.

De l'autre côté du pavillon, Aithen – qui n'avait pas réussi à trouver Élyana – et son cousin observaient la foule tout en discutant. Ulvius lui demanda :

- Tu regardes tes parents ?

- Oui, je ne les avais pas vus ensemble depuis longtemps, mais c'est comme s'ils n'avaient jamais été séparés.

Ulvius, premier seigneur minier de l'Alvinorie et fils du seigneur Gaius, dit :

- Ou peut-être plutôt comme s'ils avaient été séparés et qu'ils mourraient d'envie de se retrouver… Vivre tous les jours aux côtés de quelqu'un est souvent pire que d'en être privé pendant un certain temps.
- Possible. Mais, pour ma part, je ne crois pas que je pourrais supporter la distance.

Ulvius lui répondit d'un ton maussade qui tranchait avec son apparence :

- Eh bien, je connais une chose que le temps ne peut pas réparer.
- Tu penses à ton frère ?

Ulvius acquiesça :

- Oui. C'est encore difficile de s'y faire, même après trois mois – surtout pour Père.

Aithen adressa un sourire compatissant à son cousin :

- Loris était quelqu'un de bien, il manque à tout le monde.

N'étant ni un soldat ni un partisan de la dévotion militaire, Ulvius répondit d'un ton acide :

- Combien vont encore devoir nous manquer, cousin ?
- Je ne sais pas… beaucoup. Mais, Ulvius, ne parlons pas des morts, s'il te plaît. Que dirais-tu de prendre un verre ?
- Nan, je pense que je vais aller voir Aria. Elle repart bientôt en Kynarie et je devrais en profiter pour prendre des nouvelles de notre chère cousine.
- Sais-tu si elle se remet de la perte de son fiancé ? demanda Aithen.

Le cousin du prince hocha la tête et dit :

- Oui, et mieux que je ne m'y attendais, sincèrement. Larad l'aimait vraiment fort ; il comptait l'épouser l'année prochaine, après son Passage.
- Eh bien, ses études requièrent toute son attention. Peut-être fera-t-elle son deuil plus tard ?

Ulvius afficha un air dubitatif puis ajouta :

-   Tu devrais lui parler, toi aussi. Peut-être que tu pourrais lui tirer quelques larmes… Tu sais combien tu comptes pour elle.

-   J'essaierai de la voir un peu plus tard, grommela Aithen.

Là-dessus, Ulvius s'en alla, promettant de prévenir Aria.

J'espère qu'Aria n'éprouve plus ces sentiments à mon égard ; ce n'est plus une enfant ni même une adolescente écervelée après tout. Et je serais vraiment *embêté si, ce soir, elle déclenchait une situation embarrassante entre Élyana et moi.*

Penser à Élyana lui donna soudain envie de la voir. Comme pour exaucer son vœu, un groupe de personnes qui s'entretenaient sur la piste de danse s'écartèrent, laissant entrevoir la cordon mauve, de l'autre côté du pavillon, en compagnie du roi Juur no'Duur. Aithen ressentit le besoin urgent d'aller la rejoindre et de l'arracher au roi qui semblait la déshabiller du regard. La musique – jouée pour stimuler la joie – réveilla l'ardeur de Aithen qui, n'y tenant plus, décida d'aller interrompre leur conversation.

La robe couleur crème d'Élyana lui allait comme un gant délicat et parfaitement ajusté sur une belle main. La cape qui lui entourait les épaules, du même mauve profond que la ceinture nouée autour de sa taille la rendait irrésistible, malgré son statut de Lux Baiula.

Comme elle écoutait le roi de Yerlah disserter sur la beauté de son pays, Élyana remarqua du coin de l'œil l'arrivée de Aithen ; elle esquissa une infime crispation derrière son air toujours posé.

Lorsque Aithen arriva près des deux interlocuteurs, il adressa un bref signe de tête à Élyana et se tourna immédiatement vers Juur no'Duur avec un sourire bien plus large que celui qu'il voulait lui offrir.

-   Roi no'Duur, quel plaisir de vous voir. Notre dernière rencontre a été brève, et j'espère qu'avant la fin de la journée nous aurons l'occasion de parler des beautés de votre pays que je n'ai pas visité depuis longtemps. Mais, à présent, j'aimerais discuter avec Élyana Lux Baiula, si vous le permettez.

Le roi comprit que sa conversation, finie ou non, avec la Lux Baiula était terminée. Juur no'Duur esquissa un sourire crispé et répondit :

- Bien sûr. Vous êtes le prince héritier, et je ne suis que le modeste vassal du haut roi, votre père.

D'un air contrarié, l'homme sourit à Élyana, salua le prince, puis s'en alla.

Aithen renifla doucement avant que le nom de la femme ne surgît de sa bouche avec plus d'entrain qu'il ne se sentait à l'aise de le faire en public.

La Lux Baiula lui répondit d'un ton volontairement formel :

- Grand Prince.
- Qu– Je jure que si quelqu'un me désarçonne un jour, ce sera toi.
- Je ne voudrais pas faire cela, Aithen.

Aithen renifla encore, mais cette fois avec le sourire, puis demanda :

- Veux-tu marcher en ma compagnie ?
- Avec plaisir.

Aithen éprouva soudain une certaine tension tandis qu'il se demandait s'il devait lui offrir son bras. Serait-ce un geste approprié ? Et l'accepterait-elle si c'était le cas ?

Élyana ne prit pas son bras, mais elle s'approcha de lui à une distance de main, et le prince s'engagea sur le chemin qui traversait les jardins. Comme ils arrivaient près des premiers bosquets, ils s'émerveillèrent ensemble des voleteurs dont le chant était tout à fait en accord avec la musique. Ils firent également une pause pour admirer les petits bourdonneurs membraneux qui, virevoltant de fleur en fleur, complétaient l'admirable tableau de ce superbe paysage parfumé. Le prince et sa compagne continuèrent ainsi pendant un moment –, Aithen posant des questions et écoutant les réponses qu'Élyana était ravie de lui donner. Lorsqu'elle parlait, Aithen saisissait ses mots et capturait avec attention tous les détails de son visage, de ses gestes différents d'un sujet à l'autre.

Comme Aithen semblait à court de questions, Élyana décida de lui en poser quelques-unes à son tour. Mais Aithen abrégeait ses propres réponses.

C'est vrai qu'il a toujours été réservé et un peu introverti. J'imagine que je ne dois pas m'attendre à ce qu'il s'ouvre à moi juste à cause de– à cause de notre–

Bon ! Apparemment, j'ai moi aussi du mal à admettre que ce qui se passe entre nous m'intéresse. Peut-être devrais-je lui poser des questions moins personnelles.

- Et comment va la furanerie ? J'ai entendu dire que vous veniez peut-être d'achever la formation des cinquante dernières équipes furanes ?

Aithen répondit avec plus d'entrain à cette question, plus confiant et à l'aise que lors des questions précédentes.

- En fait, les cinquante dernières équipes ont été déployées pour se mettre au travail. Tout cela n'a pas été facile, malgré tout. Nous manquons de mâles pour nos trois mille furaniers, et nous disposons de trop peu de temps pour en capturer davantage sur les Monts. Nous avons donc dû recourir à des montures encore dans leur phase femelle.

Élyana écarquilla les yeux :

- C'est très risqué.

- En effet, mais que pouvions-nous faire ? J'espère que les herbes de tes Sœurs jaunes les empêcheront de tomber enceintes avant la fin de la guerre.

- Oui, mais si cette guerre dure aussi longtemps que la Guerre des ténèbres, il est certain que quelques-unes tomberont enceintes.

- Eh bien, dans ce cas, espérons que cette guerre sera plus courte. D'autre part, nous n'avons pas eu beaucoup de temps pour que les recrues apprennent à communiquer avec leurs furans. La plupart en sont encore au stade du *tire et botte*, sachant qu'il y en a pour des mois pour passer au *tapote et tiraille* et pour des années pour arriver à communiquer par d'infimes pressions et changements de position. Tout cela m'inquiète bien plus que de savoir si nos montures vont tomber enceintes, parce que si nos soldats doivent lutter pour les faire obéir au beau milieu d'une bataille, ils ne tiendront pas longtemps.

- Hum, oui. Espérons qu'ils pourront avoir un peu de temps pour parfaire leurs liens.

- Je l'espère aussi. Quoi qu'il en soit, j'ai *hâte* d'assister à la démonstration que Harlion a programmée pour la déclaration officielle à la foire du prochain quart. Rien que d'y penser, cela me rend un peu fébrile, malgré mes doutes quant à la faible formation des équipes furanes. J'aurais aussi aimé que nous puissions montrer l'ampleur de notre force. Mais Père veut que cela reste–

Aithen s'interrompit comme si son esprit était soudain devenu vide. Élyana le regarda, inquiète, et l'interpela, en vain. Elle décida de le sonder dans le Lien, et, lorsqu'elle parvint à s'accrocher à sa vibration, elle s'aperçut que son cerveau était en proie à une excitation inhabituelle. À cet instant, Aithen sortit de sa torpeur.

Il regarda Élyana avec un embarras coupable. Elle l'interrogea du regard – avec intensité – avant qu'il ne finît par dire :

- Pardon, Élyana. Il y a quelque chose que j'aurais dû– que j'aurais voulu – euh, quelque chose que j'aurais dû te dire depuis un bon moment. Mais ce n'était jamais le moment. Et voilà, maintenant que nous sommes ici, à profiter d'une promenade–

- Aithen ! Arrête de tourner autour du pot. Quelle est cette chose que tu aurais dû me dire ? Qu'est-ce qu'il vient de se passer ?

Aithen n'hésita pas, mais cherchait ses mots pour atténuer l'effet de sa nouvelle.

- Je… J'ai.. Pardon. Tu sais que j'aime aller à la baie royale, n'est-ce pas ? Eh bien, au cours des onze dernières années, j'y ai rencontré les créatures les plus merveilleuses qui soient, des créatures si merveilleuses que je pensais qu'elles ne venaient pas de K'Tara, mais, apparemment, elles viennent d'ici et c'est *nous* qui venons d'ailleurs.

- Hein ?

Élyana, pour la première fois depuis longtemps, demeura stupéfaite. Elle ne savait que penser ni que dire. À cet instant, un souvenir transféré surgit dans son esprit et vint lui offrir une réponse possible : *Les Locari. Ils ont disparu, mais ne se sont pas éteints.* Elle voulut lui demander comment il les avait rencontrés et pourquoi il avait gardé ce secret pendant si longtemps. Si longtemps ! Au lieu de cela, elle demanda :

- Mais quel est le rapport avec ce qui vient de t'arriver ?

Aithen jeta un œil inquiet autour de lui avant de remarquer qu'Arotek et sa femme venaient dans leur direction. Le couple s'en aperçut à son tour et Arotek s'arrêta pour réfléchir, comme s'il ne savait pas s'il devait ou non laisser au prince l'intimité à laquelle il avait droit. Aithen savait que l'homme et son épouse finiraient par s'éloigner dans une autre direction. Il préféra cependant aller dans un endroit plus isolé et il invita Élyana à le suivre. Ils se dirigèrent ensemble vers un banc situé sous l'un des arbres à Bô des jardins du domaine. Cet arbre à Bô, tout comme les nombreux autres du domaine du roi, avait reçu un traitement de minéraux résonnants afin de créer un mur de son. Là, Aithen lança un dernier regard dans la direction d'Arotek, constata que sa femme et lui avaient rebroussé chemin vers le palais, et invita Élyana à s'asseoir.

- Quand je les ai rencontrés à Sextus, leur chef m'a confié qu'ils devaient réapprendre notre langue afin de nous aider à affronter ce qui se prépare. Il m'a dit que l'un d'eux – un Locar dans sa forme femelle – se connecterait avec moi pour que nous puissions communiquer régulièrement et qu'elle apprenne notre langue. Depuis, nous avons procédé ainsi presque tous les jours.

Élyana n'en croyait pas ses oreilles, mais elle était trop abasourdie pour dire quoi que ce fût. Aithen baissa le regard un instant, puis reprit :

- Si je me suis arrêté, tout à l'heure, c'est parce que la Locara m'avait contacté. Chaque fois, je reste paralysé pendant une minute. Mais nous sommes censés nous rencontrer seulement à des horaires entendus, lorsque je suis seul. J'ai *oublié* de lui préciser qu'aujourd'hui ne serait pas un bon jour pour nous connecter, ajouta Aithen en s'excusant. Enfin voilà, elle ne me recontactera plus. Enfin, pas aujourd'hui.

Élyana se leva du banc et se mit à faire les cent pas d'un bout à l'autre des branches de l'arbre. Un million de pensées et d'émotions embrasaient son esprit. Comment Aithen avait-il pu communiquer – par le Lien, rien que ça – avec une Locara pendant des mois sans que personne ne s'en aperçût ? Sans le lui dire ? Et comment avait-il réussi à garder ces rencontres secrètes pendant plus de *dix ans* ?! Et comment faisait la Locara pour communiquer avec lui ? Le prince n'était pas un alterintrant, même s'il en avait la prédisposition atomique. Elle finit par s'arrêter et se posta devant le prince.

- Aithen, je ne sais pas par où commencer ! Est-ce que tu te rends compte que si quelqu'un l'apprend – y compris le roi – il sera tout aussi perdu que moi, on aura peur des secrets que cette créature pourrait avoir appris en se connectant avec toi, et pire, tu pourrais passer pour un traitre.

- Un traitre ?! cria Aithen.

Élyana jeta un œil inquiet autour d'elle pour vérifier que personne ne l'avait entendu malgré le mur de son généré par l'arbre à Bô.

- Oui, un traitre. Pour avoir gardé cette relation secrète. T'es-tu déjà connecté à cette Locara lorsque tu parlais avec des gens, quand tu discutais des affaires de la *Couronne* ?

Aithen avala se salive et prit une profonde inspiration en levant les mains :

- Elle ne s'est jamais connectée avec moi – pardon, elle n'est jamais *restée* connectée pendant des réunions. Mais, tu as raison. Je dois en parler, et le faire avec prudence. Comme je le disais plus tôt, ça fait longtemps que je voulais t'en parler. Maintenant que tu es au courant, je suis impatient d'entendre tes conseils sur la manière de l'annoncer.

Après avoir avalé une nouvelle fois sa salive, le prince poursuivit :

- Je le dirai à mon père ce soir ; il doit être informé lui aussi, et ce sera ce soir. Il saura comment faire avec les nobles qui doivent également être mis au courant.
- D'accord. Alors, dis-moi comment cette Locara se connecte avec toi, dit Élyana en soupirant.
- Elle a mis une sorte de phare dans mon esprit.
- Un phare ?
- C'est le mot qui semblait correspondre le mieux à l'idée. Ah oui, ils parlent avec des images transmises par la pensée – pas avec des mots. Ça m'a pris du temps pour apprendre leur langage, et si je ne vais pas leur rendre visite régulièrement, j'oublie. En tout cas, la Locara a mis dans mon esprit quelque chose qui lui permet de communiquer avec moi dès qu'elle le souhaite.

Abasourdie, Élyana écarquilla les yeux :

- Personne ne *place* quoi que ce soit dans la tête de quelqu'un, ou alors par une opération chirurgicale, bien qu'il soit possible, de manière métaphorique, de placer une pensée dans l'esprit de quelqu'un d'autre.
- Eh bien, quelle que soit la méthode utilisée, elle a fait en sorte que je puisse recevoir ses envois sans que je sois obligé de l'écouter. Si je m'appuie sur ce que tu m'as dit sur la façon de communiquer des Lux Baiulae par le

Lien, les Locari semblent avoir une méthode plus avancée.

Élyana renifla plusieurs fois, puis son visage passa par différentes expressions. Elle parut d'abord troublée, puis préoccupée, curieuse, et enfin excitée lorsqu'elle comprit de quoi les Locari étaient capables.

- Aithen, je suis toujours sous le choc, cependant je ne peux pas m'empêcher d'être excitée à l'idée de ce que nous pourrions apprendre de toi, d'eux.

Aithen plissa les yeux tandis qu'il se demandait ce qu'Élyana entendait par « ce que nous pourrions apprendre de toi, d'eux ». Tout cela ressemblait un peu trop à du vocabulaire expérimental.

Mais l'esprit d'Élyana était à présent obnubilé par toutes les possibilités. Elle était en effet vraiment excitée.

- Ce que tu décris ressemble à ce que nous essayons de faire depuis des années. Mais je ne l'appellerais pas un phare ; cela ressemble davantage à un moniteur.

Elle se mordit les lèvres, tandis que ses yeux allaient de droite à gauche, montrant que son esprit bouillonnait en listant les possibilités que cet *appareil* pourrait offrir à la sororité.

- Aithen, s'il s'agit d'une compétence qui peut être apprise, cela constitue peut-être l'avancée la plus importante de mon Ordre. Accepterais-tu qu'Élia ou Tania sonde ton cerveau, pour trouver cette chose que la Locara y a placée ?

Aithen ouvrit grand les yeux et rejeta sa tête en arrière :

- Euh, non. Je ne pense pas, Élyana. En outre, je crois qu'il faudrait demander la permission aux Locari avant que qui que ce soit regarde ce qu'elle a mis en moi.

Élyana se frotta le visage et répondit brièvement :

- Bien sûr, je comprends. Dans ce cas, il faudrait que tu me laisses venir avec toi lors de ton prochain rendez-vous avec eux, je pourrai ainsi les rencontrer et le leur demander directement ; leur demander s'ils accepteraient que j'apprenne cette technique de liaison.

L'importance de la technique locarienne pour Élyana comme pour la sororité était très claire pour Aithen. Prudent, il lui répondit qu'il en parlerait à la Locara lors de leur prochaine connexion. Il n'était cependant pas certain qu'Élyana avait saisi ce que signifiait rencontrer les Locari. Il lui expliqua donc, au cas où elle ne l'aurait pas encore compris, dans quelles conditions se faisaient ces rencontres.

- Sous l'eau ?!

Aithen acquiesça.

L'instant suivant, ce fut au tour d'Élyana de hocher la tête. Un souvenir transféré de la mémoire de Birra Lux Baiula lui indiqua que les Locari vivaient probablement au fond des mers, étant donné leur nature amphibienne.

Élyana remercia Aithen et lui proposa de continuer leur promenade dans les jardins afin d'aérer son esprit et lui éviter de rester dans cet état d'excitation intense, état qui l'empêcherait de faire quoi que ce fût d'autre ou d'échanger avec quelqu'un pendant toute la nuit. Aithen fut heureux de lui rendre ce service, et, à sa surprise, Élyana se plaça tout près de lui, de sorte que leurs mains se frôlèrent de temps en temps alors qu'ils discutaient de choses plus banales.

Il trouva son comportement étrange. Elle devait sûrement lui en vouloir ou se méfier de lui à cause de ce secret qu'il lui avait caché si longtemps. Puis il repensa à qui était Élyana : la femme la plus rationnelle – la personne la plus rationnelle – qu'il connaissait, à part peut-être son père. Cela lui rappela un mauvais souvenir, mauvais pour bien des gens : le souvenir du moment où Élyana avait décidé – sans consulter qui que ce fût – de refuser le chantage du Scytale alors qu'il tenait Juliana Lux Baiula dans ses serres, provoquant ainsi la mort de la femme. Élyana l'avait fait en dépit de sa grande amitié avec Juliana et des conséquences que cela eût pour elle-même. Elle était ainsi, capable de séparer raison et émotion. Certains la trouvaient froide et insensible à cause de cela. Toras en faisait partie, et il se demanderait probablement comment Aithen avait fait pour tomber amoureux d'elle. Ne devait-elle pas malgré tout être un peu en colère contre lui ? Aithen sortit de ses pensées lorsqu'Élyana prononça son nom :

- Aithen. Tu es ailleurs depuis un moment.
- Oui, pardon. Je n'étais pas avec –, s'empressa-t-il de lui répondre.
- Je le sais. Je pouvais savoir où était ton esprit à ton expression, à ta manière de détourner ton regard et aux mouvements de tes mains.

Aithen parut affolé, mais Élyana ajouta :

- Les cordons mauves se doivent de savoir interpréter le langage corporel, sans cela, comment pourrions-nous conseiller correctement les gens que nous servons ?
- En effet. Et tu n'es pas en colère à cause… des pensées qui me traversaient l'esprit ?

Élyana lui adressa un triste sourire :

- Aithen, si tu savais quel ouragan sévit dans *ma* tête en ce moment, tu comprendrais à quel point j'ai besoin de bloquer mes émotions quand je le veux, quelles qu'elles soient. Et c'est ce dont j'ai besoin maintenant. Quant aux pensées qui ont traversé ton esprit… pourquoi serais-je fâchée ? C'est moi qui ai dit non au Scytale.

Aithen soupira bruyamment, médusé ou peut-être encore plus émerveillé par cette femme. Après un instant, il dit :

- Élyana, il faut que je te fasse part de quelque chose que j'ai appris la dernière fois que j'étais avec les Locari. Ils ont dit… ils ont dit que… qu'il y avait des traitres à Urbs Lucis.

Élyana s'arrêta dans son élan et se figea, l'air terrorisé. Aithen ne l'avait jamais vue aussi effrayée. Il pouvait entendre son cœur battre la chamade et son estomac bondir. Forçant les mots à sortir, elle souffla :

- Des traitres ? Des *traitres* ? Pourquoi ne m'en as-tu pas parlé tout de suite ? Pourquoi–
- Je… Je n'en ai pas eu l'occasion ; je l'ai appris la veille de l'attaque du Scytale à Furanville. Ensuite, tu as été réaffectée à Urbs Lucis, et chaque fois que je voulais en

parler à Irania, j'oubliais… tout simplement. Je ne me souvenais plus de cette menace – jusqu'à ce soir. Lorsque Rivière s'est connectée avec moi, cette fois, j'ai réussi à garder cette idée en tête, pour je ne sais quelle raison, et, maintenant, je t'en parle.

Élyana parut à la fois choquée et déconcertée. Quelques minutes – des minutes interminables – passèrent avant qu'elle ne prononçât un mot. Sa poitrine se soulevait pour lutter contre le poids de la révélation, ses doigts pianotaient nerveusement sur sa jambe droite et sa voix avait perdu l'excitation des minutes précédentes.

- Est-ce qu'ils t'ont dit qui étaient ces traitres ?

Aithen secoua la tête.

- Quelque chose qui pourrait nous aider à le découvrir ?

Le prince secoua de nouveau la tête, gêné d'en savoir si peu.

- Merci. Je ne sais pas que faire de cette information pour l'instant. Il faut que j'y réfléchisse avant de dire quoi que ce soit.
- Tu ne vas pas le dire à Krystiana ?
- Non.
- Pourquoi pas ? Il le faut. Tu ne peux pas garder ce secret, Élyana.
- Je lui en parlerai demain. Mais l'urgence à présent, c'est vraiment que je puisse rencontrer ces Locari pour qu'ils m'en disent plus sur ces traitres. S'il te plaît, demande-leur de me laisser t'accompagner la prochaine fois – le plus tôt sera le mieux.

Aithen acquiesça avec prudence :

- Je suis vraiment désolé, Élyana. Je voulais profiter de ce moment en ta compagnie, et voilà que j'ai tout gâché.
- Aithen, si, comme tu l'as dit, tu ne t'en es pas souvenu jusqu'à maintenant, tu n'avais pas le choix. Pour ma part, j'aimerais bien profiter de la soirée aussi.

Élyana s'interrompit et plongea ses yeux dans ceux de Aithen.

- Ce que j'veux dire, c'est que j'ai aussi envie de passer un moment avec toi. Est-ce que tu peux mettre de côté toute cette histoire de traitres et marcher avec moi tout en parlant de choses… futiles ?

L'esprit de Aithen se mit à tourbillonner en entendant ce changement de ton si subit. *Mais comment fait-elle pour mettre de si désagréables pensées de côté aussi facilement ?* Aithen se surprit à son tour lorsqu'il fit de même :

- Je crois qu'il nous reste dix ou quinze minutes avant de devoir regagner la cour.

Élyana lui répondit avec un chaleureux sourire, et Aithen lui proposa son bras en disant :

- Tu veux bien ?

Lorsqu'Élyana enroula son bras autour du sien, Aithen eut du mal à contenir le flot d'émotions qui l'envahit. Il parvint cependant à se dominer et se remit en marche.

Ils marchèrent ainsi, tous les deux, parlant effectivement des choses futiles – mais passionnantes – qui leur passaient par la tête, jusqu'à ce que Kildare ne les appelât pour qu'ils prissent part aux festivités.

L'écuyer du prince ne manqua pas de rougir en voyant son maître et la Lux Baiula aussi proches l'un de l'autre. Puis il se rappela le temps où Aithen lui avait demandé de laisser entrer Élyana dans sa chambre alors qu'il était en train de s'habiller ; il grogna et repartit vers la cour, se retournant de temps en temps pour vérifier que le prince et la Lux Baiula étaient toujours derrière lui.

Toras avait passé le plus clair de la matinée et une bonne partie de l'après-midi avec les soldats de la Garde royale ou avec ses cousins, parfois en compagnie d'Ori. De temps à autre, il s'arrêtait pour parler avec l'un de ses parents qu'il n'avait pas souvent l'occasion de voir – ou pas du tout – à Col de corne. À l'instant, alors qu'il se hâtait en direction de Harlion, après avoir laissé Darya, il croisa Aithen qui, seul devant le buffet, observait du coin de l'œil Élyana au milieu d'un groupe composé de ses cousins et de Juur no'Duur. Remarquant que son frère semblait énervé et agité, il s'arrêta pour lui demander ce qui l'ennuyait ainsi. Voyant que Aithen n'avait pas envie de lui répondre, il lâcha :

- Je ne sais pas ce qui te met dans un tel état, mais tu as l'air bizarre tout seul ici. Tu devrais venir jouer avec nous.

Toras pointa son menton en direction de Harlion et de quelques gardes qui se défiaient les uns les autres à un jeu d'empilement – le seul jeu qu'ils pouvaient pratiquer.

Aithen réfléchit un instant à la proposition de Toras, et décida d'accepter son invitation, espérant que cela l'aiderait à oublier un temps Élyana. Le jeu d'empilement n'était pas très difficile, mais il demandait de la concentration pour viser un tas de pierres plates empilées à différentes hauteurs avec une flèche dont la pointe était de cuir. L'objectif du jeu était de renverser les pierres les unes après les autres. Chaque pierre valait un point et celle du dessus – la plus difficile à faire tomber – offrait un bonus de trois points.

Finalement, le jeu permit à Aithen de ne plus penser à Élyana pendant une heure. Le match s'était avéré serré, mais il avait aussi rendu le moment agréable, surtout quand leur cousin s'était joint à eux. En effet, Ulvius, qui semblait s'être résolu à ne plus pleurer son frère, ne cessait de regarder Aithen avec un grand sourire, un sourire sincère qui força Aithen à oublier ses propres frustrations pour le moins stupides.

Dans un coin bruyant du jardin, Élyana et Irania se promenaient à présent en compagnie de Fausta Lux Baiula. Cette dernière était la conseillère du seigneur Arotek depuis deux mois et, comme le roi était impatient d'avoir des informations sur les activités de son vassal, les ancienne et actuelle conseillères du roi interrogeaient leur Sœur sur un fond de clapotis produit par le Pulvérisateur ailé. La fontaine avait été nommée ainsi, car en son centre trônait une sculpture représentant l'une des seules créatures k'taranes actives durant les ardars, un reptile connu sous le nom de pulvérisateur ailé. En plein vol, ces animaux pulvérisaient de l'eau sur leur propre corps et sur ceux de leurs congénères afin de se protéger contre la chaleur mortelle des soleils, tout en cherchant des proies ayant succombé aux rayons des soleils, bêtement intrépides ou simplement malchanceuses.

Fausta, sans sa ceinture blanche à pois mauves qui ceignait sa robe, aurait pu passer pour une courtisane yerlayenne. Sa robe était en effet étonnamment provocante pour une Lux Baiula : avec son grand décolleté et son tissu précieux, elle moulait ses hanches et son corps plus que de raison pour une Lux Baiula. Son attitude était aussi séduisante que sa robe.

Élyana savait que malgré ses apparences, qu'elle avait changées depuis son arrivée comme conseillère à la cour du roi Juur no'Duur, Fausta était tout sauf une femme frivole : elle était vive, astucieuse et très intelligente, en plus d'être une médecin de haut vol et une excellente conseillère politique.

En la regardant, la Manu Dextra se disait :

J'aimerais bien parfois, pouvoir m'habiller comme elle.

À la dernière question qu'Irania lui posa, Fausta répondit sur le ton mielleux qu'elle utilisait déjà avant son séjour à la cour de no'Duur :

- Cet homme est un imbécile, ma Sœur, et, s'il en a l'occasion, il trahira le roi à coup sûr. Tout le monde savait qu'il n'avait jamais été un partisan du roi, mais la façon dont sa femme dénigre la famille royale est en train de le retourner contre le roi. En fait, sans sa femme, il pourrait très bien soutenir Octavius, ne serait-ce que pour ses propres intérêts. Et sa femme en pense presque autant de nous.

Élyana et Irania regardèrent Fausta d'un air contrarié.

- Mon apparence n'a rien à voir là-dedans, croyez-moi, ajouta Fausta. La dame Aroteka possède sa propre cour, et ses domestiques sont vêtues de manière encore plus scandaleuse que les donneuses de plaisir que l'on trouve dans certaines régions.

Voyant le doute se dessiner sur le visage de ses Sœurs, Fausta ajouta :

- Son comportement en public n'est qu'une façade.
- Je ne les ai jamais aimés, ces deux-là ; maintenant, j'ai encore plus de raisons de les détester, dit Irania. À combien évalues-tu le risque qu'ils représentent, Fausta ?
- Ils ont de nombreux voisins mécontents des affaires du royaume qui poussent Arotek à exiger l'indépendance de leur territoire ; je suis quasiment certaine que sa femme est derrière tout cela.

Irania secoua la tête avec une réelle inquiétude.

- Ce que nous devons savoir, Fausta, c'est si tu peux empêcher le pire, demanda Élyana. As-tu un plan ? Est-ce que la dame Aroteka te fait suffisamment confiance – du moins en apparence – pour te laisser faire ce que tu veux afin de freiner leurs efforts ?

D'un ton ferme qui ne laissait aucun doute sur la solidité de son plan, Fausta répondit :

- Tout à fait ; il est déjà en marche, d'ailleurs. Et la dame Aroteka ne constituera pas un obstacle.

Irania et Élyana hochèrent la tête pour exprimer leur gratitude. Ces hochements de tête montraient également – à ceux qui étaient incapables de lire leurs visages impassibles – qu'elles avaient compris le sous-entendu de Fausta.

Les femmes changèrent de sujet pour parler de choses plus banales et profitèrent des senteurs et des paysages des jardins royaux en revenant vers le pavillon central.

Au beau milieu de l'après-midi, tous les regards se tournèrent vers Octavius et Darya qui s'éloignaient de la cour, suivis des princes, du haut capitaine, de la prêtresse suprême, de la Magna Mater et de sa Manu Dextra. Le roi et la reine conduisirent ce conseil improvisé vers la grande serre entourée d'arbres à Bô. Le maître Rackeli les attendait là pour les faire entrer. Des domestiques apportèrent des rafraîchissements et repartirent rapidement, laissant seulement le majordome veiller à ce que le roi et ses invités ne manquassent de rien pendant la conférence.

Octavius se promenait dans la serre et regardait ce petit monde prendre place au centre de la structure qui disposait d'un mobilier d'extérieur composé de fauteuils en feuilles de lacora verte très confortables – chose rare, car la plupart de ces plantes en Alvinorie étaient rouges ou dans des tons rougeâtres. Octavius était heureux que la Magna Mater eût invité Élyana à se joindre à la rencontre. Toutefois, il remarqua un échange furtif de regards entre Élyana et Irania. Ce coup d'œil fut suivi d'une sorte de sourire inquiet d'Irania et d'un soupir inaudible d'Élyana – s'il interprétait correctement l'expansion et la contraction de sa poitrine ; il lui sembla qu'Irania se sentait coupable de la position qu'elle occupait et qu'Élyana n'avait pas encore fait le deuil de sa réaffectation, malgré sa position très honorable. En tant que Manu Dextra de la Magna Mater, Élyana était à présent la deuxième femme la plus puissante de l'Alvinorie – ou la troisième si l'on mettait Darya devant Élyana. Mais sa femme passait si peu de temps dans le royaume qu'elle avait perdu beaucoup de son influence. Heureusement, Darya ne semblait pas s'en soucier et se contentait désormais d'agir comme médiatrice entre la Kynarie et l'Alvinorie, tout en veillant à l'éducation de sa nièce, ce qui se révélait être un défi bien plus grand que toute action politique.

Lorsque tous furent assis, Octavius prit la parole :

-   Comme nous sommes rassemblés pour la première fois depuis l'attaque du Scytale à Col de corne il y a quelques mois, nous devons prendre le temps de parler de la situation, ne serait-ce que pour confirmer notre alliance et réaffirmer notre engagement les uns envers les autres.

L'assistance reconnut la véracité des propos du roi, bien que certains le fissent avec moins de ferveur que d'autres. Octavius poursuivit :

- Nous avons à présent la confirmation que derrière tout cela – le Scytale, les bourras, les Temptatori, et même l'invasion imminente de Zébula – se cache Noctiferus en personne.

Certains changèrent de position, provoquant de petits craquements émis par les lacora qui réarrangeaient leurs feuilles pour rester en contact avec leurs hôtes. Que ce mouvement fût dû aux convictions des invités, à leur désaccord avec ce que le roi venait de dire, ou simplement au fait qu'il avait prononcé *son* nom, Octavius l'ignorait, mais il pouvait le deviner.

- Nul ici n'a livré la première bataille contre lui, il y a cinq cent quatre-vingts ans. Mais nous avons la chance d'avoir parmi nous des femmes de la sororité qui possèdent les souvenirs de personnes l'ayant *déjà* affronté, et Krystiana a demandé à ces femmes de les transcrire afin que nous puissions mieux nous protéger.

Des têtes se tournèrent vers la Magna Mater, qui opina pour confirmer les dires du roi. En effet, elle avait demandé à ses Sœurs qui possédaient des souvenirs transférés de la Guerre des ténèbres de les coucher par écrit, mais ces souvenirs n'étaient pas forcément accessibles sur demande, et il faudrait encore longtemps pour que ces femmes réussissent à se les rappeler et à les transcrire tous.

Le roi continua :

- Nous sommes également chanceux que les prêtresses kynariennes et les Lux Baiulae aient eu l'occasion de s'entraîner ensemble — bien que cela soit limité – parce que nous avons remporté notre première victoire. En effet, Marena Lux Baiula a réussi à cartographier les grottes où se cachait une horde de bourras et à guider mon fils, ses hommes et les autres Lux Baiulae alors qu'ils se déplaçaient pour attaquer, leur permettant de remporter cette première victoire.

Octavius et Toras échangèrent alors des sourires fiers.

- Cela n'aurait pas été possible sans la formation conjointe qu'a reçue Marena.

Octavius remercia Ylana d'un signe de tête. Mais la femme ne lui répondit pas avec le sourire qu'il attendait. *Hum, quelque chose la préoccupe.*

Le haut capitaine tapa doucement dans ses mains pour demander la permission de s'exprimer. Le roi lui fit signe de poser sa question.

Harlion embrassa les trois dirigeants du regard et demanda :

- Serait-il possible que les Kynariennes forment davantage de Lux Baiulae dans la lecture animale ? Ou d'offrir une formation conjointe à *tous* les membres des deux Ordres ?

Ylana, l'air gave dans sa robe dont le jaune contrastait avec sa peau brune et ses yeux orange, répondit :

- Malheureusement, non, Capitaine. Il faut du temps pour développer ces compétences, temps dont nous ne disposons pas ; Marena a mis sept ans. Et, c'est triste à dire, mais mon peuple n'a pas la constitution atomique nécessaire pour utiliser le Lien comme les Lux Baiulae. Par conséquent, la formation conjointe de nos ordres respectifs – comme vous le suggérez – n'est pas possible.

Krystiana acquiesça pour confirmer les dires de la prêtresse suprême.

Octavius dit :

- C'est la raison pour laquelle notre alliance est la clé de notre survie. Aucun de nous ne peut affronter seul notre ennemi, mais en unissant nos forces, nous *pourrons* protéger notre peuple et nos terres, et, un jour, terrasser notre ennemi.

- Au moins, les Rokothiens se sont tenus tranquilles pendant tout ce temps, ajouta Octavius comme pour lui-même, et nous pouvons espérer que cela continuera.

Grognements et déglutitions bruyantes s'ensuivirent, mais pas un mot ne s'éleva de l'assistance, bien que Toras se pinçât la joue d'un air interrogateur.

Octavius l'invita à s'exprimer.

- Que se passe-t-il avec les royaumes de Mo'Tarkoth, Beltanie, Unumie ? Ne risquent-ils pas de s'impliquer ?

Octavius cligna des yeux, agréablement surpris. *Parfois, je le sous-estime.* Il tourna le regard vers Harlion pour lui offrir l'occasion de répondre.

- Nous n'avons personne en Beltanie, Seigneur Commandant ; c'est de toute façon un territoire trop éloigné pour nous recevions des informations d'eux en temps opportun, et la sororité ne peux pas y envoyer d'agents. Mais en ce qui concerne les deux autres territoires, mes frumentarii ne m'ont rapporté, à ce jour, aucun élément inquiétant.

Toras dit :

- Il y a donc un risque, même s'il est minime, que d'autres nations s'impliquent et représentent une menace pour nous.

- Oui, mais il est petit, comme vous l'avez dit.

Octavius enchaîna :

- Je crois que nous devons trouver le moyen de surveiller les Beltaniens, mais le danger qui nous menace est déjà à lui seul assez grand. Et, comme je le disais, ajouta Octavius en regardant tout le monde, il est vital que nous restions solidaires et unis jusqu'à ce que tout cela soit terminé, malgré nos désaccords et ceux qui ne manqueront pas de survenir. Ce n'est qu'à la condition que nous soyons tous unis les uns aux autres que les uns ou les autres pourront accepter de risquer leur vie pour sauver un allié – ou pour la sacrifier – en cas de besoin.

Les têtes de l'assistance acquiescèrent avec assurance, sauf une, qui bougea timidement.

La bouche d'Octavius se crispa en signe de mécontentement :

- Vous n'êtes pas d'accord, Prêtresse ?

La femme ne répondit pas tout de suite. Elle regarda fixement Darya, fit les cent pas, puis s'arrêta pour se tourner vers Octavius :

- Rien ni personne n'a menacé notre territoire, et si nous nous engageons officiellement dans votre guerre, les Enfers s'abattront sur nous avec autant de force qu'ils le font actuellement sur vous. Et, pour le moment, nous ne sommes pas capables de nous défendre contre de tels ennemis.

Dans l'assistance, les visages affichèrent une large palette de couleurs et d'expressions face à ce discours fallacieux. Harlion fit une grimace de dégoût, les princes prirent un air perplexe, tandis que les Lux Baiulae conservaient leurs visages impassibles, impossibles à décoder pour la plupart, mais durs, comme celui de Darya.

Les princes et le capitaine s'enflammèrent et demandèrent à la prêtresse suprême de s'expliquer. Octavius les fit taire d'un geste. Il indiqua au capitaine et à ses fils de reprendre leurs places et, devant le refus des princes, il leur adressa un tel regard qu'ils s'exécutèrent, craignant de se faire renvoyer. Octavius se détendit et calma ses propres émotions – la déclaration d'Ylana constituait un acte de trahison à leur alliance séculaire, mais résistant à l'envie de lui rappeler les liens de sang qui unissaient les deux nations, il décida de faire appel à sa logique.

Il croisa les doigts et dit :

- Ylana, vous êtes au courant de la menace du Scytale et de son complice qui pèse sur la Kynarie.

Ylana acquiesça à contrecœur, sachant où Octavius voulait en venir.

- Il est donc tout à fait logique de penser que votre terre *sera* bientôt attaquée à son tour, même si ce n'est pas encore le cas.

Toras tenta de réprimer un grognement en entendant les paroles de son père. Qu'est-ce que ça pouvait bien faire que la

Kynarie fût menacée ou non, dans la mesure où les deux nations avaient fait vœu d'alliance pour se soutenir mutuellement ? La mixité de la maison Coriolis était maintenue grâce à l'obligation que tout mariage passât par le Conseil de sélection composé de nobles alvinoriens et kynariens afin de garantir la pérennité de l'union entre les deux nations ! Alors qu'importait le fait de savoir qui était attaqué et qui ne l'était pas ? Aithen remarqua que la colère montait chez son frère et lui fit un signe discret de la main pour l'encourager à patienter.

- Comme vous le dites, Octavius, ce n'est pas encore le cas, renchérit Ylana. Mais nous avons démasqué l'un de leurs espions le mois dernier, ce qui signifie que le Maître des ténèbres connaît sans doute nos faiblesses, ce qui me porte à croire qu'il pourrait ainsi choisir de nous laisser tranquilles.

Darya lui lança un regard furieux, lui reprochant autant sa lâcheté que d'avoir encore appelé le roi par son nom, surtout en *ces* lieux.

Octavius secoua la tête dans sa direction, puis se tourna vers Ylana, en pensant : *Je comprends ce qui se passe ici. Ylana est une cheffe sensible et raisonnable. Pourtant, en quoi ses dires sont-ils logiques ? Peu importe, je me dois d'essayer encore et encore. Mais... cet espion... la furanerie... Je vois bien que Harlion et Aithen pensent comme moi.*

- Prêtresse Suprême, est-ce que l'espion que vous avez démasqué était au courant des trois mille équipes furanes qui s'entraînaient sur vos terres ?

Ylana dut réfléchir quelques instants pour se souvenir, et lorsqu'elle répondit, sa voix tremblota de façon troublante :

- Je ne le crois pas, Octavius. Le camp d'entraînement est dans le désert du nord ; il n'y a personne là-bas. L'espion ne faisait pas partie du cercle proche où l'on discute de ce type d'affaires.

Aithen saisit l'occasion pour demander :

- Avez-vous interrogé l'espion ? Qui était-il ? Un homme, une femme ? Et d'où venait-il ?!

D'un geste, Octavius commanda à son fils de se calmer.

Ylana esquissa un sourire nerveux :

- C'était l'une de nous, une prêtresse qui avait voyagé en Alvinorie en Quintus et qui était revenue en Nonus. Et, oui, nous l'avons interrogée, mais nous n'avons rien appris. Elle avait l'air d'avoir perdu la tête.

Octavius regarda Krystiana tout en poursuivant :

- Ylana, si elle est toujours en vie, je vous recommande fortement de l'envoyer à Urbs Lucis pour qu'elle y soit interrogée plus en profondeur.

La prêtresse suprême se mit à rire :

- Comment ? Ce n'est pas possible, Octavius. Je ne l'enverrai pas chez vous, et encore moins à Urbs Lucis avec qui nous n'avons aucun accord.

La serre fut soudain agitée par l'indignation conjuguée à l'incrédulité, et ce fut le chaos. Lorsqu'Octavius réussit enfin à rétablir le calme, il se garda de dire ce dont il avait envie : que cette femme refusait toutes leurs requêtes. Il dit plutôt :

- Prêtresse Suprême, vous devez comprendre qu'il est absolument nécessaire que nous sachions ce que cette espionne a appris et quelles informations elle a pu transmettre, si elle en transmettait.

Octavius s'interrompit un instant, puis ajouta :

- C'est une question de sécurité publique.

Après de longues minutes au cours desquelles Ylana réfléchissait à la requête du roi, elle finit par ouvrir ses mains et demanda à Darya de répondre pour elle.

La dame Darya de Laranir laissa ses émotions et ses motivations personnelles de côté et s'exprima comme la médiatrice de la Kynarie se devait de le faire :

- Sire, comme le veut la tradition instaurée depuis plusieurs siècles, nul ne peut venir troubler l'intimité de notre peuple, quelle qu'en soit la raison. Toutefois, si une Lux Baiula venait en Kynarie, elle pourrait assister à l'interrogatoire de l'espionne.

Remarquant le signe d'Ylana, Darya ajouta :

- Il serait alors préférable qu'il s'agisse de Marena Lux
  Baiula qui connaît déjà nos manières ainsi que nos lois.

Octavius ferma les yeux, dissimulant son soulagement après le discours de sa femme, car il se demandait comment elle allait pouvoir exprimer sa loyauté partagée. Soulagé d'avoir obtenu au moins cela, en dépit de ce qui comptait vraiment, il remercia Darya, puis Ylana, et, pour finir, se tourna vers Krystiana.

Sans hésiter une seule seconde, la Magna Mater dit :

- Marena ne pourra pas. Elle doit combattre les bourras.
  Mais nous vous enverrons une Cordon mauve.

Octavius maugréa et Ylana jeta :

- Une Cordon mauve ?

- Les Cordons mauves sont très compétentes en lecture
  humaine, avec ou sans l'aide du Lien.

Cette fois-ci, Ylana se leva et cria :

- Nous n'autoriserons *aucune* Lux Baiula à entrer dans
  l'esprit de l'un de nos citoyens !

Voyant l'erreur de sa dirigeante, Darya décida d'intervenir :

- Prêtresse Suprême, je ne pense pas que la Magna Mater
  ait suggéré qu'une Cordon mauve entre dans l'esprit de
  notre prisonnière.

Du regard, Darya demanda confirmation à Krystiana qui répondit par l'affirmative.

- En effet, nos Cordons mauves peuvent interpréter les
  motivations de quelqu'un ainsi que son état d'esprit
  simplement en analysant son langage corporel.

Pendant le long silence qui suivit, Ylana tenta de se remettre de sa fierté blessée, tandis que les autres soupiraient, s'agitaient sur leurs sièges ou époussetaient leurs vêtements pour faire baisser la tension.

Octavius en profita pour chercher Harlion et Aithen du regard et leur faire savoir qu'ils discuteraient plus tard de la manière dont il fallait protéger le camp d'entraînement en Kynarie, quelle que fût l'issue de l'enquête. Tous trois avaient en effet convenu, deux mois auparavant, d'installer deux camps secrets destinés à la formation des équipes furanes. L'un d'eux en Kynarie, et l'autre, sur l'île Nonnommée, au large de la côte Est de l'Alvinorie. Les dix mille Coriolans *allaient être* rétablis, mais leur existence demeurerait secrète jusqu'au dernier moment.

Lorsqu'Ylana se rassit et qu'elle s'adressa à Krystiana, tout le monde se figea. Mais ce fut un immense soulagement – comme le lever du soleil rouge après une longue nuit glaciale – quand Ylana déclara à la Magna Mater qu'elle accepterait l'aide d'une Cordon mauve.

- Merci, Prêtresse Suprême, dit Octavius. Je vous garantis également que personne ne violera les droits de vos citoyens.

Ylana cligna des yeux pour lui exprimer sa confiance. Octavius continua d'une voix extrêmement calme malgré la nature des déclarations qui n'avaient pas lieu d'être dites sur un ton calme ni serein.

- À présent – et pardonnez mon insistance, Prêtresse Suprême – je reviens sur votre argument précédent, concernant votre faiblesse apparente. Celle-ci ne vous protègera pas, car vous savez aussi bien que moi que quiconque est animé par la soif de conquête ne laissera aucune terre indemne. Vous savez également que même si Noctiferus n'envoie pas ses hordes massacrer les Kynariens, votre nation sera tout de même annexée par Zébula, que je suspecte d'être sous son influence. Votre liberté vous sera retirée et votre mode de vie, irrémédiablement transformé, à moins que vous ne choisissiez de lui résister, ainsi qu'à ses suppôts, avec nous.

Le visage d'Ylana redevint sombre et Darya serra ses mains avec nervosité.

- Est-ce là ce que vous souhaitez pour votre peuple ?

La grande dame, qui ne semblait pas capable de tenir en place, se leva à nouveau pour faire les cent pas un peu plus longtemps, puis s'arrêta, dos au roi.

-   Ylana.

La plaidoirie du roi, ou son argumentation précédente, sembla avoir eu son effet, car les traits de la prêtresse suprême avaient fini par s'adoucir. Elle pivota sur ses talons et dit :

-   Vous avez sans doute raison – au moins au sujet de Zébula –, Octavius.

Le roi poussa un soupir de soulagement et dit :

-   *J'ai* raison au sujet de Zébula. Ce n'est que pure logique, que Noctiferus soit derrière elle ou non.

Il remarqua que Krystiana s'était mise à s'agiter après sa dernière phrase. Bien sûr, il était persuadé que Noctiferus était derrière tout cela, mais il était inutile d'essayer de convaincre Ylana. Il tenta d'apaiser la Magna Mater avec un léger sourire.

Ylana répondit sarcastiquement :

-   Oui, oui, je suis au courant de votre passion pour la logique, Octavius. Quoi qu'il en soit, vous avez *probablement* raison, et je ne renie pas notre alliance. Mais comme la Kynarie est en paix depuis longtemps, nous ne disposons d'aucuns guerriers prêts à défendre ou à attaquer.

Ylana fit une pause.

Octavius regarda son épouse d'un air incrédule ; pourquoi ne l'avait-elle pas tenu informé de cela si Ylana disait vrai ?

-   Je pourrais néanmoins vous fournir de l'aide – en plus de continuer à vous fournir d'une terre et de nourriture pour votre camp d'entraînement – à condition que tout cela reste secret.

Octavius soupira, soulagé de voir que la femme ne leur tournait pas le dos, mais il n'était pas tout à fait satisfait. En effet, ce que proposait la dirigeante kynarienne comportait en soi des risques, et il était sur le point de les évoquer lorsque son aîné s'interposa, arrachant un soupir exaspéré à sa mère.

-   Prêtresse Suprême, dit Aithen, nous comprenons vos réticences à vous engager ouvertement dans cette guerre, mais si vous ne le faites pas et que le peuple et le patriciat alvinoriens *pensent* que la Kynarie a refusé de les soutenir, vous deviendrez l'objet de leur inimitié. Quand cela se produira, tous les soupçons se porteront également sur notre Maison, car nous sommes des *Mêlés*.

Harlion acquiesça avec détermination et ajouta :
- Et les fanatiques de l'Église d'Aiala ne manqueront pas de profiter de telles circonstances.

Ylana, qui n'appréciait apparemment pas ces remarques désobligeantes, serra les dents de peur de s'emporter devant le haut roi. Elle tourna les yeux vers Octavius, tentant de connaître son opinion sur la question. Elle le vit alors, bras croisés, tapotant son épaule avec son pouce, le visage crispé, comme en proie à un débat intérieur. Incapable d'attendre sa réponse plus longtemps, elle commençait à prononcer son nom quand il prit la parole.

La regardant droit dans les yeux, il s'adressa aux autres :
- Veuillez nous laisser quelques minutes, la prêtresse suprême et moi.

Tout le monde se leva à contrecœur. Darya se leva et, avant de partir, supplia son mari du regard. Seule Mitsuko demeura assise. Elle était restée silencieuse depuis le début de la conférence, et, à présent, elle regardait Octavius d'un œil réprobateur.
- Vous aussi, Mitsuko.

Elle hésita, il insista, et elle finit par suivre les autres, le visage crispé comme une pierre brûlante. On pouvait deviner à sa crispation qu'elle était violemment opposée à la décision du roi.

Une fois dehors, Aithen s'assit sur un banc à l'écart. Les autres s'assirent ou restèrent debout à quelques mètres de lui, demandant à Darya pourquoi la prêtresse suprême avait pu prendre une telle position et s'il était vrai que la Kynarie n'avait plus de force militaire sérieuse.

Aithen se tourna vers le roi et son interlocutrice, dans l'espoir d'interpréter leur langage corporel. Il maudit Rackeli lorsqu'il se dirigea vers le mur de la serre et qu'il toucha la racine de la plante d'ombre. L'instant d'après, le côté de la serre s'assombrit, les pigments des racines et des tiges montant dans les feuilles qui recouvraient la surface de l'édifice.

Tout ce que Aithen pouvait voir à présent, c'était le roi qui marchait d'un bout à l'autre de la serre, s'arrêtait devant Ylana, puis se remettait en marche. Il lui était cependant impossible de voir le visage des deux dirigeants. Mais il semblait qu'Octavius avait maintenant les bras croisés. *Il craint probablement de serrer les poings ou d'esquisser des gestes menaçants en décroisant les bras.* Juste à ce moment, c'était le majordome du roi venu chercher Krystiana qu'il suivait des yeux. La Magna Mater s'excusa et suivit Rackeli dans la serre. Aithen remarqua une ombre de questions traverser le front pincé d'Élyana. Elle devait être vexée de ne pas avoir été invitée ; toutefois, ni le roi ni la prêtresse suprême n'étaient accompagnés de leur conseillère.

Aithen continua d'observer ce qu'il pouvait, tentant de déchiffrer ce qui se passait à partir des gestes des interlocuteurs. Mais sans voir leurs expressions, il ne pouvait pas comprendre grand-chose, d'autant que le roi s'était arrêté.

À l'instant, une voix fit sursauter le haut prince. C'était Élyana. Elle avait pris place auprès de lui, pas trop près, mais suffisamment pour qu'il pût sentir la chaleur de sa peau.

- Tu te demandes ce qu'ils disent ? demanda-t-elle.

Aithen esquissa un sourire morose :

- Oui et je suis aussi un peu vexé d'avoir été congédié.
- Comme nous tous, et particulièrement Mitsuko. En fait, elle envisageait d'entrer dans le Lien pour–
- Pour les espionner ?! chuchota Aithen.
- Elle ne les aurait pas espionnés. Elle voulait simplement sonder leurs émotions. Mais elle n'a fait qu'y penser.
- Sais-tu ce qu'ils peuvent se dire ?
- Avec le mur obscur, c'est dur à dire.

Élyana ferma ses yeux à demi comme pour ajuster sa vue et se concentra sur les trois dirigeants.

Chaque fois qu'il voyait les lèvres d'Élyana bouger, Aithen voulait lui demander si elle détectait quelque chose.

Quelques minutes plus tard, Élyana tourna légèrement la tête dans la direction de Aithen, les yeux toujours rivés sur la serre, et dit :

- Je pense qu'Ylana a demandé ou proposé quelque chose que Krystiana a du mal à accepter.
- Comment le sais-tu ?!
- Elle est trop raide. Avant, elle bougeait, mais plus maintenant.

Aithen soupira :

- Pourquoi n'avons-nous pas été mis au courant de la situation militaire de la Kynarie si ce qu'a dit Ylana est vrai ? J' du mal à comprend' ; après tout, ben…

Il jeta un œil plein de culpabilité à sa mère.

Élyana comprit à sa manière de faire des contractions que la situation lui était insupportable.

- Il me semble que nous avons tous été accommodants ces dernières années. La sororité manque toujours de Cordons rouges, la furanerie vient juste de renaître de ses cendres, et l'armée kynarienne est apparemment très diminuée. Je sais que tu penses que ta mère aurait dû être au courant de la situation en Kynarie, mais elle ne siège au gouvernement de Kynarie, son rôle est seulement de faire le lien entre le roi et la prêtresse suprême, pas de–
- Pas entre la Kynarie et l'Alvinorie. Je me suis toujours fondamentalement opposé à cet accord. Ma mère devrait avoir toute l'autorité diplomatique. Quoi qu'il en soit, elle aurait dû *savoir quelque chose* !
- À ta place, je ne blâmerais pas ta mère, Aithen. En fait, je suis persuadée qu'elle est gênée et très peinée par ce qui arrive, et elle serait heureuse que quelqu'un la tire de son *interrogatoire* là-bas.

Aithen fronça les sourcils d'un air coupable et hocha la tête. Il remercia Élyana, puis se rapprocha des autres. Il se rendit compte que sa mère, à sa façon de bouger ses longs doigts fins, était en effet très mal à l'aise. Il se racla la gorge et interrompit les inquisiteurs, prétendant vouloir lui parler. Il comprit sa reconnaissance à sa manière de le regarder ; elle le remerciait de l'avoir aidée à s'éloigner de la horde d'inquisiteurs dont son frère faisait partie. Toras n'avait jamais été du genre à savoir désamorcer une situation désagréable : il avait plutôt l'habitude de la faire empirer. Aithen se demanda un instant comment, avec tous ses défauts, Toras pouvait être tant aimé par ses hommes.

Avec sa mère au bras qui le remerciait tendrement à voix basse, Aithen se dirigea vers Élyana. Comme ils marchaient, Aithen s'excusa de s'être emporté contre la prêtresse suprême, et Darya fit de son mieux pour ne pas le gronder. Il savait que si elle n'avait pas été médiatrice, elle aurait soutenu Octavius de manière franche et directe. Mais elle avait les deux mains liées, liées par un rôle qu'elle exécrait pour de nombreuses raisons. Il se demanda alors comment la première prêtresse suprême avait pu s'imaginer que le conflit d'intérêts inhérent au rôle de médiatrice pût être tolérable.

Une fois que Aithen et Darya eussent rejoint Élyana, cette dernière pointa la serre du menton et dit :

- Quelle qu'en soit l'issue, c'est fini.

En effet, les trois dirigeants paraissaient être arrivés à un certain accord, car le roi hocha la tête, suivi de Krystiana puis d'Ylana. C'était bien, mais inquiétant à la fois : le roi et la Magna Mater avaient été les premiers à hocher la tête, ce qui signifiait qu'ils avaient accepté de faire des compromis et de laisser la prêtresse suprême dicter les termes de l'entente.

Le prince et la reine échangèrent des regards inquiets. Ils auraient bientôt des réponses à leurs questions, tout comme le reste de l'assistance. À cet instant, le maître Rackeli ouvrit la porte de la serre et demanda à tout le monde de revenir.

Assis à une table dans les jardins extérieurs où fourmillaient les invités, Kildare écoutait avec méfiance un autre jeune homme à peine sorti de l'adolescence que Rovere, son cousin d'Antar, venait de lui présenter. Rovere et ses parents auraient dû se trouver de l'autre côté, mais leur famille faisait partie du petit patriciat. Celui-ci comptait des nobles trop nombreux pour leurs propres possessions, si nombreux que – à l'exception des plus âgés et des plus privilégiés du point de vue intellectuel ou esthétique – tous devaient travailler ou faire du commerce comme des roturiers, en dépit de leur nom. Évidemment, cette situation créait des jalousies envers les membres les plus favorisés de la famille, comme Kil. Mais son cousin ne lui en avait jamais voulu d'être parmi les plus chanceux.

Luvius, l'ami de Rovere, portait une chemise d'un blanc immaculé, largement ouverte sur la poitrine du garçon, un pantalon et des chaussures de cuir bien cirés. Pour Kildare, il ressemblait au fils d'une famille aisée, trop oisif et sans but dans la vie.

Le jeune homme lui lança :

- Votre cousin m'a dit que vous pourriez peut-être m'aider à trouver un stage dans les écuries du haut prince.

Kil cligna des yeux. À quoi diable pensait son cousin ? Il jeta un œil dans sa direction, gêné. Rovere se contenta de hausser les épaules. Se retournant vers l'autre, Kil répondit :

- Je suis désolé. Que feriez-vous dans les écuries ? Avez-vous une expérience avec des furans ou des vorans ? Avez-vous déjà nettoyé une étable ?

Luvius sourit :

- Bien sûr que non. Mais je ne pensais pas à un stage de palefrenier. Plutôt de gérant d'écuries. J'ai de bonnes compétences en comptabilité, et j'adore les furans. Les vorans ne me dérangent pas, mais ils sont un peu trop… mignons. Je préfère la puissance des furans.

Kil cligna encore une fois des yeux et leva les sourcils. Ce jeune prétentieux trouvait les vorans trop… *mignons* ?

- Je… Je ne sais pas. Peut-être. Mais le haut prince n'engage pas n'importe qui.

Luvius parut profondément déçu. Rovere était sur le point de voler à son secours quand Luvius l'arrêta. Alors, sur un ton totalement différent de celui qu'il avait jusque-là employé, il ajouta :

- C'est bon, Rovere. Votre cousin a raison de ne pas me faire confiance, il a simplement besoin de me connaître un peu mieux. Est-ce que vous buvez, Kil ? lui demanda-t-il avec un regard intense qui mit Kil mal à l'aise.

Kil répondit avec un « oui » hésitant, et Luvius appela un serveur tout en se redressant et en boutonnant le bas de sa chemise.

Lorsque le serveur déposa les verres devant Luvius, le jeune homme tendit le premier à Kil et l'autre à Rovere. La manière dont Luvius avait soudain changé de posture, et reboutonné sa chemise rendit Kil encore plus mal à l'aise. Une chaleur inattendue se propagea dans son corps. Il s'empressa de finir son verre, puis trouva une excuse pour s'éloigner rapidement et réfléchir à ce qui venait de se passer.

VIII LE BAL ET LES RÉSULTATS

Ce fut dans une grande excitation que le bal royal fut enfin officiellement ouvert ce soir-là. Les convives accompagnés de leur conjoint sortirent un ruban magenta et les nouèrent à leur poignet pour indiquer qu'ils étaient mariés. Ceux qui étaient simplement fiancés attachèrent des rubans bleu et rouge pour montrer qu'ils étaient engagés, mais pas entièrement pris. Quant aux autres, ils dansèrent sans ornement supplémentaire.

Après la rencontre un peu plus tôt dans l'après-midi, l'humeur était plutôt maussade, mais la musique remplie d'espoir – toujours présente, même inconsciemment – avait remonté le moral de la plupart des invités. À présent, tout le monde, y compris le haut prince, avait simplement envie de danser.

Assis à côté de Aithen, Toras dit :

- Je vais proposer à Aria de danser. Et toi ? Tes pieds n'ont pas envie de virevolter au rythme de la musique ? Tu ne veux pas danser avec *quelqu'un* ?

Oui. Aithen sentit son ventre papillonner en pensant à la personne avec qui il avait envie de danser. Il tapa du pied, non pas au rythme de la musique, mais à celui de ses pensées fiévreuses.

- Frère, ajouta Toras, si j'étais toi, je crois que j'irais la chercher. Je t'ai observé toute la journée, et je sais que tu es amoureux d'elle.

Aithen écarquilla les yeux, mais Toras fit comme s'il ne l'avait pas vu :

- Je pense que tu devrais lui proposer de danser avec toi.
- Ce n'est pas facile.
- Pas facile à cause de père et de mère, ou à cause de tout le monde ?
- Les deux.
- Eh bien, pour nos parents, s'ils savaient sur qui, moi, j'ai jeté mon dévolu, je suis sûr qu'ils verraient d'un meilleur œil ton intérêt pour Élyana Lux Baiula.

-   Tu as rencontré quelqu'un, demanda Aithen d'un air incrédule, à Col de Corne ? Et ton vœu de célibat ?
-   Je ne veux pas parler de ça maintenant. Quoi qu'il en soit, peu importe ce que le reste des gens pensent ; tu es le haut prince, l'héritier du trône.

Puis, il hocha la tête et esquissa un sourire espiègle :

-   On se voit sur la piste.

Aithen eut envie de maudire son frère, mais il avait raison. Combien de temps allait-il encore hésiter et se retenir ? Combien de temps allait-il encore gémir et soupirer, faire des aller-retour et se retenir encore et encore ?

Bon, nous y voilà ! Comme l'a dit Toras, je suis un prince, le haut prince ! J'ai le droit de courtiser ou désirer n'importe quelle femme, qu'elle soit princesse, roturière ou – ou Lux Baiula !

Sur ce, Aithen traversa la salle de bal avec une détermination qui ne s'était jamais manifestée ailleurs que sur le champ de bataille. Cette fois, au lieu que son cœur batte pour le préparer à l'action et que ses sens s'aiguisassent avant de manier l'épée ou la flèche, son cœur se mit à battre pour humidifier ses paumes et remplir son corps de nervosité, tandis que ses sens ne s'éveillaient qu'à la pensée de ceux qui pourraient rire de lui en le voyant inviter une Lux Baiula à danser. *Et si elle refuse ?*

Quand ses yeux croisèrent ceux d'Élyana, son estomac fit un bond et il suspendit ses pas un bref instant. Élyana l'avait vu venir. Elle paraissait savoir ce qu'il avait l'intention de faire, car elle regardait autour d'elle d'une façon très étrange pour une Lux Baiula, comme si elle avait peur de ce qui était sur le point de se passer. Aithen ralentit en voyant Krystiana assise à côté d'elle, mais quelqu'un vint la chercher pour l'emmener à une autre table. Il ne restait plus que Mitsuko et Irania Lux Baiulae à la table des Sœurs, mais elles ne l'intimidaient pas autant que la Magna Mater et Aithen reprit son allure.

Il regarda les collègues d'Élyana d'un air impassible, puis se retourna et demanda d'une manière un peu trop brusque :

- Élyana, veux-tu danser ?

Élyana observa ses collègues du coin de l'œil et – ne voyant aucune réaction de leur part – répondit :

- Avec joie, mon Prince.

Elle se leva, prit le bras de Aithen et le suivit au milieu des lignes de la piste.

La pièce se trouva soudain plongée dans le silence, comme si une Lux Baiula avait déployé un mur de son qui enveloppa tout le monde. Même les notes du violon et des autres instruments qui l'accompagnaient semblaient être suspendues dans les airs. Octavius, qui discutait avec Darya, alerté par l'interruption soudaine des bavardages, des rires et de tout mouvement, tourna la tête dans la direction où tout le monde regardait, et soupira.

Darya allait demander à son mari ce qu'il se passait lorsque ses yeux se posèrent sur son fils et sa partenaire. Elle poussa un gémissement. Le prince et sa partenaire étaient maintenant tout à fait conscients de la surprise qu'ils avaient, ensemble, provoquée.

- Est-ce que tu étais au courant ? siffla Darya
- Je m'en doutais depuis plusieurs mois, et j'avais l'intention de lui en parler, mais, avec tout le reste, ça m'est sorti de la tête. J'aurais dû m'en occuper avant. Maintenant, ça va être plus difficile d'avoir une discussion avec lui.
- En effet.
- Nous lui parlerons ensemble *après le bal*. Il serait mal venu d'intervenir maintenant.

Octavius s'interrompit, puis ajouta :

- Mais nous devons faire quelque chose pour les sauver.

Darya était d'accord, même si elle n'avait pas particulièrement hâte d'aborder le sujet des relations amoureuses avec Aithen. Octavius tira son ruban magenta de sa poche et le noua autour du poignet de Darya qui fit de même avec le sien. Évidemment, tout le monde savait qu'ils étaient mariés, et personne ne risquait de courtiser l'un ou l'autre accidentellement. Mais le ruban au poignet faisait partie de leurs traditions, et le roi et son épouse savaient combien il était alors vital de les respecter. Le couple marcha jusqu'à la piste de danse et alla se placer au centre des lignes parallèles – Octavius à côté de Aithen et Darya à côté d'Élyana.

D'autres couples, craignant d'insulter le roi ou croyant que ce dernier cautionnait le choix de son fils, les imitèrent.

Toutefois, le haut prince et la Lux Baiula étaient toujours le centre de l'attention ; certains ricanaient avec dédain, d'autres observaient avec curiosité ; seuls quelques-uns les regardaient avec une joie authentique. Parmi les premiers, plusieurs étaient dégoutés à l'idée d'un contact physique avec une Lux Baiula à cause de l'épaisseur de leur peau dont l'aspect étrange était encore plus prononcé chez les Alterintrants très puissants, ce qui était le cas d'Élyana ; d'autres jugeaient qu'il était inconvenant que leur prince eût une relation avec une Lux Baiula. Quant aux derniers, ils étaient tout simplement heureux de voir que la lignée des Coriolan ne s'arrêterait pas avec Octavius ; même Gaius considérait son frère royal avec un air de surprise à la fois franche et heureuse.

Lorsqu'Octavius s'inclina devant Darya, un nouveau chant s'éleva et la musique jaillit des instruments, comme un feu d'artifice fleuri, bien que ni le chant ni la musique ne fussent destinés à chasser les mauvais esprits, mais seulement à apporter plaisir et bonheur.

La danse s'appelait La danse des fleurs. Cette danse allégorique avait été rapportée d'Alvinorie par les Yeltcheki quelque deux cents ans plus tôt. Depuis, elle s'était répandue dans le pays comme une traînée de poudre grâce à son style merveilleux et à ses harmonies conformes à la réserve légendaire des Alvinoriens.

La chanson racontait l'histoire d'un soldat qui, de retour de la guerre, suppliait sa fiancée de lui pardonner sa longue absence en lui offrant une fleur qu'il avait cueillie pour elle dans le pays lointain qui l'avait retenu tout ce temps. La danse exigeait de larges mouvements expressifs, de nombreux pas et tours, tandis que le partenaire implorait sa dame et dénonçait par des gestes la terre qui l'avait tenu éloigné si longtemps. La dame se rapprochait et s'écartait, mimant le désir et le refus. La danse s'achevait dans une pirouette étourdissante symbolisant que la dame acceptait la fleur.

Toras et Aria provoquèrent un certain chahut en arrivant près de Aithen et Élyana. L'estomac de Aithen se serra un instant lorsque ses yeux croisèrent ceux d'Aria. Sa cousine lui sourit, mais son sourire était plus ténu que d'habitude, et Aithen savait qu'elle était probablement un peu déçue de le voir avec Élyana. Il se força à répondre à son sourire et se demanda comment la jeune fille avait pu un jour le voir comme un partenaire potentiel. Les mariages entre cousins étaient assez communs dans la noblesse, mais Aithen ne l'avait jamais envisagé, bien qu'il se rappelât soudain la fois où ils s'étaient embrassés quand il avait quinze ans et elle dix, et il soupira, espérant qu'elle était passée à autre chose, car, pour sa part, il n'en était vraiment plus là.

Toras remarqua l'échange de regards entre eux et allait pousser un grognement lorsqu'il vit Élyana et *sa* manière de regarder son frère. Ils avaient vraiment l'air amoureux l'un de l'autre. Ainsi, lorsque la chanson invita à une nouvelle pirouette, il se déplaça autour d'Aria avec des pas si rapides qu'elle fut obligée de se concentrer sur lui de peur de s'emmêler les pieds. Quand ses yeux croisèrent ceux de Aithen, ce dernier le remercia d'un signe de tête.

Élyana lança un drôle de regard à Aithen lorsqu'il tendit son bras vers elle et lui proposa de tourner. Mais Aithen se contenta de secouer la tête d'un air faussement vexé tout en continuant son mouvement.

Les partenaires ne devaient jamais se toucher en dansant, mais, comme Élyana et lui se tournaient autour, une sensation aussi irrésistible qu'indescriptible assaillit Aithen. Ses mains, à un centimètre du corps d'Élyana, sentaient la chaleur et l'électricité qui se dégageaient de son corps et il fut attiré avec plus de puissance qu'il ne l'avait jamais été auparavant en touchant une femme. Le regard intense d'Élyana augmentait encore son désir.

Élyana faillit rater un pas lorsqu'elle sentit le poids du regard de la Magna Mater. Toutefois, la faible lueur du début de soirée et la lumière tamisée des lampes organiques ne lui permirent pas de voir l'expression de Krystiana. Elle espérait qu'elle n'était pas pleine de reproches. Quand Aithen était venu l'inviter à danser, Élyana avait accepté sans hésiter, mue par le seul désir de céder enfin à son inclination pour le prince. Selon certaines traditions tacites, elle n'aurait pas dû ; elle aurait dû d'abord en parler avec la Magna Mater avant de s'engager en public dans quelque chose qui pouvait être préjudiciable pour la sororité comme pour la Couronne. Mais pourquoi diable une femme de son âge devrait-elle demander la permission pour courtiser un homme ? *Eh bien. C'est ainsi.*

Élyana reporta son attention sur Aithen au moment où la musique s'arrêtait, les hommes et les femmes se remerciant dans une révérence. Plusieurs couples se séparèrent pour changer de partenaires pour la danse suivante.

Il eût été normal que le haut prince changeât lui aussi, mais il ne le fit pas et les gens – y compris Darya et Octavius – froncèrent les sourcils – surtout ceux qui avaient amené leur fille dans l'espoir de la présenter au prince. Aithen perçut le mécontentement – de tous – malgré la faible lumière. Mais il n'en avait que faire. Il n'était pas question pour lui de danser sur cette chanson avec une autre femme. D'ailleurs, il ne voulait pas danser avec une autre femme tout court.

Pour devoir faire semblant d'apprécier ? Pour leur sourire et faire la conversation alors que mes pensées ne sont que pour elle ?

Il ignora donc les regards désapprobateurs et s'engagea avec Élyana dans la danse suivante qui – bien que les partenaires dussent se déplacer l'un autour de l'autre avec des mouvements plus discrets – permettait aux mains et aux corps de s'effleurer.

Il ne fallut pas longtemps à Aithen pour ressentir un frisson provoqué par leurs mains se rencontrant. Il aimait la douce chaleur des doigts d'Élyana. Ils tournaient l'un autour de l'autre et, à mesure qu'ils dansaient, l'espace autour d'eux devenait de plus en plus grand.

Au bord de la piste de danse démarrait une conversation déplaisante. Arotek et sa femme étaient assis là, et deux chaises les séparaient de Krystiana et des deux autres Lux Baiulae. Krystiana était venue s'asseoir là après avoir dansé avec le seigneur Claudius. Sans tourner la tête dans la direction de la Magna Mater, la dame Aroteka lâcha :

- C'est scandaleux.

Krystiana grinça des dents et répondit d'un air détaché :

- Rien ne l'interdit, et le haut prince comme Élyana Lux Baiula sont les deux êtres les plus respectés que je connaisse. Ils sont aussi jeunes et nul ne peut leur reprocher de vouloir profiter d'une danse.

À ces mots, Ursa Aroteka, dont le visage était aussi laid que celui de la créature mythologique dont elle portait le nom, grogna et se tourna vers son mari pour continuer à déblatérer des paroles désobligeantes. Comme les petits borborygmes et hochements de tête d'Arotek montraient qu'il était d'accord avec elle, Ursa éleva la voix afin d'être entendue par ses voisins de siège.

Mitsuko et Irania Lux Baiulae lancèrent un regard inquiet et agacé à Krystiana. Comment la femme la plus détestable qui fût pouvait-elle parler de l'une d'elles avec autant d'arrogance ?

Krystiana pensa : *Mais pourquoi Élyana ne m'en a-t-elle pas parlé avant ? Cela ne peut pas être nouveau. Ça a dû arriver quand elle était encore à la cour d'Octavius.*

Quand Aroteka fit un nouveau commentaire désagréable, Krystiana soupira : elle savait qu'elle allait devoir agir contre la femme, ce qui signifiait lui parler *directement*, et donc, l'« honorer » en prononçant son nom. Elle projeta sa voix pour qu'Arotek ne l'entendît pas :

- Dame Ursa, je crois que nous sommes tous réunis ici pour le plaisir du haut roi, et, comme vous le savez, il serait ainsi raisonnable que ses invités restent courtois les uns envers les autres. Cependant, si la colère du roi ne vous effraie pas, sachez que je sais de source sûre que vous êtes plus allumeuse que fidèle à votre mari. Je vous invite donc à rester sur vos gardes et à ne pas dénigrer les autres comme à votre habitude.

Ursa lança un regard meurtrier à la Magna Mater – geste dangereux étant donné le pouvoir et la position de Krystiana dans le royaume. Sa mine renfrognée céda rapidement la place à un clignement d'yeux et un air confus.

Mitsuko attira l'attention de la Magna Mater et lui envoya un message affolé :

- *Mater, avez-vous utilisé la confusion sur cette femme ?*

- *Oui. Juste un peu. Ça va aller, Mitsuko.*

- *Mais–*

- *Mitsuko ! Laisse tomber. Je la ferai sonder par Fausta, histoire d'être sûre. Pour le moment, je dois réfléchir à ce que je dois faire avec elle*, ajouta Krystiana en désignant Élyana du menton.

- *Oui, c'est assez inhabituel, mais pas incroyable, Mater. Et son attirance pour lui n'est pas forcément surprenante.*

Krystiana se tourna vers Mitsuko les sourcils levés.

- *Le prince a des qualités physiques et mentales qui feraient de lui un bon candidat pour une femme aussi belle et intelligente qu'Élyana.*

Krystiana leva sa lèvre supérieure et fronça les sourcils :

- *Là n'est pas la question, Mitsuko. Cette relation pourrait mettre en péril l'indépendance de notre Ordre. Il était imprudent et égoïste de sa part de déclarer sa flamme au haut prince de manière si… publique.*

- *J'imagine que vous avez raison, Mater. Mais si vous permettez…*

Mitsuko attendit que la Magna Mater l'autorise à poursuivre :

- *Je ne pense pas que cela mette la sororité en péril.*

- *Comment ça ?*
- *Pardon, Mater. Je ne cherche pas à vous contredire. Mais vous connaissez Élyana ; rien ne peut la détourner de son devoir ou des principes et des lois en lesquelles elle croit – ou des nôtres. Cela signifie que si un jour elle doit prendre une décision qui irait à l'encontre des intérêts du prince ou de la volonté de la Couronne, elle la prendrait en dépit des conséquences que cela pourrait avoir sur elle. Un tel acte – s'il venait à être populaire – serait une plus grande preuve de notre farouche indépendance que notre célibat, qui est d'ailleurs souvent interprété comme un élément peu flatteur pour nous.*

Krystiana cligna des yeux et réfléchit un moment.

- *Hum. Merci, Mitsuko. Je ne crois pas que quelqu'un m'ait déjà présenté la situation de cette façon. Mais tu ne dois pas oublier que les apparences comptent énormément, et qu'elles peuvent être aussi néfastes que les actes.*
- *Si seulement ce n'était pas le cas,* répondit Mitsuko.
- *C'est ainsi parce que le cerveau humain, tout comme celui de nombreux animaux, favorise les suppositions plutôt que la réflexion afin de ne pas avoir besoin d'apprendre et de vérifier chaque nouvel élément qui se présente à nous.*
- *Eh bien, peut-être que nous devrions changer.*

Krystiana lui envoya un grommellement d'ennui dans le Lien.

Assis à la table royale, Toras écoutait Aria se plaindre et Ulvius lui parler de la vie décevante qu'elle avait en Kynarie.

- Je sais que c'est important pour moi de terminer mes études. Mais il se passe des choses ici en ce moment, et je trouve ça stupide d'étudier pendant que l'Alvinorie est attaquée par des bourras et des Scytales et–

Toras interrompit brusquement sa cousine pour la corriger :

- Il n'y a qu'un Scytale, Aria. Et que ferais-tu de plus ici ?
- Je pourrais aider à combattre ces créatures ; entrer dans leur esprit pour les chasser, comme le fait Maréna Lux Baiula pour ta Garde.

Toras leva la tête, abasourdi.

- C'est probablement mieux ainsi, Aria, dit Ulvius.
- Ainsi comment ?
- Je veux dire, c'est mieux que tu termines tes études pour maîtriser la lecture animale avant de penser à t'engager dans une guerre. La guerre n'apporte rien d'autre que la mort.

Ulvius lança un regard légèrement accusateur et empreint de douleur à Toras, ce à quoi Toras ne put s'empêcher de répondre d'un air offusqué :

- Ulvius, ton frère n'est pas mort de mes mains, il n'est pas non plus mort parce que je l'ai envoyé affronter le Scytale. Il est mort, comme de nombreux autres soldats, parce qu'il se défendait contre lui.
- Il a raison, Ulvius, dit Aria. Tes accusations sont injustes. La guerre n'est pas seulement une affaire de mort, il s'agit de défendre notre peuple contre un ennemi avec lequel il n'est pas question de mener des négociations *politiques*, particulièrement dans le cas présent.

Ulvius, piqué par les paroles de sa cousine, se contenta de soupirer et dit :

- J'imagine que tu as raison, Aria. Pourtant, j'aimerais que cela n'existe pas, même si la demande de métal pour forger des armes remplit mes coffres.

Toras et Aria considérèrent leur cousin, perplexes.

- D'ailleurs, quand ton père va-t-il déclarer la guerre ? demanda Ulvius.
- Je ne sais pas, pourquoi ?
- Parce que la livraison coûte une fortune, et ce serait bien si toutes les dettes et les retards pouvaient déjà être annulés.

- Je suppose qu'il attend d'avoir la preuve que Zébula a bien l'intention d'attaquer.

Ulvius hocha la tête et dit :

- À propos, où sont tes frères, Aria ? Pourquoi ne se joignent-ils pas à nous ?

- Ils ont horreur de la politique, encore plus que toi de la guerre, je suppose.

Ulvius lança un regard réprobateur à sa cousine. Il dit :

- Tout de même, ils auraient pu nous rejoindre. La prochaine occasion sera sûrement dans longtemps.

Un peu agacée par l'humeur déplorable de son cousin, Aria répondit :

- Je ne sais pas que te dire, Ulvius. Il en a toujours été ainsi. Mais changeons de sujet, tu veux bien ? Ce que je voudrais savoir, c'est ce que pense Toras du fait que Aithen courtise Élyana.

- Eh bien, c'est bizarre. Mais s'il a envie d'aller plus loin que simplement parler et rire avec elle, il devra plaider sa cause devant le Conseil de sélection et je ne suis pas certain que le Conseil approuve cette relation.

- Et s'il ignore leur sentence ? demanda Ulvius.

Toras renifla plusieurs fois avant de répondre :

- Ça irait mal pour lui, et pour Père aussi qui serait contraint de faire quelque chose qu'il n'a probablement jamais envisagé.

- Tu veux dire qu'il–

Aria poussa un profond soupir, regarda le haut prince et la Lux Baiula pendant un long moment et dit :

- En tout cas, en dépit de ce que d'autres peuvent penser, Aithen et Élyana vont bien ensemble. Non ?

Sur la piste, Aithen et Élyana dansaient toujours comme s'ils étaient seuls au monde. Ils ne pensaient plus à rien et se délectaient seulement du contact de leurs chairs – même si ce n'était que celui de leurs mains – et du frisson qui les envahissait comme ils se rapprochaient ou s'éloignaient l'un de l'autre, tout en restant à une longueur de bras, comme il se devait. Lorsque la chanson fut enfin terminée, Aithen eut du mal à ralentir la cadence tant il voulait continuer de virevolter, virevolter avec Élyana. Mais en ralentissant, ses sens se réveillèrent et il reprit conscience du reste de la salle de bal, du roi et de la reine, de ce qu'il avait fait. La partie prudente et retenue de lui-même combattait contre celle qu'il venait de se découvrir. Comme la dernière note de musique résonnait, Aithen sourit à Élyana, d'un sourire plein d'émotions, mais un sourire maîtrisé. Il la regarda encore un instant, puis la raccompagna à sa table, regardant par la verrière à la recherche des reproches qu'il savait s'y trouver.

Quand le prince eut remercié Élyana pour ces danses, qu'elle lui eut retourné les civilités avec des yeux qui en disaient bien plus long sur ce qu'elle ressentait, et qu'il se fut éloigné, Ori et Toras se jetèrent sur lui.

- Aithen ! cria Ori, je ne t'avais jamais vu danser comme ça avec une femme. Et tu as dansé avec Élyana !
- Je crois que notre grand frère est amoureux.

Aithen arrêta Toras et le regarda à travers ses yeux plissés. Ori parut sous le choc :

- Amoureux… d'Élyana ? Enfin, elle est belle, mais–
- Ori, arrête, s'il te plaît, l'interrompit Aithen.
- Aithen est amoureux, ajouta Toras, mais il ne sait pas si c'est bien ou non ; il ne sait pas non plus comment gérer la situation ni le fait que tout le monde soit au courant de ce qui fait durcir–

Aithen lança le regard le plus meurtrier qui fût à son frère ; il tremblait et serrait les dents. Toras s'arrêta, mais leva les mains pour ajouter :

- Calme-toi, Frère, je trouvais cela étrange, et je continue de le penser, mais, de toute évidence, vous êtes tous les deux amoureux et, comme l'a dit Aria à Ulvius et moi tout à l'heure, vous allez bien ensemble.
- À Ulvius et à moi.

- Quoi ? Peu importe, Aithen. Je voulais juste te dire que c'était bon pour moi ; je pense juste que ça ne pourra pas aller aussi loin que ce que tu veux.

Ori, ne comprenant pas à quoi Toras faisait allusion, demanda :

- Que veux-tu dire ? Pourquoi ça ne pourrait pas aller aussi loin que Aithen le veut ? Qu'est-ce qu'il veut ?
- Il le sait, dit Toras en haussant les épaules.
- C'est juste qu'il y a des règles, Ori. Enfin, je vais aller faire un tour dehors : je ne me sens pas prêt à me faire accoster ou interroger par Père ou par Mère. Et, s'il te plaît, Ori, ne me suis pas.

Aithen flâna un moment. Il lui fallut faire quelques pas dans les jardins, serrer et desserrer les poings pour parvenir à se détendre ; il aurait tant voulu inculquer un peu de pudeur à Toras ! Oubliant peu à peu tout cela, son esprit revint à ce qui brûlait en lui : le souvenir d'avoir touché Élyana et ressenti des frissons sur sa peau – et dans son corps tout entier. Son frère avait raison : il la *désirait*. Mais sa raison continuait de vouloir reprendre sa place et tentait d'évacuer ses émotions en l'avertissant de ce qui pourrait arriver s'il décidait d'ignorer les conventions et la sagesse des siècles.

Son combat intérieur se poursuivit encore un moment, jusqu'à ce qu'il atteignît les limites du jardin où gens du peuple et petits nobles de la région s'ébattaient hors de la surveillance royale. Il soupira et se demanda à quoi pourrait ressembler sa vie s'il était comme eux.

D'abord, je n'aurais jamais connu Élyana. Enfin, si la société était faite autrement, je l'aurais peut-être rencontrée quand même. Ouais, mais est-ce qu'elle t'aurait apprécié ? Tu es celui que tu es à cause de ton éducation ; parce que tu évolues dans cette société.

- Grrr ! Tout cela ne sert à rien.

Et Aithen se mit à envier la liberté des gens normaux. À cet instant, une voix le fit sursauter :

- Aithen ?
- Élyana ! Que fais-tu là ?
- Une femme ne peut-elle pas se promener dans les jardins royaux ?

Son agacement était encore manifeste quand il répondit :
- Bien sûr que oui.

Il jeta ensuite un œil aux gardes postés le long de la haie, se demandant quelles rumeurs ils pourraient bien lancer. Avec un peu de chance, aucune ; c'était ses hommes, après tout.

Une idée lui vint tout à coup :
- J'aimerais te montrer l'étang, dit Aithen. L'as-tu déjà vu ? Il est toujours magnifique pendant le deuxième entre-quart, lorsque le soleil rouge suit son jumeau.
- Non, jamais.

Aithen offrit son bras à Élyana, et ils s'en allèrent.

***

Une fois le bal royal terminé et tous les convives partis ou retournés dans leur chambre d'invité, Octavius et Darya apprécièrent le calme de leurs appartements. À présent, Octavius ferma la porte vitrée du balcon. Un orage violent s'annonçait, peut-être pour nettoyer les boissons renversées dans la partie des jardins royaux réservée au peuple. Son majordome avait été horrifié par le désordre : liquides et miettes jonchaient le sol, il l'avait dit au roi.

Octavius, enveloppé dans une robe de chambre noire, se dirigea vers sa femme, confortablement installée sur le divan en feuilles de lacora. Darya l'invita d'un geste de la main à venir s'asseoir auprès d'elle. Le roi se serait volontiers laissé tomber dedans s'il avait pu, mais les sièges en feuilles de lacora avaient tendance à rebondir si on s'y asseyait trop brutalement ; il s'installa alors doucement en grommelant.

Darya ôta ses jambes du divan, prit les mains d'Octavius dans les siennes et les frotta doucement.

171

-   Je n'ai pas le souvenir de t'avoir déjà vu aussi fatigué, dit-elle.

D'une voix inhabituellement cassée, Octavius lui répondit :

-   Je vieillis, Darya, et, à mon âge, tout change aussi rapidement que dans les premières années, sauf que je décline.

-   Tu n'en as pas l'air.

-   Non, mais je le sens bien.

La conversation s'arrêta un instant, puis Octavius reprit :

-   Mais toi, ma chère, je t'ai trouvée moins joviale que dans mon souvenir, il y a seulement six mois. Est-ce à cause des inquiétudes que j'ai causées il y a quelques mois ? Ou à cause des problèmes en Kynarie ?

Darya dévisagea le roi avec des yeux légèrement accusateurs :

-   Franchement, je ne sais pas pourquoi j'ai été aussi déprimée dernièrement. Tout ce que je sais, c'est que je ne trouve plus aucun plaisir à entrer dans le Lien.

Octavius regarda sa femme d'un air pensif et inquiet. Il caressa son menton pendant un moment, le tapota, puis leva le doigt.

Darya l'examina avec curiosité.

-   À quand remonte la dernière fois où tu t'es allongée sur un tapis microbien ou que tu as pris un bain microbien ?

Darya se mit à rire.

-   Tu penses que la solution est de rajeunir ma flore ?

Octavius inclina la tête :

-   Et pourquoi pas ?

-   Eh bien, ça remonte à deux ans, et les granules que je prends, bien qu'elles maintiennent ma flore, ne peuvent en aucun cas restaurer ce que j'ai perdu ; un tour dans les thermes d'Urbs Lucis pourrait probablement m'aider…

Darya s'arrêta, comme pour réfléchir à ce qu'elle venait de dire, et Octavius renchérit :

- Alors tu devrais partir. En chemin vers la Kynarie, tu pourrais faire un détour par Urbs Lucis.

Darya soupira et ajouta :

- Je pourrais y aller, Octavius. Mais, en réalité, même si le bain peut restaurer ma flore, il ne me rendra pas le sourire. Tout ce que je veux pour l'instant... c'est rester ici, à tes côtés, et ne plus retourner en Kynarie – du moins plus pour de longues périodes.

Le visage d'Octavius changea soudain. Il se sentit coupable ; stupide. Il se pencha en avant, saisit sa femme par le menton, et l'embrassa. Il l'embrassa avec chaleur, passion et culpabilité.

- J'aimerais, moi aussi, mais ce n'est sans doute pas le bon moment pour transmettre le trône à notre fils, ce qui est nécé–
- Je sais, je sais. Je ne peux pas transférer ma résidence ici tant qu'il n'y a pas une nouvelle reine pour prendre ma place en Kynarie.

Darya poussa un nouveau soupir, puis secoua la tête et dit :

- En parlant de Aithen, quand allons-nous nous asseoir avec lui pour parler de sa relation avec... Élyana.
- Demain matin, avant son départ pour la capitale.
- Qu'en penses-tu ?
- Tu le sais, Darya.
- Je suppose que oui. J'aurais aimé pouvoir empêcher que cela n'arrive, plutôt que de devoir y mettre un terme, même si je ne sais pas pourquoi nous devrions y mettre un terme ; j'aimerais fustiger les dieux pour toutes ces contradictions qu'ils nous imposent.

Octavius sourit :

- Oui, eh bien, je ne crois pas que les dieux aient grand-chose à voir avec tout cela ; ce sont nos lois et nos coutumes, même si elles n'ont pas toujours de sens. Pour ma part, je ne suis pas certain qu'elle soit la meilleure compagne pour lui, pas après sa décision de–

-    Je sais, je sais, Octavius. Tu n'as pas besoin de le dire. Mais je suis persuadée que si tu analysais rationnellement les événements de ce jour-là, tu comprendrais pourquoi elle a fait cela.

Octavius prit les mains de sa femme et les pressa dans les siennes avec passion. Darya posa la tête contre sa poitrine et tous deux écoutèrent la pluie tomber, réfléchissant, soupirant de temps en temps, et se caressant tour à tour ; ils n'avaient pas besoin de se demander à quoi étaient dus leurs soupirs. Ils étaient mariés depuis soixante-dix ans, et malgré leurs longues séparations, ils s'aimaient et se connaissaient mieux que quiconque.

***

Dans l'une des chambres d'invités, deux Lux Baiulae étaient maintenant assises dans des fauteuils en feuilles de lacora, robustes mais souples, que la couleur verte rendait encore plus luxueux.

Élyana n'avait pas eu l'occasion de beaucoup s'asseoir. Pendant les quinze minutes qui avaient précédé ce moment, elle avait écouté Krystiana – son amie et Magna Mater – lui dire combien elle était déçue. Déçue ! Si Élyana avait été une petite nouvelle, elle se serait effondrée et aurait pris la fuite. Elle ne s'était sentie aussi humiliée que deux fois dans toute sa vie. La première remontait à sa défaite contre une jeune recrue aux jeux annuels de pouvoirs, et la seconde était lorsqu'un examinateur lui avait dit qu'elle ne pourrait s'élever au rang de corps sororal cette année-là. Mais personne ne lui avait jamais reproché de l'avoir déçu, déçu à cause de son manque de jugement.

Après avoir longtemps reniflé et grommelé tout en regardant vers la fenêtre le temps de retrouver ses esprits avant de parler, Élyana finit par répliquer avec le plus de sang-froid possible, malgré un léger trémolo dans la voix.

-    Franchement, avec tout le respect que je te dois, Krystiana, je ne vois pas pourquoi je devrais me justifier à qui que ce soit. Après tout, je ne suis pas une jeune fille ni une idiote qui se jette dans les bras d'un homme sans se soucier du reste.

- Tu as raison, Élyana, répondit Krystiana, et si tu avais jeté ton dévolu sur n'importe qui en dehors de la famille royale, je ne m'en serais pas occupée. Mais puisque *c'est* du haut prince que tu es tombée amoureuse, je me dois d'intervenir. Si je ne le fais pas, c'est le Conseil de la lumière qui s'en chargera, même si Raméla ou moi-même leur assurons que ton histoire d'amour ne nuira pas à notre réputation.

Élyana s'assit en silence, ruminant ses mots. Elle savait que Krystiana, en tant qu'amie, essayait de l'aider à éviter que les choses n'empirent.

- Raméla aussi est inquiète, poursuivit Krystiana, bien que ce soit une femme pondérée et raisonnable et qu'elle t'ait toujours soutenue. Elle craint qu'avec tous les problèmes que nous rencontrons, ta relation avec le haut prince ne rende suspects tes conseils et tes décisions. Elle a peur que cela ne donne du grain à moudre à une certaine Sœur débutante qui cherche à défier nos coutumes.

Le visage d'Élyana, déjà brun de colère, s'assombrit encore plus en entendant à nouveau ce nom. Les dents serrées, elle dit :

- Cette fille devrait retourner chez sa mère !
- C'est vrai, mais nous ne renvoyons pas les débutantes. Et si nous ne parvenons pas à remettre Moradien sur le droit chemin, nous devrons peut-être la faire sortir du Lien. Mais ce n'est pas le sujet. Que vas-tu faire avec le haut prince ?

La question de la Magna Mater déstabilisa Élyana. « Que vas-tu faire avec le haut prince ? » Comme s'il était un simple hurleur ou furan devenu gênant dont il fallait se débarrasser. Elle attendit un moment pour remettre ses pensées en ordre, puis haussa les épaules.

-       Je n'en sais rien Mater. Je crois que je suis tombée amoureuse du prince, malgré moi, malgré les conventions et malgré les avertissements raisonnables. Mais il n'y a aucune loi contre cela, et…

Élyana hésita, aux prises avec le doute et sa vulnérabilité comme cela ne se produit que très rarement chez elle, puis elle continua :

-       … cela signifierait beaucoup pour moi si tu continuais à me faire confiance, comme tu l'as toujours fait. Je n'ai jamais manqué à mes engagements, ni avec toi ni avec la sororité, et ma relation avec le prince n'y changera rien. Quelle que soit ma décision, je te promets que je ne permettrai jamais que cela nuise à la sororité, à l'obédience mauve ni à la réputation de quiconque.

Krystiana regarda Élyana entre incertitude et assurance, assurance renforcée par leur passé et par la réelle confiance qu'elle avait construite dans la jeune femme. D'autre part, elle avait peur pour le prince ; jamais Élyana ne ferait quelque chose susceptible de nuire à la réputation de la Couronne – elle le savait – mais elle savait également qu'Élyana ne ferait jamais passer les besoins émotionnels ou physiques du prince avant toute nécessité politique – en supposant que le Conseil de sélection autorisât un tel mariage.

Quand Krystiana acquiesça, Élyana sentit toutes les tensions de son corps se dissiper, au point de la faire vaciller. Elle posa la main sur le fauteuil, le plus discrètement possible, et retrouva son équilibre. Puis elle remercia la Magna Mater et rentra dans ses appartements.

PERMANERÉ USQUE AD FINEM

IX AGACEMENT, SERMONS ET DESSEINS

Dans la salle à manger

Le lendemain du bal, les soleils radieux – le soleil bleu légèrement devant le rouge, alors que le second entre-quart touchait à sa fin – réchauffaient l'air du matin ; la brume, qui s'élevait du sol à mesure que la pluie de la nuit précédente s'évaporait, grisait leur belle couleur violacée.

Octavius, Darya, et Aithen déjeunaient d'un repas léger. À l'intérieur de la salle à manger privée du roi, Aithen commençait à manquer d'air tandis que le débit de parole de son père ralentissait et que le ton de sa voix devenait tendu, indiquant qu'il allait aborder une discussion désagréable. Une pensée fit relativiser Aithen l'espace d'un instant : *Malgré sa grande maîtrise de lui-même, il n'est pas doué pour cacher son malaise maintenant.* Aithen interrompit le cours de ses pensées en entendant son nom.

- Aithen, ta mère et moi voudrions te parler d'un sujet qui, pour toi, est peut-être – non c'est sûr qu'il l'est – très personnel, mais important pour nous, parce que primordial pour la solidité du royaume.

Aithen sentit sa mâchoire se serrer. Il savait de quoi son père voulait parler.

Je déteste quand il me dit qu'il veut me parler au lieu de vouloir parler avec moi ; ça n'augure jamais rien de bon. Va-t-il me laisser dire quelque chose ou va-t-il simplement me dire comment sont les choses, comme d'habitude ? Eh bien, cette fois-ci, je ne me contenterai pas d'accepter son jugement. Je n'en suis pas capable.

Octavius observa la réaction de son fils. Le voyant tendu, mais disposé à écouter, il poursuivit :

- J'avais déjà remarqué, à mon retour de Spiritii, cet été, que tes relations avec Élyana avaient évolué ; elles avaient pris un tour différent… elles étaient devenues plus… euh… chaleureuses. Je me suis donc promis d'essayer de comprendre ce qui se tramait. Mais entre les attaques de plus en plus fréquentes du Scytale et des bourras, et la réaffectation d'Élyana à Urbs Lucis, je n'ai jamais trouvé le bon moment pour le faire. Hier, toutefois, ta mère et moi – Octavius lança un regard à Darya pour s'assurer qu'elle était bien avec lui – avons constaté ta relation avec Élyana, puisque vous n'avez pas pris la peine de vous dissimuler. Et cela a fait parler les gens – beaucoup de gens.

Le corps du prince se raidit sous l'indignation. Mais il se garda de répondre, laissant simplement échapper quelques râles.

S'il me dit qu'il se soucie de ce que pensent ces idiots, je vais exploser.

-   À part la différence d'âge, qui peut ou non constituer un problème, et le fait qu'elle t'ait vu emmailloté – la mâchoire de Aithen était à présent visiblement très contractée et la colère envahissait son visage, ce qui poussa Octavius à en venir plus vite aux faits – Élyana est surtout membre de la Sororité, une organisation tout aussi crainte que vénérée, et, depuis bien longtemps, la convention veut que, pour garder la confiance et la bienveillance du peuple, toutes relations amoureuses entre la famille royale et la Sororité soient… interdites.

Octavius et Darya surveillaient les changements d'expression de Aithen avec inquiétude. Non en s'imaginant qu'il eût pu les laisser là ou les insulter, comme Toras l'avait déjà fait un certain nombre de fois dans de pareilles situations, mais en espérant qu'il pût… tout simplement comprendre en tant qu'héritier du trône.

La réponse de Aithen se fit entendre avec une clarté incisive :

-   Père, je *sais* ce que pensent les gens ; j'ai très bien *vu* leurs regards hier soir. Mais ils connaissent Élyana tout autant qu'ils me connaissent. Ils la respectent et savent qu'elle ne tentera jamais de m'influencer pour le bénéfice de la Sororité et que – si j'ai un jour la chance de recevoir la couronne – jamais elle n'utilisera l'Ordre pour les soumettre. Tu as bien vu comment j'ai su gérer le Sénat et les propriétaires terriens en ton absence, cet été.

Octavius et Darya froncèrent les sourcils, et Darya voulut intervenir, mais Aithen poursuivit :

- Je connais parfaitement les conventions, mais elles ne constituent ni une interdiction ni une loi ! Cela signifie donc qu'elles peuvent subir des exceptions, mais que – nos ancêtres et les Sœurs d'un temps n'ayant pas voulu prendre la peine de les énumérer toutes – ils se sont contentés de… ces conventions. Eh bien, voilà une exception à faire ! J'… aime Élyana. C'est la seule femme pour qui j'ai ressenti cela, la seule avec laquelle je sais me livrer, rire et –

Aithen s'interrompit, ne sachant pas ce qu'il risquait de dire en continuant.

Octavius regarda Darya, hochant la tête, les épaules baissées. Elle le regarda à son tour et lui adressa un sourire pour l'encourager à garder son calme. Il acquiesça et céda la parole à Darya.

- Aithen, il est évident que tu l'aimes ; cela se voyait à ta façon de danser avec elle, aux regards que tu posais sur elle chaque fois qu'elle te quittait même si tu essayais d'avoir l'air distant, ainsi qu'à ta façon de parler d'elle à l'instant.

Darya constata que son fils rougissait et elle poursuivit pour lui éviter l'embarras que provoquait en lui son regard perçant :

- S'il ne s'agissait que de *conventions*, je te dirais « vas-y et sois heureux avec elle », mais il ne s'agit pas de cela. Ton père a de bonnes raisons d'être inquiet, et moi aussi. Est-ce que tu te rends compte que sa loyauté a toujours été pour l'Ordre et qu'elle le sera toujours ? Sa capacité à être avec toi est probablement encore plus limitée que la mienne à être avec ton père. En fait, elle l'*est*.

Darya s'arrêta un instant, se demandant si elle devait dire ce qu'elle pensait par rapport à la différence d'âge, mais Octavius l'interrompit :

- Et comme tes sentiments pour Élyana altèrent ta raison, cette relation pourrait te mettre en danger, et avec toi, tous ceux qui t'entourent.

- Quoi ?! Mes sentiments altèrent ma raison ? Comment—

Octavius lui adressa un regard pugnace et lui répondit froidement, d'un ton sec :

- Oui, ta raison. Elle est déjà altérée. Tu dis que les propriétaires terriens et les sénateurs te respectent et qu'ils savent que tu ne subirais pas l'influence de la Sororité en ayant une relation avec l'une de leurs membres. Mais tu es jeune et tu n'as encore jamais rendu une relation amoureuse publique ; tu devrais donc comprendre que ni les propriétaires terriens ni les sénateurs ne *peuvent* savoir si tu vas ou non te laisser influencer par une telle relation. Sache surtout que même si personne n'était au courant de tes sentiments pour Élyana lorsque tu t'es adressé au Sénat et au conseil de l'Union, et même si Élyana n'était pas présente lors de ces réunions – chose que nombre d'entre eux ont appréciée – il y *en a* qui pensent qu'elle a dû agir sur toi pour te donner le courage et la force de leur parler de façon dont tu l'as fait.

Aithen, qui ne pouvait plus se retenir, s'écria :

- Quoi ? Père, c'est ridicule. Comment peux-tu croire ce que tu dis ?

- Certains sénateurs et propriétaires terriens pensent qu'elle a peut-être utilisé le Lien pour te donner le courage de te présenter à eux et pour te faire dire ce que tu as dit. Par exemple, le Sénateur Sur'Elando et ses partisans sont persuadés que tu étais sous l'influence de la Sororité quand, pendant ton discours au Sénat, tu t'es opposé à lui, puis que tu as continué en les embrouillant comme savent le faire les Lux Baiulae.

Aithen était hors de lui. Comment cette bande d'ignares pouvait penser cela ? Comment pouvaient-ils tous le voir tellement incapable qu'il aurait eu besoin d'avoir quelqu'un dans l'ombre pour lui souffler ses paroles ? Il était quand même le seigneur commandant de la Garde royale ! Et ils avaient l'audace de sous-entendre qu'il n'était pas capable de leur parler avec autorité, pas capable de remettre ces imbéciles à leur place ? Et son père s'imaginait que sa raison était altérée. *Sa* raison à *lui* ?

- Père, tu ne peux vraiment pas—

- Aithen, c'est exactement ce genre de situations que les conventions – comme tu les appelles – permettent d'éviter, et surtout en ces périodes où règnent le danger et l'agitation. De plus, tu sais très bien que ton union avec Élyana devrait être approuvée par le Conseil de sélection, et je sais d'avance qu'elle ne le sera jamais.

Darya lança un regard incrédule à son mari – il ne lui en avait pas parlé avant.

Aithen poussa un grondement exaspéré et serra les poings si fort qu'il se blanchit la peau. Il secoua la tête et pinça ses lèvres très fermement, puis demanda avec impertinence :

- Père, est-ce que, au-delà des risques qu'elle représente et du refus du Conseil de sélection, tu désapprouves le fait que je la courtise ? Penses-tu qu'elle m'a influencée lorsque j'ai pris la parole au Sénat et au conseil de l'Union ?

Octavius réfléchit un instant avant de répondre. Que devait-il dire ? Que lui, Octavius, n'avait pas d'objection valable ? En tant que roi, ses sentiments personnels ne devaient pas interférer avec les affaires du royaume. Mais il aimait son fils qu'il savait être un homme raisonnable.

- Non, Aithen. Hormis les règles et les considérations politiques, je ne désapprouve pas ta relation avec Élyana, même si je suis mal à l'aise de vous voir ensemble ainsi. Et je sais que tes discours aux deux corps tout comme ta façon de réagir aux propos de

Sur'Elando étaient entièrement de ton fait. Tout ce que je sais, c'est que cette relation peut générer des problèmes et je ne vois pas comment je pourrais convaincre le Conseil de sélection de faire une exception pour vous. C'est pourquoi je t'invite à considérer les choses avec un peu plus de recul dans les prochains jours.

Octavius s'interrompit, puis ajouta :

- Tu sais que si le Conseil rejetait votre demande et que tu continuais à fréquenter Élyana, le trône—

Darya arrêta Octavius avant qu'il ne prononçât les terribles paroles qu'il s'apprêtait à dire.

Mais il était déjà trop tard, et cette idée frappa Aithen comme un grand coup dans le dos. *Toras ? Toras deviendrait roi ? Ori est trop jeune. Qu'importe qu'ils puissent l'être ou non. Je suis l'aîné et le trône me revient. Comment peut-il me menacer ainsi ?!*

Aithen se leva et alla gratter nerveusement les carreaux pendant un moment, ne sachant que répondre ; il se sentait piégé. Il avait envie de hurler, de maudire ses parents et le monde entier.

Le roi et son épouse se contentèrent de suivre tristement ses mouvements des yeux, pleins d'émotions et de frustration. Ils continuèrent de le suivre des yeux et d'échanger des regards jusqu'à ce que Aithen s'arrêtât au centre de la pièce.

Soudain, le prince prit conscience d'une chose. *Il a raison pour le trône. Mais il ne t'a pas dit de cesser de courtiser Élyana. Ce qui signifie qu'il veut juste—*

- Tu ne m'en empêcheras pas ? demanda Aithen entre espoir et prudence.

Darya regarda son mari, stupéfaite. Bien sûr, elle aussi voulait que son fils pût avoir la femme qu'il aimait, mais comment pourrait-il être heureux avec elle ? Et que faire du risque de perdre le trône ? Cependant, Octavius aimait bien trop son fils pour le forcer à faire quelque chose qui pourrait le blesser. La reine consort pensa : *Oooh ! Comment est-il possible qu'à plus de cent ans, on puisse encore faire passer l'amour avant la raison ?*

Octavius posa une main apaisante sur le bras de Darya avant de répondre à Aithen :

-   Non. Je ne t'en empêcherai pas. Tu es un homme bon, Aithen. Tu es raisonnable et équilibré, et j'ai confiance en tes choix. Mais, comme je te l'ai dit, tu dois réfléchir sérieusement à tout cela, car il pourrait y avoir de graves conséquences – pour toi comme pour moi, même si je m'en remettrais probablement plus facilement que toi.

Toujours stupéfait, Aithen entama une réponse :

-   Merci, Père. Je—

Avant de continuer, il prit une longue respiration et dit :

-   Je ne m'y attendais pas. Tu sais que je ne ferai jamais rien qui puisse mettre ton règne en danger. Je vais réfléchir à tout cela, je te le promets. Je vous ferai part, à toi et à mère, de ma décision dans quelques jours et vous ferai savoir comment j'envisage d'atténuer les conséquences si je décide de… poursuivre ma relation avec Élyana.

Aithen fit une pause, voulant répondre à la seconde préoccupation de son père, mais un nœud se forma dans son estomac au moment où il voulut parler. Il prit une nouvelle grande inspiration avant de dire :

-   Je voudrais que tu saches également que si je décide d'officialiser ma relation avec Élyana et que le conseil de Sélection rejette ma demande, je ne chercherai pas à m'y opposer et je ne regretterai pas la perte de mes privilèges.

De nombreuses émotions se mélangèrent sur le visage du roi et de la reine. Octavius livrait bataille entre sa part de père et celle de roi, sachant que la première devait gagner, et la seconde, perdre.

Darya retint son propre combat, mais connaissant son mari, elle prit sa main et la pressa comme à son habitude lorsqu'elle voulait l'aider à surmonter de difficiles moments d'incertitude.

L'astuce fonctionna, et Octavius acquiesça avant de dire :

-   J'attends ta réponse dans un quart, Aithen.

Aithen lui lança un regard plein de reconnaissance. Puis il s'éclipsa, un peu plus brutalement qu'il n'en avait l'intention, et alla se préparer à partir.

À Urbs Lucis

Dans une chambre d'étudiante d'Urbs Lucis, une jeune-fille rousse au caractère bien trempé prit la parole :

-   Vous savez très bien toutes les deux que l'Ordre de la lumière ne changera jamais ; pas tant que la nouvelle génération ne prendra pas le pouvoir. Et je n'attendrai pas des décennies avant cela n'arrive !

Morla, cheveux noirs, drus et frisés, répondit :

-   Tu as raison, et je ne renoncerai pas à ma liberté pendant des décennies, pas plus que je ne laisserai quiconque me traiter comme une vulgaire roturière ; ni comme une charogne ! Moradien et moi sommes filles de nobles, et nous ne méritons pas d'être traitées de la sorte – non qu'il serait normal de te traiter ainsi, Lis. Mais si toi, tu as le droit de t'élever au-dessus de ton rang, il n'est pas question que *nous* soyons rabaissées !

Lisandeka serra les dents. Elle détestait qu'on lui rappelât ses origines très modestes. Elle répondit :

-   Moi non plus, Morla, je ne suis pas une charogne.
-   Bien sûr que non, Lis. Et que proposes-tu, Moradien ?
-   D'aider le maître Methrim qui est le seul capable de *nous* aider réellement.
-   L'aider à faire quoi ? demanda Morla. Et comment pourrait-il *nous* aider ?

Moradien respira profondément, montrant son impatience, et dit :

-   Nous devons l'aider à nous aider, l'aider à changer l'état d'esprit de ceux qui nous gardent au moyen-âge.

- Et comment pouvons-nous faire ça ? demanda Lisandeka en se tordant les mains.

Moradien secoua la tête, comme interloquée par la naïveté de son amie :

- Notre rôle est de rallier un maximum de fille de notre côté. Quand nous serons assez nombreuses, Lusk s'occupera du reste.

Lisandeka et Morla se regardèrent interloquées, puis se tournèrent vers leur cheffe avec des yeux interrogateurs.

- Quoi ? Cela vous surprend que je l'appelle par son prénom ?
- C'est juste très… révélateur. C'est tout, répondit Morla sur la défensive.
- Eh bien, si vous étiez un peu plus confiantes, toutes les deux, peut-être qu'il vous permettrait, à vous aussi, de l'appeler par son prénom. En tout cas, nous devons trouver d'autres filles capables de se joindre à nous pour rénover la direction. Et nous devons commencer par ces deux bêleuses, Carrain et Lopenia.

Et, pointant du doigt Lisandeka puis Morla, elle dit :

- Tu dois ramener Carrain, et toi, Lopenia.
- Qu'est-ce qui te fait croire que Carrain m'écoutera ? demanda Lisandeka.
- Le fait que tu sois issue d'une famille de paysans, comme elle. Tu dois la convaincre de rejoindre notre cause pour son bien.

Lisandeka se mit à tripoter ses ongles nerveusement sans répondre. Quand elle finit par se décider à répliquer, elle changea d'avis et se tut.

- Quoi ? Tu ne peux pas faire ça ?!
- C'est… juste qu'elle ne m'aime vraiment pas.
- Il faut que tu trouves le moyen de te rapprocher d'elle, Lissy. Et si tu n'y arrives pas, la maître Methuim te montrera comment faire.

Lis secoua la tête plusieurs fois avant de lever les mains en signe de résignation.

- D'accord.
- C'est mieux.

Puis, se tournant vers Morla, elle demanda :
- Et toi ? Tu pourras faire ta part ?

Morla acquiesça et les filles se séparèrent pour rejoindre leurs cours respectifs.

Dans les chambres d'hôtes et aux écuries

Aux environs de huit heures après grandnuit, Élyana s'était rendue dans les écuries pour dire au revoir à Aithen qui devait partir régler des affaires urgentes dans la capitale, le matin même. Leurs adieux avaient été très difficiles, car ils étaient tous deux mal à l'aise à cause des entretiens humiliants qu'ils avaient subis par rapport à leur relation. Élyana voyait à son comportement que Aithen devait avoir eu une conversation éprouvante avec le roi et la reine, mais elle ne lui en avait pas parlé. Au lieu de cela, Aithen *lui* avait demandé, à elle, pourquoi elle était aussi distante… et elle lui avait menti. Il semblait que chacun d'eux avait pris ses propres décisions. Était-ce la fierté ou la bêtise qui les empêchait d'en parler ? Et l'une était-elle meilleure que l'autre ?

Aithen illumina le visage d'Élyana en lui confiant qu'il avait contacté Rivière pour lui demander si Élyana pourrait les rencontrer. Malgré sa méfiance apparente, la Locara en avait parlé longuement avec son chef. Ce dernier avait finalement fixé une rencontre dans quatre jours. Cette nouvelle avait attiré sur les lèvres d'Élyana un sourire d'espoir, tandis que Aithen partait à dos de Xyre ; mais l'inquiétude vint rapidement remplacer la joie. En effet, elle prit conscience que son sourire rempli d'espoir n'avait rien à voir avec Aithen, mais tout avec son rôle de membre de la Sororité qui se devait d'apprendre ce que savaient ces créatures.

La Cordon mauve passa le reste de la journée à déambuler dans les jardins royaux, à socialiser très peu et à travailler. Après un dîner en compagnie de la famille royale et d'autres invités eux aussi restés là pour profiter de la propriété du roi et de sa présence apaisante, Élyana accompagna Krystiana dans ses appartements, car elle lui avait dit détenir des informations essentielles. La marche jusqu'aux appartements ne fut pas très agréable, car Élyana n'avait pas encore oublié la honte que les propos de son amie avaient suscitée, et cela l'empêchait de faire la conversation.

Quand elles arrivèrent enfin chez la Magna Mater, Élyana raconta une partie de ce que le prince lui avait confié le soir du bal, ses contacts avec des… êtres capables de communiquer instantanément malgré de très grandes distances après avoir placé une sorte de moniteur dans l'esprit de ceux qui se connectent.

Krystiana fut abasourdie par cette révélation. Elle demanda comment le prince était entré en relation avec des choses du Lien et pourquoi Élyana avait appelé ces Alterintrants des « êtres ». Malheureusement, Élyana ne put répondre à la Magna Mater.

Malgré le peu de détails, Krystiana admit que la révélation était essentielle si elle s'avérait réelle – et il ne pouvait pas en être autrement puisque le prince communiquait ainsi avec cesdits êtres. Elle demanda à Élyana de revenir dans une heure pour en discuter avec Biléna et Saara.

Les quatre femmes étaient à présent connectées dans le Lien, et Biléna faisait les cent pas tout aussi excitée que frustrée par la révélation d'Élyana.

- *Tu te rends compte, Élyana, que ça peut tout changer pour nous. On n'aurait plus besoin d'être physiquement réunies pour communiquer via des connexions ou des liens mentaux, et on n'aurait pas besoin non plus de se rencontrer dans le Lien sur rendez-vous ou d'envoyer des demandes de connexion inutiles à répétitions lorsque l'autre n'écoute pas. Nous serions libres de communiquer les unes avec les autres à tout moment, et il nous serait beaucoup plus facile de nous informer des attaques dans le royaume afin d'envoyer des unités de la Garde royale et de la Sororité pour se défendre contre le rokon et les bourras.*

- *Oui, Biléna. Le haut prince les a contactés pour demander une rencontre, mais—*

D'une voix beaucoup plus douce que celle qu'elle a dans le monde physique, la vieille Saara dit :

- *Mais ? Ils ne nous rencontreront pas ?*
- *En effet.*
- *Parce qu'ils ne nous font pas confiance ?*

Élyana hésita. Elle ne savait pas vraiment si les Locari faisaient ou non confiance à la Sororité, mais comme ils avaient l'air de penser qu'il y avait des traitres à Urbs Lucis, ils ne devaient pas vouloir prendre le risque de les rencontrer. Que pouvait-elle répondre sans devoir révéler les secrets qu'ils avaient confiés à Aithen sur la présence possible de traitres à Urbs Lucis sur laquelle elle n'avait pas encore eu l'occasion d'enquêter ? Son esprit divagua étrangement : *Et s'ils acceptaient de toutes nous rencontrer, comment ferions-nous ? Pas sous l'eau en tout cas.*

Élyana finit par envoyer :

- *Je ne connais pas encore leurs réserves ou leurs restrictions, mais je dois rencontrer les créatures avec Aithen dans quatre jours.*
- *Sais-tu où aura lieu la rencontre ?* demanda Biléna.

Élyana resta silencieuse ; elle regardait au loin, ne voulant ni mentir ni leur dire quelque chose qu'elle ne souhaitait pas leur révéler.

Voyant la grande hésitation d'Élyana, Krystiana vint à son secours :

- *Biléna, Élyana sait ce qu'elle fait, c'est-à-dire ce que ferait tout membre de la cordonneté mauve en prévision d'une rencontre avec une collectivité réticente ou méfiante. Élyana nous informera à son retour, au prochain quart, et nous dira alors ce qu'il en est.*
- *Bien sûr Mater.*

Satisfaite, Krystiana demanda à sa Manu Dextra :
- *Est-ce que tu pars demain ?*
- *Oui,* répondit Élyana.
- *Parfait. Et je te remercie, Élyana ; je sais combien nous donner cette information doit être difficile... surtout compte tenu de la situation dans laquelle tu l'as obtenue.*
- *Mon devoir est envers l'Ordre, d'abord et toujours, Mater*, dit Élyana en se redressant.

Les formes de Biléna et de Saara adressèrent des regards méfiants aux deux autres femmes. Remarquant cette réaction, la Magna Mater plaisanta pour détourner l'attention des praefectae et leur faire oublier la remarque précédente.

Élyana s'excusa et quitta le Lien pour se préparer à partir dès le lendemain matin.

À son réveil, Élyana se prépara rapidement et alla aux écuries donner ses instructions aux deux gardes qui l'accompagneraient à Furanville. Elle regagna ensuite sa chambre pour y manger ce qu'un serviteur lui avait apporté à son réveil, et pour attendre que les gardes vinssent la chercher. À la hauteur de la petite cour du palais, un frisson la traversa : c'était l'automne, et l'air devenait plus frais lorsque les soleils étaient cachés, même un court instant. Une Lux Baiula pouvait éviter d'avoir froid en utilisant une partie de son énergie, mais pour quoi faire ? Tandis qu'elle s'approchait de la maison d'hôtes, située dans l'allée est, Élyana se fit surprendre par la soudaine obscurité dans ce jour encore jeune : un dense cumulus passait devant les deux soleils, le bleu étant légèrement devant son jumeau rouge, plus grand, mais aussi plus doux. Étrangement, cela fit monter en elle des pensées troublantes qu'elle tenta de chasser de son esprit en secouant la tête. Mais elles restèrent là. Elle se demanda si elle ne s'était pas laissé tromper par des sentiments qui auraient dû disparaître plusieurs décennies avant, et elle grogna en se rappelant avoir réaffirmé la veille au soir son devoir envers l'Ordre devant tout le monde.

Ces sombres pensées envahirent son esprit à tel point qu'elle monta les marches, entra dans ses appartements et s'assit sur le balcon sans s'en rendre compte. Elle mit la tête dans ses mains et laissa échapper quelques petits grognements.

Les soleils réapparurent alors, réchauffant l'air et stimulant le chant d'un voleteur. D'une certaine manière, cela fit sourire Élyana, et Aithen lui revint en mémoire. Cette pensée, le fait de savoir qu'elle allait le revoir et passer du temps seule à seul avec lui – Aithen lui avait dit qu'il allait toujours seul dans la baie pour rencontrer les Locari – la remuait profondément. Elle ressentit le besoin impérieux d'être avec lui, de lui poser toutes les questions qui lui trottaient dans la tête, de l'écouter partager ses pensées sur les mystères de la nature et de la vie qui les touchaient tous les deux, et de parler du futur qui serait le leur une fois la guerre terminée.

Au sortir de cette pensée, une autre idée s'immisça en elle, provenant de la part rationnelle de son esprit ; cette pensée effaça son sourire aussi vite que le vent emportait les bourdonneurs irisés loin du doux nectar des fleurs qu'ils butinaient.

Nous ne sommes, finalement, que des machines chimiques, non ? Comment pourrait-il en être autrement si notre humeur évolue au gré du soleil qui brille ou qui se cache sans que quoi que ce soit n'ait changé ? Et rien n'a changé, puisque je n'ai pas encore décidé de ce que je devrai faire « au sujet de Aithen ».

X CE QUE FONT LES SŒURS, LES SOLDATS ET LES DIEUX

Les porteurs

Le nichoir d'Urbs Lucis était un lieu bruyant le jour, rempli des piaillements retentissants des porteurs. C'était aussi un endroit rarement visité, sans doute à cause de l'odeur – qu'Émissa Lux Baiula trouvait au contraire très agréable – ou plutôt parce que les gens craignaient qu'un voleteur n'atterrisse sur leur tête. Mais, malgré cette aversion, les voleteurs demeuraient un moyen de communication essentiel dans toutes les Terrae Regis, et une source de plaisir pour leurs éleveurs, surtout les jours de courses. Pour Émissa, ces porteurs étaient également très réconfortants. En effet, pour une Lux Baiula, elle n'était pas une puissante Alterintrante, ce qui avait toujours suscité chez elle un sentiment d'infériorité.

Aujourd'hui, c'était le dernier entraînement avant la prochaine course prévue le huit undecimus. Avec sa délicatesse habituelle pour attraper les oiseaux et les tenir ensuite, Émissa regroupait ses porteurs dans leur cage de transport.

À présent, elle avait Bleu dans les mains. C'était l'un de ses voleteurs préférés, non seulement parce que – dans sa forme mâle – Bleu était un voleteur leste et musclé, mais aussi parce qu'elle l'avait élevé elle-même après la mort de ses parents dans une course quelques mois auparavant. Bleu était maintenant dans sa phase mâle – la plupart des porteurs commençaient par être des mâles, puis se métamorphosaient en femelles, après s'être reproduits avec des animaux plus âgés, afin d'apprendre à leurs côtés à s'occuper des petits – et il était splendide.

- Hum, je sais que si quelqu'un peut me faire gagner cette course, c'est bien toi. J'ai pourtant horreur de penser aux risques que je te fais courir ; la Course trans-alvinorienne n'est pas la plus facile.

Le porteur l'observait avec des yeux vifs, mais pouvait-il comprendre ce qu'elle disait ? Un clerc kynarien aurait peut-être pu le dire. *Si seulement j'étais allée en Kynarie pour apprendre à utiliser le lien à la manière kynarienne, comme Maréna...* Émissa soupira, puis inspecta les ailes du voleteur. Ses écailles étaient bien pleines, lisses et indemnes. *C'est bon.* Elle vérifia ensuite la gorge de Bleu en faisant doucement levier sur le bec. Sa gorge semblait dégagée et d'une belle couleur rose. *C'est bon ici aussi.* Elle examina enfin sa bague. On posait les bagues aux porteurs quelques jours après leur naissance, alors que les os de leurs ergots étaient encore assez souples pour permettre à l'anneau de remonter sur les pattes. Une fois en place, l'anneau ne pouvait pas tomber, même s'il lui arrivait parfois de casser. Comme Émissa ne voulait pas que ses voleteurs fussent perdus sans que nul ne pût la contacter, elle vérifiait toujours la solidité des anneaux. Celui de la patte de Bleu était toujours en place, solide et lisible. Elle hocha la tête, caressa tendrement le voleteur, et dit :

- Tout va bien, Bleu, tu peux y aller.

Tandis qu'elle fermait la cage, une voix chantante la fit sursauter :

- Chère Émissa ! Où emmènes-tu les voleteurs ?

La maîtresse des porteurs se retourna pour voir à qui appartenait cette voix. *Oh, c'est elle. Je ne l'avais pas vue depuis longtemps. Je me demande ce qu'elle fait ici.*

Laranis était une Cordon jaune d'âge moyen, d'environ cent ans, la peau sur les os, à tel point qu'on se demandait comment elle pouvait être une Lux Baiula. Mais ce que les autres Sœurs détestaient le plus chez elle, c'était sa manière de toujours vouloir les entraîner dans des expériences psychologiques. *J'espère qu'elle n'est pas là pour ça aujourd'hui,* pensa Émissa.

- J'les emmène à Kilt sur l'Argon. Ce sera leur dernier entraînement avant la Course trans-alvinorienne du prochain quart.
- Ah ! Tu dois être excitée.

- Oui, répondit Émissa après un instant d'hésitation.
- Hum, tu n'en as pas l'air. Ta réponse semble plutôt remplie d'inquiétude.
- Oui… Bien sûr, Laranis. La Course trans-alvinorienne est la s'conde course la plus difficile, presque aussi pénible qu'celle des Terrae Regis.
- Oh ?
- La course des Terrae Regis est plus longue, mais se déroule principalement au-d'sus de l'eau. Celle-ci est plus courte, mais elle traverse les montagnes, donc les porteurs doivent voler bien plus haut, là où y a moins d'oxygène.
- Eh bien, cela ne devrait pas être trop compliqué à faire, puisque le corps, à la différence de l'esprit, est facile à entraîner.

Émissa se retourna pour attraper les derniers compétiteurs et fit rouler ses yeux. *C'est parti.*

- Dernièrement, je me suis demandé si le fait de mettre quelqu'un en danger permanent – même un animal – avait une incidence sur l'esprit de celui qui le faisait.

Sans se retourner, Émissa serra les dents et plissa les yeux d'un air assassin. *Si elle se met à insinuer que je suis du genre à mettre mes animaux en danger permanent sans me soucier de leur santé, je la pousse du toit.*

La femme dut remarquer la tension dans la mâchoire de la Cordon jaune délicieusement charnue, car elle ajouta :

- Non que je pense que tu mettes tes animaux en danger, ma chère, bien au contraire. J'envisage de faire une comparaison entre les maîtres porteurs qui envoient leurs voleteurs en mission et les gardes qui foncent dans une bataille à dos de furan ou de voran, afin de vérifier l'hypothèse selon laquelle envoyer un animal dans le danger suscite davantage de responsabilités que lorsqu'on le monte au combat.

Ayant attrapé le dernier compétiteur, Émissa se leva et se retourna vers sa collègue, fort étonnée par cette idée :

- C'est une hypothèse très intéressante, Laranis.

La Cordon jaune afficha un sourire reconnaissant :

- Je dois dire que j'aime ça. Mais savais-tu qu'on pourrait peut-être bientôt développer des techniques qui nous permettraient de nous passer des porteurs ?
- Que veux-tu dire ?
- J'ai entendu dire que — Laranis baissa la voix comme si elle ressentait une certaine gêne à l'idée de répandre une rumeur — que le haut prince Aithen détenait ce secret.
- Quoi ?
- C'est ce que j'ai entendu dire, répondit Laranis sur la défensive. Il n'est pas Alterintrant, mais d'une certaine manière, il connaît le secret de la communication immédiate entre deux personnes, et il en a parlé à Élyana à Antar, le quart dernier.

Laranis fit encore une pause en prononçant le nom d'« Élyana ». Tout le monde savait ce qui s'était passé au Bal royal.

- Il est en contact avec une tribu qui sait communiquer de cette manière.

Émissa resta là, son visage se déformant. Comment cette femme pouvait être une Sœur en quête de vérité tout en ayant les idées aussi arrêtées ?

- Es-tu sûre d'avoir bien entendu, Laranis ? Parce que l'apprentissage des sciences du Lien est quelque chose d'assez mal vu dans la maison Coriolis. Et puis, le prince est un commandant militaire, pas un intellectuel.

Laranis haussa les épaules et dit :

- Eh bien, le roi a récemment donné l'autorisation à la sororité de commencer à enseigner à ses fils les compétences de liaison.

Émissa écarquilla les yeux.

Sans aucune malice, Laranis ajouta :

- Si tu descendais d'ici de temps en temps, Émissa, tu aurais des informations de première main.

Cette remarque, si factuelle fût-elle, vexa Émissa.

Une légère brise sauva la femme charnue de devoir expliquer sa propension au retranchement. Le petit vent souleva les odeurs âcres du nichoir, provoquant une nausée chez Laranis. Soudain, la femme s'excusa de devoir retourner à ses expériences, souhaita une bonne journée à Émissa et s'éclipsa.

La maîtresse des voyageurs adressa un salut reconnaissant à la philosophe des esprits, saisit sa cage, et se hâta vers les étables où une navette attendait pour emmener les voyageurs à leur point de départ.

Responsabilités

Une voix hautaine et prétentieuse s'éleva :
- Je suis désolé, Capitaine, mais vous n'avez pas le droit de détenir mes clercs, quoi que vous pensiez qu'ils ont fait.

Harlion serra les dents presque jusqu'à s'en casser une :
- Je ne *pense* pas qu'ils aient fait quelque chose, Galadrin – le premier clerc ferma les yeux à demi, attendant la suite – parce que je les ai *vus* de mes propres yeux, tout comme je vous vois maintenant. Ils excitaient les civils du quartier des Forges à désobéir, et je *peux* les détenir pour ça.
- Capitaine, je n'ai aucun doute sur le fait que vous ayez vu des gens s'agiter quand mes clercs leur parlaient de paix et de vérité, ce pour quoi l'Église ne peut être tenue responsable. À moins que vous ne prétendiez que nul n'est responsable de ses propres actions, de ses propres valeurs ?
- Grrr, libérez ses prêtres !

Pendant que ses hommes allaient chercher les clercs prisonniers, Harlion tourna vers Galadrin un regard glacial :
- Vous ne pouvez pas continuer à vous cacher derrière votre robe de bure, Premier Clerc. Je sais très bien ce

que vous êtes en train de faire, et vous savez aussi que je le sais ; un jour ou l'autre, je vous arrête*rai*.

Le meneur de l'Église d'Aiala agita une main dédaigneuse :

- Je suis responsable des âmes et des corps des nôtres, et tant que les fondateurs l'ordonneront, je continuerai à m'en acquitter comme il se doit.

Harlion savait que le prêtre cherchait à le titiller, cependant, il ne put résister à la tentation de mettre cet homme face à son propre raisonnement illogique :

- Et en quoi le fait de décourager les sujets du roi face à ce qui doit être fait pour se préparer aux prochaines batailles assure leur sécurité ?
- Les aider à comprendre que la paix est préférable à la guerre contribuera à préserver leurs corps.
- Il y aura la guerre, quoi qu'il arrive, et ils se retrouveront à portée non seulement des griffes du Scytale, mais aussi des lances de Zébula, et que sais-je d'autre, cher Clerc ; votre prêche ne préservera pas leur corps pour le jour de l'Union.
- Les fondateurs prendront le corps des morts, mais aussi celui des vivants, Haut Capitaine, tant que ces corps seront utilisés pour respecter la Parole. Peut-être n'avez-vous pas étudié les *Écritures* ?

Harlion bouillait intérieurement. Les *Écritures*. Cet homme parlait des hérésies apocryphes comme s'il s'agissait des *Écritures*. Comment quiconque pouvait croire que les Fondateurs voulaient des corps de rebelles et d'anarchistes ? Comment quiconque pouvait *croire* tout court ? Harlion allait de nouveau mettre le clerc en garde lorsqu'il fut interrompu par le bruit des hommes libérés.

Galadrin se retourna vers ses prêtres. Les hommes semblaient fulminer, mais ils gardèrent leur calme en s'approchant de lui.

- Je ne débattrai pas avec vous, Capitaine, de ce qui concerne l'Église, dit Galadrin. Vous êtes un homme de guerre ; moi, un homme de paix. Mais je vous accueillerai avec plaisir dans mes cercles de prière pour vous permettre de mieux comprendre ce que nous défendons réellement. Je sais que, au fond de vous, vous êtes un croyant, au-dessous de votre colère.

Harlion parut quelque peu troublé à ce moment et décontenancé. Personne, jusqu'à présent, n'avait jamais fait de remarque sur sa spiritualité, de même qu'il n'avait jamais parlé avec qui que ce fût de ses changements d'opinion. Mais la spiritualité n'avait rien à voir avec la religion.

Le secundus Krptus observait son capitaine du coin de l'œil, se demandant si le prêtre disait vrai. Il eût été fantastique que Harlion pût devenir un peu plus religieux, car cela lui aurait permis de lui dire plus facilement qu'il allait bientôt rejoindre un ordre religieux.

- Premier clerc, ce que je crois ou non ne vous regarde pas, dit le haut capitaine. Ce qui vous regarde, en revanche, c'est de veiller à ce que vos prêtres cessent d'inciter le peuple à s'opposer à la Couronne. Si je les attrape un jour en train de recommencer, je porterai l'affaire devant le Sénat – ou devant le roi lui-même – et sachez que j'en suis tout à fait capable.

La bouche de Galadrin se fendit d'un sourire cynique, puis il fit signe à ses prêtres de se diriger vers la porte et leur emboita le pas. Pendant ce temps, Harlion était en proie à des émotions contradictoires et le visage de Krptus se colorait d'inquiétude.

Une réplique

Accoudée à la table du *Salon des officiers*, Laiella dit à Toras :

- Vous êtes un homme intéressant, Seigneur Commandant, et je suis persuadée que – si vous viviez en ville plutôt que dans cette forteresse et que vous n'aviez pas fait vœu de célibat – une dizaine de filles vous tourneraient autour pour attirer votre attention.

Sheffar, qui se trouvait alors assis auprès du prince, renchérit :

- Je suis certain qu'il y en aurait une centaine, Et aussi une centaine de filles dans ses appartements.

Essayant de garder son sang-froid face à la Lux Baiula, Toras répondit :

- D'abord, *Sheffar*, j'suis pas fait pour ferrer cent femmes, même si je le pouvais. Mais lorsque j'ai accepté ce commandement, j'ai fait un serment – comme nous tous, et vous savez pourquoi nous le faisons.
- Oui, oui, mais ça ne fait pas de mal de rêver.

Laiella ignora la réponse de Sheffar et dit à Toras :

- Ce que j'aimerais comprendre, c'est comment vous pouvez accepter de respecter un tel serment pour quelque chose que l'on vous a obligé à faire.
- Les Lux Baiulae sont aussi célibataires, non ?
- La plupart d'entre nous, oui, mais pas à cause d'un serment ; plutôt par choix et par, eh bien, par convention.

Sheffar hurla :

- *Par convention !?*

Laiella lança un regard noir à l'officier :

- Les conventions maintiennent l'ordre tout autant que les lois et les serments.

Elle fit une pause, attendant une réponse, puis reprit :

- Quoi qu'il en soit, ce qui est mal vu, c'est d'entretenir une relation avec un homme, pas d'avoir une petite aventure.
- Toras demanda dans un grognement amusé :
- Une p'tite aventure ?
- Oui, une petite aventure. En tout cas, c'est ainsi que nous, les Bréminois, appelons cela. La montée subite d'émotions, le sang qui afflue d'un seul coup, l'hypersensibilité, c'est très agréable et pas du tout risqué, puisqu'il n'y a pas copulation.
- Pas –, cria le secundus.

- Sheffar, allez-vous continuer à réagir comme un enfant ? demanda la prima.

Toras décida d'intervenir, afin d'éviter au secundus une humiliation sans appel :

- Le secundus est tout simplement très expressif, Prima ; j'suis certain que vous avez fini par vous en rendre compte. Quoi qu'il en soit, nous devrions passer à des choses plus sérieuses.

Laiella acquiesça en grognant, mais pas avant d'avoir lancé un autre regard méprisant au secundus.

Toras demanda :

- Comment vont les préparatifs de notre prochaine attaque de bourras ? Et est-ce que quelqu'un dans la Sororité a fini par localiser le Scytale ?

Le secundus Sheffar se racla la gorge plusieurs fois et dit :

- Tout est prêt, Commandant, à part les lincots. La nouvelle meute aurait déjà dû être là, mais ils sont apparemment tombés malades. Maréna Lux Baiula a dit qu'elle pourrait sans doute les ramener avec elle dès le Premier jour.

- Très bien, et pour le Scytale, Prima ?

- Personne ne l'a ressenti au cours des deux derniers mois. Certains se disent qu'il est simplement parti, qu'il s'en est retourné là d'où il venait.

- Vous y croyez, vous ?

- Non, pas vraiment, répondit Laiella avec un mépris évident. Lorsqu'un ennemi disparaît, cela signifie la plupart du temps qu'il rassemble ses forces pour frapper plus fort. Et comme il n'a pas encore attaqué le sud de l'Alvinorie ni les villes et les villages à l'ouest des montagnes, je suis persuadée qu'il va revenir.

- C'est tout à fait mon avis, dit Toras.

- Mais, s'exclama Sheffar, comment pouvons-nous nous préparer si nous n'avons pas la moindre idée de ce que mijote le Scytale ?

La prima poussa un grand soupir et dit :

- Je ne sais pas comment nous pourrions nous préparer à affronter de nouvelles choses, à part en nous entraînant mentalement à calmer nos nerfs et physiquement pour garder forme et agilité. Nous pouvons également continuer à affûter nos compétences en matière de défense et d'attaque contre les bourras. J'aimerais juste qu'il existe un moyen de nous entraîner à combattre le Scytale.

Toras cria en pointant le doigt vers Laiella :

- Exactement ! C'est ce sur quoi j'travaille en secret depuis les derniers quarts.

Sheffar et Laiella lui adressèrent le même regard interrogateur.

- Oui, en secret. Comme Sheffar le sait bien, l'un des problèmes que nous avons rencontrés quand nous avons affronté le Scytale, était que lorsque la bête fondait sur les soldats, ils se figeaient et s'laissaient attraper. J'ai donc demandé à notre charpentier de créer un faux Scytale, même taille, même poids – selon nos estimations – pour nous exercer à le combattre.

Le secundus et la prima clignèrent des yeux en même temps. Laiella dit :

- Je me demandais pourquoi les hommes étaient aussi excités ce matin ; ils regardaient tous en direction de l'atelier comme s'ils s'attendaient à en voir sortir une bellique. Le maître Néros était-il en train de tester sa reproduction ?

Toras esquissa un sourire malicieux :

- Tout à fait. Et j'pense que tu vas aimer assister aux exercices ce matin. En fait, les premiers gardes vont être mis à l'épreuve dans… dix-sept minutes.

- Sheffar rugit :

- Dix-sept minutes ?

- Oui. Prima, vous m'accompagnerez. Secundus, veuillez demander confirmation au sujet des lincots. Nous avons besoin d'eux pour notre prochaine attaque contre une nouvelle horde de bourras.

Laiella fronça les sourcils, méfiante. Elle ne dit mot, mais se demandait quelle folie Toras était en train de mijoter.

Alors qu'ils descendaient les marches principales de la forteresse, le prince prit le temps de s'imprégner de la nouvelle apparence du donjon. Plusieurs tours ainsi que de grands pans du parapet avaient été détruits par le Scytale lors de son attaque quatre mois auparavant. Cette destruction avait terrorisé les résidents de la forteresse, car la structure était censée être imprenable, éternelle ; elle avait été érigée par des maçons luciens et renforcée par les pouvoirs du Lien. Pourtant, le Scytale avait réussi à la démolir.

Urbs Lucis avait envoyé ses maçons et quelques Cordons jaunes pour la reconstruire, mais il n'était pas certain que les Alterintrants d'aujourd'hui fussent aussi puissants que ceux qui avaient bâti la forteresse originelle autrefois. Et la forteresse avait été non seulement reconstruite, mais aussi renforcée – du moins d'après les dires de la vieille ingénieure de l'obédience jaune. En effet, la Cordon jaune avait appris à la suite des batailles de Col de Corne et de Furanville que les boucliers reliés *pouvaient* repousser le Scytale. Les maçons avaient donc reçu l'ordre d'enduire la surface des murs d'un minerai magnétique spécial que les Lux Baiulae avaient ensuite activé pour créer un bouclier permanent en disant que cela *devrait* – un devrait qui ressemblait davantage à un *pourrait peut-être* – repousser le Scytale lors de sa prochaine attaque, car il y *aurait* une nouvelle attaque.

Toras était heureux, néanmoins, de voir la forteresse réparée, y compris ses propres quartiers situés au deuxième étage de l'imposante structure. Elle avait résisté à l'épreuve du temps pendant près de cinq cents ans maintenant, elle allait bien pouvoir tenir quelque cinq cents ans de plus.

Elle pourrait peut-être même rester encore mille ou dix-mille ans ? Ce serait bien. Quoique des géologues de l'Ordre disent que les montagnes vont poursuivre leur élévation rapide, ce qui détruira la forteresse bien avant mille ans, qu'elle ait été renforcée par le Lien ou non.

Cette pensée attrista le prince, mais un nouveau sourire illumina son visage lorsque les disciples du maître Néros ouvrirent les grandes portes de l'atelier – une énorme bâtisse – et laissèrent apparaître le maître charpentier marchant à reculons et donnant des instructions à huit gardes et autant de furans qui tiraient et poussaient respectivement le faux Scytale dans la cour au milieu d'un mélange de cris d'encouragement et de gémissements.

La chose était à la fois magnifique et terrifiante. La reproduction était suspendue dans les airs par les bras d'une gigantesque balançoire. L'engin, en soi, n'avait rien de surprenant pour un maître charpentier. Ce qui était en revanche assez extraordinaire c'était la ressemblance remarquable qui existait entre l'original et la réplique : le maître Néros avait utilisé un cadrage de bois lourd dont il avait recouvert toute la surface de cuir. Il avait même sculpté la tête et le visage de sorte que la machine – si ce n'était qu'elle était inanimée – aurait pu passer pour le vrai Scytale.

Des exclamations s'élevèrent de l'assistance, même si quelques soldats restèrent droit, observant la scène les mâchoires contractées et les poings serrés – tout en ayant conscience de l'absurdité de leur réaction – tandis que la reproduction sortait par les portes de la forteresse. En soufflant et poussant, les hommes et leurs furans allèrent déposer la construction à trente mètres d'un grand étang situé à mi-chemin entre la forteresse et le village de Col de Corne.

Laiella lâcha :

- C'est vraiment très impressionnant, Commandant. Avez-vous demandé au maître Néros de faire cela ?
- Oui. Je voulais que l'entraînement soit le plus réaliste possible. Je lui ai demandé de reproduire non seulement les traits de la bête, ses griffes et tout le reste, mais aussi le poids estimé de la créature afin qu'elle tombe en piqué une fois lâchée de sa position de départ. Il a

également ajouté des engrenages pour qu'elle puisse se déplacer latéralement pendant sa descente ; je veux que les soldats aient vraiment peur lorsqu'elle descendra.

Laiella écarquilla les yeux. Ils *auront* peur. Même elle pouvait sentir ses poils se hérisser tandis qu'elle scrutait la chose. Elle demanda en quoi consistait l'exercice.

- Vous le saurez – dès que les hommes seront là. Et quand nous aurons terminé notre exercice, nous irons les entraîner dans les airs contre une projection de Lina Lux Baiula.

Cette fois, Laiella rejeta sa tête en arrière. Qu'est-ce que Lina aurait pu préparer sans qu'elle en soit au courant ?

Toras déchiffra sa question et dit :

- Lina m'a confié il y a quelques quarts qu'elle était douée pour créer des *projections* d'objet de presque n'importe quelle taille. Cela m'a donné une idée, et lorsque je lui ai demandé si elle pouvait le faire, elle m'a répondu oui et s'y prépare depuis.

- J'aimerais tout de même savoir ce que vous avez fait faire à l'une de mes Sœurs sans que je le sache, Commandant.

- Elle va générer une représentation du Scytale et simuler un combat aérien, répondit Toras avec un sourire mystérieux. Nos gardes courront un danger moindre qu'en affrontant cette reproduction, mais Lina a dit qu'elle pourrait brûler quiconque s'en approcherait. J'ai assisté à quelques essais et c'est pyrotastique.

Laiella leva un sourcil et dit :

- Commandant, vous auriez dû me prévenir.

- Pardon, Prima, mais vous avez été très occupée ces derniers quarts. Quoi qu'il en soit, je suis certain que vous auriez été d'accord.

Cette réponse n'apaisa pas Laiella. Au lieu d'afficher son habituelle expression de glace, elle laissa transparaître son agacement. Toras était commandant de la forteresse, mais cela ne lui donnait pas le droit de commander les Sœurs de sa troupe, sauf lors des combats militaires.

Un sifflement de mécontentement se frayait un chemin dans la gorge du commandant quand les tabellarii l'interrompirent en faisant résonner l'appel au rassemblement.

Les hommes se regroupèrent quelques mètres derrière la reproduction du Scytale, à mi-chemin entre elle et l'étang. Toras se dirigea vers eux et se plaça juste au-dessous de la colossale structure. Les hommes échangeaient à voix basse avec incrédulité ou provocation ; si cette chose lâchait à cet instant, leur commandant serait tué avant d'avoir pu réagir ni même réaliser ce qui se passait.

Un peu plus loin, on voyait les villageois sortir de chez eux, pointer la structure du doigt et discuter en pleine effervescence.

Lorsque Toras exposa l'objectif d'entraînement et la manière dont ils allaient procéder, certains avalèrent leur salive, remuèrent les pieds et firent de leur mieux pour éviter de paraître nerveux. N'étaient-ils pas soldats de la garde la plus courageuse de toute l'Alvinorie ? Mais, malgré leur témérité innée et l'entraînement intensif constant qui étaient censés les immuniser contre la peur, nombre d'entre eux avaient toujours des séquelles consécutives à l'attaque de la forteresse, quatre mois auparavant : ils sentaient leurs estomacs se nouer à la vue de la reproduction suspendue au-dessus d'eux. Voir leurs camarades grimacer et les entendre taper des pieds ne les rassura pas.

Après que la première escouade eut pris position au point d'intersection de la trajectoire de la machine, le seigneur commandant Toras dit :

-   Dressez boucliers ! Rappelez-vous que vos boucliers ont été transformés pour que les poignées cassent si le Scytale les attrape, donc je m'attends à ce que vous les teniez jusqu'au dernier moment pour protéger les archers.

- Archers, vous avez le devoir de transpercer cette chose avec autant que flèches que vous pourrez tirer jusqu'à ce que vous puissiez voir ses pupilles.
- Bien entendu, je m'attends à ce que vous vous baissiez lorsque cela sera nécessaire si vous ne voulez pas finir à l'infirmerie.

Quand il eut terminé, Toras ne donna pas à ses soldats l'ordre de se tenir prêts – dans le but de rendre l'entraînement plus efficace, il misait sur l'effet de surprise. Tendus, les soldats l'observèrent les sourcils froncés : Toras ferma les yeux, se mit à compter et à écouter la clenche que le maître Néros déverrouillait alors à distance, sans être vu.

Le bruit de l'air soudain fouetté par le colossal fac-similé et le crissement des bras contre le cadre firent sursauter tout le monde, même les plus courageux. Certains eurent le réflexe de reculer ; d'autres restèrent figés. Mais, obéissant aux injonctions désespérées de leurs camarades et suivant l'exemple des vétérans, les boucliers se levèrent et les flèches se mirent à voler. Lorsque la reproduction se détacha de la structure et vola au-dessus de la tête des soldats pour atterrir dans un grand fracas au milieu de l'étang, un tonnerre de cris d'émerveillement et d'imprécations s'éleva. Le spectacle n'avait duré que seize secondes, mais il avait épouvanté certains soldats et enthousiasmé les autres. Si un mort s'était trouvé sous le gigantesque engin oscillant, il se serait réveillé.

Deux gardes gisaient au sol, inconscients. L'apprenti médecin se rua sur eux. Tous les soldats échangeaient des regards, blasphémant et jurant, et essayaient par tous les moyens de calmer leur cœur en riant. Ceux qui se contentaient pour l'instant de regarder secouaient la tête, redoutant ou bien attendant impatiemment le moment où ils devraient affronter la chose à leur tour.

Laiella regarda Toras d'un œil horrifié, toujours sous le choc de ce qui venait de se passer sous ses yeux. Elle murmura d'une voix glacée :

- Commandant, dans quel but venez-vous de perdre deux hommes ? Cet exercice *insensé* était-il vraiment nécessaire ?
- Ce n'est pas un exercice insensé et il est plus que nécessaire. Nous avons perdu de nombreux hommes ici comme à Furanville lorsque la bête les a arrachés des parapets pour les précipiter au sol ou pour les avaler. Si cela a pu arriver, c'est parce qu'ils se sont *figés*, ou parce qu'ils n'ont pas lâché leurs boucliers lorsque les griffes du Scytale les ont attrapés. Ils ont donc besoin d'apprendre à maîtriser leur esprit *et* leur corps face à la créature, et ça – Toras montra la machine – c'est le meilleur moyen – le seul – d'y arriver.

Laiella cessa de protester, en tout cas devant les hommes. Et le prince avait raison quant à la nécessité de mettre les nerfs des troupes à l'épreuve. Mais elle aurait pris le temps de les préparer à cet exercice. La technique de Toras leur avait fait courir le risque de se blesser gravement ou même de mourir. Elle lui en parlerait plus tard, mais pour l'instant, elle poussa un grognement et dit :

- Pourquoi ne nous entraînons-nous pas avec eux ?
- Est-ce que je me suis figé lorsque le Scytale s'est approché de moi ? Est-ce que *vous* vous figeriez ?
- Non, mais là n'est pas la question. Je préfèrerais que personne ne meure au cours de l'exercice, et si nous nous entraînions avec eux, nous pourrions les accompagner et nous assurer que personne ne se fige et que chacun se baisse, comme vous l'avez demandé, au dernier moment.

Toras jeta un œil derrière lui, ennuyé, mais, comme Laiella insistait, il céda. À ce moment, le maître Néros cria à tout le monde de s'écarter du chemin pour que la reproduction puisse être remise en place, et Toras rappela ses hommes.

- Soldats, cette peur qui vous envahit encore lorsque vous vous trouvez face à la vraie créature s'empare de vous-même lorsque vous voyez sa simple représentation inanimée. Nous continuerons donc à nous entraîner de cette manière, tour à tour, jusqu'à ce que chacun de vous ait vaincu sa peur. J'espère aussi que vous ne serez pas nombreux à devoir aller à l'infirmerie. Pour m'en assurer, ajouta Toras après avoir jeté un regard à Laiella, la prima et moi nous entraînerons à vos côtés chacun notre tour. À présent : équipe suivante, regroupez-vous !

Le commandant et son officier passèrent le reste de la journée – ne s'arrêtant que pour se restaurer – à montrer aux hommes quand et comment se baisser pour rester en sécurité, et à les encourager à demeurer à leurs postes lorsque la reproduction fondait sur eux.

L'entraînement avait été éprouvant pour tous, et plus particulièrement pour Toras et pour Laiella, car – avec une garde de mille hommes et des équipes de cinquante hommes – chacun d'eux avait dû faire dix tours et le sixième avait failli coûter une épaule à Toras. Après cela, il avait dû demander aux hommes de se baisser quelques secondes plus tôt qu'auparavant. Mais à la fin de l'exercice, Toras était convaincu que ses hommes étaient mieux préparés qu'avant.

Les soleils commençaient à se coucher. Le soleil bleu était légèrement devant son jumeau rouge, à la fin de cet entre-quart, alors que le premier quart d'ardar approchait, quart au cours duquel le soleil bleu allait devancer son jumeau rouge de presque une heure. Les hommes attendaient impatiemment qu'on leur serve le repas, installés dans le champ bordant l'étang. En effet, le prince avait demandé aux cuisiniers de venir servir le repas ici, pensant que le fait de devoir manger sous l'imposante et lugubre représentation du Scytale qui pendait au-dessus de leurs têtes, presque vivant dans la lumière des soleils couchants, aiderait les soldats à s'en affranchir.

La plupart des soldats avaient déjà commencé à l'ignorer après l'avoir surveillé à plusieurs reprises. Mais il en restait encore qui devaient contenir des frissons d'horreur chaque fois qu'ils jetaient un œil furtif à la créature factice. Cette machine leur rappelait la véritable créature qui avait emporté leurs camarades et qui avait bien failli leur coûter la vie à eux aussi. Peut-être que la peur ne pourrait jamais se dissiper pour ces quelques soldats.

Mais ils auraient encore l'occasion d'affronter leur peur ce soir, car un autre exercice était en cours de préparation. En effet, le prince s'était entendu avec Lina Lux Baiula pour poursuivre l'exercice à la tombée de la nuit, car c'était le moment de la journée que le Scytale affectionnait particulièrement.

À cet instant, le clairon sonna la corne et tous, à l'exception des deux soldats blessés qui se trouvaient à l'infirmerie, se dressèrent emplis d'appréhension ou d'impatience à l'idée de connaître le nouvel exercice un peu fou que leur commandant leur avait préparé.

Machinations sur la Terre

De sa voix toujours aussi exquise et modulée avec une précision parfaite, la bimillénaire Alia, impératrice de la Terre et de ses colonies, et sauveuse de l'Humanité, dit :
- J'ai reçu un message, ce matin, m'informant que la Brigade de détection des menaces a intercepté plusieurs communications au cours des derniers mois. Ces communications faisaient référence à quelque chose appelé – Alia s'interrompit pour ménager un effet – le Plan Morphosis. Avez-vous déjà entendu parler d'un tel plan dans nos gouvernements ?

Genghis ne répondit pas immédiatement ; il attendit peut-être une demi-seconde en regardant du coin de l'œil son ministre des Sciences. Mais c'était sans doute déjà trop long. D'une voix moins parfaite que celle d'Alia, mais toujours finement maîtrisée, il répondit :
- Hum, le Plan Morphosis. Ça me dit quelque chose. Je crois que j'en ai entendu parler sur Gunick, lors d'une inspection des troupes là-bas.

-   C'est vrai ? Et vous vous souvenez de quoi il s'agissait ?
    De quoi *retourne* ce plan ?

Genghis se mit alors à maudire les réactions naturelles de son corps encore partiellement biologique. Comment y avait-il pu se produire une fuite sur le nom de ce plan ? Comment ?! Le général cessa de s'interroger ; il était habitué aux insinuations d'Alia et savait, après les vingt-trois siècles passés à ses côtés – si l'on ne tenait pas compte des trois-cents ans passés en bannissement sur Encelade après sa première tentative de conquérir cette planète qui l'intéressait toujours –, qu'il fallait lui répondre immédiatement pour l'empêcher de voir clair sous sa surface synthétique.

-   Je crois qu'il y a un rapport avec ce que certains
    scientifiques ont découvert là-bas – ou sont sur le point
    de découvrir, en tout cas – une nouvelle technologie de
    terraformation.

Genghis se tourna vers son ministre et fronça les sourcils comme il le faisait souvent pour alerter l'homme avant de lui poser une question qui n'était pas prévue. Lorsqu'il vit l'homme engager sa mâchoire inférieure vers l'avant, il dit :

-   Thabo, te souviens-tu de notre visite avec le Grand
    ordonnateur de Gunick, le mois dernier ? Qu'est-ce qu'il
    nous a raconté sur ce plan ?

Thabo sentit son cœur se serrer. Cela faisait si longtemps qu'il craignait une telle fuite. Il se racla la gorge plusieurs fois pour se donner le temps de réfléchir à sa réponse. Comme Gunick avait effectivement pour projet d'explorer de nouvelles façons de terraformer de petites planètes – sous un autre nom toutefois – il se sentait assez à l'aise pour assister le mensonge du général, mais sa réponse devait absolument être capable de détourner l'attention de l'impératrice de leur véritable plan. Pourtant, l'idée de mentir l'inquiétait beaucoup et il espérait qu'Alia attribuerait cette inquiétude au malaise habituel qu'il ressentait en sa présence. Après s'être raclé la gorge une dernière fois, il répondit :

- Impératrice, le plan est en effet destiné à enquêter sur de nouvelles technologies de terraformation… mais le projet en est à ses balbutiements, et le nom du projet n'est pas encore fixé. En réalité, il a connu cinq noms différents jusqu'à présent, tou–
- Cela n'a aucune importance, cher Ministre.

Puis, s'adressant à nouveau à son général, Alia poursuivit :

- Mais pourquoi n'en ai-je jamais entendu parler avant ? Pourquoi cela semble si secret ce ne soit jamais apparu dans les dépêches quotidiennes que je reçois, et pourquoi n'existe-t-il aucune communication officielle à ce sujet ?

Genghis sentit son corps se tendre, mais il parvint à se convaincre de se calmer, et son visage retrouva son professionnalisme habituel. À cet instant, il aurait aimé avoir transféré son cerveau dans un corps entièrement synthétique – tout comme Alia le lui avait déjà conseillé à plusieurs reprises, même si elle préférait qu'il transférât son esprit dans un cerveau positronique – afin de ne pas risquer la trahison de ses muscles crispés. Il répondit :

- Impératrice, vous connaissez les Gunickains ; c'est une petite planète peu sûre de la périphérie de la galaxie, et je suis persuadé qu'ils veulent d'abord être certains de leur découverte avant de l'annoncer de manière officielle.
- Peut-être, et ils ont déjà été très cachotiers à propos de broutilles dans le passé. Quoi qu'il en soit, essayez, s'il vous plaît, d'obtenir de plus amples informations sur ce plan et présentez-moi ce que vous aurez trouvé demain. De mon côté, je veux m'assurer que cette nouvelle technologie – lorsqu'elle sera active – ne sera pas diffusée sans mon consentement. Je me moque de ce qu'ils peuvent faire de l'autre côté de la galaxie, mais je ne *voudrais pas* que leur technologie soit utilisée pour abîmer des planètes proches de la nôtre et qui présentent un certain intérêt pour moi.

Genghis savait maintenant comment éviter les chausse-trappes et retomber sur ses pieds. Il lui répondit :

- Je vais me renseigner, Impératrice, et vous transmettre tout ce que vous devez savoir sur leur technologie. Mais comme l'a dit Thabo, le projet n'en est qu'à ses balbutiements, donc loin d'aboutir pour le moment – si tant est qu'il aboutira un jour.

Alia acquiesça au commentaire de son général et sortit sur le balcon. Elle faisait souvent cela lorsqu'elle trouvait une conversation désagréable, peut-être pour le simple plaisir d'admirer la capitale de l'empire, Nouvelle Rome, sur le sommet le plus haut du continent eurasien, et qu'elle trouvait toujours magnifique malgré la désolation qui régnait sur le reste de la planète. Elle laissa échapper une sorte de rire en se rappelant que nombreux – y compris Genghis –se demandaient si elle était encore capable de ressentir quoi que ce fût.

En regardant l'impératrice, une pensée traversa l'esprit de Genghis : *Je dois absolument discuter avec Thabo dès la fin de cette rencontre. La fuite doit provenir de son service : il faut trouver le coupable et l'éliminer.*

Désirant continuer à admirer la vue – qui n'était pas devenue lassante malgré les siècles –, mais ne voulant pas crier sa question, Alia adressa un envoi électronique à Genghis et à Thabo.

Genghis fit la grimace, car si sa voix « naturelle » était parfaite et mélodieuse, ce qu'il entendait lorsqu'elle communiquait à l'aide de sa puce électronique était au contraire très désagréable.

- *Général, Ministre,* envoya-t-elle, *comment allez-vous faire cesser la révolte sur Kepler ?*

Genghis se tourna vers Thabo et lui demanda comment il allait s'y prendre. Il s'agissait d'une question dont ils étaient venus parler et à laquelle ils s'étaient longuement préparés.

Le ministre des sciences se racla la gorge avec encore plus de nervosité cette fois, car, d'une certaine manière, le sujet était encore plus près de leur réel objectif que le nom de leur plan saisi au vol par la BDM.

Genghis n'avait plus aucune patience à l'égard de son ministre et s'attendait à ce qu'Alia exprimât rapidement sa propre impatience. Il la regarda et remarqua qu'elle tapotait son index sur la balustrade. *Comme c'est bizarre. Je ne l'ai jamais vue exprimer physiquement ses émotions.*

Lorsqu'il entendit Thabo se racler encore la gorge, il lui envoya un coup de fouet électronique.

Cette fois, l'impératrice envoya un « Eh bien ? » haut et fort par le haut-parleur de son bureau.

Thabo lui répondit par sa puce cérébrale :

- *Pardon Impératrice, je… je ne me sens pas très bien aujourd'hui.*
- *Je me demande, envoya Alia, si le ministre Thabo est toujours capable d'accomplir ses devoirs, Général. Je me demande également pourquoi vous avez besoin qu'il se charge de vos envois.*
- *Chère Impératrice, je vous assure que Thabo nous est encore très utile. Je peux probablement vous donner des informations moi-même, cependant il s'agirait de banalités. Le ministre, de son côté, peut vous donner tous les détails que vous voulez.*

Alia envoya un soupir que la puce mentale traduisit sous forme de cri silencieux, puis envoya :

- *Si vous aviez transféré votre esprit dans un cerveau positronique, vous seriez capable d'y accumuler tous les détails.*

L'impératrice attendit une réponse qu'elle savait pertinemment ne jamais recevoir. Genghis était probablement en train de se mordre la langue, pensa-t-elle.

- *Enfin, vous pouvez y aller, cher Ministre. À moins que vous ne vouliez abuser de ma patience ?*

Thabo secoua la tête et soupira en silence, avant de commencer à informer la sauveuse de l'Humanité – qui représentait pour lui leur déesse et celle à qui il ne devait que la vérité – de leurs préparatifs pour mettre un terme à la révolte de Kepler, laissant de côté tout ce qui concernait leur mission en cours. Quelques mois auparavant, il aurait été incapable de le faire, mais Genghis *avait* presque réussi à le convaincre que le règne d'Alia était sur le point de s'achever, tout comme les dieux précédents de la Terre qui avaient eu leur règne superbe avant de céder leur place à de nouveaux dieux pour mener l'Humanité vers d'autres étapes. Mais quel nouveau dieu pourrait la remplacer si cela devait arriver ? Genghis n'avait fourni aucune réponse à sa question, sauf que l'Univers en fournirait forcément un, et l'esprit cartésien de Thabo avait du mal à apercevoir les signes d'une nouvelle divinité.

Pourtant, Genghis avait peut-être raison à propos d'Alia, et dans ce cas – si son déclin affectait son esprit de sorte qu'elle représentait une menace pour l'Humanité – alors ils n'avaient d'autre choix que de lui cacher leurs plans. Mais une déesse n'était-elle pas supposée tout savoir ? Peut-être que le simple fait qu'elle ne soit pas capable de voir qu'on lui cachait des choses montrait qu'elle était effectivement en plein déclin. Cette idée le rassura autant qu'elle l'inquiéta.

Thabo décrivit dans les moindres détails la nouvelle arme qu'ils allaient utiliser pour soumettre les insurgés de Kepler : ses effets, sa portée, ainsi que ses limites. L'impératrice était heureuse de savoir que l'arme ne causait que des blessures mineures lorsqu'elle était dirigée vers une personne en bonne santé. Le petit homme pensa alors que l'hypothèse selon laquelle l'impératrice devenait inapte à continuer à veiller au bien de l'humanité était peut-être fausse, et il jeta un coup œil au général en se demandant s'ils n'étaient pas en train de se fourvoyer. Mais Genghis ne remarqua pas son geste, et Alia remercia Thabo, puis se tourna vers le général pour connaître les détails stratégiques.

Le général donna des informations sur les commandants de la mission, les vaisseaux, les effectifs, et sur la disposition prévue des vaisseaux et des troupes partout sur la planète rebelle. L'impératrice ne parut pas apprécier ses réponses et demanda pourquoi cette mission requérait cinquante mille soldats. Genghis fronça les sourcils avec curiosité ; Alia savait combien il fallait de soldats pour les assauts terrestres. Pourquoi posait-elle cette question ? Le fait qu'il ne répondît pas l'incita à reposer sa question et – après un grognement assez fort – il expliqua quelle était la situation sur Kepler, rappelant à Alia qu'elle avait demandé à ce que l'on n'utilisât aucune arme de destruction massive. Il ajouta que le nouvel appareil développé par le ministre des Sciences, celui que Thabo lui avait décrit, nécessiterait un assaut terrestre, c'est-à-dire de nombreuses troupes.

Alia écouta tout cela avec attention, demandant de temps à autre à Genghis de confirmer telle ou telle chose, acquiesçant, puis lui demandant de poursuivre.

Tout cela était très étrange pour le général qui l'observait attentivement depuis sa place dans le bureau et qui avait hâte d'en finir avec cette réunion. Genghis l'avait vue se tenir là, sur le balcon, un nombre incalculable de fois, sa silhouette parfaite qui se découpait sous les lueurs intermittentes bleues, vertes et rouges de la capitale, pensant à des choses qu'elle était la seule à pouvoir comprendre. Mais malgré sa capacité de vision à grande échelle, elle avait mal apprécié une chose : la nature humaine. Et son angle mort lui avait coûté cher, à lui comme à tous ceux qui avaient un rapport de près ou de loin avec cette foutue planète.

Enfin, Alia lui demanda quand ils allaient partir et combien de temps prendrait la mission.

Genghis répondit que le départ était prévu d'ici un mois et que toute la mission – en cas de réussite – nécessiterait quelque six mois terriens, sans compter le voyage aller-retour vers Kepler.

Alia jeta un dernier regard vers la capitale tentaculaire, hocha la tête, rentra et se dirigea vers son siège. Elle n'avait pas besoin de s'asseoir, mais elle s'était rendu compte depuis longtemps que la plupart des humains – et Thabo n'y faisait pas exception – se sentaient plus à l'aise lorsqu'elle agissait comme un humain non modifié.

Genghis et Thabo attendirent patiemment que l'impératrice les libérât ou qu'elle passât à un autre sujet. Soudain, elle tapota à nouveau du bout des doigts. Genghis et Thabo se regardèrent d'un air tendu.

En utilisant sa voix, à présent qu'elle était près d'eux et qu'elle n'avait pas besoin d'avoir une conversation confidentielle – bien que cela n'allait probablement pas plaire à Genghis – Alia dit :

- Cher Ministre, où en est la recherche sur la conversion ? Vos scientifiques sont-ils capables de reproduire la procédure qui a été utilisée pour transférer mon esprit ? Et ont-ils réussi à reproduire intégralement l'expérience sensorielle des corps organiques ?

Le visage de Genghis se tordit pour exprimer un rictus ulcéré. De quel *droit* Alia se permettait-elle de discuter de ce genre de sujet sans lui en avoir parlé ?

L'impératrice s'en rendit compte et dit :

- Genghis, j'ai peur que ce que nous avons créé ne s'étiole rapidement si nous ne faisons rien. Je connais votre opinion sur le sujet, mais cette procédure est nécessaire à la survie de l'empire.

Alia guettait les signes d'accord, de désaccord et d'incertitude. Persuadée d'avoir remarqué des signes de doute, elle ajouta :

- Je sais ce que tu veux, Genghis, et je ne te forcerais pas à subir une conversion si la technologie ne te permettait pas de vivre l'expérience à laquelle tu aspires.

Elle sait ce que je veux ? Elle n'a aucune idée de ce que je désire ! Je veux arriver au bout *de ma vie ; la finir comme un véritable être humain ; pas continuer à vivre pendant mille ans pour profiter des plaisirs de la chair !* Genghis essaya de se calmer, mais sa voix s'étrangla lorsqu'il voulut rétorquer.

Alia leva sa main pour l'arrêter.

Passant de la communication vocale à la communication mentale, Alia dit :

- *Que tu t'en rendes compte ou non, Genghis, je m'inquiète de ton bonheur, et je sais que le fait de demeurer dans cet état plus longtemps risque de te conduire à reproduire l'erreur que tu as faite il y a longtemps, lorsque tu as essayé de t'emparer d'une certaine planète. Je ne veux pas que tu t'engages à nouveau dans cette voie. Pas maintenant. Pas avec les tensions croissantes et le mécontentement qui règnent dans l'empire.*

Genghis dut faire appel à toute sa maîtrise pour ne pas avouer la vérité à l'impératrice. Il était heureux qu'elle utilisât la communication mentale, car si elle avait exprimé ses doutes à voix haute, Thabo lui *aurait* tout révélé.

Pourtant, même si le ministre des Sciences n'*avait entendu* qu'un grand silence au cours de la dernière minute, il savait en voyant la réaction du général, que leurs échanges mentaux n'avaient pas été plus agréables que leurs échanges vocaux.

Retournant à la communication orale, Alia dit :

- Ce sont les raisons pour lesquelles je m'adresse au ministre, Général.

Genghis comprit qu'à moins d'affronter Alia ici et maintenant, il n'avait d'autre choix que de se prêter à la mascarade, pendant que Thabo commençait à expliquer l'état des lieux de la science. En effet, il n'était pas du genre à faire des paris et il n'était pas sûr de gagner le combat s'il affrontait Alia.

C'était une bonne chose pour Genghis que ses dents fussent faites en zirconium, sans quoi il aurait sûrement cassé ses incisives en écoutant Thabo vanter nerveusement les progrès de la technologie de conversion à l'impératrice.

Après dix minutes insupportables au cours desquelles Alia demandait des informations complémentaires et Thabo les lui donnait avec toujours plus de malaise, Genghis s'éloigna de la conversation et tourna ses pensées vers la mission de Kepler, de là où il emmènerait ses troupes vers sa destination réelle – si le destin le lui permettait.

Une Projection

- Très bien!, cria Toras, le prochain exercice est réservé aux furaniers : les autres peuvent se détendre et regarder.

La plupart des soldats se détendirent pendant que les deux-cents furaniers répondaient avec une grimace.

- Vous affronterez l'ennemi dans les airs, ce qui veut dire que vous aurez l'occasion, vos montures et vous, de dompter votre nervosité cette fois.

En guise de réponses, les hommes hurlèrent de nouvelles questions sur les capacités de vol de la reproduction en bois.

Toras se retourna pour regarder Lina au moment où elle s'approchait de lui. Il pivota vers les hommes et dit :

- Lina Lux Baiula va générer une illusion du Scytale afin que vous vous entraîniez au combat aérien contre lui. Elle va vous expliquer ce qu'elle attend de vous.

Lina Lux Baiula projeta sa voix pour donner ses instructions. Comme elle n'était cependant pas aussi douée qu'Élia ou Élyana, les hommes situés dans le fond se plaignirent de ne pas l'entendre. Alors elle s'interrompit pour réessayer, mais cette nouvelle tentative entraîna une déformation étrange de sa voix. Elle grommela, puis décida d'utiliser une méthode plus traditionnelle : en criant.

- J'utiliserai une liaison sonactique, dit-elle, pour recréer l'image du Scytale. Cette image bougera exactement comme la créature et fera exactement la même taille. Vos furans croiront qu'elle est réelle.

Les hommes échangèrent des regards généralement dubitatifs et parfois curieux.

- Si vous touchez cette illusion, vous pourrez être brûlés et blessés – enfin, légèrement.

Certains se crispèrent. Un homme demanda à un autre :

- Comment peut-elle savoir de quelle manière se bat le Scytale ? Elle ne l'a jamais affronté.

Si ses projections vocales étaient un peu faibles, son audition était au moins aussi bonne que celle des autres hommes, et Lina répondit :

- Je l'ai affronté, garde ; dans l'esprit du seigneur commandant Toras. Il m'a permis de l'observer, et j'ai vu ce qu'il a vu lorsque le Scytale a pris la forteresse d'assaut. Je n'aurai donc pas de difficulté à reproduite ses mouvements ainsi que ses traits de manière assez précise.

Quelques hommes la regardaient, impressionnés, tandis que d'autres échangeaient des commentaires puérils sur ce que la Sœur avait pu voir d'autre dans l'esprit de leur commandant. Le prince et la Lux Baiula les interrompirent d'un œil glacé.

Un jeune soldat demanda s'ils devaient dire à leur furan que le Scytale ne serait pas le vrai, ce à quoi Toras répondit :

- Je pense que cela n'a aucune importance ; leurs réactions seront les mêmes. Ils aiment déjà courir après une proie imaginaire ou combattre un ennemi fictif.
- Dans tous les cas, Bartus, ajouta un vétéran, je ne pense pas que ton furan comprenne un mot de ce que tu lui racontes.

Cette remarque déclencha une vague de rires.

Après avoir rappelé les hommes à l'ordre, Toras leur ordonna d'aller chercher leurs montures et de se préparer. Comme ils s'exécutaient, Toras appela Laiella et lui expliqua son projet pour ce dernier exercice. Laiella ne fit aucune objection cette fois.

Pendant ce temps, Lina Lux Baiula commença à imaginer le Scytale, et un sifflement surnaturel s'échappa de sa gorge. Comme sa liaison devenait de plus en plus puissance, la soie brune et noire qu'elle avait dispersée au sol commença à s'assembler pour prendre la forme de la créature, tournoyant autour d'elle et la cachant aux yeux des autres. Devant ce spectacle, les soldats, bouche bée, se disaient qu'ils étaient heureux de ne pas faire partie de ceux qui allaient affronter cette *chose*, tandis que ceux qui revenaient en compagnie de leurs furans se mirent à paniquer et à tenter de maîtriser leurs montures qui réagissaient avec inquiétude.

L'instant d'après, l'image du Scytale se mit à monter dans les airs, toujours avec le même sifflement surnaturel, ses ailes battant maladroitement alors que le vent dispersait les lambeaux de soie. Lina renforça sa liaison et la masse devint plus dense. Ses mouvements soufflaient à présent le vent au sol, le son profond de l'air faisait frissonner les hommes et angoissait les furans.

Toras regarda en direction de Laiella qui, sceptique, secouait la tête. Il dit :

-   Ça fait presque plus peur que l'original !

On entendit quelques soldats prévenir les autres que la Lux Baiula avait peut-être utilisé sa magie pour invoquer le Scytale lui-même.

Les civils, avertis de l'exercice et à qui on avait dit de ne pas s'affoler s'ils voyaient *un* Scytale apparaître au-dessus de la forteresse, observaient ce qui se passait depuis leurs nouvelles demeures, sacrant et espérant que le prince n'avait pas lâché une nouvelle créature sur eux.

Aux quatre coins de Col de Corne, on s'étouffait à la vue de l'apparition, tandis qu'une cacophonie de cris de bêleurs, de caqueteurs et d'autres animaux affolés s'élevait dans la lueur du crépuscule. Le prince, quant à lui, se frottait les mains d'impatience et ne cessait de regarder sa prima avec un sourire malicieux.

Laiella affichait un air à la fois surpris et comblé. Le prince était peut-être impulsif, mais il avait une capacité extraordinaire à penser hors des sentiers battus. Elle passa de Toras à sa Sœur et contempla la femme avec admiration.

Après avoir fait effectuer à la projection quelques essais de virages et de plongeons, Lina signala qu'elle était prête à démarrer l'exercice. Laiella tapa dans ses mains et ordonna aux quarante premières équipes furanes, sous le commandement de leurs secundi, de se mettre en position dans les airs.

Le prince observa la scène avec appétit, excitation et beaucoup d'émotion. Il pencha la tête vers Laiella et dit :

- J'aimerais tellement y être moi aussi !

Lorsque les équipes furanes furent en position, à une centaine de mètres à l'ouest de l'image, le secundus Yuuto cria d'en haut et Laiella ordonna à Lina de commencer.

Au début, les nombreux cavaliers, qui essayaient de maîtriser les impulsions de leurs montures sans savoir comment réagir face à la projection, empêchèrent leurs furans de bouger. Dès que l'image les toucha, ils ressentirent brûlures et coupures, et se mirent à jurer. La douleur les ramena à la réalité de l'entraînement et ils se préparèrent à affronter ce qui allait suivre.

Soudain, Lina fit plonger le Scytale en spirale et les secundi commandèrent à leurs hommes de se déployer ; les équipes se déplacèrent de haut en bas et de gauche à droite, mais celles qui bougeaient trop lentement furent à nouveau brûlées et tailladées.

Cette fois, Lina envoya sa projection le plus loin possible pour donner aux hommes le temps d'élaborer une stratégie, puis elle le fit revenir à vive allure. Les secundi tentèrent d'anticiper les déplacements de la projection et ordonnèrent à leurs hommes de partir dans l'une ou l'autre direction avant de se faire toucher. Mais encore une fois, nombre d'entre eux se brûlèrent lorsque Lina changea brusquement la trajectoire de l'image du Scytale. Ce manège continua pendant quelques minutes : chaque fois que le faux Scytale passait près des équipes furanes, le quart des hommes finissait tailladé ou brûlé. Toras et Laiella secouaient la tête en signe de déception. À ce rythme, après quatre raids, les effectifs seraient décimés face au véritable Scytale.

Ce ne fut qu'à la neuvième tentative qu'un secundus – plus à l'écoute de son furan que les autres – eut une idée. Il appela les autres officiers lors de la pause et leur confia son plan. Toras regarda Laiella, piqué de curiosité, lorsque les hommes semblèrent déployer plus d'énergie que d'habitude pour exprimer leur désaccord.

Après ce qui sembla à Toras quelques jurons de plus – il ne pouvait pas l'affirmer à une telle distance – les équipes se remirent en position ; le secundus Yuuto fit un signe de la main, et Lina lança sa projection à nouveau.

Cette fois, toutes les équipes parvinrent à éviter les brûlures et les blessures de la marionnette volante, et des cris de joie s'élevèrent de la terre jusqu'aux cieux. Les équipes furanes évitèrent complètement le Scytale encore deux fois, malgré les efforts de Lina pour déplacer la forme selon des séquences de virages impossibles. Toras hocha la tête, à la fois satisfait et intrigué ; dès que les hommes redescendraient, il devrait leur demander comment ils avaient soudain réussi à améliorer leurs réactions. Mais le moment était venu pour les équipes furanes d'attaquer l'image, et Laiella souffla dans la corne pour signaler le changement d'exercice.

Lina retint la projection à quelques centaines de mètres des équipes, contente d'avoir enfin l'occasion de tirer des carrés de sucres de sa poche. Lorsqu'elle reçut un nouveau signal, elle se remit à attaquer.

Les équipes firent cette fois onze essais avant de trouver comment faire, et, malgré les doutes de Toras et de Laiella qui pensaient que jamais elles ne seraient capables d'éviter la créature tout en l'attaquant, elles réussirent. Lorsque le premier groupe victorieux atterrit, il fut encensé de hourras et assailli de questions par les groupes suivants.

Les quatre derniers groupes eurent beaucoup plus de facilité à s'entraîner après avoir compris, grâce au secundus Yuuto, que le secret d'une bonne défense était de laisser aux furans la liberté totale de choisir leur manière de réagir. Pour ce qui fut de l'attaque, les hommes devaient expliquer aux furans ce qu'ils avaient l'intention de faire et les laisser ensuite libres d'ajuster leurs mouvements aux assauts et changements de direction dudit Scytale. Et, en effet, ce faisant, les furans furent à même d'ajuster légèrement leur vol tout en permettant aux soldats de viser la forme ou de la poignarder.

Lorsque ce fut le tour de l'avant-dernier groupe, Toras et Laiella les rejoignirent sur leurs propres furans, et s'entraînèrent eux aussi, non sans subir quelques brûlures et coupures, ce qui les exaspéra ainsi que leurs montures. Scratch vola comme un furan vole face à son ennemi le plus terrible, le pulvérisateur ailé, avec des changements de direction vertigineux et une réactivité formidable, concentré sur les informations essentielles uniquement, à l'exclusion de toute autre, y compris celles de son furanier. La troisième fois, Toras sentit son estomac se soulever ; il tira fort sur Scratch pour essayer de le stabiliser, mais cela les mit immédiatement sur la trajectoire de la marionnette reliée et tous deux subirent de grosses brûlures infligées par leur ennemi. Toras se rappela les instructions de Yuuto et lâcha la bride.

Après avoir accompagné dix troupes dans le premier exercice et quatre dans le second, Toras et Laiella étaient tous deux épuisés. Effondré dans son canapé, un verre de vin d'herbes à la main, le prince considérait à présent sa prima d'un œil plein d'espoir. Lorsqu'elle lui renvoya un regard satisfait, il avala d'une traite le reste du vin, fièrement avec un large sourire.

XI MISES EN ÉCHEC

Première tentative

Aithen était assis dans son antichambre en cette soirée tranquille lorsque de tristes souvenirs de jeunesse traversèrent son esprit. Il eut alors besoin de trouver quelque chose d'apaisant, et il se leva pour tirer sur la corde située près de son fauteuil en feuilles de lacora pour appeler Kildare. Le garçon entra l'instant d'après et demanda au prince de quoi il avait besoin.

- Pourrais-tu m'apporter un verre de Merotto, Kil ?
- Bien sûr, mon Prince. Le préférez-vous froid ou chaud ?
- Chaud. Apporte-le-moi sur le balcon s'il te plaît.

L'écuyer inclina la tête et s'éclipsa.

Lorsque Aithen fit coulisser la porte du balcon, la fraîcheur de l'air automnal l'enveloppa immédiatement. Cet air agréable, était chargé de senteurs provenant du lainetier en fleurs à cette époque de l'année.

Il marcha jusqu'au parapet de pierre entourant le balcon, s'y accouda et plongea son regard dans la mer. À cette heure de la nuit – la plus profonde –, le ciel était baigné d'une faible lumière mauve pâle. Cette lueur était suffisante pour jouer au ballon, ce que Toras et lui aimaient faire quand ils étaient enfants.

Aithen aperçut des ombres du coin de l'œil qui attirèrent son attention sur les appartements royaux. Intrigué, il tourna la tête. Sa curiosité se mua rapidement en panique lorsque des formes sautèrent sur le balcon des appartements de son père.

Qu'est-ce que c'est que ça ?

- Gardes ! La chambre à coucher du roi !

Aithen se précipita dans sa chambre, attrapa son épée dans le meuble jouxtant son lit, et sortit en courant, heurtant Kil qui, l'ayant entendu crier, venait le rejoindre.

- Mon Prince, que se passe-t-il ?

-   Kil ! Le roi et la reine se font attaquer. Réveille la garde.
    Vite !

Tandis que le cœur de Aithen battait la chamade, son esprit bouillonnait pour évaluer la situation. Les Cordons rouges devraient être capables d'arrêter les assaillants, non ? Et ses parents – s'ils se trouvaient tous deux dans la chambre royale – devraient être en sécurité, non ?

Pendant que Aithen se hâtait vers l'aile Sud, ses gardes personnels, Coris et Piros, le rejoignirent, et lui demandèrent ce qui se passait. Hors d'haleine, Aithen leur lança de brèves réponses sans ralentir. Une fois qu'ils eurent atteint l'entrée principale, entre les ailes Nord et Sud, ils furent accueillis par Harlion, qui avait été alerté par Kil. Le souffle coupé, Aithen cria :

-   Capitaine ! Envoyez-moi un autre homme ; placez-en
    vingt ici et déployez-en trente autres dans les jardins
    pour empêcher les agresseurs de s'enfuir. Vite !

Harlion ne prit pas le temps de répondre ; Aithen se pressait déjà dans l'escalier vers les appartements du roi. À présent, des hurlements s'élevaient et ameutaient tout le palais. Les serviteurs entrebâillaient leurs portes tout en prenant soin de rester dans leurs quartiers ; même si le palais n'avait pas été attaqué depuis des décennies, ils savaient qu'ils ne devaient pas encombrer l'espace.

Aithen s'arrêta devant les appartements royaux pour écouter, malgré le vacarme de son cœur qui tambourinait, et essayer de savoir ce qui se passait à l'intérieur avant de s'y engouffrer. Il n'eut pas de mal à entendre le bruit d'objets s'écrasant au sol et sur les murs. Aithen lança un regard anxieux à ses gardes et ouvrit les portes extérieures. Personne dans le bureau. L'entrée de la salle de garde, sur la droite, ouvrait sur une pièce vide. La porte de l'antichambre à gauche était aussi béante, mais la pièce était également vide.

-   Ils sont dans la chambre de mon père.

Aithen s'avança, tentant tant bien que mal de dominer son angoisse. Il essaya d'ouvrir la porte : elle était verrouillée.

- Nous devons emprunter le passage secret.

Les hommes acquiescèrent et suivirent Aithen. Ils sortirent des appartements en courant et tournèrent à gauche. Au bout du couloir, Aithen poussa une brique et une porte s'ouvrit en glissant. Ils entrèrent.

Lorsque Aithen ouvrit la porte intérieure et qu'il tira le rideau qui la dissimulait, son cœur s'arrêta : un agresseur tout de noir vêtu tenait sa mère, tandis que deux autres menaçaient son père et Julian, et que trois autres se battaient contre l'une des Cordons rouges. Almiar et Jashan, quant à eux, gisaient à terre. Derrière lui, Coris demanda où se trouvaient les autres Lux Baiulae.

Aithen haussa les épaules de désespoir et dit :

- Je vais aller aider ma mère. Toi, Piros, fais trois mètres sur ta droite et mets-toi en position pour aider mon père. Coris et toi…

L'homme lui répondit s'appeler Boros.

- Coris et Boros, continuez jusqu'au bout du mur pour aider Dana Lux Baiula. Quand je sifflerai, chargez !

Les hommes acquiescèrent et Aithen se dirigea vers la gauche, toujours derrière le rideau auquel les assaillants ne prêtaient pas attention. L'image de son père, debout, épée à la main, le visage féroce, traversa son esprit ; elle fut rapidement remplacée par celle de sa mère, une sorte de glaive sous la gorge, grimaçant d'effroi. Qui portait un glaive ? À sa connaissance, seulement les Barrières.

Sa mère et son assaillant n'étant plus qu'à un mètre de lui, Aithen jeta un œil de chaque côté pour vérifier la présence de ses hommes. Assuré qu'ils étaient en place, il prit une grande inspiration, siffla et attaqua.

En un éclair, il sauta sur le ravisseur de sa mère, glissa son bras droit sous celui de l'homme pour éloigner le glaive de la gorge de sa mère. L'homme se contracta sur-le-champ. Aithen poussa encore sur le bras de l'homme et lui enfonça sa dague dans le dos.

Voyant son ravisseur tomber, la reine ne se retourna pas immédiatement et Aithen paniqua. Il enjamba le corps de l'homme et saisit sa mère par les épaules. Elle ne bougeait toujours pas. Devant eux, c'était le chaos ; les assaillants étaient à présent encerclés par son père, les soldats et une Lux Baiula. Mais cela ne parut pas troubler les assassins qui continuaient à attaquer. Il y avait des tables cassées et des fauteuils en feuilles de lacora mollement étalés sur le côté.

Aithen regarda la reine consort affolé : lorsqu'il essaya de la pousser vers la porte secrète de la chambre et qu'elle résista, il hurla :

- Mère, ça n'va pas ? Tu n'peux pas bouger ?

Darya mit un moment avant de retrouver le contrôle de ses muscles, et lorsque ce fut le cas, elle faillit tomber mollement dans les bras du prince.

- Mère !
- Je… j'étais paralysée, mon fils. Ça va maintenant. Va aider ton père s'il te plaît.

Aithen poussa un soupir de soulagement discret et dit :

- J'y vais, mais tu dois sortir tout de suite.

Darya ne résista pas vraiment, bien qu'elle continuât de regarder le roi avec inquiétude. Aithen la fit avancer et la poussa par la porte secrète avant de rejoindre les autres.

En contrebas, dans les jardins, une douzaine d'hommes tapis dans les buissons attendaient la sortie des assassins, pendant qu'Harlion et une dizaine d'autres soldats ratissaient le domaine à la recherche de sentinelles ennemies. Irania et Mitsuko Lux Baiulae arrivèrent à ce moment du premier étage du palais, où se trouvaient leurs bureaux, et exigèrent qu'on les informât de ce qui se passait. Harlion leur répondit :

- Des assassins ont pénétré dans les appartements du roi. J'ignore combien ils sont, mais la garde prétorienne ainsi que les Barrières et maintenant le prince et quelques hommes s'y trouvent.

- Que faites-vous là ? demanda Irania affolée. Pourquoi
  n'êtes-vous pas là-haut en train de défendre le roi et son
  épouse ?
- Parce qu'ils sont déjà trop nombreux là-bas, et je pense
  qu'il y a au moins trois ou quatre autres assassins cachés
  quelque part dans les jardins du palais. Je vous conseille
  de retourner dans vos bureaux et d'y rester.

Irania lui adressa un regard glacial que la lumière violacée
de la lune rendit encore plus terrible.

Harlion se reprit et dit :

- Mais si vous préférez nous aider à fouiller le domaine,
  vous êtes les bienvenues.

Irania se tourna vers Mitsuko et lui demanda si elle arrivait à
communiquer avec l'une de leurs Sœurs là-haut, mais la femme
secoua la tête.

- Moi non plus, dit Irania. Nous devons vraiment trouver
  un meilleur moyen de nous connecter !

Une fois la frustration dissipée, sachant qu'elles ne
pouvaient rien faire pour aider ceux qui se battaient en haut,
Irania et Mitsuko acquiescèrent et tous partirent ensemble
fouiller le domaine.

Se mettant à la droite de son père, Aithen dit :

- Cela vous ennuie-t-il que je vous aide ?
- Pas du tout, fiston. La politesse n'a pas lieu d'être ici.

Leurs opposants les regardèrent éberlués quelques instants.
Julian et Piros, qui se tenaient à la gauche du roi, acquiescèrent
sans quitter leurs ennemis des yeux. Aithen désigna ensuite
Coris et les autres, et leur envoya Piros.

Aithen croyait qu'en étant à présent débordés en nombre, les
ennemis allaient fuir, mais il n'en fut rien. Les deux hommes
contre qui ils se battaient avaient l'air fâchés de l'arrivée de
renforts, mais ils semblaient avoir la ferme intention
d'accomplir leur mission coûte que coûte. Après s'être adressé
un signe de tête, le plus grand s'élança sur le roi et le prince,
tandis que le plus petit attaquait Julian.

Celui qui attaqua le prince et le roi était non seulement grand, mais il était aussi très musclé et extrêmement leste. En un instant, il se trouva à distance de frappe du roi. Aithen sentit son cœur défaillir, mais en voyant son père parer le coup, puis repousser l'homme, il ne put s'empêcher d'afficher un léger soulagement doublé d'admiration.

L'assassin s'en remit rapidement cependant et reprit sa position de combat, considérant Octavius avec un sourire narquois et ignorant Aithen. Soudain, il chargea, mais, au lieu de viser Octavius, il s'attaqua à la jambe de Aithen qui pivota à temps pour éviter une profonde lacération, mais pas la première entaille.

L'homme recula et recommença, riant cette fois au nez du père et du fils.

Près d'eux, Julian poussa un gémissement et s'effondra. Aucun des deux ne s'arrêta ni n'offrit à l'adversaire un instant de distraction. Il ne fallut pas longtemps avant que l'assassin qui avait terrassé Julian, un homme râblé aux yeux d'un vert mort, ne vînt se poster devant le roi.

Père et fils prirent chacun une profonde inspiration, se préparèrent et se jetèrent sur leurs adversaires respectifs.

Derrière eux, quelqu'un d'autre émit un râle. Troublé, Aithen perdit une seconde sa concentration, mais le surgissement d'un glaive devant lui canalisa rapidement son attention. Le prince répliqua par les mouvements automatiques d'un soldat bien entraîné, de manière encore plus rapide grâce à ses récents entraînements avec Tania. Pourtant, malgré sa réaction immédiate, la seconde d'inattention avait suffi à donner l'avantage à son adversaire et le glaive entailla son flanc droit. Le coup fut suivi d'un violent combat entre les deux.

L'assassin semblait penser que la chance était maintenant de son côté, et il tourmenta le prince jusqu'à le faire reculer. Après quelques parades, esquives et glissades, Aithen entendit son père gémir. Il jeta un œil dans sa direction tout en repoussant son ennemi et s'aperçut que son père commençait à fatiguer. Il décida alors qu'il devait mettre un terme au combat contre le géant. Il s'arrêta, les yeux rivés sur l'homme, le maintenant à distance avec son bras tendu. Il commença à fermer les yeux, voulant utiliser le Corae Sentiens, mais il ne se sentait pas encore suffisamment en confiance avec ses capacités sensorielles. À la place, il ferma les yeux à demi, inspira plusieurs fois profondément avec calme, puis, avec toute l'assurance que ses dernières années d'entraînement avec les meilleurs soldats de la garde royale lui avaient inspirée, il fit signe au colosse d'avancer. Au moment où la cuisse de l'homme se tendit, Aithen pivota et trancha la tête de l'homme.

De l'autre côté de la pièce, Dana se déplaçait comme un fantôme. Mais ses deux adversaires tout en noir n'étaient pas non plus des personnes ordinaires. Dana parait les coups à une vitesse incroyable et avec une immense précision malgré sa fatigue, et elle s'élançait vers eux de temps à autre, lorsque ses mouvements parvenaient à déboussoler ses deux opposants. Ses mouvements étaient si précis – ou peut-être avait-elle simplement de la chance – qu'elle réussissait à esquiver les coups de ses adversaires de quelques centimètres chaque fois. Si le combat avait été moins désordonné, elle aurait probablement pu se débarrasser seule de tous les hommes, mais il y avait trop de combattants dans un espace trop restreint, et elle ne pouvait pas se mouvoir convenablement ni frapper avec efficacité. Ses opposants échangeaient maintenant des œillades, commençant à ressentir l'épuisement de ce combat interminable. L'une des deux, une femme à la peau sombre, adressa un signe de tête à l'autre comme pour proposer une nouvelle stratégie. Dana en profita pour s'élancer vers l'homme qui se tenait sur sa droite avec une chorégraphie si bien synchronisée qu'il fut impossible à l'autre de réagir pour empêcher la lame d'atteindre son objectif. Elle se tourna ensuite pour faire face à la femme.

Le roi et le prince peinaient à affronter l'homme aux yeux vert-mort. L'assassin était exceptionnellement habile : il ne cessait d'esquiver leurs coups et de frapper dans des directions inattendues, se rapprochant toujours un peu plus du roi. À cet instant, l'homme réussit à éviter la frappe d'Octavius et à se glisser sous l'épée de Aithen.

Le temps de se retourner, le prince vit l'homme s'élever d'un coup et lui asséner un coup de haut en bas. Le coup fut violent et secoua Aithen. Sans perdre une seconde, l'assassin aux yeux verts s'apprêtait à recommencer pendant que Aithen se préparait à parer un autre coup venant du dessus ; mais le tueur descendit soudain son bras et entailla le mollet de Aithen, celui de sa jambe en avant, celle que le géant avait déjà blessée. Aithen cria et s'effondra au sol.

L'homme se retourna rapidement vers le roi.

Octavius tenta de toucher l'assassin avant que ce dernier eût terminé son tour, mais l'homme recula au dernier moment. Manquant sa cible, Octavius frappa un pesant piédestal d'ardamantis. La puissance de l'impact provoqua une douleur qui irradia dans tout son bras ; le roi gémit.

N'attendant pas que le roi récupérât, l'assassin s'approcha et brandit son bras vers lui. Octavius perçut alors la consigne impérieuse de ne pas laisser l'homme le toucher. Mais l'envoi de Dana fut vain ; le roi – qui réfléchissait toujours trop au lieu de réagir spontanément – répliqua trop lentement, et la main de l'assassin parvint à le toucher. Ses muscles se raidirent et devinrent subitement insensibles.

Lorsque Aithen trouva la force d'attaquer à nouveau, l'homme contourna le roi et l'attrapa par-derrière. Le regard d'Octavius prit la même expression d'horreur que Darya un peu plus tôt, et Aithen faillit perdre la raison : il hurla et appela à l'aide, se doutant de ce qui allait maintenant arriver à son père.

Personne ne pouvait aider Aithen qui regardait avec angoisse l'assassin placer son glaive sur la gorge du roi avec un sourire bestial sous ses yeux vert-mort triomphants.

- Lâche-le ! hurla Aithen.

Le cri du prince interrompit enfin le combat entre les gardes, la Lux Baiula et leurs adversaires, mais ils gardèrent leurs armes en l'air tout en regardant de l'autre côté de la pièce pour voir ce qui s'y passait.

L'homme qui tenait le roi répondit avec un puissant accent de la côte sud :

- Lââche-le ? Pourquoi ? Pour que not' bon roi puisse continuer à attirer les foudres des Enfers sur nous ? Nous, on va l'tuer, pour ram'ner son esprit au fondateur.

Aithen se dépêcha de réfléchir tout en essayant de comprendre le sens de ces paroles insensées. Mais l'homme était déjà en train d'enfoncer le glaive dans la gorge de son père. Il regarda Octavius, pétri d'une peur dont il ignorait l'existence et qui s'intensifia devant l'absence de réaction du roi. En fait, Octavius avait fermé les yeux.

Lorsque l'assassin se mit à enfoncer complètement sa lame dans la gorge du roi, ce dernier fronça les sourcils comme s'il faisait un effort douloureux mais invisible, et Aithen émit un gémissement plaintif. Tous eurent le souffle coupé lorsque l'assassin se mit à hurler de douleur, le visage marqué par un terrible rictus, et qu'il laissa tomber son glaive dans un bruit encore plus assourdissant que ses cris. L'instant d'après, l'homme s'effondra. Était-il mort ou simplement inconscient ? Aithen n'en savait rien.

Les gardes et la Lux Baiula ne perdirent pas de temps et se tournèrent immédiatement vers les autres assassins avant qu'ils ne prissent la fuite. Même épuisé, Piros s'élança sur l'un d'eux avec une rage effrayante : il plongea son épée dans le ventre de l'homme et la fit ressortir par le dos avec un grognement sadique, pendant que la seconde barrière Dana terrassa la femme avec son glaive. Le dernier assassin, dont Boros s'occupait, bondit sur une table de marbre d'où il sauta par-dessus les gardes jusqu'au balcon ; de là, il se rua en bas. S'ensuivirent traques et combats dans les jardins. Dana Lux Baiula voulut poursuivre le lâche, mais une bonne vingtaine de gardes étaient déjà à ses trousses, elle abandonna donc l'homme dans un *beuh* de dégoût, puis retourna auprès du roi.

Dans la chambre à coucher du roi, régnaient désordre et soulagement.

Le visage de Aithen exprimait un mélange de joie et de perplexité, tandis que ceux des hommes respiraient non seulement le soulagement, mais aussi la colère et l'humiliation. Dana, cependant, au lieu de se préoccuper de ses Sœurs blessées, était aux prises avec un doute ; elle allait poser une question au roi, mais le prince l'arrêta.

\- Nous devons nous occuper des morts et des blessés.

La femme acquiesça à contrecœur, tout en lançant au roi un regard qui signifiait : « Je la *poserai*, ma question. »

En dix minutes, le compte fut fait. Almiar était mort. Les autres, Julian, Jashan et Boros étaient blessés, mais leur vie n'était pas menacée à en croire Tania Lux Baiula qui venait à peine d'arriver. Les Sœurs avaient subi de plus grosses pertes dans ce combat. Les trois Cordons rouges sous les ordres de Dana étaient mortes – *phénomène inexplicable.*

Le roi vit alors son fils venir vers lui en compagnie de la seconde barrière qui paraissait très troublée. Aithen l'attira dans un coin.

\- Père, dit-il, j'ai cru un instant que c'était fini. Tu étais entièrement sous le contrôle de l'homme et j'étais persuadé qu'il allait te trancher la gorge. Mais il ne l'a pas fait. Que s'est-il passé ?

Octavius ouvrit la bouche pour répondre, mais Aithen ne lui laissa pas le temps de le faire. Il se tourna vers Dana et dit :

\- Avez-vous utilisé le Lien pour terrasser l'homme ?

Dana secoua la tête, mais ses yeux continuaient de fixer le roi qui, de son côté, demeurait impassible. Lorsque Aithen se tourna vers lui pour lui poser la même question, Octavius sentit que tout en lui se mettait à hurler. Les paroles de son fils sonnaient comme une accusation de la pire espèce :

\- Ou était-ce toi ?

Le roi se raidit et un rugissement monta du tréfonds de son être pour étouffer l'impudente question de son fils. Mais il parvint à se contenir et se contenta d'un regard si ulcéré qu'il eût pu dessécher une pierre. Malheureusement, le mal était fait, et Dana le regardait en exigeant une réponse à cette même question qu'elle semblait se poser.

Octavius se demanda un instant s'il pouvait refuser de répondre à la question de son fils et éloigner Dana. Mais il savait que ce qu'ils soupçonnaient tous deux n'était pas une chose à laquelle une Lux Baiula pouvait accepter de renoncer. Se sentant acculé, mais ne voulant pas se dévoiler devant les autres qui, dans la pièce, ne savaient rien de ses pouvoirs, il partit en trombe sans un mot jusqu'à son bureau, espérant que son fils et la Lux Baiula l'y suivraient ; et s'ils ne le faisaient pas, tant mieux !

Mais Dana et Aithen le suivirent.

Lorsqu'ils arrivèrent à son bureau, Octavius ordonna à Aithen de fermer la porte et se tint droit comme une colonne d'ardamantis trois fois reliée, que seule l'arrivée de la reine ne parvint à troubler.

Darya se jeta dans les bras de son mari, ignorant l'évidente tension qui régnait dans la pièce.

Étant donné sa colère contre son héritier, le roi eut du mal à se laisser embrasser. Mais comme il avait eu très peur pour elle, il la prit dans ses bras – ne serait-ce qu'un instant – malgré les sentiments contradictoires qui l'habitaient.

Lorsque Darya le lâcha – ou plutôt, lorsqu'il se dégagea enfin – Octavius pivota vers Aithen en serrant et desserrant les mains :

- Peu importe la manière dont j'ai vaincu cet homme, dit-il. Ce qui importe, c'est qu'il soit vivant et qu'il puisse, avec un peu de chance, apporter des réponses à nos questions.
- Père, je suis désolé, mais c'est important. Tu n'avais aucun moyen de vaincre cet assassin à part—

Frustré, Octavius coupa la parole à son fils et essaya encore une fois de changer de sujet. Sur un ton de défi, il répondit :

-   Pourquoi me demandes-tu cela, Aithen ?

Le prince se passa la main dans les cheveux, incapable de répondre ; la stratégie du roi semblait avoir fonctionné ; la reine, de son côté, paraissait ne pas oser demander de quoi ils parlaient, ce fut pourtant ce qu'elle sembla vouloir faire lorsque Dana prit la parole pour interroger Octavius à la manière des Lux Baiulae, sans laisser de place à la digression.

-   Sire, dit Dana, avez-vous utilisé le Lien pour « vaincre cet homme », comme vous dites, et si tel est le cas, quelle liaison avez-vous utilisée ?

Le roi secoua la tête d'un air dépité ; Darya le regardait avec anxiété ; Aithen semblait attendre une réponse qu'il ne voulait pas vraiment entendre ; Dana était la seule à ne rien espérer de plus que la vérité.

Octavius balaya la Lux Baiula et le prince d'un regard glacial empli de colère, avant de déclarer sur un lent staccato :

-   Je suis entré dans son esprit… de force.

Darya secoua la tête d'un air désespéré, tandis que Aithen restait figé comme une statue – une statue coupable. Octavius baissa les yeux, et laissa échapper un petit rire cynique.

Soudain, la panique s'empara de Aithen qui se tourna brusquement vers la Lux Baiula. Il parut craindre qu'elle ne le dénonce pour avoir commis un viol mental – crime dont Marcus Vrol, l'ancien capitaine et ami d'Octavius, avait été accusé quarante ans plus tôt. Et Dana était, en fait, en train de prendre une décision.

Octavius assistait à tout cela comme le spectateur d'un rêve, ou plutôt d'un cauchemar. Il regardait son fils dévisager la Lux Baiula avec une telle détermination qu'elle fut contrainte de reculer, bien que son visage fût toujours celui d'une attaquante. Octavius se sentit un peu – mais seulement un peu – apaisé de voir son fils tenter de limiter les dégâts.

Aithen se tourna alors vers lui avec une attitude malhabile, bafouillant et avortant ses phrases ; peut-être voulait-il s'excuser.

- Père, je ne sais pas que dire. De toute évidence – entre ça et la fois où tu as sauvé Toras et ses hommes des tortilleurs il y a quelques mois –, tes pouvoirs sont bien plus que de simples capacités sensorielles.

Aithen jeta un regard méfiant à la Lux Baiula et continua :

- La seule chose, c'est que… tout le monde a vu ce qui s'est passé… et je ne sais pas si je dois me réjouir de te savoir sain et sauf ou m'inquiéter des potentielles conséquences.

Octavius soupira, conscient que les mêmes règles sociales utilisées pour gouverner les autres allaient à présent se retourner contre lui.

- Les lois sont ce qu'elles sont, Aithen, dit-il. Elles sont… imparfaites, comme je l'ai souvent dit, surtout celles qui ont été écrites pour répondre à un événement effrayant ou traumatisant. Mais je *ferai face* à ce qui arrivera, et j'irai parler à la Magna Mater à Urbs Lucis –*après* que nous aurons découvert qui sont ces assassins – ou qui ils étaient, qui les a envoyés et pourquoi.

Lorsque Darya commença à protester, Octavius leva la main et dit en regardant Dana Lux Baiula :

- Je suis le haut roi de la maison Coriolis et le souverain de l'Alvinorie. Je ne me soumettrai *pas* aux décisions de l'Ordre, mais j'irai, fort de ce privilège, et y rencontrerai la Magna Mater pour en parler. En attendant, ce qui s'est passé ici – et la manière dont cela s'est passé – ne sortira pas d'ici. Cela s'applique à vous, Dana, en tant que personnel à mon service, et ce jusqu'à ce que vous soyez totalement dégagée de vos fonctions – si c'est ce que vous voulez –, car vous êtes à mon service et uniquement au mien.

La Lux Baiula ne parut pas d'accord avec ce que le roi venait de dire, car son visage se durcit si fort qu'on eût dit qu'il allait se briser, sa poitrine se souleva et ne se dégonfla pas, et ses lèvres s'étirèrent tandis qu'elle disait :

- Mes Sœurs et moi avons été envoyées ici pour vous aider à vous protéger, Sire, et non pour vous *servir*.

Un grand froid s'abattit sur le bureau royal. Tout se mit à frissonner, jusque dans les autres pièces.

Aithen sentit sa poitrine se serrer et il se mit à suffoquer ; Darya vacilla sous le choc ; tous deux observaient avec angoisse ce que le roi allait faire.

Octavius inspira profondément, croisa les mains, et dit sur un ton qu'il aurait pu utiliser pour prononcer le bannissement de quelqu'un :

- Dans ce cas, Lux Baiula, vous êtes—

Mais il ne put finir sa phrase, car Dana l'interrompit en disant :

- Pardon, Sire ; je n'ai pas réfléchi avant de parler. Les choses doivent être comme vous les dites et je ferai ce que vous demandez.

Chacun eut besoin d'un temps anormalement long pour prendre conscience du soudain revirement de la Lux Baiula. Ils ressentirent pourtant ensuite la pression tomber de manière évidente autour d'eux.

À cet instant, la porte du bureau du roi s'ouvrit d'un seul coup pour laisser entrer Tania. La femme se racla la gorge ; elle avait l'air décidée et très pressée ; sa tête pointait dans la direction du roi, mais ses yeux appelaient sa Sœur.

- Qu'y a-t-il Lux Baiula ?! cria Octavius.

Tania ne broncha pas devant la colère du roi, mais elle répondit rapidement, prononçant le nom de sa Sœur avec un accent aussi étrange qu'inattendu :

- Sire, si vous n'y voyez pas d'inconvénient, *Dana* et moi devons aller voir nos Sœurs décédées et pratiquer le transfert de mémoire avant que leurs souvenirs ne disparaissent.

Le roi hésita une seconde, encore sous le coup du brusque revirement de Dana. Puis il remarqua le mouvement des doigts de la Cordon blanche ainsi qu'un échange de regard entre les deux Sœurs, un regard subreptice teinté de colère. Il lui sembla que—

- S'il vous plaît, Sire. Puis-je prendre Dana ?

Après avoir observé Dana de son regard perçant toujours furieux, Octavius répondit :

- Oui, vous pouvez la prendre.

Le chef de la garde liée du roi et seconde barrière Dana Lux Baiula Cordon rouge, partit avec l'air le plus contrit que le roi eût pu voir sur le visage d'une Sœur : elle inclina la tête et dégonfla sa poitrine.

Octavius suivit des yeux les deux femmes tandis qu'elles sortaient de son bureau et continua jusqu'à ce que Tania fermât la porte en lançant un regard dans sa direction, un regard qui disait qu'elle savait ce qui s'était passé, mais que sa volonté serait faite, et il pensa : *Il va falloir que je discute avec elle. Mais je suis heureux de savoir que c'est une véritable alliée.*

Une fois la porte fermée, les pieds d'Octavius crissèrent sur le sol de pierre tandis qu'il se retournait pour plonger son regard droit dans celui de son fils. Il remarqua l'air anxieux de Darya, mais son esprit était tourné vers son fils à présent tandis qu'il luttait contre l'envie de lui faire entendre raison, malgré sa tentative tardive – mais inefficace – d'arrêter la Lux Baiula.

- Fiston, ce que tu as fait là-bas, la question que tu m'as posée… ne refais *jamais* cela devant quiconque. Je croyais te l'avoir déjà appris il y a longtemps, mais il semble que non.

Aithen n'essaya pas de se défendre. Il demeura là où il était, triste et honteux. Le voir si désemparé acheva d'attendrir Octavius. Après tout, à quoi bon vivre aussi longtemps si ce n'était pour apprendre à pardonner, même après avoir été profondément blessé par un acte ? Dans ce cas, Octavius savait qu'il s'en sortirait plutôt bien, malgré quelques restrictions désagréables qui pourraient lui être imposées.

- Nous devrions retourner là-bas, dit-il.

Sur ce, Octavius saisit la main de son épouse, un sourire réconfortant aux lèvres, et la fit sortir du bureau, tout en vérifiant que Aithen leur emboitait le pas.

Les morts – fussent-ils alliés ou ennemis, bien que séparés par quelques mètres – avaient été étalés sur le balcon pour pouvoir être emportés à la morgue par un groupe de furans. Tania et Dana avaient l'air d'être troublées et découragées. Apparemment, les cerveaux de leurs défuntes Sœurs avaient déjà été privés d'oxygène pendant trop longtemps.

- Dana, demanda Octavius, sais-tu ce qui t'a empêchée d'utiliser le Lien contre les assassins ?

La seconde barrière le regarda du coin de l'œil, tout en gardant sa main sur le front de Jira – l'une des rares Sœurs à avoir le sens de l'humour – pendant qu'elle répondait :

- Ils nous ont inoculé quelque chose, enrobé dans une substance toxique dont je peux encore sentir les effets.
- Avez-vous déjà entendu parler d'une telle arme contre les Sœurs ?
- Non, jamais, Sire.
- Et vous, Tania ?

La Cordon blanche secoua la tête avec inquiétude.

Octavius poussa un profond soupir, jeta un œil en direction de son fils et de son épouse, baissa la tête, et sortit de ses appartements pour aller chercher le haut capitaine Harlion avec sa garde amputée, mais renforcée par la présence de Piros et de Boros.

Pensées dangereuses

Sous une forme instable et ténue, Lusk déclara :
- *Je suis désolé, Umbra, mais les assassins ont été défaits.*

Le lieutenant de Noctiferus sur K'Tara répondit sans équivoque :
- *Tu veux dire qu'ils ont* failli *à leur mission. Et sais-tu pourquoi ?*

Lusk Methrim se força à garder son calme, mais il n'était toujours pas capable d'affronter l'Umbra avec assurance, même s'il le devait, car comment ferait-il son rapport à Noctiferus dès le lendemain, sans trembler intérieurement, s'il n'y arrivait pas avec l'Umbra ? Il renforça la trame de sa forme et répondit :

- *Ils ont rencontré une résistance inattendue.*
- *C'est un bel euphémisme, Vaedrin. Ils ont failli parce qu'ils n'ont pas trouvé le soutien qu'ils attendaient. Et pourquoi ne l'ont-ils pas trouvé ?*

Les fils qui composaient la trame de Lusk menaçaient de se dissoudre à nouveau tandis qu'il baissait le regard en disant :

- *Je... Je n'ai pas été capable de convertir tous ceux que j'aurais dû. Cela a été plus difficile que prévu,* ajouta-t-il, sur la défensive.
- *Je me moque de tes excuses, Vaedrin, et ta défaite me déçoit beaucoup. Cela me pousserait à mettre en doute tes capacités si je ne les connaissais pas aussi bien. Je dois donc douter de ta détermination et de ta fidélité.*

Tentant à nouveau de se défendre contre les accusations de l'Umbra, Lusk répondit :

- *Les humains ne sont tout simplement pas aussi faciles à stupéfier que les Zébuloniens, Umbra.*
- *Ah ; voilà un commentaire utile. Tu vas devoir adapter tes méthodes, ce dont tu es capable, j'en suis certain.*

Cette fois-ci, Lusk laissa son indignation assombrir sa silhouette, la raidir et la malmener.

L'Umbra l'ignora et poursuivit, en ménageant une pause inhabituelle au milieu de sa phrase :

- *Alors ! Parle-moi... de l'homme. Comment a-t-il réussi à survivre à l'attaque de Ruben ?*

Surpris, Lusk cligna des yeux et hésita quelques instants, incertain de ce que voulait dire l'Umbra. « L'homme »... Est-ce qu'il parle toujours du roi ?

- *Ne me force pas à répéter, Vaedrin.*

Lusk ne s'était toujours pas habitué au fait que l'Umbra l'appelât par son nom de naissance, et sa colère montait chaque fois qu'il l'entendait. Il ne pouvait cependant pas se battre contre le lieutenant de Noctiferus, et – espérant que l'Umbra parlait effectivement du roi – il répondit :

- *Je suis désolé, Umbra. J'ai appris que Ruben tenait le roi était dans ses mains lorsque ce dernier s'est effondré, inanimé. Cela a dérouté les autres qui se sont fait tuer par les gardes du roi, à l'exception d'un qui a réussi à s'échapper pour venir m'informer de la situation.*

La forme de l'Umbra se tordit de mépris.

- *Qu'est devenu Ruben ?* demanda-t-il.
- *Je crois —*
- *Je ne t'ai pas demandé ce que tu croyais !*

Lusk poussa un soupir silencieux et dit :

- *D'après ce que je connais du roi, Ruben est certainement interrogé, mais je suis persuadé qu'il mourra avant de révéler quoi que ce soit.*
- *Tu ne me comprends toujours pas, Vaedrin. Je voudrais savoir quelle liaison a terrassé Ruben.*

La forme de Lusk trembla, mimant les tremblements de son corps, dans sa chambre. Il choisit soigneusement ses mots cette fois et dit :

- *La seule chose que nous savons, c'est qu'elle a réussi à annuler la liaison ankylosante de Ruben et qu'il a été projeté au sol.*

Lusk allait ajouter « comme je l'ai dit précédemment », mais il décida de s'abstenir, s'épargnant probablement ainsi de nouvelles remontrances.

La forme de l'Umbra afficha une certaine exaspération.

- *De qui venait-elle ? Est-ce que le roi a généré cette liaison ?*
- *Nul ne le sait, Umbra. Elle peut avoir été générée par l'une des Lux Baiulae assignées à sa protection.*

- *Nous devons savoir si la liaison provenait du roi. Si cela est le cas, alors nous aurons trouvé notre deuxième Luxor. Notre grand maître sera fâché d'apprendre ta défaite demain, mais peut-être que sa déception sera modérée par le fait que nous ayons peut-être trouvé le deuxième Luxor.*

Lusk prit conscience des réactions de son corps dans la pièce ; une simple déglutition, mais déconcertante malgré tout. À quoi s'attendait l'Umbra ? Attaquer le roi dans son propre palais était une mission risquée, une mission qui, pour commencer, ne comportait qu'un faible taux de réussite. La forme de Lusk se mordit encore la langue et sa mâchoire se serra. Son malaise agaçait visiblement l'Umbra dont la forme fronça les sourcils.

Lusk se surprit à laisser libre-cours à des pensées dangereuses, surtout en présence de l'Umbra qui aurait probablement fini par les entendre si elles avaient été à peine plus fortes. Lusk ne put pourtant s'empêcher de se poser une question étrange : il se demanda si l'Umbra était en forme ou pas. En effet, le lieutenant de Noctiferus avait commis une erreur en utilisant le mot « homme » pour évoquer le roi. Il y avait aussi cette étrange pause. Quelque chose n'allait pas avec lui. S'il s'agissait vraiment de signes de son déclin, ces signes étaient-ils de bon ou de mauvais augure pour Lusk ? Telles étaient les questions qu'il se posait tout en espérant que sa forme ne le mît pas en danger pour ces perfides pensées.

- *Umbra, vous avez dit que le roi était peut-être le deuxième Luxor. Est-ce que cela signifie que vous avez trouvé le premier ?*
- *Oui. Mais cela ne te regarde pas.*

L'Umbra mit alors fin à leur rencontre, mais non sans avoir préalablement rappelé à Lusk, avec des menaces mal dissimulées, l'importance de son rendez-vous avec leur maître le lendemain. Le guérisseur-temptator inclina la tête avec résignation et confirma, avec plus d'assurance qu'il n'en avait, qu'il serait prêt le lendemain et qu'il ne ferait pas honte à l'Umbra.

Des sens subjectifs

Un lourd silence rempli d'émotion pesait sur les deux Lux Baiulae pendant qu'elles examinaient les corps de leurs Sœurs tombées au combat. La morgue, située dans le sous-sol de Domus Lucis, sentait l'encens et la mort.

Tania et son assistante affichaient un air sombre ; les rides de la plus âgée, bien que moins importantes que celles d'une femme normale de quatre-vingt-quinze ans, témoignaient de son inquiétude pour la Sororité – confrérie dans laquelle elle s'était engagée plusieurs décennies auparavant dans l'espoir de répandre le bien dans le monde – tandis que le visage d'Élia, qui n'avait pourtant que le tiers de l'âge de la Cordon blanche, en disait long sur ses inquiétudes et frustrations.

Toutes deux avaient examiné pendant plus de dix heures les organes de leurs Sœurs, à la recherche de traces de poison ou de venin qu'elles seraient capables d'identifier, en vain. Elles avaient également sondé la flore microbienne des téguments externe et interne, et pourtant, elles n'avaient aucune idée de ce qui avait pu paralyser leurs Sœurs avant qu'elles ne fussent tuées. Elles n'avaient donc que très peu de pistes et encore moins de temps pour les explorer.

Une pointe d'épuisement dans la voix, Tania dit :
- Élia, peux-tu sonder les corps pour examiner la chimie du sang ?
- Je connais bien les éléments et les molécules qui servent à maintenir l'hémostasie, grogna la Cordon jaune, mais je connais mal les milliers de molécules étrangères qui peuvent entrer dans un corps.

Tania jeta ses gants souillés dans l'évier d'un geste agacé, et se mit à faire les cent pas dans la pièce, à la recherche d'idées pour obtenir des réponses avant que d'autres Sœurs ne succombassent à leur tour.

La grande, mince et si belle Élia dit :

\-   Tania, tu sais que ce n'est pas bon de te mettre dans un
    tel état. Et quelque chose me dit que les choses vont
    d'abord empirer avant de s'arranger.

Tania était de plus en plus exaspérée, ce qui accentua son
accent :

\-   Es-tu une Cordon jaune ou mauve, Élia, pour dirrre des
    choses ausssi sttupides ? C'est sûr que ça va empppirer !

Élia envoya à son aînée un regard plaintif, puis se demanda
si cette nouvelle menace allait révéler que la froide rationalité
des Lux Baiulae n'était qu'une façade. Elle dit :

\-   Tania, ce que je viens de dire n'est pas stupide. Et le fait
    que tu t'énerves ainsi ne nous aidera pas à comprendre
    tout cela. Quoi qu'il en soit, je pense qu'il *y a* quelque
    chose que nous pourrions essayer.

Les paroles d'Élia illuminèrent le visage de l'aînée, puis ses
yeux et sa bouche prirent une forme exprimant l'excuse. Ce
changement subit décontenança Élia. Mais la docteure en chef
était une femme très fière, fière non seulement d'elle-même,
mais aussi de l'obédience blanche – dont elle était la
défenseuse – et tout ce qui portait atteinte à l'Obédience, y
compris son propre comportement, était un anathème à ses
yeux. Sa contrition était, par conséquent, réelle et profonde.

Lorsqu'elle retrouva finalement son calme, elle dit avec
enthousiasme :

\-   Quelle est ton idée, Élia ?
\-   Eh bien, nous nous sondons toutes les unes les autres
    régulièrement pour vérifier que nos corps et nos esprits
    sont en bonne santé. Lorsque nous le faisons, nous
    cherchons des signaux particuliers qui nous indiquent le
    bon fonctionnement de nos organes. Mais en faisant cela
    – et plus nous le faisons – nous développons un sens
    intime de ce que nous devons ressentir lorsque nous
    sommes en bonne santé. Ce sens intime n'est pas
    quantifiable, mais il peut nous indiquer s'il se passe…
    ou circule… quelque chose d'inhabituel. Je pense que

nous pouvons utiliser ce sens pour sonder les corps de nos Sœurs.

Tania regarda sa collègue d'un air dubitatif, les paumes tournées vers le haut accentuant son air perplexe. Elle répondit :

- Tu veux dire qu'on les sonde juste pour… pour quoi ?
- Nous les sondons pour les choses que nous recherchons habituellement, pour savoir si tout est à la bonne place et nous nous laissons la possibilité de sentir le reste, en éveillant nos sens à ce qui se trouve en profondeur. Si quelque chose ne va pas, nous le sentirons. Et si nous le sentons toutes les deux, nous aurons mis le doigt « sur le coupable ». Si ensuite nous nous concentrons sur l'origine de cette sensation, nous devrions être capable d'un déterminer la cause. Si cela se trouve dans un organe ou dans le sang, alors, nous pourrons… eh bien, nous pourrons envoyer des échantillons au laboratoire d'Urbs Lucis qui saura isoler le poison ou le venin. Et si K'Tara le veut, il saura aussi l'identifier.
- Hum, donc nous ne cherchons rien d'inhabituel.
- Non, nous sondons comme d'habitude, *et* nous permettons à nos sens d'accueillir tout ce qui est contradictoire.
- Ça risque d'être long.
- Non, ce sera rapide. Tu sais sans doute que si un furanier essaie consciemment de contrôler chaque mouvement de sa monture et de connaître leur position relative aux obstacles alors que l'équipe fonce sur sa cible, tous deux s'écraseront. C'est parce que la part consciente de l'esprit ne peut pas tout gérer ; les calculs complexes et l'analyse de l'inconnu doivent être réservés à la part inconsciente de l'esprit.

La docteure en chef cligna des yeux, étonnée par l'aplomb de sa jeune Sœur et par sa théorie remarquable.

- D'accord. Alors faisonse cellla.

Élia compris au fort accent de Tania que la femme était excitée par l'expérience, mais également nerveuse à l'idée de trouver une solution qui pourrait aider la Sororité à se défendre contre cette nouvelle arme que les assassins avaient utilisée pour tuer trois d'entre elles.

Élia donna quelques instructions à la Cordon blanche avant qu'elles n'entrassent ensemble dans le Lien pour sonder les corps, les uns après les autres, à la recherche de traces du mélange qui les aurait défaites.

Ce que des Sœurs ne devraient pas faire

Biléna, vêtue d'une longue robe blanche tissée de fils jaune vif pour en rehausser la couleur, et de son cordon jaune qui la désignait comme étant la cheffe de sa cordonneté, agitait ses doigts fébrilement, montrant que cela faisait trop longtemps qu'elle réprimait ses inquiétudes. Elle regarda d'abord Saara, puis se tourna vers Krystiana pour dire :

- Mater, fais-tu vraiment confiance à Élyana pour veiller aux besoins de l'Ordre – ou à sa réputation – avant tout ? Même si son esprit se laisse envahir par les affres du désir ?

Krystiana fronça les sourcils et dit :

- Tu insinues qu'une Sœur n'est capable de contrôler ni son corps ni ses émotions, Biléna. Et tu oublies qu'Élyana est une Cordon mauve, ce qu'elle n'aurait pas pu devenir sans une parfaite maîtrise de ses actes et de ses réactions. Et tu le *sais*.

Biléna reconnaissait la vérité dans les paroles de la Magna Mater, mais pour elle, c'était une question de principe. Elle tapotait son bras gauche avec ses doigts, fixant la cheffe de la cordonneté blanche du coin de l'œil dans l'espoir de trouver un soutien qu'elle savait que la vieille femme ne lui donnerait probablement pas ; en effet, Saraa avait une vision étrange de ce que les Sœurs *pouvaient* faire et ne *devaient pas* faire. Le simple fait que Saara fît de la première une possibilité et de la seconde, une réprimande plutôt qu'un interdit, la rendait suspecte aux yeux de Biléna.

Saara racla sa vieille gorge et dit de sa voix rauque :

- Je comprends tes inquiétudes, Biléna. La relation entre Élyana et le haut prince peut lui nuire à elle *et aussi* à l'Ordre.

La Praefecta Philosophas plissa les yeux d'un air méfiant en attendant que sa collègue allât au bout de sa pensée.

- Mais cela peut également améliorer sa compréhension du monde et d'elle-même – et, en tant que Cordon mauve, c'est vraiment une excellente chose tant pour elle que pour la cordonneté. Et il est vrai que cette relation peut être une source de distraction, mais tu connais les priorités d'Élyana : elles sont liées à son devoir. Au bout du compte, le Conseil de sélection pourra mettre un terme à la relation, même si nous ne le faisons pas. Cependant, une Lux Baiula ne devrait pas inhiber sa féminité au point de devenir une... une castrée ?

Biléna poignarda la vieille femme du regard. Ce n'était pas du tout ce qu'elle espérait.

Krystiana se leva et se dirigea vers les sphères sur son bureau. Elle toucha la flamme du globe bleu, jouant avec elle. Cela l'aidait à clarifier les choses lorsque son esprit était embrouillé ou qu'elle avait besoin de trouver les bons mots pour répondre à une question ou pour relever un défi.

Après un moment de combat oculaire entre la Praefecta Philosophas et la Praefecta Medicas, Krystiana pivota sur ses talons et dit :

- Ce sera tout pour le moment, Praefectae. Je vous retrouverai au prandium.

Saara ne fut pas du tout surprise par ce soudain congédiement. Elle partit en adressant un hochement de tête empli d'espoir à la Magna Mater et une œillade à Biléna.

Mais Biléna fut légèrement décontenancée par l'absence de décision sur l'affaire en cours. Elle se retourna avec hésitation, se demandant si elle devait ou non insister pour obtenir une réponse, pour avoir la confirmation que la relation entre Élyana et le haut prince prendrait fin. Mais la Magna Mater la regarda avec des yeux qui disaient : « Tu t'inquiètes trop, Biléna – tout va bien se passer. » Elle salua donc Krystiana comme il se devait, et partit sans un mot, tout en marchant doucement pour être certaine de ne pas rattraper Saara.

XII CRAINTES ET DOULEURS

Quand le maître appelle

Lusk avait passé presque toute la nuit éveillé, entre ses appartements – dans la partie du bâtiment résidentiel réservée aux visiteurs étrangers – et les jardins de l'Inner Sanctum, à faire les cent pas. Cela avait fini par attirer l'attention de deux féroces Barrières, et il avait dû revenir dans ses quartiers pour essayer d'y trouver le sommeil.

Son cerveau avait eu besoin d'encore une demi-heure pour se déconnecter enfin de ses pensées. À son réveil, à six heures après grandnuit, le soleil bleu était déjà visible dans la fraîcheur matinale, et le soleil rouge, juste derrière le bleu, commençait à mélanger ses rayons dorés à ceux, plus sombres, de son jumeau. Cette lumière verdâtre qui traversait les épais cumulonimbus donnait à ce deuxième jour du mois d'undecimus un air plutôt sinistre. Lusk sentit un frisson le traverser, un frisson qui n'avait rien à voir avec le froid.

Il restait un peu moins d'une heure, maintenant, avant sa rencontre avec Noctiferus. Il se dirigea vers la bassine qui trônait dans le coin de sa chambre et se lava machinalement le visage. Il s'essuya ensuite, soupira, prit sa brosse à dents et se mit à se laver les dents. Se rendant compte qu'il avait oublié de mettre du dentifrice sur sa brosse, il fut pris d'une irrépressible envie de jurer, de jeter sa brosse à dents dans le lavabo, de prendre ses affaires et de… de… rien. Il termina son rituel du matin, puis alla s'asseoir dans le coin de sa salle de contemplation, tête contre le mur. Un jour normal, il aurait allumé un bâton d'herbes de purification. Mais pour quoi faire ? Il se préparait à rencontrer le mal incarné, pas à se purifier ni à méditer pour trouver la paix. Il se contenta alors de garder la tête contre le mur un moment, essayant de ne penser à rien.

Hélas, les minutes passaient, mais n'apportaient pas le calme, et, dans un grognement, Lusk décida de suivre ce rituel inutile. Il se leva et alla allumer le bâton d'herbes de purification situé au sommet d'un socle en pierre blanche – seul élément de mobilier de la pièce, à part le tapis moelleux et les lampes organiques qui diffusaient une douce lumière rouge. Il se mit à murmurer une incantation en prenant le bâton, puis il enveloppa son corps dans la fumée d'herbes pour le nettoyer. Son esprit résista d'abord à ce rituel, mais, peu à peu, Lusk laissa aller ses pensées, se détendit et finit par se diriger vers le centre de la pièce pour s'installer sur le tapis.

Là, il entama un décompte pour entrer dans le Lien. Tandis qu'il comptait, son cœur s'emballa, comme s'il voulait sortir de sa poitrine. Il s'arrêta, prit une profonde inspiration et, une fois son pouls de nouveau stabilisé, reprit son décompte vers le Lien.

La luminosité qui régnait dans le monde éthéré l'aveugla, mais il en avait l'habitude et il patienta un instant – ou ce qu'il savait n'être qu'un instant et qui lui sembla une éternité – jusqu'à parvenir à distinguer les images. À ce moment, il songea à s'enfuir dans son lieu sûr, un espace du Lien qu'il avait imaginé pour s'y rendre lorsqu'il avait besoin de réfléchir, en cas de problème ou face à une émotion difficile. Il y serait allé la nuit précédente, alors qu'il n'arrivait pas à dormir – s'il n'avait pas eu peur d'y rencontrer Noctiferus. Mais, comme il devait attendre d'être convoqué par l'Umbra au rendez-vous avec son maître, il demeura là, au milieu de l'immensité du Lien.

Lusk ne prit même pas la peine d'imaginer quelque chose de plus agréable que la lumière omniprésente, mais il se réjouit de l'adaptation de son esprit lorsqu'il commença à remarquer la myriade de rubans colorés indiquant la présence d'autres humanoïdes, dont la plupart n'étaient là que par le biais de leurs rêves, et celle d'une minorité – comme des Lux Baiulae – qui étaient volontairement entrés dans le Lien pour une raison ou une autre. Comme ces derniers devaient appeler sa prudence, il évolua parmi les battements des nombreux rêveurs pour y attendre en toute sécurité la communication de l'Umbra lorsqu'il viendrait.

Lusk sentit sa tension retomber brutalement lorsqu'il se mit à espionner les innombrables rêves des millions de rêveurs dont il épiait l'imagination effrénée, souvent terrifiante, mais toujours plus électrisante. Il se demanda si le monde eût été différent si chacun pouvait voir le rêve des autres. Les Itinérants eux-mêmes ne possédaient pas cette capacité, mais lui, oui. Bien sûr, il avait souvent du mal à interpréter les rêves et n'avait jamais pris le temps d'apprendre leurs significations. Il se contentait donc d'utiliser ses pouvoirs pour se divertir.

- *Lusk Methrim.*

L'esprit de Lusk sursauta en entendant son nom, et son corps tressauta dans la pièce de contemplation. Il n'avait entendu cette voix qu'une fois, mais il se souvenait très bien de cette entité sombre, oppressante et terrifiante. Lusk s'efforça de maîtriser son pouls qui ne cessait d'accélérer : il devait rester connecté au Lien, sans quoi sa présence ici serait inutile.

Cette fois-ci, quelqu'un d'autre l'appela :

- *Vaedrin !*

C'était l'Umbra qui était sûrement fâché de ne pas l'avoir encore entendu répondre au fondateur. Lusk se concentra alors sur les vibrations de l'Umbra – des vibrations qui lui avaient toujours paru trop parfaites et monocordes. L'instant d'après, il se retrouva au milieu d'un paysage étranger, dans une sorte de plaine desséchée, ceinte par des monts aux crêtes érodées par le temps, d'une profondeur vertigineuse. Le ciel noir était rempli d'étoiles qu'il ne parvenait pas à reconnaître, et la lune – tout aussi méconnaissable – illuminait les lieux de sa lumière blafarde. Il ne s'agissait pas d'Alba, qui, elle, éclairait le ciel k'taran de sa douce lueur mauve.

Lusk chassa toutes ses peurs ; en réalité, il chassa toutes ses émotions afin que seule la part rationnelle de son cerveau restât en éveil. Il s'agenouilla devant l'Umbra et lui adressa les salutations de mise.

- *Umbra, me voilà, car le maître m'a appelé.*

Dans un grognement, l'Umbra répondit :

- *Oui, j'ai vu.*

Soudain, le Zébulonien entendit tonitruer son nom avec toute la puissance et la domination qui seyait à un dieu, résonnant dans tout le paysage étranger.

Lusk voulut répondre, mais il se mit à paniquer en ne pouvant s'en souvenir. Il se ressaisit toutefois rapidement et envoya sa réponse d'un ton monocorde :

- *Je suis là et j'attends d'être honoré de votre présence, Fondateur.*

Une forme se dessina alors sous les yeux de Lusk. C'était la forme d'un homme vêtu d'un uniforme bleu marine brodé d'or, d'une toge rouge autour de ses larges épaules, et d'une paire de bottes ajustées à la forme parfaite de ses jambes – la représentation traditionnelle du fondateur aux côtés d'Aiala'Rhi, la créatrice dans la religion Rhiianne.

Lusk ne put s'empêcher de baisser les yeux lorsque le dieu posa ses yeux sur lui ; il sentit son cœur s'emballer, ce qui l'inquiéta et provoqua une dislocation momentanée de sa forme.

Le fondateur congédia alors l'Umbra qui s'éclipsa immédiatement du Lien, et Lusk fut à nouveau pris de panique. Il n'appréciait pas cet homme, mais sa présence était une chose à laquelle il pouvait facilement se raccrocher – vers laquelle il pouvait se tourner – au cas où le dieu n'accepterait pas ses réponses.

D'une voix un peu moins puissante, mais plus nette qu'auparavant, Noctiferus dit à Lusk :

- *Sais-tu pour quelle raison tu es ici, Lusk ?*

Lusk acquiesça, mais ne soutint pas son regard.

- *Parfait. Sache que tu as toute ma reconnaissance pour avoir convenablement accompli ta tâche initiale. Mais le fait de t'immiscer dans les rangs de nos ennemis ne suffit pas.*

La forme de Lusk s'effilocha l'espace d'un instant entre le dernier mot du fondateur et la suite de son discours :

- *Réponds donc à cette question : pourquoi penses-tu que nous nous sommes engagés dans cette mission. Pourquoi crois-tu que j'aie ces exigences ? Et pourquoi l'Umbra, le Scytale et toi me servez-vous ?*

Lusk s'attendait à être interrogé, sachant que l'on ne tergiversait pas avec un dieu, mais il ne pensait pas se retrouver mis à l'épreuve de la sorte ; son esprit bouillonnait, à la recherche d'une réponse, celle que le dieu attendait. Mais comment pouvait-il, *lui*, savoir ce que voulait un fondateur ? Espérant plaire au dieu, il lui répondit en langue ancienne :

- *Da veniam, Domine. mentem tuam non scire possum. Servio quod rogatus sum.*[13]

Noctiferus lui répondit de la même manière :

- *Et mihi bene servis, Lusk Methrim. Discere tamen debes me homini inscienter servienti, vel conscio non amplius eodem ardore servienti, fidere nequire.*[14]

En entendant les paroles du fondateur, Lusk s'attendait à ce que *Sa* colère s'abattît sur lui pour des raisons qu'il ne connaîtrait peut-être jamais : il ne put empêcher sa forme de faiblir à nouveau, ce qui provoqua un froncement de sourcils de la forme très solide du dieu, même si ce dernier n'était également présent qu'en pensée.

Mais rien ne vint, et Noctiferus déclara :

- *Ne crains pas mes paroles, Lusk Methrim ; elles ne sont pas la preuve de mon insatisfaction. Je dois toutefois*

---

[13] Pardon mon Maître. Je ne suis pas capable de connaître votre esprit. Je vous sers parce qu'on m'a demandé de la faire.

[14] Et tu me sers bien, Lusk Methrim. Tu dois cependant savoir qu'un homme qui sert aveuglément, ou qui, une fois éclairé, continue de servir mais avec une moindre ferveur n'est pas digne de ma confiance.

avoir la certitude que tu me sers en pleine conscience, car c'est là la seule manière de faire grandir ta ferveur afin qu'elle atteigne le niveau exigé pour les tâches qui t'attendent.

La forme de Lusk tourna un regard interrogateur vers Noctiferus tout en envoyant :

- *Je ne comprends pas, Fondateur.*
- *Alors,* comprends, *Lusk Methrim.*

Lusk se trouva aussitôt enveloppé de l'intérieur comme de l'extérieur par quelque chose d'insaisissable qui était tout à fait étranger à ses sens. Images et pensées étrangères l'assaillirent, lui montrant et l'informant de choses qu'il ne voulait ni voir ni entendre. Mais ces envois étaient bien trop puissants pour lui : il ne parvenait pas à comprendre le sens de ce qu'il voyait et n'entendit que des bribes incompréhensibles de ce que Noctiférus voulait lui révéler :

- *... ramener la paix... doit mourir... le fidèle... à notre monde, parmi vos dieux.*

Lusk eut besoin d'un moment avant de se reconcentrer sur le présent et d'entendre à nouveau le fondateur, un moment pendant lequel tout oscillait entre promesses et choses inconcevables. Lorsqu'il réussit enfin à retrouver son attention, il entendit :

- *Sache que si la majorité peut agir selon ses propres croyances sans savoir exactement ce que j'attends, c'est uniquement parce que ces gens n'ont pas de tâches similaires aux tiennes à accomplir, et leurs échecs n'ont pour moi que peu d'importance même s'ils peuvent avoir de lourdes conséquences pour eux. Toi, au contraire, tu as de grandes responsabilités, et tes sacrifices doivent être reconnus et soutenus par la connaissance pure.*
- *Continueras-tu à mes servir et à accomplir tes tâches avec soin et ferveur en sachant exactement quels sont nos objectifs, Lusk Methrim ?*

Paralysé et tout à fait conscient de ne pas avoir entendu la moitié de ce que le fondateur lui avait confié, Lusk inclina la tête et tendit sa main vers le dieu :

- *Oui, mon Fondateur.*

L'air se mit à vrombir autour de Lusk : il gronda avec une intensité semblable à celle des rugissements de milliers de varagons enfin satisfaits après un mois de jeûne. Noctiferus dit :

- *Pour te prouver ma reconnaissance, je vais à présent t'autoriser à passer un moment avec ta... mère. Sache que même si l'expérience te semble plus ou moins agréable, elle représente ma récompense pour toi.*

La forme de Lusk jeta un regard incrédule au fondateur. Il sentit son corps physique avaler sa salive, peut-être parce qu'il appréhendait cette rencontre après si longtemps – après ce qu'il était devenu – et parce qu'il avait du mal à y croire. Le dieu ne chercherait pas à le berner, si ? Ses doutes s'évanouirent au moment où une image apparut à droite de Noctiferus, montrant l'intérieur d'une cabane inconnue.

Il continua de regarder, pris entre crainte et espoir, les deux émotions s'affrontant en lui. Il demanda au dieu quand il pourrait voir sa mère, tout comme un enfant qui attend son parent de retour d'un long voyage, à la gare, sans jamais parvenir à discerner son visage dans la foule.

Noctiferus ne répondit pas. *Il* se contenta de désigner l'image et, aussitôt, une femme à la peau laiteuse et aux cheveux gris finit par pénétrer du côté gauche de la pièce.

Cette femme *était* sa mère biologique, Oolviana Methrim. Lusk déglutit à nouveau et ne put empêcher ses larmes de couler en la voyant.

Lusk voulut aller vers la vision et la toucher, mais il était assez conscient pour savoir qu'il ne pouvait pas le faire – ou peut-être que si ? Noctiferus ne pouvait-il pas lui permettre de lui parler ou de la toucher ? Ou n'était-ce qu'un rêve que le dieu offrait à son esprit ? Non, c'était réel. Ça devait l'être. Ça semblait l'être.

Il demanda au fondateur s'il pouvait aller la rejoindre et lui parler. Le dieu lui répondit par la négative.

Lusk tourna la tête vers la vision, ne voulant pas perdre une minute, et continua de regarder Oolviana, la seule personne qui l'eût jamais aimé profondément et pris soin de lui. Il se surprit à lever de temps en temps les yeux vers Noctiferus, les yeux emplis de… reconnaissance ? Cette sensation le mit en colère, mais il chassa ce sentiment de peur de gâcher le moment.

Oolviana paraissait vieille, bien plus que dans son souvenir, et elle boitait à présent. Pouvait-elle avoir vieilli à ce point depuis la dernière fois qu'il l'avait vue ? Peut-être que le fondateur se moquait de lui ; mais il reconnaissait *bien* Oolviania c'était bien *elle*. Il pourrait la reconnaître même si le maître des ténèbres l'enfermait dans un trou pendant mille ans ; jamais il n'oublierait le visage de sa mère.

Puis il vit passer sur elle un masque de tristesse alors qu'elle se traînait jusqu'à la table pour y disposer des plats… pour trois personnes. Avait-elle une nouvelle famille ? Lorsqu'Oolviana se rendit devant le vieux meuble au fond de la salle pour en tirer deux recouvre-siège, Lusk comprit. Il comprit et se troubla. La coutume des couvertures voulait que, avant le souper, chaque personne disparue trop tôt fût remplacée sur les sièges par des tentures à leur effigie. Il comprit alors qu'Oolviana devait disposer un drap pour lui, mais à qui correspondait le second ?

Il gémit doucement en voyant une peinture de lui adolescent – grassouillet et avec des cheveux d'un blond sale et sans ses mèches rouges – sur le drap qu'Oolviana plaçait sur la chaise en face de lui. Il la suivit avec encore plus d'impatience tandis qu'elle déplaçait la chaise située à l'extrémité droite de la table et qu'elle y disposa un drap à l'effigie de… d'une fille.

Lusk ne se souvenait pas d'avoir eu une sœur ; Oolviana avait sans doute donné naissance à une fille après qu'il fût, lui-même, enlevé par les Janarae à l'âge de six ans. Sa sœur avaitelle été enlevée à son tour ? Ou était-elle morte d'une maladie quelconque ? Il observa longuement l'image de la fille, essayant de se reconnaître – au cas où cette fille eût la même créatrice que lui – ou de reconnaitre Oolviana – au cas où la fille fût une créature issue d'Oolviana elle-même. L'angle de vue rendait difficile toute tentative d'identification, pourtant, quelque chose dans les traits de la fille lui glaça soudain le sang. Il se mit à vaciller, et le fondateur lui demanda s'il se sentait bien.

Lusk réagit avec une tension identique à celle qu'il aurait eue dans la vraie vie. Il lui dit :

- *Fondateur, la fille sur le couvre-siège… est-ce ma… qui est-ce ?*

Noctiferus lui répondit avec une grande simplicité, sans paraître comprendre les raisons pour lesquelles Lusk était en état de choc :

- *C'est la progéniture d'Oolviana. Elle s'appelle Ooldrina.*

L'esprit de Lusk vacilla. Il lui fallut un moment, ou peutêtre une éternité, pour reprendre le contrôle de lui-même. Cela survint alors que la part la plus prudente de son esprit pensait : *Évidemment,* elle s'appelle *Ooldrina. Comment pourrait-elle s'appeler autrement si elle est la progéniture d'Oolviana. Tu es tellement stupide !*

- *Lusk Methrim ! Je vois bien que tu es préoccupé par la fille. Sache que même si elle est née de ta mère, ce n'est pas ta sœur. Ne la laisse pas te perturber. Quant à ta mère, elle est en sécurité et elle le restera jusqu'à ce que notre mission soit enfin terminée.*

Comme le maître des ténèbres maîtrisait bien les subterfuges pour faire croire aux autres qu'ils avaient vraiment envie de faire ce qu'il exigeait d'eux ! La reconnaissance de Lusk risquait fort de redevenir de la haine, et il dut ravaler ses sentiments pour ne pas se trahir. Oui, Noctiferus avait mis sa mère en sécurité, mais cela avait coûté son âme à Lusk, et tout ce qui lui restait à présent permettrait à peine à sa mère de le reconnaître si elle pouvait l'entendre. Dans un certain sens, il était heureux de ne pas pouvoir communiquer avec elle. *Mais la fille—* Alors que Lusk tentait encore d'examiner la silhouette sur le couvre-siège, la vision s'évanouit d'un seul coup et fut remplacée par la noirceur du paysage étranger. Lusk implora le dieu des yeux, mais ce dernier secoua la tête. *C'est mieux ainsi. Tu ne veux pas vraiment de réponse à ce—*

Noctiferus avorta cette pensée et dit :

- *Lusk Methrim, le moment est venu de parler de choses moins agréables, comme l'échec de ta dernière mission.*

Le dieu avait projeté ces derniers mots avec une force telle que toutes les pensées de Lusk pour sa mère et pour sa sœur disparurent comme si elles n'avaient jamais existé.

- *Raconte-moi.*

Comme Lusk hésitait à répondre malgré cette demande expresse, le fondateur ajouta :

- *N'aie pas peur, Lusk Methrim. Je n'ai pas voulu te rencontrer pour te punir – tu es encore bien trop précieux pour moi – mais pour que tu aies conscience des raisons pour lesquelles tu fais ces sacrifices, raisons que je t'ai déjà exposées, et pour te donner mes nouvelles instructions, en personne. Maintenant, parle-moi de cet échec.*

Les paroles du maître des ténèbres le firent se sentir comme dans une presse à platoya. Lusk inspira profondément et se résigna à répondre à la question du maître. Une fois qu'il eut fini de raconter l'échec des assassins – le sien, étant donné son implication dans l'affaire – Lusk baissa les yeux et attendit le verdict du dieu.

Le fondateur sembla réfléchir au récit de Lusk pendant un moment, peut-être en comparant les différentes versions que les vents stellaires *Lui* avaient rapportées – ou tout simplement en pensant à la version que l'Umbra *Lui* avait racontée. *Il* tourna ensuite des yeux vides vers Lusk et dit :

- *Je sais que tu es un serviteur appliqué, Lusk, et que c'est pour cela que tu ne progresses pas toujours rapidement. Mais cela a fini par mener à l'échec de la mission de quelqu'un d'autre. Grandis à partir de cela et sois à la hauteur des vérités que je t'ai révélées aujourd'hui.*

Après une pause qui dura une seconde ou un million, Noctiferus continua :

- *À présent, je vais te donner de nouvelles instructions.*

L'idée de ce que Lusk devait faire pour le fondateur lors de sa nouvelle mission provoqua une montée de vomi dans sa gorge. Heureusement qu'il ne s'agissait que de son corps physique et non de sa forme dans le Lien.

- *Cognovi quanta sacrificia mihi per mei obedientiam facere debeas, Lusk Methrim, sed scito te frustra toleravisse, nam beatitude te matremque tuam expectat.*[15]

D'un geste, Noctiferus remplaça le décor sombre par un paysage d'une luxuriance telle que Lusk n'en avait jamais connue auparavant. Le fondateur était-il en train de lui montrer le paradis ?

Noctiferus poursuivit :

- *Hic est domus mea, ubi animae tuae in aeternam vitam procul ab existentiae K'Taran tuae lite recipientur.*[16]

Le cœur de Lusk bondit dans sa poitrine à l'idée de retrouver sa mère, loin de tout le mal qu'il avait connu. Mais le paradis décrit par le dieu, existait-il vraiment ? Et si oui, Noctiferus ne devrait-il pas se satisfaire de cette vie ? Pourquoi

---

[15] Je comprends les sacrifices que tu dois faire pour m'obéir, Lusk Methrim, mais sache que ta peine ne sera pas vaine, car la félicité vous attend, ta mère et toi.

[16] C'est chez moi, et c'est là que vos esprits seront reçus pour vivre dans l'éternité, loin des combats de votre existence sur K'Tara.

vouloir conquérir K'Tara ? Les yeux de Lusk, ceux de sa forme dans le Lien comme ceux de son corps dans la pièce de contemplation, se fermèrent à demi, trahissant son scepticisme.

> *- Je vois que tu te méfies de moi, Lusk Methrim. Pourquoi ? Parle.*

Lusk voulut s'effacer, mais il lutta contre ses peurs, y résistant de toutes ses forces, et dit avec le plus de courage possible :

> *- Je ne veux pas vous interroger, Fondateur. Veuillez me pardonner. Mais le corps de ma mère ; il n'est pas digne. Pourquoi voudriez-vous la recevoir dans votre royaume divin ?*

Noctiferus le fixa de ses yeux infinis, comme s'il cherchait à l'évaluer ou à regarder au fond de lui pour tenter de comprendre comment un simple mortel pouvait choisir de le questionner ainsi, *Lui*. Dans un souffle que Lusk sentit sur sa forme, un souffle provenant de sa bouche presque fermée, *Il* répondit :

> *- Le corps d'une personne peut ne pas être un réceptacle convenable pour un dieu, mais un esprit peut toujours être digne de l'éternité.*

Tandis que la forme de Lusk affichait toujours de la méfiance, des ondulations de contrariété traversèrent le Lien au-delà de Lusk. Le dieu demanda à entendre sa dernière question.

Lusk se ressaisit et respira calmement dans sa salle avant de dire :

> *- Je vous prie de m'excuser, Fondateur. Ce n'est que mon ignorance qui me fait paraître dubitatif. Mais le corps devient indigne à cause d'un esprit négligent, que cette négligence soit intentionnelle ou non. Comment pourriez-vous recevoir l'esprit de ma mère alors qu'elle a laissé son corps dépérir de la sorte ?*

La bouche du dieu s'étira en un sourire montrant son impatience. Il lui répondit :

- *Clementia hoc sinet, Lusk Methrim, clementia pro fide tua, ministerio tuo, sacrificiis omnibus tuis data.*[17]

Si le dieu avait voulu solidifier l'engagement de Lusk dans leur cause avec cette réponse, cela n'avait pas fonctionné, et Lusk dut refouler toutes ses pensées, émotions et doutes persistants – ou renouvelés – tout au fond de lui-même pour que Noctiferus lui-même ne les perçût pas. Et pourtant, il désirait plus que tout retrouver sa mère, et il n'était pas certain de pouvoir jamais échapper au dieu. Il choisit donc de se raccrocher à l'espoir que le dieu avait introduit dans son esprit avec la possibilité d'un paradis pour sa mère et lui. Il accepta ensuite, d'un hochement de tête, sa nouvelle mission : terminer la conversion de certains Alterintrants d'Urbs Lucis, et retourner à Furanville où il devrait se lier d'amitié avec la cour du roi pour obtenir l'aide de l'un de ses membres afin d'achever la mission qui venait d'échouer. Il ne devrait reculer devant rien pour accomplir ces deux tâches. Il savait ce que cela signifiait, et l'idée des choses qu'il devrait faire pour aller au bout de sa mission envahissait son esprit d'un dégoût tel que son corps aurait vomi sur-le-champ dans la pièce de contemplation s'il n'avait pas refoulé toutes ses émotions.

Les dernières paroles de Noctiferus inondèrent son esprit d'une épaisse couche de crasse poisseuse l'empêchant d'émettre le moindre gémissement.

- *Ton corps est digne de l'union. Les tâches que je t'ai confiées seront bien plus éprouvantes que toutes celles que tu as accomplies jusqu'à présent. Je le sais ; j'en ai conscience. Mais maintenant que tu connais les raisons pour lesquelles tu me sers, ton esprit saura trouver la force de t'accompagner dans tes travaux. Cela te rendra, Lusk Methrim, d'autant plus digne.*

Après cela, Lusk n'entendit pas Noctiferus rappeler l'Umbra. Il n'écoutait plus et n'entendait plus rien – son esprit

---

[17] Ma clémence le permettra, Lusk Methrim, ma clémence accordée en retour de ta foi, de tes services et de tes sacrifices continus.

était vide de tout sauf d'une seule pensée qui continuait de se répéter : Je sers. Mère vit. Je sers. Mère vit. Je sers. Mère vit…

Il n'entendit pas l'Umbra lui dire que le maître était parti et ne vit pas non plus l'Umbra s'en aller. Lusk resta là, au milieu de nulle part, dans la faible lueur de ce monde ténébreux et étranger et de la lune blafarde. Il ne savait pas combien de temps il resta dans le Lien avant de revenir dans son corps, mais, ce faisant, il s'effondra dans son vomi.

Le prisonnier

Dans le sous-sol d'une grande maison délabrée du nord-ouest de Kartak, une femme et deux bélîtres se tenaient face à un homme au teint étrangement pâle. La femme ressemblait plus à un homme maigre et costaud qu'à une femme, mais ses yeux étaient assez envoûtants. L'un des deux hommes, un grand gaillard crasseux, était assis et crachait négligemment des morceaux d'ongles sales par terre. L'autre était propre, bien proportionné et plutôt patibulaire.

Après avoir été traversé par un énième frisson, le prisonnier demanda dans un gémissement :

- Comment… m'avez-vous trouvé ?

La femme lui répondit dans un petit rire intriguant :

- C'est ça ta première question ? *Comment m'avez-vous trouvé ?* Et pas *où sommes-nous ?* Je vais te dire comment nous t'avons trouvé : nous avons localisé ton enceinte grâce à une gentille prêtresse kynarienne très compétente qui vient de rejoindre notre… organisation. Nous avons ensuite eu l'auguste chance d'avoir parmi nous quelqu'un qui est immunisé contre les vibrations déroutantes qui dissimulent ton mur. Il nous a fait entrer. Mais permets-moi de te dire que ta capture fut aussi difficile que je l'avais prévu ; pour un centenaire, tu es encore capable de te battre dans une liaison.

Marcus tenta d'émettre un soupir cynique, mais l'air sortit presque inaudible de ses narines. Après s'être remis d'un nouveau frisson irrépressible, il parvint à poser ses deux dernières questions :

- Qu'attendez-vous de moi ? Et que m'avez-vous fait ?
- Rien, nous devons juste te livrer à quelqu'un qui est particulièrement intéressé par les hommes ayant des compétences de liaison. Quant à ce que nous t'avons fait : nous t'avons simplement bien nettoyé. Mais ne t'inquiète pas, tu t'en remettras si nous supprimons les lavages.

Marcus grogna et força quelques « quoi » hors de sa trachée.

- Qu'est-ce qui pourra supprimer les lavages ?

Marcus le Lecteur hocha la tête.

- Ta collaboration, bien sûr.

Cette fois, le soupir de Marcus s'échappa clairement et se prolongea dans un gloussement douloureux :

- Je… Je n—
- Oh que si ! Crois-moi, tu te convertiras. Tu connais ce mot ? *Convertir* ? Si tu as déjà été attiré par quelque chose avant de t'isoler dans ton enceinte, eh bien la conversion te libèrera et te permettra de suivre tes désirs, de ne plus leur résister, sauf que pour cela, non seulement tu *devras* servir notre maître, mais tu en auras *envie*. Et je suis très habile pour convertir les gens comme toi.

Marcus ne répondit pas ; il n'essaya pas de contredire les affirmations de la femme. Il poussa un dernier gémissement d'épuisement morbide et se laissa engloutir par l'inconscience.

La femme dit à l'homme propre et patibulaire :

- Dis à Kina de préparer le lit du prisonnier et de tout faire pour qu'il soit doux et confortable. Dis-lui aussi de préparer un savon d'inhibition légèrement moins dosé ; je veux commencer la conversion dès demain.

Eenosh se retourna en grommelant et partit faire ce qu'on lui avait demandé, mais non sans adresser un regard rempli de haine à la Coate.

La décision

Alors que le vent sifflait à l'extérieur du Palais de la lumière et que de gros nuages gris recouvraient la cité-État, six femmes discutaient de la mission prévue en Zébulonie. Elles se trouvaient dans le bureau de Biléna.

- Biléna, dit Larca, tu crois que les filles sont prêtes à partir ou non ? C'est tout ce que j'ai besoin de savoir.

Biléna fut agacée de voir que Larca ne s'adressait jamais directement aux Sœurs des autres cordonnetés que pour les insulter. Mais elle la connaissait depuis des décennies et savait qu'elle n'y pouvait rien. Dans un soupir résigné, Biléna lui répondit :

- Oui, Larca. Clara peut te le confirmer.

En réalité, Clara n'était pas tout à fait certaine que les filles étaient prêtes. Ooldrina était devenue impertinente et dépressive ces derniers temps, et voulait absolument partir en mission. Clara ne comprenait pas bien pourquoi, mais… elle n'était pas bonne pour comprendre ces choses. Dans tous les cas, les filles avaient appris ce dont elles avaient besoin pour leur mission. Clara répondit alors :

- Tout à fait, Praefecta, elles sont prêtes. Mais je ne suis toujours pas persuadée que ce soit une bonne idée.

Larca éructa :

- Tu as des doutes ? Que veux-tu que nous fassions ? Envoyer une Sœur qui ne connaît rien à leur langue ?!

Krystiana retint un soupir. L'attitude collaborative que Larca avait adoptée au moment d'être nommée à la tête de leur effort de guerre n'avait été qu'un bref interlude, et elle avait depuis repris ses vieilles habitudes. Krystiana aurait tellement aimé être là trente ans plus tôt pour empêcher la femme de prendre la tête des Cordons rouges ! Hélas. Elle avait beau retourner le problème dans tous les sens, Krystiana ne comprenait pas pourquoi on continuait à promouvoir des gens dépourvus de qualités de meneur à des postes de direction. Cela restait – pour elle – un immense mystère.

Consciente qu'elle devait intervenir pour empêcher la discussion de s'envenimer, Krystiana dit :

- Larca, tu sais aussi bien que nous qu'envoyer ces filles – qui ont à peine l'âge d'être mère – espionner notre ennemi est une option *très* dangereuse. Mais *c'est* la seule que nous avons.

Elle regarda Biléna et Clara d'un air déterminé :

- Je ne veux plus rien entendre à ce sujet.

Clara relâcha ses épaules d'un air résigné tandis que le visage de Biléna s'assombrissait, ce qui provoqua chez Krystiana une nouvelle inquiétude. Mais les choses étaient ainsi, et lorsque Biléna acquiesça enfin, Krystiana ajouta :

- Bien. Quand les enverrons-nous ?

Biléna répondit :

- Dès que nous aurons pris les dispositions adéquates. D'ici la fin de ce quart, elles devraient revenir de Furanville où, comme vous le savez, Élyana les emmenées pour les présenter à celui qui leur demande de risquer leur vie. Elles devront voler à dos de furans jusqu'à la frontière, puis à dos de vorans par les montagnes du Sagr où un contact du roi les rencontrera. Au début du prochain quart, ce serait l'idéal, pour des questions pratiques liées au voyage. Elles devraient donc se trouver à la frontière à la fin du quart, et à Zéblin… quelques jours plus tard.

La Magna Mater et les autres Sœurs acquiescèrent.

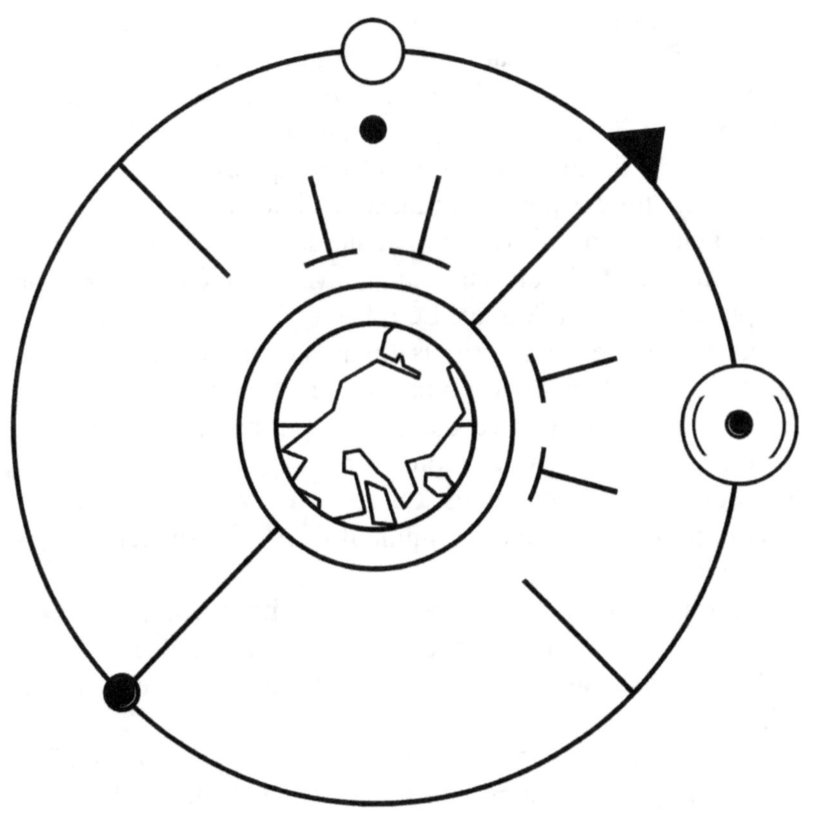

XIII RÉSULTATS ET RENCONTRES

En route pour Urbs Lucis

Alors qu'il descendait de Crin – un jeune furan de la lignée de Lumos, sa première monture – et répondait aux salutations du sergent Tamas, Octavius *soupira* et se massa le dos.

Le roi et son escorte, qui avaient volé pendant deux longs jours et affronté les ardars, arrivaient tout juste à l'avant-poste de Mont-Lac. Ils se rendaient à Urbs Lucis où le roi devait rencontrer la Magna Mater pour « discuter » avec elle de ses capacités de liaisons jamais révélées auparavant – capacités qu'il avait utilisées pour neutraliser celui qui aurait dû le tuer.

Octavius voyageait en compagnie de sa garde personnelle, qui comprenait à présent un nouvel élément chargé de remplacer le défunt Almiar. Le roi n'avait pas toute confiance en cet homme, maos le primus Julian s'était porté garant pour lui. Il était également accompagné par Dana Lux Baiula – la seule Sœur qui avait survécu à la tentative d'assassinat du roi – et de quatre autres gardes ; tout ce monde était non seulement là pour le protéger, mais aussi pour s'assurer qu'il ne s'éclipserait pas à nouveau comme il l'avait fait quelques mois auparavant.

Tamas accueillit le roi avec sa jovialité coutumière, mais non sans une certaine retenue – il s'en tint à une jovialité verbale, sans la poignée de main ni l'accolade qu'il réservait au prince Toras.

- Occupez-vous de nos furans, je vous prie, Sergent, et faites préparer à manger tout de suite ; je meurs de faim.
- Bien sûr, mon Roi.

Dana l'avait observé avec curiosité durant leur premier jour de vol, mais au fil du temps, sa curiosité s'était mue en surprise. Octavius avait senti son regard peser sur lui ; il l'avait même entendue pouffer à un moment, malgré le bruit du vent. Il savait bien qu'il en était la cause.

Elle le regardait de nouveau – du coin de l'œil – tandis qu'il époussetait son uniforme. Le primus Julian, qui dessellait son furan tout près d'elle, lui glissa :

- C'est un homme de parole, Lux Baiula, et il sait parfaitement quelle est sa place sur l'échiquier. Il se rend à Urbs Lucis parce qu'il l'a promis, mais —
- Il sait aussi qu'il n'y aura aucune conséquence pour lui. Julian répondit :
- Enfin, rien qui pourrait remettre en question son autorité.
- La maison Coriolis semble sous le charme des Fondateurs.
- Je ne dirais pas cela, grogna Julian ; le roi n'est pas croyant. Ils ont tous des contraintes et des difficultés, comme n'importe qui. Mais le roi est l'homme qui a le plus de principes que je connaisse, et ses enfants tiennent de lui. J'aimerais simplement que ces principes aboutissent plus souvent au résultat escompté.
- Oui, j'ai entendu parler de la décision du prince Toras de se rendre à Galior pour défendre le village contre le Scytale. C'était audacieux… mais admirable.

Remarquant une pointe d'émotion dans la réponse de la Lux Baiula, Julian demanda :

- Connaissiez-vous quelqu'un à Galior ?

La femme acquiesça, mais durcit ses traits pour couper court à la conversation.

Julian grommela et la laissa tranquille. Les principes. Le prince *avait fait* ce que d'autres n'auraient sûrement pas pu faire, et c'était pour ses principes, même si ceux-ci lui avaient coûté très cher. Mais Julian pensait à autre chose ; il songeait à la mort de sa sœur jumelle. Il aurait aimé que le roi eût agi selon ses principes lorsque le Scytale tenait sa sœur dans son bec, au lieu de laisser quelqu'un d'autre lui dicter son comportement ; sa sœur serait probablement encore en vie. Mais il savait que les choses n'étaient pas aussi simples. Julian chassa cette pensée, s'excusa, et partit s'occuper de l'installation des tentes.

Dana alla chercher ses armes, sa gourde et sa sacoche là où les affaires de la compagnie royale avaient été déposées. En chemin, elle remarqua les étranges regards que lui jetaient quelques-uns des hommes de l'avant-poste. Elle plissa les yeux, leur lança un regard assassin, et ils se détournèrent. Lorsqu'elle eut ramassé ses affaires, elle alla s'asseoir près d'un arbre pour entrer dans le Lien et informer son contact à Urbs Lucis des progrès de la troupe. À peine assise, les hommes se remirent à l'observer.

C'était un fait : les Cordons rouges, et plus spécifiquement, les barrières, les fascinaient. Elles avaient l'air tellement dangereuses, mais terriblement séduisantes dans leur uniforme ajusté. Mais les soldats de l'avant-poste avaient aussi entendu les rumeurs qui circulaient sur la « garde-reliée du roi » : sur quatre, une seule avait survécu – Dana Lux Baiula –, alors que seulement un des hommes qui avaient affronté les assassins avait péri. Les gardes se demandaient probablement si leur réputation n'était-elle pas exagérée. C'était ce qu'ils faisaient, tout en l'observant, ne sachant se prononcer.

Dana pouvait sentir le regard des hommes peser sur elle malgré ses yeux fermés, et elle passa un autre moment à s'imaginer ce qui pouvait bien leur passer par la tête : peur, perplexité, effroi, perplexité. S'ils savaient avec quelle facilité elle pouvait leur briser la nuque, peut-être qu'ils arrêteraient de la dévisager ainsi, pensa-t-elle. Mais après-tout, pourquoi ne la regarderaient-ils pas après l'échec honteux des mythiques Lux Baiulae ? Avec un peu de chance, Élia et Tania trouveraient la cause de la mort de ses Sœurs afin de les préparer toutes à la prochaine atteinte contre la vie du roi. Ce qu'elle n'avait pas hâte de subir, c'était l'interrogatoire de la Praefecta Larca une fois à Urbs Lucis. La cheffe des Cordons rouges avait une sainte horreur de l'échec, et elle était intraitable – terriblement intraitable – si quiconque bâclait son travail. En tant que cheffe de la brigade spéciale de protection du roi, Dana était responsable des actions – ou de la mort – de ses subalternes. Eh bien, les choses étaient ainsi, et la Cordon rouge se résigna à voir la colère de la Praefecta Milites s'abattre bientôt sur elle. Aussi déplaisant que ce pût être, cela ne pouvait être pire que l'autoflagellation que Dana s'infligerait bientôt. En réalité, elle avait hâte de le faire.

Le roi passa un peu de temps avec les autres pendant qu'il assouvissait sa faim. Il ne prit pas part aux conversations, mais répondit aux quelques questions que lui posa Tamas. Une fois qu'il eut avalé sa dernière bouchée de chantre de terre – une plante au goût de viande qui se nourrit de fumier et qui chante pour attirer les pollinisateurs –il se leva, donna ses instructions à Tamas pour le départ du lendemain, et se retira avec sa garde prétorienne en souhaitant bonne nuit à tout le monde.

Lorsqu'il fut dans sa tente, il s'assit sur un petit fauteuil, s'enfonça dans le dossier et pensa un moment à ce qu'il attendait de sa rencontre avec la Magna Mater – et avec ses conseillères, si elle le demandait.

Le roi n'était pas très inquiet puisque la Sororité ne pouvait pas faire grand-chose contre le fait qu'il fût un relieur, ni le forcer à rester à Urbs Lucis pour y être formé ! Mais le simple fait de subir un interrogatoire et de devoir répondre à toutes les questions que les Sœurs ne manqueraient pas de lui poser le fatiguait déjà. D'un autre côté, il craignait de les voir lui imposer des restrictions sur l'utilisation d'autres liaisons, et elles pouvaient aussi l'obliger à s'entraîner avec Mitsuko ou avec une autre Lux Baiula de Furanville. Elles pourraient également vouloir le soumettre à des examens, et il avait décrété qu'il s'y opposerait catégoriquement. *Tout cela n'est vraiment qu'un simulacre parce que je peux tout refuser en bloc si je le souhaite. Non, tout ce qui m'inquiète, ce sont leurs questions sur Marcus et ce qu'elles pourraient intenter contre lui – ce que je ne pourrais pas empêcher – comme l'expulser des Aquinos. Mais peut-être qu'avec la guerre...*

Les lamentations d'un tzilleur nocturne le fit sursauter, et, tandis que le voleteur continuait de chanter, le souvenir de sa femme paralysée, debout, un couteau sous la gorge, envahit son esprit. Ce n'était pas la première fois que leurs vies avaient été menacées, mais c'était la première fois – de leur longue existence – qu'elle avait été véritablement en danger. Il pouvait la voir à présent, exactement comme elle était dans sa chambre, le regard terrifié et le sien, pétrifié. Il poussa un grognement.

J'aurais dû la renvoyer en Kynarie. J'aurais dû le faire. Il expira avec cynisme. *Une si longue existence, et pourtant, combien de temps en avons-nous réellement profité – ensemble ? Et maintenant, cette guerre dont nul ne sortira indemne, si tant est que nous nous en sortions tout court. Aurai-je l'occasion de la côtoyer un jour comme mon épouse et non comme la reine consort ? Vivrons-nous tous deux assez longtemps pour que Aithen prenne —*

Octavius interrompit le cours de ses pensées avant de sombrer dans la déprime. Il avala une tasse de lait qu'on avait laissée à son intention, s'allongea, et invita le sommeil à étouffer ses inquiétudes.

Il fallut encore huit heures le lendemain pour que la troupe du roi atteignît sa destination – Urbs Lucis. La ville-État était grandiose avec ses murs blancs et ses sommets d'un bleu cristallin. Octavius se demandait combien l'Ordre avait pu dépenser pour maintenir ces structures dans un tel état de conservation malgré les siècles qui s'étaient écoulés depuis sa fondation, quelque six-cents ans plus tôt. Il cria sa question à Dana qui lui répondit que l'Ordre payait des Alterintrants laïcs pour projeter des liaisons soniques sur les surfaces afin d'en agiter les algues, la mousse et la poussière. Octavius laissa échapper un son traduisant sa surprise, mais ce dernier fut rapidement absorbé par le vent.

Il se mit ensuite à scruter les champs autour de la ville ; de là où il était, ils étaient tout simplement féériques, avec l'herbe épaisse qui recouvrait chaque parcelle de terre non cultivée, soit la moitié du territoire. Les cultures, à présent prêtes, créaient un formidable contraste avec leurs couleurs jaune et vert profond. Lorsqu'ils furent suffisamment près pour voir au-delà des murs d'enceinte de la ville et pour entendre les bruits qui s'échappaient du palais, Octavius fut étonné par l'agitation et hurla une nouvelle question.

Dana lui répondit à criant à son tour que de plus en plus de roturiers venaient des régions environnantes pour demander de l'aide ou des conseils à l'Ordre en prévision de la guerre à venir. De plus, les efforts de recrutement de l'Ordre depuis l'attaque de Furanville – bien que moins rentables que ne l'aurait souhaité la Magna Mater – avaient permis d'attirer des centaines de nouvelles recrues – d'où ce regain d'activité.

Octavius se rendit compte qu'elle avait raison en apercevant une foule de femmes vêtues de robes blanches dans l'enceinte à ciel ouvert située à l'arrière du Sanctum-Intérieur.

Après avoir atterri, il fut accueilli par la seconde barrière Sasha, une femme anguleuse aux épaules larges et aux bras aussi musculeux que ceux d'un pêcheur. La Lux Baiula hocha la tête en guise de bienvenue et fit savoir au roi que sa compagnie et lui allaient être conduits dans les appartements diplomatiques avant la rencontre avec la Magna Mater, afin qu'ils pussent se rafraîchir. Dana et elle échangèrent ensuite les salutations habituelles entre barrières : le poing contre le ventre, doigts pointés vers le haut, puis retiré comme pour extraire un couteau.

Octavius, désireux d'en savoir davantage sur les apprenties, demanda :

-   Est-ce que certaines recrues vous ont déjà surprises par leurs compétences ?

La seconde barrière Sasha grogna et répondit :

- Pas encore. Mais j'espère que ce sera bientôt le cas, Sire. Nous faisons venir une bonne dizaine de femmes chaque quart, mais la plupart sont, au mieux, correctes.

Une bonne dizaine chaque quart. Ce n'est pas assez. Octavius acquiesça et se laissa conduire par la femme jusqu'aux résidences.

Espoirs

Flanquée de Raaviana à droite, d'Élyana à gauche et du haut prince à la gauche d'Élyana, Ooldrina marchait en écoutant d'une oreille distraite. Une garde composée de huit hommes les encadrait, non pour les protéger elle et Raaviana, mais pour s'assurer que le prince ne risquait pas d'être l'objet d'un attentat contre la famille royale.

Le prince avait été un peu tendu en se joignant au groupe. Mais malgré le fait que la Manu Dextra avait déjà parlé à Ooldrina et à Raviana de la tentative d'assassinat de son père, et qu'elle les avait prévenues que le prince pourrait ne pas être tout à fait lui-même, Ooldrina s'en moquait. Son malaise grandit à mesure qu'elle se demandait pour quelle raison le prince se joignait à elles pour une promenade dans la ville alors que son peuple se préparait à envahir l'Alvinorie.

En marchant au milieu de la foule le long de l'immense route principale de la capitale, Ooldrina sentit peser sur elle le regard suspicieux de quelques Furanvillois, et elle ne put empêcher sa mâchoire de se crisper. Était-ce à cause de la couleur laiteuse de leur peau, de leurs cheveux noirs aux reflets rouges et de leurs épais visages ? Ou était-ce simplement parce qu'elles étaient zébuloniennes ? Et la fixaient-ils parce qu'ils savaient, d'une certaine manière, qu'elle était souil — ? Elle s'empêcha d'achever cette pensée et essaya de ne pas grincer des dents. Mais la Manu Dextra s'en aperçut et fronça les sourcils à son adresse.

Le prince se mit à l'entretenir, ainsi que Raaviana, des libertés dont jouissaient tous les hommes et les femmes d'Alvinorie depuis la publication de la Carte coriolanne. Raaviana écoutait ses paroles entre émerveillement et espoir. Peut-être rêvait-elle de devenir une Alvinorienne. Mais tout en Ooldrina ne voulait qu'une chose : s'enfuir.

Lorsque le prince eut terminé, elle se demanda s'il allait tenter de leur expliquer combien elles devraient se réjouir d'avoir été trouvées par les Lux Baiulae pour les aider à se défendre contre les habitants de son pays natal. Mais le prince n'en fit rien. Il se contenta de leur demander, à elle et à son amie, si elles avaient étudié la Carte coriolanne.

Raaviana s'empressa de lui dire qu'elle l'avait un peu étudiée et que son auteur devait être très avisé, ce à quoi le prince répondit qu'il n'avait rien inventé et que sa seule intervention fut de coucher par écrit ce que tout humain savait déjà et de faire respecter ces vérités en les plaçant à la base des lois du royaume.

Surprise, Ooldrina cligna des yeux et sentit sa défiance se dissiper un instant. Le fait que le prince n'essayait *pas* de s'approprier le mérite des actes de son ancêtre, ni même de le *nommer* – Élyana Lux Baiula lui avait raconté que l'auteur de la Carte coriolanne était l'arrière-arrière-grand-père du prince, le roi Lucius premier – était au-delà de tout ce qu'elle avait connu jusqu'à présent. Peut-être que le prince était un bo — Non. Cela ne l'intéressait pas.

Tandis qu'ils passaient devant un balayeur de rue, le prince en profita pour évoquer les dispositifs permettant de garder la ville propre et saine, et Ooldrina replongea dans ses propres réflexions.

Soudain, Raaviana demanda dans un alvinorien presque parfait :

- Nous avons entendu dire par des débutantes d'Urbs Lucis que lorsqu'une apprentie enfreint les règles de la Sororité, vous lui faites nettoyer les écoulements urbains. Est-ce vrai ?

Le prince écarquilla les yeux. Élyana allait répondre à sa place, mais il leva la main et s'en chargea lui-même :

- C'est vrai que les écoulements sont purifiés en partie grâce au Lien, et que, parfois, certaines débutantes sont envoyées en champ de purification pour y être punies. Mais cette punition leur est donnée par leurs supérieures, et non par la Couronne ni par quiconque agissant en dehors de l'Ordre. Le plus gros du nettoyage est fait de manière mécanique et avec des microbes extrêmophiles. Les intendantes – les femmes qui supervisent les activités des champs – sont des sensorielles aux compétences faibles volontaires pour recevoir une formation à ce travail parce qu'il est bien payé. Elles observent les colonies microbiennes et les adaptent, ce que je ne comprends pas, pour les rendre plus efficaces ou pour les restaurer lorsqu'elles sont noyées par les tempêtes ou les déchets en périodes de festivités. Leurs assistantes – parfois des Sœurs en formation envoyées en punition par leurs supérieures – les aident à assainir les écoulements.

Ooldrina et Raaviana se regardèrent en fronçant les sourcils avec une moue ; peut-être que ces débutantes – Moradien et ses partisanes – avaient raison d'être en colère contre la hiérarchie de l'Ordre.

Le prince passa les quinze minutes suivantes à répondre aux interrogations de Raaviana sur l'éducation, les soins de santé et la religion dans le royaume. Ooldrina ne posa aucune question. Cela parut ennuyer la Manu Dextra, qui la regardait avec des yeux inquisiteurs. Mais Ooldrina détourna le regard.

Après avoir répondu à toutes les questions de Raaviana, le haut prince leur posa à son tour quelques questions auxquelles Raaviana fut ravie de répondre. De temps en temps, le prince jetait un œil interrogateur et plein d'attente, mais sans instance, dans la direction d'Ooldrina. Au bout de la cinq ou sixième tentative, il se tourna vers elle d'un air grave ; c'était l'air qu'affichait sa mère lorsqu'elle savait que quelque chose bouleversait Ooldrina et qu'elle voulait lui montrer qu'elle était là pour elle. *Pourquoi cet homme me regarderait-il de cette manière ? Ce n'est qu'un jeune sang royal imbu de lui-même, tout juste en âge de procréer !*

Alors que ces pensées et questionnements tourbillonnaient dans la tête d'Ooldrina, le petit groupe arriva dans le marché central. L'endroit était bondé, et, même si les plébéiens conservaient une certaine distance de sécurité avec eux et les patriciens, une plus petite, tout ce monde était assez proche pour être capable de discerner clairement les traits d'Ooldrina et de Raaviana.

Tous saluaient le prince dans une révérence et inclinaient la tête devant la Lux Baiula. Mais nombreux, trop nombreux, furent ceux qui essayèrent de dissimuler leur mécontentement à la vue des deux filles. Ooldrina était à présent certaine que les Furanvillois les détestaient. Et leurs robes d'apprenties de l'Ordre de la lumière n'y changeaient rien.

Des gens groupés devant un kiosque à cinq mètres d'eux se mirent même à les montrer du doigt et à couvrir leurs bouches pour déblatérer on ne savait quelles méchancetés sur Raaviana et elle. Ooldrina eut envie de se jeter sur eux, mais son amie aux yeux verts se contenta de hausser les épaules et lui fit signe de se calmer.

Le prince ne remarqua pas Ooldrina qui avait tourné vers lui des yeux remplis de colère, de douleur et de haine, car il toisait déjà ses compatriotes. Le groupe recula, l'air mortifié, et tous se confondirent en excuses, attirant l'attention des autres clients sur eux. Tout le monde savait qu'il était interdit de manquer de respect à un invité du haut prince, fût-il zébulonien.

Le prince regardait à présent les deux filles avec un sourire apaisant ; Ooldrina se figea, cligna des yeux et avala sa salive. Le prince ne semblait pas avoir remarqué son malaise et continuait de sourire lorsqu'il se tourna vers le marchand dont le kiosque se trouvait devant eux et lui demanda des fruits qu'il appela platoyas.

Après avoir adressé quelques admonestations à l'intention du groupe insolent du kiosque voisin, le marchand leur réserva l'accueil le plus chaleureux et le plus sincère qu'Ooldrina n'eût jamais connu de la part d'un homme, et demanda au garçon derrière lui de choisir les meilleurs platoyas pour ses honorables invités tout en questionnant le prince sur les filles qui l'accompagnaient.

Un instant plus tard, le jeune garçon – qui avait fait le tour du comptoir – se racla la gorge et tendit à chacun, dans une grande révérence, un beau fruit jaune parfumé.

Déboussolée, Ooldrina resta là, le fruit à la main, pendant qu'Élyana Lux Baiula et Raaviana mordaient dedans à pleines dents.

Voyant son hésitation, le prince lui fit un signe d'encouragement et croqua dans son fruit.

Elle s'était bien promis de ne pas se laisser impressionner par le fruit, même s'il avait un goût divin, pourtant Ooldrina ne put s'empêcher de pousser un petit gémissement de plaisir.

En l'entendant, le prince dit tout haut, plus fort que nécessaire, comme s'il voulait que tout le monde l'entendît dans les alentours :

-   Je suis fort aise que vous l'appréciiez. C'est l'un de mes fruits préférés aussi. Et je dois avouer que – en vous voyant toutes deux et sachant ce que j'ai entendu dire sur Razeb et les montagnes de Sagr dont je n'avais jamais entendu parler avant – je me surprends à espérer voir de plus en plus de gens de votre peuple *choisir* de s'établir ici, afin que nous puissions en apprendre de vous autant que vous pourrez en apprendre de nous. Je sais bien que la guerre nous empêchera de le faire autant que nous le souhaiterions dans un avenir proche, mais dès que tout sera terminé, je parlerai avec le roi et avec le maître Setarcos de la mise en place d'un programme à cet effet.

Ooldrina et son amie échangèrent un regard surpris, mais plein d'espoir. Cet homme n'était pas leur prince, ni leur père ou leur roi. Mais si tous les souverains du nord étaient comme lui, peut-être pourraient-elles choisir de devenir alvinoriennes.

Elles se tournèrent vers Élyana qui leur sourit puis leur fit signe de continuer. Elle emmena le groupe vers une grande boutique au bout de la rue, l'une des plus grandes, et qui offrait aussi l'un des étals les plus appétissants de tout le marché.

L'homme qui les accueillit arrêta sur-le-champ tout ce qu'il faisait et demanda à un jeune homme qui semblait être son fils de s'occuper du client qu'il était en train de servir. Après avoir dit au prince et à la Lux Baiula combien il était heureux de les voir tous les deux, il embrassa Ooldrina et Raaviana du regard et dit :

- Chère Dame Élyana, que les fondateurs me foudroient si je me trompe, mais je jurerais que ces deux belles jeunes apprenties sont zébuloniennes.
- En effet, Maître Brak ; ce sont Ooldrina et Raaviana – des débutantes de la Sororité. Elles ne sont pas du royaume, mais viennent d'un village frontalier isolé dans le sud appelé Razeb, où… quelques Zébuloniens ont installé une colonie il y a longtemps. Comme elles ont passé les trois derniers mois à s'exercer, j'ai pensé qu'il serait bon pour elles de voir une partie de ce que l'Alvinorie a à offrir, alors je les ai emmenées ici. Et comme je veux leur faire goûter la meilleure nourriture de Furanville, nous voici dans votre boutique. Je suis sûre qu'elles vont aimer le goût de vos rouleaux de molpoisson.
- Mesdemoiselles, ce sera un honneur de vous faire plaisir.

Sur ce, le maître Brak partit préparer quelques cônes frais pour le groupe.

Les filles apprécièrent en effet les rouleaux, ainsi que les bouchées de conqueau épicé. Le poissonnier les honora de plaisanteries et demanda aux filles ce qu'elles pensaient de la plus grande capitale du monde et des délices exotiques du marché, ce à quoi Raaviana répondit avec enthousiasme de manière aussi loquace qu'à son habitude et Ooldrina, à demi-mots dans des hochements de tête. Cela fait, le prince et la Lux Baiula le remercièrent, et tous quatre quittèrent le marché en direction de la navette qui les attendait côté sud.

Quinze minutes plus tard, ils arrivèrent à Domus Lucis. Élyana et les filles descendirent de la navette. Raaviana voulut remercier le prince et fit signe à son amie de faire de même. Après un instant d'hésitation, Ooldrina imita l'initiative de la jeune fille aux cheveux rouges, et toutes deux firent une grande révérence en signe de remerciement. Ce faisant, Ooldrina ne put s'empêcher d'éprouver un sentiment de culpabilité, puis elle tourna les talons pour s'en aller avant de fondre en larmes.

Les manières des Locari

Le lendemain, en fin d'après-midi, sous un ciel limpide, Aithen et Élyana voranaient en direction de la Baie royale où leur rendez-vous les attendait. Malgré la fraîcheur de l'air, ils avaient déjà quitté leurs vestes pour éviter d'avoir trop chaud pendant le voyage, d'une part à cause des montures et d'autre part en raison de leur activité physique.

Aithen caressait le cou de Magnus, le remerciant de son excellent trot allongé. Quelque peu irritée, sans doute parce qu'elle avait encore du mal à faire ralentir convenablement sa propre monture – un voran dans sa phase femelle – Élyana dit :

- Donc, la Locara qui est en toi —

Aithen interrompit aussitôt la Lux Baiula :

- Elle n'est pas *en* moi.

- Bon, la Locara qui a placé un morceau d'elle en toi…
  Élyana regarda le prince en attendant de le voir rouler des yeux. Elle a prévenu son chef ? Est-il prêt à me

rencontrer et à parler de la manière dont nous pourrions apprendre comment créer ces moniteurs ?

Un pli apparut entre les sourcils de Aithen tandis qu'il répondait :

- Non, elle a seulement confirmé sa rencontre avec toi. Rien de plus.
- Hum, tu crois qu'il va me parler des moniteurs ?

Aithen se tourna vers Élyana dans un geste et une expression témoignant de son ignorance, mais il espérait que Torrent allait accepter.

Élyana hocha la tête avec espoir.

Aithen ajouta, en s'éclaircissant la gorge :

- À ton avis, qu'est-ce qui pourrait déranger notre Zébulonienne aux cheveux noirs. En veut-elle à l'Ordre ? Ne voulait-elle pas venir à Urbs Lucis lorsque vous l'avez ramenée de Razeb ?

Contrariée, Élyana prit plusieurs profondes inspirations avant de lâcher :

- Franchement, j'en sais rien.

Aithen leva son sourcil droit comme il le faisait souvent au moment de remettre en question quelque chose avec humour. Quand il vit qu'Élyana restait perplexe face à sa réaction, il ajouta :

- Tu as fait une contraction.

Élyana se figea un instant, semblant s'autoanalyser.

Se sentant légèrement coupable, Aithen revint au sujet :

- Eh bien, quoi qu'il en soit, Ooldrina est préoccupée par quelque chose. Si ce n'est pas parce qu'elle a quitté Razeb qu'elle ne se sent pas bien, alors il doit y avoir un rapport à ce qu'elle a pu vivre à Urbs Lucis.
- Je le sais. Elle n'a pas toujours été comme cela. Tout a commencé il y a deux mois. Clara – son instructrice – et moi avons essayé de lui en parler, mais elle ne veut pas répondre. Nous avons aussi interrogé Raaviana, mais la fille ne le sait pas – ou peut-être qu'elle sait quelque

chose et croit que cela va passer, quel que soit le problème.

\- Cela ne me surprendrait pas, Raaviana ne semble pas s'inquiéter de grand-chose, même si elle devait… s'inquiéter de certaines choses, comme de son imminente mission en Zébulonie.

\- En effet.

Le prince et la Lux Baiula continuèrent de voraner en silence pendant un moment, admirant les variations de couleurs du littoral à l'approche de l'hiver. Les feuilles des arbres commençaient à virer au jaune et au vert, et celles des semperubers se chargeaient d'une couche cireuse qui les protègerait contre les fortes giboulées de l'hiver. Cet épaississement s'accompagnait également d'un allongement et d'un élargissement des feuilles qui – une fois la croissance automnale terminée – allaient protéger les troncs et les animaux qui viendraient s'y nicher au début de la saison froide.

Tout en observant un groupe de petits hurleurs en pleine saison de changement de genre - une période qui durait plusieurs quarts – étrangement comiques au plus fort de leur transformation, avec leurs drôles de proportions et de coloris, Élyana dit :

\- Sais-tu pourquoi Torrent est resté dans une phase mâle pendant toutes ces années ? Si tu as rencontré ce Locarus il y a dix ans, tu aurais dû le voir changer de genre plusieurs fois depuis.

\- Non, je n'en sais rien. Peut-être qu'ils n'alternent pas.

\- En effet.

Soudain, le voran d'Élyana sauta au-dessus d'une roche au milieu de la voie. Après s'être réinstallée sur la selle, elle ajouta :

\- Peut-être que le chef conserve sa forme, quelle qu'elle soit une fois qu'il a acquis le commandement de l'espèce. Ou peut-être que le chef est toujours un mâle.

Puis, pour elle-même, elle ajouta :

- Il faudra que je demande à l'une des Cordons jaunes s'il existe des espèces connues pour lesquelles l'alternance de genres cesse chez les chefs.

Aithen avait écouté d'une oreille distraite, non pas parce que ça ne l'intéressait pas, mais parce que la question d'Élyana avait ravivé en lui d'autres questions qu'il s'était posées après que Torrent lui eut appris des choses incroyables. Il ressentit alors une envie irrépressible d'en parler à Élyana.

Aithen fit ralentir Magnus d'un coup de bride rapide, mais doux, et le voran d'Élyana – un grand animal brun et noir avec une trompette inhabituellement grande – ralentit immédiatement pour suivre le rythme de Magnus.

Élyana demanda :

- Tu as l'air ailleurs. As-tu entendu ce que je viens de dire ?
- Oui, oui… enfin… en partie.
- À quoi penses-tu, Aithen ?
- T'es-tu déjà demandé pourquoi les humanoïdes et quelques autres espèces – sans rapport – sont les seuls de K'Tara à ne pas alterner entre les genres ?
- Hum, non. Pas sérieusement en tout cas. C'est une question téléologique, et le fait que nous ne puissions pas comprendre pourquoi ne change rien au fait.

Surpris, Aithen releva le coin supérieur gauche de sa bouche.

- La question que la plupart des penseurs se sont posée et continuent de se poser est de savoir si cette non-alternance est ce qui nous a permis de faire évoluer notre langage.

Aithen esquissa une moue d'interrogation.

- Ils font l'hypothèse suivante : l'alternance constante a empêché le développement des schémas de pensée et d'interprétation stables nécessaires à l'évolution du langage. Bien entendu, ils ne semblent pas s'inquiéter du fait que les autres espèces qui n'alternent pas n'ont pas développé les mêmes capacités de langage.

Aithen secoua la tête et se retourna sur sa selle pour regarder Élyana en face.

- Ce n'est *pas* une question téléologique. En tout cas, pas pour moi.
- Est-ce que tu vas finir par me dire à quoi tu penses, Aithen ?

Dans un soupir, Aithen se lança :

- Il y a quelques mois, Torrent m'a révélé quelque chose que personne ne m'avait jamais dit ; il m'a raconté une histoire qui vient complètement bouleverser ce que nous croyons. Il m'a dit que nous ne venions pas de cet orbe, mais que Aiala'Rhi *nous a emmenés* ici avec elle et nous a confiés à quelqu'un pour nous élever. En fait, selon ce qu'il m'a dit, il semble que nous soyons, enfin, nous sommes les descendants des fond –

Élyana interrompit le prince :

- Quoi ?! Aithen, je ne suis pas certaine que les fondateurs soient des dieux comme on nous l'a appris. Mais ce qui est sûr, c'est que je ne croirai pas du tout à une affirmation aussi absurde sans preuve importante à l'appui.
- Je sais, je sais. Mais si tu remets les pièces en ordre, logiquement, tout prend du sens.
- Comment Aiala'Rhi nous aurait-elle emmenés ici ? L'esprit traverse le Lien, et peut traverser tout l'univers s'il est assez puissant. Mais le corps, non. C'est la raison pour laquelle notre religion nous enseigne de prendre soin de notre corps, pour que le jour de l'Union, nos fondateurs puissent venir et nous rejoindre, s'incarnant enfin en nous, car ils sont des esprits sans forme.

Aithen esquissa un geste dédaigneux.

- Je sais que tu n'es pas croyante, Élyana. Mais je pense quand même que tout cela a du sens. Et le fait que *je* ne puisse pas expliquer comment la créatrice a pu nous emmener ici ne signifie pas que cela n'a pas pu arriver.

Élyana resta silencieuse un moment. Elle semblait s'interroger sur lui, sur ses croyances. Elle lui avait appris beaucoup de choses, mais surtout en politique et en psychologie, pas en philosophie ni en science – le maître Setarcos s'en était chargé.

Aithen continua à la regarder tandis que leurs vorans montaient une petite colline, et crut voir passer sur son visage de l'inquiétude. Il lui dit :

- Tu te demandes comment il se fait que les philosophes de l'Ordre ne savent pas ces choses – je veux dire, ce que Torrent m'a confié – si tout cela est vrai ?

Élyana leva un sourcil :

- Donc, toi aussi tu sais lire dans les pensées maintenant ?
- Non, mais j'ai appris à reconnaître tes expressions, et je me suis longtemps posé la même question.
- Je suppose. Mais je me demande également combien de surprises tu me réserves encore avec des choses que tu ne devrais pas être le seul à savoir.

Pour toute réponse, Aithen prit un air indigné, puis sortit son disque de sa poche pour regarder l'heure : cinq ApG. Le disque, un appareil que seuls les nantis pouvaient acheter, fonctionnait grâce à la colonie microbienne qui se trouvait sur sa face, et devait être réinitialisé tous les jours à midi. Une fois remis à zéro, la colonie microbienne éclairait la marque de midi sur le disque, puis l'intensité lumineuse des microbes diminuait à mesure que le temps passait, illuminant progressivement les heures suivantes. Les disques les plus chers possédaient une surface métallique suffisamment sensible pour afficher les changements d'émissions toutes les quinze minutes ; les appareils les moins onéreux se contentaient de marquer les heures.

- Nous devrions probablement accélérer un peu si nous voulons être à l'heure.

Élyana acquiesça, et tous deux mirent leurs vorans au trot. De temps à autre, ils se lançaient des regards. Élyana se demandait toujours combien de secrets Aithen gardait encore. Peut-être avait-il peur qu'elle le trouvât étrange ou lunatique. De son côté, Aithen riait intérieurement en pensant à ce que feraient les détracteurs de la théorie des origines extraorbitales s'ils savaient qu'il y croyait lui-même. Il se demandait également ce que son père et ses frères penseraient de ses croyances ; son père pourrait bien les trouver pas si sottes. Ori les trouverait certainement intéressantes. Quant à Toras, il s'en moquerait certainement.

Vingt minutes plus tard, leurs vorans arrivèrent sur la plage sableuse de la baie royale. Le sable blanc était doux sous leurs pieds. La falaise, du côté nord de la baie, ne scintillait plus des algues devenues brunes qui lui conféraient une teinte maussade. À cette époque de l'année, la brise fraîche rebutait la plupart des gens. Mais l'eau était toujours assez chaude et, à condition de demeurer *dans* l'eau, il était toujours possible de passer un moment agréable.

Après être rapidement descendue de son voran grincheux, Élyana demanda :

- Est-ce qu'on les laisse en liberté ?
- Bien sûr ! Où pourraient-ils aller ?

Le prince et la Lux Baiula ôtèrent les selles de leurs montures et chacun sortit son maillot de bain.

Aithen fut soudain pris d'une angoisse. Il jeta un œil en direction d'Élyana qui haussa les épaules avant de se retourner pour se changer. Il se dit alors qu'il pouvait faire de même puisqu'Élyana ne semblait pas dérangée par la situation. Tout en se déshabillant, il se mit à penser à Kil. Le pauvre garçon ferait probablement une attaque s'il voyait son maître nu devant la Lux Baiula, même si, techniquement, comme ils ne se regardaient pas – ou plutôt qu'elle ne le regardait pas – il n'était pas vraiment nu devant elle. De son côté, il ne pouvait pas s'empêcher de la regarder entre ses grognements feints.

Il la vit retirer sa robe de voranerie qui avait un pantalon sous la jupe fendue. Il déglutit sans s'en rendre compte lorsqu'elle découvrit sa poitrine et ses jambes, ne gardant que ses sous-vêtements.

Aithen sentit son pouls accélérer en admirant sa peau. Pourtant, il n'était pas novice en la matière, car il avait *déjà* eu des relations intimes avec plusieurs femmes. Mais la vue inattendue d'un avant-bras, du cou, d'une épaule ou d'un pied appartenant à la femme désirée peut arrêter un homme, même au beau milieu d'un combat. Et Élyana, en tant que Sœur de l'Ordre de la lumière, était toujours couverte des pieds à la tête. Ainsi, lorsque Aithen aperçut – ou plutôt épia – la peau tendre et ferme d'Élyana, à la couleur rose pâle d'une fleur, et ses hanches à la courbure si parfaite, son cœur s'arrêta puis battit la chamade.

Le prince s'affola quand son esprit se mit à imaginer ce qu'il *ne pouvait pas voir*, et se força à s'interrompre. Mais, comme son esprit était concentré sur la femme et sur ses propres réactions, il ne prêtait plus attention à ce que *lui-même* était en train de faire, et il trébucha en essayant d'enfiler le maillot de bain qu'il avait emporté pour l'occasion. Élyana tourna la tête en entendant le bruit et le surprit avec son maillot à moitié remonté. Aithen rougit d'un seul coup et n'eut pas d'autre choix que de se concentrer et terminer de s'habiller tout en se maudissant.

Lorsqu'il eut fini et après avoir retrouvé une partie de sa raison, ne sachant que faire et souhaitant plus que tout oublier ce qui venait de se passer, il demanda un peu abruptement à Élyana :

- Tu as fini ?

- Presque…

Pour la première fois de sa courte existence, Aithen se sentait vraiment bête, et ne sut pas comment réagir lorsqu'Élyana se retourna vers lui. Il pria les fondateurs de l'aider à interpréter l'expression de son visage. Ressentait-elle la même chose que lui ? Ou le voyait-elle comme un idiot, trop jeune pour être avec une femme ? Tous deux avaient été très intimes lors du bal, c'est-à-dire qu'ils avaient marché bras dessus bras dessous et avaient dansé avec une ardeur dans les yeux d'autant plus forte qu'elle demeurait cachée. Leurs mains, sans se toucher, avaient brûlé du désir accru par la distance. Elle savait certainement qu'il n'était pas un jeune idiot et qu'il savait mieux que quiconque maîtriser ses instincts – ou mieux, puisqu'on disait dans certains cercles que nul homme ne peut résister à une Lux Baiula qui a jeté son dévolu sur lui.

Élyana se donnerait-elle à 1 —

Mais à quoi suis-je en train de penser ? Maintenant ?! Elle ne le pourrait pas, même si elle le voulait ! Pas avant que je m'adresse au Conseil de sélection.

Élyana le tira de ses pensées en disant :

-	Bon, tu vas continuer à me fixer ou nous pouvons aller dans l'eau rencontrer les Locari ?

-	Oui. Non. Pardon, Élyana.

Aithen avala sa salive.

-	Tu es belle.

Si le prince avait su ce qu'il allait faire avec ces trois mots, il ne les aurait probablement pas prononcés. Mais, l'ignorant, il l'avait fait. Il vit alors Élyana retenir sa respiration, tapoter nerveusement ses doigts, fermer les yeux et les rouvrir enfin pour dire, sans une once d'émotion sur son visage :

-	Les Locari ?

La disparition subite de toute tension dans le corps de Aithen le désempara, et il cligna plusieurs fois des yeux avant de répondre :

-	Oui, les Locari. Allons-y.

Lorsqu'Élyana lui adressa son habituel hochement de tête, Aithen la remercia intérieurement d'avoir cette capacité à désamorcer les situations les plus délicates. Cependant, alors qu'il s'approchait d'elle pour lui donner quelques derniers conseils avant d'entrer dans l'eau, il fit preuve de moins d'assurance et plus de gêne qu'il ne l'aurait souhaité.

On ne voyait presque plus de poissons dans la baie à présent ; la plupart d'entre eux avaient migré vers les profondeurs plus vastes – et plus chaudes – autour des îles entre les Aquinos et Mo'Tarkoth. Les quelques espèces qui restaient vivaient au fond de l'eau et attendaient de participer – au cours de l'automne et de l'hiver – au recyclage des matières organiques en absorbant tous les détritus qu'avaient laissés les myriades de poissons et de lézards présents dans la baie lors de la saison chaude.

Soudain, en se tournant vers Élyana, Aithen fut surpris de constater à quel point elle nageait avec facilité. Il la toucha du doigt et désigna la surface de l'eau.

Élyana apparut, souffla l'eau qu'elle avait dans le nez et rouvrit les yeux. Il lui dit :

- C'est ici que nous les rencontrerons. Prends quelques grandes respirations et nous pourrons plonger. Rappelle-toi qu'ils vont nous envelopper dans une bulle d'eau dans l'eau dans laquelle tu pourras respirer.
- L'eau dans l'eau. Quelle expression étrange.
- Eh bien, c'est ce à quoi cela me fait penser. En fait, je n'ai aucune idée de ce qu'il y a dans la bulle, mais ce n'est pas de l'air. C'est une sorte de fluide, un fluide que l'on peut respirer.
- D'accord. Je suis prête.
- Es-tu sûre de pouvoir tenir pendant cinq ou dix minutes, le temps qu'ils arrivent ?
- Oui. Je peux ralentir mon métabolisme.

Aithen acquiesça et tous deux inspirèrent profondément avant de plonger.

Quelque sept minutes passèrent sans que personne ne vînt les voir, Aithen tapota le bras d'Élyana pour lui demander comment elle se sentait. La Lux Baiula entrelaça ses doigts pour montrer que tout allait bien quand soudain l'eau les fit reculer d'un bon mètre, comme le sillage d'un gros navire. Aithen regarda Élyana se redresser – ses cheveux s'étalaient tout autour d'elle comme une toile stellaire – et son visage bouffi prit un air d'émerveillement absolu. Aithen pensa : *N'est-ce pas aussi merveilleux que le Lien ?*

Élyana le regarda, entre peur et émerveillement. À ce moment, les Locari encerclèrent le prince et la Lux Baiula, et des poches d'un fluide plus léger que l'eau enveloppa chacun séparément. Élyana ne put se retenir de haleter et paniqua un instant, pensant qu'elle allait se noyer en laissant l'eau pénétrer ses poumons. Mais, quand le fluide pénétra ses voies respiratoires, elle se rendit compte qu'elle pouvait respirer !

Aithen la vit ouvrir la bouche pour poser une question et il lui dit :

- Tu peux parler. Mais ça ne sert à rien. Ils ne t'entendront pas.

Sa voix était déformée, et Élyana ne comprit pas tout ce qu'il venait de lui dire. Il pointa son front, désigna ensuite les Locari et dit :

- Écoute leurs pensées.

Élyana acquiesça, imita Aithen et se tourna vers l'une des créatures, la plus imposante, qui devait être leur chef, celui que Aithen connaissait sous le nom de Rivière, mais qui s'appelait apparemment Torrent. Après un moment qui lui parut une éternité, elle reçut un envoi et son expression passa de l'émerveillement à l'admiration.

L'envoi lui sembla être un souhait de bienvenue, mais il s'agissait d'images et de pensées plutôt que de mots. Les images étaient celles de nageoires se touchant et d'un jeune humain.

- *Nageoires touchent, Jeune qui marche.*

Le Locarus ne reconnut pas encore Élyana.

Comme elle attendait la réponse d'Aithen, Élyana regretta de ne pas avoir suggéré qu'ils se connectent afin de voir ce qu'il sentait et percevait. Elle perçut toutefois une série de vibrations provenant de Aithen et se concentra, impatiente de savoir comment fonctionnait ce mode de communication. Elle reçut l'image de Aithen prosterné devant le Locarus, flottant au milieu d'un ruisseau qui coulait doucement. *Est-ce qu'il s'excuse ? Il demande quelque chose ?*

- *Nageoires touchent, Rivière.*

Un envoi différent leur parvint alors ; il s'agissait d'une voix humaine – certes pas parfaite, mais tout de même intelligible. Cet envoi était plus efficace.

- *Nageoires touchent, Aithen.*

Élyana suivit le regard de Aithen qui se posa sur un Locar à gauche de Rivière. Il parut troublé par son apparence. Aithen envoya l'image de plusieurs Locari, dont l'un d'eux était plus concentré, plus intense, et sa vibration transporta la sensation d'un courant et d'une question. Il répéta cette séquence d'images plusieurs fois avant que le Locar ne lui répondît.

Aithen demandait-il si ce Locar était Courant ?

La réponse prit la forme d'un corps aqueux se mouvant rapidement dans une mer ; un corps aqueux palpable et stable à part son mouvement. Élyana se dit qu'il s'agissait en effet de Courant, la Locara connectée à Aithen.

La réponse de Aithen surgit en langage humain. Il envoya :

- *Courant ! Tu es un mâle à présent.*

Élyana ne comprit pas l'envoi suivant de Courant. Elle attendit donc la réponse de Aithen.

Aithen ne semblait pas savoir comment formuler sa réponse, à en croire ses sourcils froncés pendant un moment, et Élyana trouva ce froncement assez cocasse dans la bulle d'eau dans l'eau qui étirait leur peau.

En réalité, Aithen se creusait la tête pour trouver l'image évoquant « mâle ». Comment envoyer cela ? Avec l'image d'un mâle montrant ses parties génitales. Non. Avec l'image de parties génitales ? Sûrement pas. *Ah ! Oui. Avec l'image d'un Locarus et d'une Locara mettant en évidence le premier.*

Lorsque Aithen hocha la tête et envoya ses pensées, Élyana eu l'impression de les comprendre aussi bien que la réponse de Courant, confirmant les propos de Aithen. Très excitée, elle sourit et envoya à Aithen :

- *Je crois que je commence à comprendre leurs envois.*

Aithen parut surpris et sembla vouloir lui poser une question lorsqu'une pensée arriva, directement destinée à Élyana.

La légère tension contenue dans l'envoi émanait de Courant :

- *Celle qui peut unir le vivant et le non-vivant.*

Élyana fit une pause pour analyser les images ; elle pensait les comprendre, mais ignorait comment y répondre. Aithen le fit à sa place. Il envoya une réponse positive, la réplique de celle envoyée par Courant, mais plus intense, en guise de confirmation.

Élyana voulut poser à son tour une question, mais elle constata qu'il était plus facile de comprendre ces envois que de les formuler. Elle resta donc spectatrice, de plus en plus frustrée de devoir demander à Aithen de traduire ses questions.

Pendant ce temps, Aithen avait très envie d'interroger Courant sur sa transformation. Certes, la plupart des animaux sur K'Tara expérimentaient l'alternance entre les sexes, mais des espèces dotées de parole ? Il envoya alors une nouvelle pensée au Locar à propos de sa métamorphose, mais choisit d'utiliser le langage naturel tout en utilisant des images afin de les aider à apprendre le langage humain et d'aider Élyana à apprendre le leur.

- *C'est la première lune où tu m'apparais comme un mâle.*

Il continua avec une suite d'images d'une Locara devenant un Locarus et inversement, ajoutant une succession de plusieurs cycles lunaires avant de s'arrêter sur la forme d'un Locarus.

Courant lui répondit en pensée, montrant plusieurs cycles lunaires avec sa forme actuelle avant de changer à nouveau, ce qu'Élyana interpréta à peu près comme « Je vais encore changer, dans plusieurs lunes. » Courant poursuivit avec l'image d'un poisson quittant son banc pour partir seul, poursuivi par ses pairs essayant de le rattraper. Élyana, ne comprenant pas, demanda à Aithen de l'éclaircir. La logique de la pensée l'émerveilla et elle considéra les Locari, subjuguée.

Aithen répliqua encore en langage humain :

- *Pardon pour la digression.*

Puis il associa des images de lui rougissant sur le fond bleu de la mer.

Élyana remarqua que le Locarus réagit en contractant et relâchant ses nageoires pectorales.

Voulant en venir au point essentiel de la rencontre, Aithen tourna le regard vers le chef des Locari et lui envoya une pensée suivie de ces mots :

- *Rivière, je vous remercie à nouveau. Mon amie, la relieuse, est ici pour vous demander la permission d'apprendre de Courant comment créer des moniteurs.*

Rivière regarda Élyana un moment, sa peau passant de sa couleur rouge sombre habituelle au bleu nuit, tandis qu'il évaluait la nouvelle. Il parut se demander s'il avait été prudent de décider de révéler leur existence à une relieuse. Après un moment encore de tension au cours duquel Élyana ne l'avait pas quitté des yeux, cachant sa fascination, il envoya :

- *La requête de ton amie, je la recevrai, Jeune qui marche.*

Comme Élyana ne répondait pas, Aithen traduisit pour elle et lui rappela l'imagerie qu'il lui avait apprise afin qu'elle puisse remercier le chef de son accueil. Élyana acquiesça et tenta d'envoyer :

- *J'espère que nos nageoires se toucheront aussi, Grand Maître.*

Et elle attendit.

L'instant d'après, Torrent envoya :

- *Qui peut unir, vous êtes, relieuse. Heureux, je suis.*

Après que Aithen eut expliqué à Élyana la deuxième partie de l'envoi de Rivière, Élyana sentit son appréhension initiale s'évanouir. Le chef des Locari avait accepté sa demande et lui avait souhaité la bienvenue. Aithen n'était pas étonné ; c'était une Cordon mauve, après tout – et même l'une des meilleures.

Rivière – ou Torrent comme l'appelait Courant – Courant, Élyana et Aithen passèrent une trentaine de minutes à discuter des conditions sous lesquelles les Locari allaient enseigner à la Lux Baiula le moyen de créer des moniteurs, ce qui impliquait l'effacement d'une partie de la mémoire d'Élyana afin qu'elle oubliât le lieu de leur rencontre.

Élyana avait failli refuser cette condition, mais Torrent lui avait précisé que ce n'était pas négociable et que cela serait indolore. Lorsqu'Élyana eut accepté, Courant plaça un moniteur en elle. L'opération – si elle pouvait appeler cela une opération – ne dura qu'un instant pendant lequel elle dut lutter contre son désir de résister à l'invasion de son cerveau. Courant testa le moniteur pendant quelques minutes : il envoya des pensées à Élyana et attendit ses réponses. Les deux premières… demandes de connexion – c'était ainsi qu'elle avait décidé d'appeler cette sensation – la firent rebondir dans la bulle d'eau dans l'eau, et elle eut du mal à dissimuler son embarras.

Voilà donc ce que ça fait. Je comprends à présent pourquoi Aithen a été déconnecté de tout au moment où le Scytale a attaqué Furanville, puis lors du Bal royal. Je vais devoir travailler avec Biléna pour trouver le moyen de rendre ce… cet implant moins invasif.

Lorsque ce fut fini et que Courant fut satisfait de l'installation de la balise de pensées dans l'esprit d'Élyana, il envoya :

- *Demain, je me connecterai lorsque les soleils seront haut. Tu es d'accord ?* Élyana acquiesça. *Je commencerai alors à t'apprendre et… mais…*

Aithen lui vint en aide et envoya :

- *Même si ?*

Courant acquiesça en inclinant son visage triangulaire d'une étrange façon, et termina sa phrase :

- *Même si tu peux essayer seule, pour étudier le moniteur.*

Élyana ignorait comment acquiescer en langage Locarien, mais elle tenta de l'envoyer à la manière des Lux Baiulae, avec un claquement de doigts – ou en tout cas la pensée de ce son. Mais le Locarus la regarda d'un air résolument perplexe.

Bon. Ils n'ont pas de doigts, donc ce son, ou la pensée de ce son, ne leur évoque rien. Grrr !

Élyana inclina la tête, espérant qu'ils avaient appris cela de Aithen. C'était apparemment le cas, puisque Courant répondit en langage humain « Nous sommes en accord », suivi de l'image de ce qui semblait être le bruit d'un clapotis. Élyana envoya l'image d'elle-même se prosternant devant le Locarus, pour le remercier de la leçon. Elle tourna ensuite la tête vers Rivière d'un air sombre. Ne sachant comment formuler la question, elle l'envoya à Courant.

Ce dernier réfléchit à sa demande pendant un moment, puis transmit la question d'Élyana à Torrent.

Le couleur du chef devient alors d'un noir profond tandis qu'il répondait par l'intermédiaire de Courant, qui continuait d'envoyer des pensées à la manière de son espèce et de les traduire en langage humain.

- *Il y a des traitres parmi vous. Je les sens comme je sens Topancage !. La plupart des vibrations infâmes de je reçois de votre cité sont faibles, mais il y en a une, très puissante, et une autre aussi. Je ne peux pas... les distinguer, mais peut-être puis-je vous faire part de ma sensation du Topencage !.*

Les vibrations qu'Élyana reçut du Locarus étaient inquiétantes, comme huileuses et pourries. Elle frissonna à l'idée qu'elle pouvait ressentir cela venant d'une ou de plusieurs de ses Sœurs. En fait, elle espérait que le Locarus eût tort. Mais il paraissait si sûr de lui, encore plus qu'aucun humain. Peut-être était-ce dû à son âge ; Aithen lui avait dit qu'il avait plus de mille ans.

Élyana remercia Rivière et la rencontre prit fin avec l'échange d'expressions d'adieu locarienne habituelle à l'intention de Aithen.

- À nouveau, les nageoires se toucheront quand la lune éclairera toute la mer.

Élyana dut méditer sur ces paroles un moment, car elles venaient de Rivière et les pensées étaient dans un ordre bien étrange.

L'instant d'après, les Locari étaient partis et la bulle d'eau dans l'eau avait disparu ; Élyana s'affola tandis que l'eau salée entrait dans sa gorge. Elle se dépêcha de remonter à la surface et toussa pendant une bonne minute. Quand elle eut recouvré son souffle, Aithen la raccompagna jusqu'au rivage.

Là, il prit les serviettes qu'il avait apportées, en tendit une à Élyana et entreprit de se sécher. Mais Élyana continuait de tousser, et un vent d'est froid se mit à souffler ; elle frissonna. Aithen se demanda alors pourquoi elle ne pouvait pas se réchauffer à l'aide du Lien. Il lui posa la question, et Élyana lui répondit qu'elle l'ignorait, et continua de grelotter tout en se séchant.

Aithen tira une autre serviette de sa sacoche, s'approcha d'Élyana et enveloppa ses épaules et son corps dans la serviette. Il la tint ainsi. Mais elle grelottait toujours. Il retira alors les serviettes, colla son corps contre celui d'Élyana et les enveloppa tous les deux dans la même serviette. Il sentit qu'Élyana tentait de s'éloigner, peut-être par pudeur ou fierté – il l'ignorait. Il la laissa s'éloigner, mais la regarda avec des yeux inquiets et suppliants. Elle le laissa la prendre, et ils s'embrassèrent ainsi pendant un long moment.

Ils parlèrent peu, mais de temps à autre, Élyana confiait à Aithen combien elle avait été émerveillée par la présence des Locari, et combien il avait de la chance de connaître des créatures aussi sublimes. Elle lui reprocha également de ne pas l'avoir préparée à la disparition de la bulle. Aithen s'excusa platement, et Élyana se blottit encore plus fort contre lui.

Le compromis

Krystiana faisait les cent pas dans son bureau après avoir écouté une fois de plus le récit d'Octavius sur sa manière d'utiliser le Lien. La seule chose qui la rassurait était le fait qu'il n'y avait eu recours que très rarement en cent quarante-deux ans – si elle pouvait lui faire confiance. Elle savait cependant que ses Praefectae voudraient connaître l'étendue de ses capacités, savoir s'il avait le pouvoir d'agir sur l'esprit de quelqu'un, et qu'elles demanderaient à le tester, de l'intérieur comme de l'extérieur, ce à quoi il s'opposerait. Au bout du compte, les Praefectae essaieraient de lui imposer quelque chose, quoi que ce fût, pour l'empêcher de perpétrer un nouveau viol mental. Elle se frotta le front et revint à son bureau, ferma les yeux, et attira dans sa main les flammes reliées qui léchaient les sphères de marbre représentant l'Ordre et les soleils jumeaux de K'Tara.

Octavius, assis devant la fenêtre du bureau, l'air calme, mais déterminé à s'en sortir indemne, déclara :

- Vous pouvez demander à Élyana de vérifier mes dires. Cela ne me dérange pas. Elle pourra confirmer qu'au cours des trente-trois ans qu'elle a passés avec moi, elle ne m'a jamais surpris à utiliser le Lien, et surtout pas pour influencer ou blesser qui que ce soit, même pas au combat ; j'ai toujours défendu le fait qu'un dirigeant doit être respecté et aimé – et non craint, mais s'il doit l'être, qu'il le soit en raison de ses capacités naturelles et de son intelligence.

La Magna Mater soupira.

- Oui, Octavius. Mais, justement, elle ne vous a pas surpris. Comment pouvons-nous savoir que vous n'avez jamais utilisé le Lien pour influencer des gens en l'absence d'Élyana ?

- Mater ! En quoi le fait d'utiliser le Lien pour influencer les autres – si je le faisais à ces fins – serait plus blâmable pour moi que pour vous ?
- C'est différent parce que ceux que nous rencontrons connaissent nos capacités, alors que nul n'est au courant des vôtres jusqu'à présent. Dans tous les cas, nous n'utilisons pas le Lien pour affecter l'esprit des autres sans leur consentement ; c'est interdit. Tout ce que nous avons le droit de faire, c'est de ressentir leurs émotions afin de prédire l'orientation de leurs pensées et de leurs décisions.
- D'accord, donc on en revient à la question de confiance.
- À la confiance que nous *toutes* devons vous accorder. Nous ne sommes pas vos sujets, mais la Sororité est tellement présente dans les affaires politiques, économiques et sociales du royaume que cela ne vous servira à rien si une seule d'entre nous vous soupçonne d'utiliser le Lien avec des principes autres que ceux auxquels nous jurons nous-mêmes obéissance.

Le premier réflexe d'Octavius fut de se raidir comme pour se préparer au combat. Mais, se rendant compte de la véracité des propos de la Magna Mater, il finit par acquiescer et consentit à jurer obéissance à la loi de l'Ordre lors d'une réunion du Conseil de la lumière – le conseil de direction d'Urbs Lucis.

Krystiana tourna le dos au roi pour prendre la sphère bleue dans sa main. Elle l'avait toujours préférée à la rouge, peut-être parce qu'elle lui offrait plus de vérités que la rouge.

Après un instant de réflexion, elle le remit à sa place au-dessus des flammes rouges, et s'arrêta pour les sentir. Elle frotta ensuite ses doigts contre sa paume, comme si les vibrations des flammes et de la sphère bleue lui avaient révélé quelque chose. Inclinant la tête vers le roi, sans se tourner complètement, elle dit avec une pointe d'inquiétude dans la voix :

- Il reste, comme vous le savez, un sujet encore plus important à aborder, Sire, un sujet qui ne peut mener qu'à un résultat amer ; une question que nous aurions dû éclaircir il y a de cela des mois, après votre retour de… Spiritii.

Octavius ne répondit pas pendant un long moment et tout ce qu'une ouïe suffisamment fine pouvait alors entendre était le bruit de ses ongles qui s'entrechoquaient. Puis il croisa les bras et déposa son menton entre sa main. Enfin, il grogna et demanda :

- Mater, acceptez-vous de considérer que nous sommes tous faillibles, quelle que soit notre position d'autorité ? Qu'aucun de nous ne peut être certain de connaître la vérité sur un événement, même si nous l'avons vu de nos propres yeux ou entendu de nos propres oreilles ?

Krystiana regarda Octavius d'un œil méfiant et plein de ressentiment, mais ne répondit pas.

- Pensez-vous, continua Octavius, que ma question pourrait vous inciter à me donner une réponse que vous préféreriez ne pas me donner ? Comme vous êtes trop intelligente pour être trompée par qui que ce soit, c'est que vous n'avez pas envie d'admettre ce que je vous suggère.

- Qu'êtes-vous en train de me dire, Octavius ? Que nous nous sommes trompés – tous – lorsque nous avons inculpé Marcus Vrol pour viol mental ?

Octavius lui répondit sur un ton sûr et ferme :

- Oui.

- Et qu'est-ce qui vous fait croire que nous nous sommes trompés ?

Octavius avait beau s'être préparé depuis un moment à avoir cette discussion, il n'avait jamais réussi à formuler une réponse convenable. Devait-il lui dire qu'il était entré dans l'esprit de Marcus. Octavius y avait songé une centaine de fois, et, une centaine de fois, il s'était moqué de lui-même. Avec tout ce qui se passait, il était inutile d'ajouter cet élément délicat à la situation.

Le roi se leva, fit quelques pas dans le bureau de Krystiana, se retourna vers elle et dit :

-   Je connais la vérité, Mater, quant au « comment je le sais », je vous le révèlerai une autre fois. Comme je l'ai dit à Élyana, je suis allé voir Marcus après qu'il m'a contacté pour me dire que mon royaume pouvait ne plus être en sécurité si je ne le rencontrais pas. Malgré le crime que vous pensez qu'il a commis, Marcus était mon sujet le plus loyal et aurait donné sa vie pour sauver la mienne – ce qu'il a d'ailleurs fait plusieurs fois au sens propre. J'ai essayé de connaître cette information par courrier, mais il m'a affirmé que seul le détenteur du message pouvait me fournir cette information, et que cette personne ne le ferait qu'à condition d'obtenir quelque chose en retour, ce qui était impossible sans cette rencontre, à Spiritii. J'y suis alors allé. Ce que j'y ai appris du maître Lub Methor m'a été confirmé par son compatriote, Lusk Methrim, qui se trouve ici, à Urbs Lucis. Certes, j'aurais pu apprendre le projet d'invasion de Zébula par le maître Methrim, mais je ne le connaissais pas avant de partir pour Spiritii, et le maître Methor m'a offert quelque chose que le maître Methrim ne m'a jamais offert : le moyen d'éviter cette invasion.

Krystiana leva un sourcil et était sur le point de questionner Octavius, mais celui-ci la prit de vitesse :

-   En fait, j'ai besoin de l'aide de la Sororité pour exécuter mon plan.

-   Octavius ! Vous êtes là pour subir un interrogatoire à propos de vos transgressions et pour recevoir des limitations de votre pouvoir. Et voilà que vous vous tenez devant moi à me demander de discuter d'affaires diplomatiques ou militaires… pour demander notre aide ?!

- Mater, nous savons tous les deux que vous ne pouvez pas me punir pour avoir rencontré Marcus ni limiter ma liberté pour être un relieur. Oui, vous pourriez attirer les foudres de l'Enfer sur Marcus, mais je vous en empêcherais, car la sécurité du royaume en dépend maintenant. Vous pourriez alors me compliquer la tâche, mais nous sommes au milieu d'une guerre qui pourrait nous balayer tous.

Krystiana fulminait et les muscles de son visage se contractaient de colère. Comment le roi pouvait-il retourner la situation si facilement ? Comment, à présent, pouvait-il lui imposer *ses* propres termes, à elle ? À la Sororité ?

- Krystiana, vous me connaissez depuis longtemps, tout comme la plupart de vos Praefectae et Élyana. Vous me connaissez toutes ; vous connaissez la force de mes convictions et de mes principes ; vous savez que je dis vrai parce que je n'y ai jamais dérogé en plus de cent ans. Oui, j'ai caché des choses à beaucoup d'entre vous, et pourtant, vous constaterez que je n'ai jamais trompé personne. Est-ce que cela ne vous convainc pas que j'ai toujours été digne de votre confiance et que je le suis toujours ?

Krystiana jeta un coup d'œil aux sphères de son bureau ; elle les regarda comme si elle leur en voulait. Peut-on vraiment apprendre du passé ? Peut-on vraiment se fonder sur des indices du passé pour les transférer dans le présent en dépit des nombreuses conditions différentes dans lesquelles se déroulent des événements semblables ? Elle commençait à en douter.

- Très bien, Sire. Vous dites maintenant que Marcus est un élément vital pour la sécurité de votre royaume. Pourquoi ? Pourquoi ne devrions-nous pas l'expulser ou l'envoyer à l'Observatoire ?

Octavius fronça les sourcils à l'évocation de l'Observatoire. C'était là qu'Urbs Lucis envoyait les souillées – les Alterintrantes qui étaient jugées trop dangereuses pour rester en liberté et qui ne pouvaient pas être soignées – pour qu'elles reçoivent des lavements quotidiens avec des antimicrobiens et des décoctions toxiques dépuratives. Krystiana avait intérêt à ne pas laisser le conseil de direction y envoyer Marcus, car il l'en *ferait sortir* par la force s'il le fallait.

- Permettez-moi alors de commencer depuis le début.

À ces mots, le haut roi retourna vers le sofa près du balcon. Il passa plus d'une heure à raconter à la Magna Mater tout ce qui l'avait poussé à rendre visite à Marcus dans sa villa cachée, à s'excuser auprès de lui une fois convaincu de son innocence, et enfin à rencontrer ce Lub Methor – un représentant de l'Organisation pour la libération des hommes zébuloniens. Il expliqua à Krystiana que l'Organisation lui avait demandé de soutenir leur rébellion contre Zébula, garantissant que la violence demeurerait en Zébulonie et que le projet d'invasion de Zébula serait déjoué – et qu'il avait accepté de fournir ce soutien.

Krystiana, qui l'avait écouté patiemment, demanda :

- Et vous avez décidé d'accéder à la requête du maître Methor, sachant pertinemment, à ce moment, que cela nécessiterait notre implication ?

Octavius esquissa un sourire gêné. Krystiana secoua la tête, fascinée par la chance d'Octavius. Comment un homme pouvait-il à ce point détourner tous les flux de lui-même ? Elle se souvint alors de plusieurs fois où le roi était parvenu à éviter de petites contrariétés ainsi que de grandes catastrophes ; les fondateurs devaient le protéger, au moins les principaux si ce n'étaient tous. Elle savait qu'Élyana elle-même avait souvent soulevé cette question au fil des années, et elle se souvenait que ses fils discutaient de sa chance au cours de plusieurs réunions. Krystiana poursuivit :

- Peu importe. Élyana m'avait déjà informée des intentions de Zébula avant votre retour à Furanville, cet été ; j'étais préparée à entendre votre requête. En fait, je suis sur le point d'envoyer deux… espionnes en Zébulonie.

\- Des espionnes ? Vous avez des Sœurs de ce royaume ?

D'un ton légèrement maladroit, la Magna Mater répondit :

\- Ce sont deux débutantes ; deux Alterintrantes de Razeb, un petit village de Zébuloniens expatriés sur le versant nord du Sagr.

\- Et vous confiez une mission de cette importance à deux filles non entraînées ?

\- Nous n'avons pas le choix, et vos Frumentarii ne seraient pas plus appropriés. Tout ce que ces filles devront faire sera de rester en contact avec l'une de nous ici pour transmettre les informations. Pour le reste, elles ne devraient pas avoir de mal à s'intégrer puisqu'elles sont d'origine zébulonienne. De plus, le maître Methrim nous assure que leur vocabulaire, qui, d'après lui, était celui d'il y a vingt ans, trompera désormais même les instructeurs de la cour, et il a également formé les filles aux us et coutumes de la cour de Zébula. Elles sont mieux préparées qu'aucune d'entre nous ne pourra jamais l'être.

Le roi dit :

\- C'est un plan audacieux. Mais nous avons besoin d'en savoir davantage sur notre ennemi. Je comprends l'utilité des espionnes, étant donné le statut des hommes dans le royaume méridional, bien que les deux filles que vous envoyez ne sont probablement pas préparées à ce qu'elles vont trouver à la cour, malgré les leçons de Maitre Methrim.

Octavius n'était pas sûr que ce fut la nervosité qui fit tressaillir les doigts de Krystiana, mais il le remarqua et poursuivit :

\- Quand partiront-elles pour leur mission ?

\- D'ici la fin du mois.

Octavius prit le temps de reconsidérer la situation et dit :

- Où en sommes-nous, alors, K—Magna Mater ?

Il allait l'appeler par son nom, mais s'interrompit, ne voulant pas donner l'impression que ses actes et transgressions devaient rester impunis en raison de leur lien personnel.

Krystiana avait très bien compris les raisons pour lesquelles le roi s'était autocorrigé, et elle mit cela dans un coin de sa tête avant de répondre avec exaspération :

- Nous sommes dans une situation bien plus confortable pour vous et très inconfortable pour moi, car il est clair que vous m'avez transféré la responsabilité de votre défense et qu'il m'incombera de convaincre mes Praefectae que nous devons continuer à vous faire confiance et n'imposer de restriction ni à vous ni à Marcus Vrol. Tout cela fondé sur votre parole… et votre logique tordue sur la vérité et la manière de la connaître, avec laquelle vous m'avez piégée.

Le roi esquissa un sourire coupable forcé.

- Si vous pouviez parler en ma faveur, Mater, je vous en serais très reconnaissant. Même si je suis *tout à fait* prêt à m'adresser moi-même au Conseil de la lumière. Mais, comme je ne leur parlerai pas à cœur ouvert comme je viens de le faire avec vous, j'aurais peut-être un peu de mal à les convaincre aussi bien que je vous ai convaincue, et cela mènerait probablement à un com — .

D'un geste agacé et dédaigneux – un geste qu'elle ne pouvait faire qu'avec le haut roi - Krystiana dit :

- Oui… Je sais. C'est bon ; je parlerai en votre faveur.

Octavius inclina la tête et allait quitter le bureau de la Magna Mater quand elle leva un doigt.

- Il y a *une* condition, Octavius.

Le roi inspira profondément et se prépara à entendre ce que la Magna Mater avait en tête pour s'assurer que la Sororité n'allait pas partir les mains vides.

Contrairement au sourire qu'affichait le roi précédemment, Krystiana esquissa un rictus malin en disant ces mots :

- C'est une condition qui permettra de préserver les apparences – ce qui vous préoccupe à juste titre –, mais aussi qui sera pour votre bien et notre tranquillité d'esprit. Nous avons appris, il y a quelques mois, que vous étiez à la recherche d'un assistant personnel. Nous allons vous recommander un candidat que vous devrez accepter. Ainsi, seuls vos proches et quelques personnes d'Urbs Lucis seront au courant de la vérité sur cette affectation. Pour tous les autres, cela sera le fruit de votre seule décision.
- Vous n'êtes pas sérieuse, Krystiana ! Je suis déjà envahi par vos —

Krystiana leva la main :
- La personne que nous allons vous assigner n'est pas une Lux Baiula. Mais c'est l'un de nous – un débutant.

Surpris et troublé, Octavius fronça un sourcil :
- Un Alterintrant ? Débutant, ici ?
- Oui, le seul et l'unique. C'est un homme brillant qui nourrit une passion pour les sciences médicales et pour les tâches administratives, deux éléments qui lui seront très utiles en tant que votre assistant personnel. Son seul devoir – à part faire les tâches que vous lui confierez – sera de s'assurer que vous demeurez en forme et vigoureux, et de m'informer, en cas de doute.
- Tania s'occupe déjà de ma santé.
- Mais elle n'est pas à vos côtés en permanence ; votre assistant le sera.

Octavius réfléchit un moment au compromis qui lui était imposé. Ce faisant, son visage passa progressivement de l'incrédulité à la colère, puis il examina les alternatives qu'il pouvait proposer à Krystiana et les écarta toutes pour, finalement, accepter cette condition. Une fois arrivé à cette conclusion, il signala son accord et demanda à voir le curriculum vitae du jeune homme.

- Merci, Sire. Cela contribuera à apaiser le Conseil de la Lumière. À présent, *il y a* encore un sujet que je voudrais aborder avec vous.

Le ton de la Magna Mater, qui semblait indiquer que le sujet allait toucher le roi de plus près encore que l'affectation de son assistant personnel, tira plusieurs sonnettes d'alarme dans l'esprit du roi. Mais il se calma et, dans un soupir résigné, il répondit :

- De quoi s'agit-il, Krystiana ?
- Vous n'êtes pas sans ignorer l'intérêt du haut prince pour ma Manu Dextra ?

Octavius avait l'habitude de sauter d'un sujet à l'autre sans préambule pour déstabiliser son interlocuteur, mais ce commentaire n'était pas destiné à le prendre au dépourvu. Il s'agissait d'une inquiétude légitime qui les concernait tous les deux. Il répondit les lèvres pincées :

- En effet, Mater.
- Et vous allez vous y opposer ? Vous savez que le Conseil de sélection s'opposera à une telle union, et je me dois de le faire aussi.

Octavius allait répliquer, mais il se retint. Hésitant, il renifla et soupira. Il prit alors une grande inspiration et dit :

- Non, Mater. J'ai parlé de cette situation avec mon fils, et je sais qu'il comprend les risques. Je lui ai laissé le soin de prendre sa propre décision.

La mâchoire de Krystiana s'affaissa tandis qu'elle le regardait avec des yeux écarquillés. Un instant plus tard, elle avait évalué les motivations du roi.

- Bien que votre décision soit des plus choquantes, elle ne me surprend pas, Octavius. Vous êtes… un dirigeant unique. Cela m'indique que vous savez que, quelle que soit la décision de votre fils, elle ne nuira pas à votre royaume ni à notre Ordre. Mais votre réflexion ne peut orienter la mienne, car même si j'aime et respecte énormément Élyana, mon esprit me dit que cette relation ne pourrait apporter que des ennuis. Je m'y opposerais donc s'ils la portaient à l'attention du Conseil de sélection, bien qu'avec la guerre imminente, je doute fort qu'une telle pétition soit présentée de sitôt.

Octavius esquissa un petit sourire reconnaissant. Krystiana s'en tiendrait à sa décision, mais elle n'avait pas non plus interdit qu'ils se fissent la cour, pensant que la guerre ferait son office, d'une manière ou d'une autre. Il prit congé et s'en retourna dans ses appartements, au dernier étage des résidences.

Quand une Sœur échoue

Dans le calme des thermes d'Urbs Lucis, alors que le monde allait de mal en pis, tandis que les princes et les chefs débattaient et que d'autres étudiaient ou faisaient grandir le chaos, Dana s'apprêtait à entrer dans le bain de flagellation. Les Lux Baiulae qui se rendaient dans les thermes venaient habituellement se ressourcer en plongeant dans un bain apaisant et relaxant, puis en s'allongeant sur un tapis microbien revigorant, dans les sources laiteuses situées à l'arrière du bâtiment.

Mais Dana n'était pas venue pour apaiser son corps ou son esprit ; elle était là pour – comme on disait – se flageller. La baignoire était remplie d'espèces microbiennes toxiques qui tuaient une grande quantité de celles déjà présentes sur le corps d'une Sœur. Certes, ce processus était atrocement douloureux, mais permettait à la Sœur de recharger ses énergies, et lui donnait un coup de fouet frais et revigorant puisque, après cela, les assistantes rinçaient le corps avec une eau chargée de microbes bénéfiques pour remplacer la flore perdue.

Pour commencer, Téra Lux Baiula, la gardienne des bains, et son assistante, Lotaria Lux Baiula, allaient générer un lien mental avec Dana. Cela leur permettrait de surveiller ses signes vitaux et son métabolisme depuis le Lien, puisqu'elles ne pourraient pas avoir directement accès à son corps pendant qu'elle serait immergée dans le bain.

Téra, une grande femme à la peau pâle, fit signe à Dana de s'approcher. Dans le triangle ainsi formé, la gardienne des bains débuta le processus :

- Sorores, nostris mentibus nunc nos ligare !

Les cheveux des femmes se rapprochèrent tandis que des fils de lumière bleue s'élançaient de l'une à l'autre. Des rubans éthérés reliaient les femmes, s'étirant et craquant, pendant deux interminables minutes. Lorsque les trois femmes prirent soudain une bouffée d'air – leurs esprits connectés avaient commencé à recevoir trois fois plus de données sensorielles –, elles ouvrirent les yeux, et Téra demanda à Dana de se déshabiller.

Tout en s'exécutant, Dana se maudit d'être venue. Mais avait-elle le choix ? La perte de trois de ses Sœurs et sa mauvaise gestion de la crise dans la chambre du haut roi exigeaient qu'elle subît cette punition et qu'elle repartît de zéro. Après s'être débarrassée de ses sous-vêtements – on lui en fournirait de nouveaux ensuite, exempts de toute trace de son ancienne flore microbienne –, elle entra dans la baignoire jaune ardamantis avec une franche détermination.

Téra Lux Baiula hocha la tête et Dana ferma les yeux. Elle respira ensuite profondément plusieurs fois, jusqu'à l'hyperventilation, et s'immergea complètement dans l'eau chaude. Une fois sous l'eau, elle fit ralentir les battements de son cœur, tentant de ne pas grincer des dents à l'idée de la douleur future, et se mit dans un état méditatif.

Satisfaite, la gardienne des bains fit signe à son assistante de prendre le grand pot sur le rebord de la fenêtre – un pot rempli d'un mélange rouge sombre d'une dizaine d'espèces de microbes – et de le renverser dans le bain.

Dana réprima son envie d'accroître la tension de sa peau lorsqu'elle sentit le lait microbien se répandre autour d'elle. L'eau du bain était à présent d'un rose opaque, et, ne pouvant plus voir Dana, les femmes entrèrent dans le Lien pour la surveiller – et la protéger.

Le rajeunissement par le bain de flagellation n'était pas une longue opération, mais la douleur occasionnée suffisait pour une vie entière.

Lorsque les microbes toxiques eurent recouvert la peau de la barrière et pénétré chaque orifice de son corps, ils se mirent à se multiplier, et une sensation de brûlure de plus en plus intense se mit à secouer Dana. Tandis que chaque centimètre de son corps s'enflammait comme sous l'effet d'un feu ardent, Dana commença à se répéter : *Je vais le faire. Je vais me purifier. Je vais régénérer mon corps et mon esprit pour que la prochaine fois que je serai en danger, je sois prête et capable d'agir pour protéger de la souffrance et de la mort ceux à qui j'ai prêté serment. Je vais le faire. Je vais me purifier. Je vais le faire. Je vais me purifier. Je vais...*

L'invasion de microbes forçait maintenant une partie de sa flore naturelle à entrer dans un cycle d'autodestruction effréné. La libération soudaine d'une grande quantité de matériel cellulaire dans le corps de Dana déclencha une réponse immédiate et démesurée de son système immunitaire et de son foie, dans une course pour la vie. Dana ne tenta pas de ralentir son métabolisme ; elle avait besoin de ressentir cette douleur, de ressentir ce nouveau départ qui l'accompagnait.

Même derrière ses paupières closes, les microbes impitoyables récuraient ses yeux. La douleur avait atteint le cerveau de Dana, provoquant des électrochocs terribles, et elle hurla dans sa tête, envoyant un cri déchirant dans le Lien. Elle avait raté quelques mots, mais elle se répétait toujours : *Je vais le faire, je vais me purifier. Je vais le faire ; je vais me purifier.*

Téra et la porcine Lotaria et son cou ridé, court et gras, continuaient de surveiller leur Sœur. Elles avaient déjà vu des femmes subir ce traitement, ce n'était pas si rare. En effet, chaque année, une bonne dizaine de Sœurs venaient aux thermes pour se *flageller*, bien qu'elles n'usassent point d'un fouet comme le faisaient les membres de l'ordre à ses débuts. Les Sœurs se soumettaient à ce traitement en punition ou lors d'un rituel de purification, pour régénérer leur flore, et toutes affrontaient une douleur plus ou moins intense.

Les cris de Dana, hurlés dans le Lien, étaient certes extrêmes, mais Téra et Lotaria avait entendu des femmes dans une telle détresse qu'elles auraient réveillé les morts si elles n'avaient pas été protégées par la gardienne des bains et son assistante.

Contenir les cris d'une Sœur n'était pas chose aisée, et cela demandait tellement d'énergie aux deux femmes qu'elles mettaient souvent plusieurs jours à s'en remettre. Toutefois, contrôler le métabolisme de la pénitente était un travail encore plus difficile. En effet, l'opération inondait son sang de produits chimiques de toutes sortes, le soumettant à une terrible tempête. Téra devait passer toutes ces molécules au crible et suivre celles qui pouvaient représenter un danger dans le cas où elles ne seraient pas désactivées par le corps de la pénitente. Si tel était le cas, elle mettrait immédiatement fin à la procédure. Téra était peut-être la Sœur la plus sensible, même plus qu'Élia Lux Baiula. À cause de son grand sens du discernement, on lui demandait souvent de participer à des enquêtes sur des morts mystérieuses.

Dana commençait maintenant à être prise de spasmes, et ses mouvements saccadés faisaient jaillir l'eau du bain sur les Sœurs. Téra envoya un message à Lotaria ; il était temps de renverser la procédure. La femme entreprit donc de rincer le bain avec de l'eau fraîche et apaisante, contenant des microbes bénéfiques et un mélange de ceux qui avaient donné à Dana ses capacités. La soupe rose toxique fut progressivement remplacée par une eau propre tout autour de Dana. L'eau entrait dans ses narines, ses yeux, ses oreilles et tous les orifices de son corps pour les rincer.

Tandis que les microbes toxiques étaient évacués pour être récupérés dans les cuves de retraitement des thermes, la température de Dana remonta progressivement jusqu'à vingt pierres chaudes – un peu plus que la température normale – et elle sortit du Lien pour regarder les Sœurs avec ses yeux roses et sa peau irritée. Comme elle devrait attendre un ou deux jours avant que sa peau ne redevînt normale, elle allait rester dans les thermes et passer son temps à psalmodier *Je l'ai fait ; je suis prête à résister. Je l'ai fait ; je suis prête à agir*, jusqu'à ce que la dernière trace de substance toxique qui coulait dans ses veines fût métabolisée. Elle retournerait ensuite à son poste, prête à défendre tous ceux dont elle était responsable.

Le tourment de Lusk

Après sa rencontre avec Noctiferus, Lusk passa deux jours à le détester avant de se résigner à son destin et se mit finalement à pervertir les membres de la Sororité pour de bon.

Il avait déjà commencé à pervertir Moradien, une jeune femme brillante qui aurait eu un avenir extraordinaire si elle n'avait pas été aussi vindicative – un trait de caractère dont il avait évidemment su tirer parti. Elle était en train de devenir tout aussi corrompue que lui, obéissant sans le savoir aux ordres du Maître des ténèbres. Cela lui faisait de la peine, mais quel choix avait-il ? Aucun que son esprit ou sa raison ne fût capable de lui fournir.

Il devait à présent terminer son travail avec Luvius, qu'il avait déjà entrepris de pervertir et qu'il avait envoyé réaliser sa première mission : se lier d'amitié avec l'écuyer du haut prince lors du bal royal, et, grâce à lui, obtenir un poste dans la cour du haut roi. Une fois arrivé là, Luvius devait se lier d'amitié avec le personnel de plus en plus proche du roi, jusqu'à être affecté à son service personnel ou avoir une influence sur quelqu'un ayant un accès direct au monarque. Le processus aurait été long et lent. Mais, au cours de ce quart, la chance avait fini par frapper à la porte de Lusk lorsqu'il avait appris que le jeune Alterintrant, Koricki Dar'Muntake, avait été nommé assistant personnel du roi. Lusk avait donc trouvé la cible idéale pour Luvius. En y réfléchissant, il était secrètement soulagé de ne pas devoir pervertir Koricki, comme il avait eu l'intention de le faire, car le jeune homme faisait partie des personnes les plus honnêtes, généreuses et morales qu'il eût jamais rencontrées.

Luvius, en revanche, avait été une victime facile ; il était beau, paresseux et prétentieux, et Lusk pouvait aisément trouver une bonne raison de le corrompre, même si ses propres agissements continuaient de provoquer chez lui des blessures indélébiles à son corps comme à son esprit.

Incapable de supporter la vue ni l'idée de ses actes, Lusk passa l'heure suivante à regarder par la fenêtre, l'air perdu vers le sud, habité par une seule pensée capable de le garder en vie et éloigné de l'alcool : sa mère, dans cette maison que le Fondateur lui avait montrée.

La voie de la découverte

Tania Lux Baiula faisait les cent pas dans son bureau de Domus Lucis, un rapport à la main, non pas parce qu'il évoquait des problèmes ici ou là, mais parce qu'il contenait les résultats d'un test que le laboratoire d'Urbs Lucis avait réalisé un peu plus tôt pendant ce quart sur les échantillons qu'Élia et elle avaient envoyés – les échantillons de ce qu'elles avaient prélevé sur les corps des Sœurs défuntes.

- Élia, tu es un génie ! Ta méthode pour sonder les corps, lorsque tu sais ce que tu dois chercher, est une révélation fantastique. Tu dois absolument l'enseigner aux Sœurs de nos deux cordonnetés.

Élia, sans doute l'une des Sœurs les plus humbles de toute l'Alvinorie, lui répondit par un haussement d'épaules dédaigneux.

Tania continua :

- Ma chère Élia. Arrête s'être si modeste. Tu as vraiment eu une idée géniale en proposantt de travailler à partir de la façon dont nos esprits fonctionnent, apprennent et font les choses, avec le subconscient qui prend le relai quand la partie consciente pourrait être dépassée. J'entrevois déjà toutes les applicationns possibles.

Élia se résigna à accepter ce compliment, mais dévia rapidement la conversation vers des questions plus pratiques :

- Merci Tania. *En tout cas*, que faisons-nous maintenant ? Le laboratoire a isolé la substance étrangère qui a tué nos Sœurs, mais nous n'avons toujours pas trouvé le moyen de nous en protéger.
- C'est notre prochain travail.

Tania tapota ses lèvres nerveusement.

- Nous pourrions essayer de générer un antidote et l'envoyer au laboratoire pour qu'il en produise des fioles destinées à toutes nos Sœur du continent.

Tania s'interrompit, se remit à tapoter ses lèvres et ajouta :

- Mais ça n'aiderait pas une Sœur à combattre les effets de la toxine en plein combat avec des assassins.
- Non, c'est sûr.
- Peut-être pourrions-nous essayer de nous immuniser en demandant au labo de reproduire la substance pour que nous puissions en ingérer des quantités de plus en plus importantes jusqu'à être capables de le neutraliser.

Élia fronça les sourcils.

- Ce serait un processus très lent. Et puis il nous faudrait de grandes quantités de toxines ; je ne pense pas que le labo puisse y arriver.
- Tu as raison. Fondateurs ! Que pouvons-nous faire ?

Tania se remit à faire les cent pas, s'arrêtant de temps en temps pour lâcher un « non » aux idées qui traversaient son esprit, puis la joie et l'excitation illuminèrent son visage. La femme se mit même à sautiller.

- Qu'y a-t-il, Tania ? Tu as une idée ?
- Oui ! J'ai trrrrouvé ! Ça a un rapport avec ta précédente découverte. J'ai dit que nous allions trouver des tas d'applications possibles. Eh bien, écoute ça. Nous

devons utiliser à la fois notre conscient et notre subconscient pour entraîner nos Sœurs à reconnaître la toxine et la neutraliser. Nous allons programmer une grande journée de formation – dans le Lien – pendant laquelle toi et moi ingérerons la substance tout en ouvrant nos esprits – les parties consciente et subconsciente – à nos Sœurs.

À ces mots, Élia esquissa une moue inquiète.

- C'est comme ça que nous devons procéder, Élia. Ingérer de petites quantités de substance et ouvrir nos esprits à nos Sœurs, puis identifier la toxine et la neutraliser. Nos Sœurs observeront l'expérience avec leurs parties consciente et subconsciente et l'apprentissage sera fait !

Élia secoua la tête :

- Ce serait mieux pour nous de nous entraîner à reconnaître et neutraliser la toxine d'abord, comme ça nous n'aurions qu'à utiliser notre partie consciente pour enseigner aux Sœurs.

- As-tu peur de partager tes pensées subconscientes ? Ce serait trop long de partager nos connaissances en utilisant uniquement notre partie consciente, et, pendant ce temps, d'autres Sœurs mourront. C'est la voie la plus rapide. C'est *forcément* la voie !

Élia répondit :

- J'ai peur, Tania, mais pas de ce qui se trouve dans mon esprit. Mais tu as raison. Cependant, je n'ai jamais entendu dire que la Sororité organisait de telles formations pour nos Sœurs.

- C'est parce que nous n'avons jamais eu besoin de former toutes les Sœurs en même temps pour faire face à nouvelle menace. Mais quand on se trouve devant un nouveau défi, il faut trouver de nouvelles solutions. Et c'est ça, la solution !

- D'accord, Tania. Mais tu dois d'abord réussir à me convaincre qu'il est possible de faire ça – ouvrir notre

subconscient à tous les Itinérants du Lien – en toute
sécurité parce nous ne pourrons pas connecter plus de
six cents Sœurs de manière sélective.

Tania acquiesça avec la confiance inébranlable de celle qui
a acquis une certaine intuition après avoir passé longtemps à
étudier les complexités du corps et de l'esprit humain.

Les deux femmes passèrent ensuite deux heures à discuter
de cette idée, dont la première à débattre sur les dangers de
cette méthode. Lorsqu'Élia fut convaincue que la mort certaine
provoquée par la toxine l'emportait sur la possibilité que leurs
esprits fussent violés pendant la courte durée de la formation,
elle céda et commença à planifier l'événement. Il s'agissait
notamment d'obtenir des quantités suffisantes de toxine pour
qu'elles puissent toutes deux en ingérer au moins à quatre
reprises avant l'événement, d'organiser quatre séances de test
au cours desquelles elles essaieraient également de former deux
Sœurs sur place en utilisant la méthode en question, et enfin
d'informer la Magna Mater.

À la foire

La capitale bouillonnait, impatiente de voir arriver les deux grands événements prévus en ce huitième jour d'undecimus : la bénédiction des porteurs participant à la course trans-alvinorienne et le lancement de la furanerie fraîchement formée.

Au sud de l'enceinte de la ville, on avait installé de grandes tentes pour y abriter tous les porteurs. Ils allaient ensuite être placés dans des cages et emportés par un groupe de six furans loués par le seigneur Warbender, seigneur de l'Armurerie et parrain de la course jusqu'au point de départ : la ville de Yerlaya, à quatre mille cinq cents kilomètres de la capitale. Les porteurs seraient alors lâchés le premier jour du deuxième entre-quart, lorsque, dans deux quarts, le soleil rouge cacherait son jumeau bleu, laissant alors aux porteurs toutes les heures de la journée pour leur long voyage de retour. Ceux qui ne périraient pas ou qui n'abandonneraient pas en cours de route reviendraient dans leurs enclos respectifs où chaque maître féliciterait – ou non – son porteur, détacherait sa bague pour y inscrire la date et l'heure de son arrivée grâce à l'horodateur-à-porteur, puis l'apporterait au jury qui, après avoir comparé toutes les bagues reçues, nommerait les gagnants.

À l'ouest des murs de la capitale trônait la Grande Tente destinée à recevoir la famille royale, les nobles de la ville, ainsi que les patriciens venus pour l'occasion. Devant elle, trois mille équipes furanes s'étaient assemblées et attendaient, plus ou moins patiemment, le début de la cérémonie, encerclées par les compagnies du régiment de la voranerie et par l'infanterie.

Des kiosques de restauration s'étaient installés dans les deux champs, et des camelots vendaient, les uns des portraits de porteurs et de furans, les autres, des broches dorées à l'effigie de la furanerie et d'autres encore, des lamelles représentant la tradition séculaire de la course trans-alvinorienne. D'autres marchands vendaient des souvenirs de la Couronne coriolanne dont tous les membres étaient présents, sauf le prince Toras, malheureusement retenu par une nouvelle attaque de bourras qui faisait rage dans l'ouest du pays.

À ce moment, un carrosse emmenait le roi, sa femme, son héritier et sa protectrice vers Parc-Ouest.

Le roi, qui était rentré la veille, n'avait pas encore eu l'occasion de discuter avec son fils et son épouse de ce qui s'était passé à Urbs Lucis, et Aithen, s'asseyant en face du couple royal tandis que Mitsuko prenait place à sa gauche, eut du mal à dissimuler son inquiétude.

De temps à autre, Aithen jetait un œil par la fenêtre à la garde rapprochée de son père, tentant de jauger leur attitude : quatre nouvelles Cordons rouges revenues avec Dana Lux Baiula complétaient les rangs de la Garde prétorienne. Ils étaient tous fièrement juchés sur leurs furans, observant la foule, scrutant les rues, les boutiques et les maisons, à l'affût de toute activité suspecte. Ce spectacle semblait inquiéter nombre d'habitants, ce qui parut déranger Octavius.

Le roi dit :

- Ils se demandent probablement si Urbs Lucis m'a imposé des restrictions.

Incapable de contenir son appétit, Aithen lui répondit :

- On dirait que non. Après tout, tu es ici en totale liberté de mouvement et tu étais d'excellente humeur jusqu'à ce que tu croises les regards interrogateurs de certains de tes sujets. Si je devais me prononcer, je dirais que non seulement tu n'as écopé d'aucunes restrictions, mais qu'en plus, tout s'est… bien passé ?! Comment est-ce possible, Père ?

Comprenant que son fils ne le lâcherait pas avant d'avoir obtenu une réponse à sa question, Octavius soupira :

- J'imagine que vous avez tous les deux assez patienté pour que je vous le dise.

Aithen acquiesça avec conviction, mais Darya, bien qu'elle eût envie de savoir ce qui s'était passé à Urbs Lucis, afficha un air ennuyé.

- La rencontre avec Krystiana a été pour le moins tendue, et même parfois frustrante – plus souvent pour elle que pour moi au demeurant. Mais c'est une bonne cheffe et elle sait comment s'y prendre. En fait, son seul déf— non, gardons cela pour plus tard.

Aithen et Darya échangèrent des regards interrogateurs, mais il leur fit comprendre qu'il ne poursuivrait pas.

- Quant à ma rencontre avec le Conseil de la lumière, elle fut assez pénible – vraiment pénible – malgré l'engagement de Krystiana. Cependant, elles ont fini par accepter de continuer à me faire confiance. Elles ont aussi accepté de ne pas punir Marcus pour la visite que je lui ai rendue cet été. Et, comme la logique prévaut dans la Sororité, le fait qu'elles consentent à me voir utiliser des… liaisons invasives pour l'esprit lorsque ma vie est en danger les a obligées à tolérer l'acte de Marcus il y a quarante ans – ou plutôt, avec quarante ans de retard. Elles ont donc révoqué son exil, ce qui signifie qu'il est libre à présent.

Aithen n'était pas heureux : il était au contraire furieux. Darya tenta de le calmer, sachant très bien ce qui se passait dans sa tête, mais il ne voulut pas être réduit au silence. Par bonheur, il ne se mit pas à crier, peut-être à cause de la présence de Mitsuko ou parce qu'il ne voulut pas que la foule l'entendît, dehors. De son côté, Darya tira les rideaux pour s'assurer que personne ne vît le visage de son mari ni celui de son fils.

Aithen dit :

- Tu veux dire que non seulement tu n'as subi aucune conséquence ni pour tes transgressions ni pour ton utilisation du Lien sans formation préalable, mais qu'en plus tu te trouves à présent en meilleure posture qu'avant ? Comment est-ce possible, Père ? Comment fais-tu pour ne jamais souffrir des répercussions de tes actes alors que les autres, oui ?

Le visage d'Octavius s'assombrit soudain et Darya glissa sa main dans celle du roi tandis qu'il commençait à rugir. Elle demanda à Aithen de se calmer, mais il poursuivit, hors de lui.

- Je sais que tu es le roi, Père. Mais tu n'es pas au-dessus des lois !

Octavius se contenta de hocher la tête et de soupirer, pendant que Darya demandait à son fils de respirer et de faire appel à sa raison avant d'envenimer la situation.

Mitsuko Lux Baiula fronça les sourcils, ne comprenant pas pourquoi le prince avait toujours l'air fâché : elle aurait aimé qu'il parlât au roi avec davantage de respect. Puis, se souvenant de la révélation d'Élyana le matin, Mitsuko en vint à se demander si le prince était aussi nerveux en *sa* compagnie. Probablement pas, mais alors, pourquoi réagissait-il ainsi avec son père ?

Une fois apaisé et après avoir compris ce qui avait mis Aithen en colère, Octavius, voulant reprendre le contrôle de la situation, dit :

- Aithen, si tu laissais la chance venir à toi, si tu l'invitais à ta table elle t'accompagnerait. Pourtant, même si tu me ressembles à bien des égards, ta façon de voir la vie est moins optimiste que la mienne, et c'est ce qui t'empêche de saisir les occasions qui te permettraient de te faciliter l'existence. Quoi qu'il en soit, si un jour je fais quelque chose de mal – quelque chose qui nuit à mon entourage ou à mes sujets – tu peux être sûr que j'en paierai le prix. Mais tu ne te sentiras pas mieux pour autant, Aithen. Par contre, si tu t'ouvres à ce que la vie a de bon à t'offrir et que tu en profites – ou que tu es autrement satisfait – tu seras apaisé. Comme je le suis – comblé.

Le prince garda le silence pendant un moment, s'attachant à nettoyer une poussière fictive sur la paroi de velours du carrosse. Lorsqu'il reprit la parole, il dit sur un ton de résignation :

- Je sais que tu es comblé, Père. Et je suis très heureux – vraiment – de savoir que tu ne subiras aucune des restrictions que la Sororité aurait pu vous imposer, à toi ou à Marcus. J'ai simplement une sensation d'injustice quand je compare ma chance à la tienne.

Voyant qu'Octavius s'apprêtait à répliquer, Aithen ajouta :

- Oui, oui, je sais. Je dois saisir les occasions lorsqu'elles se présentent. J'imagine que je ne sais pas comment m'y prendre.

Octavius se frotta les mains tandis qu'il réfléchissait aux paroles de son fils, puis il les écarta pour lui répondre :

- Mais aujourd'hui, tu as – pour le moins – une victoire à célébrer, fiston. La furanerie est peut-être une unité de *mon* armée, mais c'est *ton* chef-d'œuvre – et celui d'Harlion. Si tu ajoutes à cela ta réussite avec les Locari hier, qui permettra à la Sororité d'accroître ses compétences, tu dois admettre que ce quart aura été très généreux avec toi.
- Je ne sais pas si je devrais conjuguer mon sort au futur, Père. Qui sait ce que demain – ou même ce soir – nous réserve ? Je préfère donc profiter des bonnes choses – ainsi qu'elles sont – au présent.

Cette fois, Octavius et Darya poussèrent un grand soupir et secouèrent la tête face à la négativité persistante de Aithen, négativité qu'il se bornait à appeler « réalisme ».

- Mais je suis… fier de ce qu'Harlion et moi avons accompli en si peu de temps. Ce n'était pas facile. Surtout si on parle de capturer, lier les maîtres à leurs nouvelles montures et entraîner les milliers de furans dont on avait besoin. La Sororité a été d'un grand secours et j'imagine que nous avons aussi eu de la chance.

Sentant le nuage gris, qui s'était abattu sur Aithen, à présent dissipé, Darya demanda à son fils :

- À propos, où est Élyana ? Va-t-elle nous rejoindre dans le champ ?

Aithen haussa les épaules, mais Mitsuko Lux Baiula répondit à sa place :

- Elle devrait nous retrouver avant le début de la cérémonie, Dame Darya.
- Merci, Mitsuko. Est-ce qu'elle sera avec Irania ?
- Non, je suis désolée, ma Dame. Irania devait régler d'autres affaires urgentes.

Darya se pencha vers Octavius et ajouta :

- Irania ne devrait-elle pas passer davantage de temps à la cour, Octavius ?
- En effet. J'apprécie Irania, je la respecte et je trouve ses conseils précieux. Mais j'ai besoin d'une conseillère vers qui je peux me tourner à tout moment.
- Tu aimerais qu'Élyana revienne ?

Octavius acquiesça.

Cette conversation entre le roi et la reine-consort n'échappa pas à Aithen qui sentit son cœur frapper dans sa poitrine comme cent vorans martelant le sol ; mais il ne dit rien. Cela n'avait pas non plus échappé à Mitsuko qui espérait que le roi n'aurait pas gain de cause, même si elle ne lui en voulait pas d'être sorti indemne d'Urbs Lucis. Elle avait en réalité développé une nouvelle forme de respect pour cet homme extraordinaire, un souverain bien différent de tous ceux qu'elle avait servis jusqu'à lors. Mais elle savait aussi qu'à long terme, laisser quelqu'un faire ce qu'il voulait ne pouvait entraîner que des ennuis. Elle continuerait donc de le surveiller tout en espérant ne jamais avoir besoin d'agir.

Il ne fallut qu'une trentaine de minutes au carrosse pour arriver à destination et pour que la famille royale et sa suite prissent place sur l'estrade dans la Grande tente. Une fois assis, le roi, son épouse et leur fils aîné saluèrent la foule venue les accueillir et leur rendre hommage.

Octavius passa ensuite un long moment à contempler les soldats, les furans et les vorans qui se déployaient devant eux comme des rayons de soleil. Ce fut un grand moment pour le roi, sans compter que nombre d'entre eux allaient être envoyés à Col de Corne dès le lendemain pour prêter main-forte à Toras contre les bourras ; il ne manqua pas de le dire à son épouse. De son côté, Darya apprécia avec le même émerveillement la puissance de cet appareil militaire.

Aithen se contenta de fixer les hommes et leur monture d'un œil vide. De temps en temps, les commentaires de ses parents vinrent à ses oreilles, mais il ne participa pas à la discussion. Son esprit était ailleurs pour le moment. Parfois, il épiait son père du coin de l'œil.

Toutes les pensées et rêveries des spectateurs s'interrompirent lorsque le fracas des tabellarii s'éleva et résonna dans leur poitrine. À ce moment, Harlion le fier, Kendor le sévère, Crassius le chauve à la peau tannée, et Rinius l'homme aux grandes moustaches firent leur apparition sur le terrain. Le haut capitaine se posta sur une petite estrade près d'Élia Lux Baiula qui s'occupait de faire porter sa voix, pendant que les primi s'installaient devant leurs bataillons respectifs.

Un peu à l'écart du régiment ailé, l'unité de vorans montés et l'infanterie attendaient patiemment ; leur tour viendrait un autre jour. Ils se tenaient tout de même fièrement dans leurs uniformes de cérémonie – les voraniers tout de rouge et or vêtus, assis à califourchon sur de splendides bêtes aux manteaux gris, noirs ou bleus, et les fantassins, tout aussi impressionnants dans leurs uniformes rouge sur noir. Aucune autre nation des Terrae Regis ne possédait d'armée professionnelle semblable à celle de l'Alvinorie. Avec ou sans le tout nouveau régiment ailé, l'armée était toujours impressionnante : voraniers et fantassins le savaient bien et se rengorgeaient de fierté.

Les spectateurs se mirent à bouger fébrilement sur leurs sièges. Le roi et le haut capitaine échangèrent un signe de tête, et l'homme se tourna vers le tabellarius qui fit résonner le tambour sur un rythme rapide pour calmer l'assistance. Un silence rempli d'impatience envahit soudain le champ. Les civils dévisageaient leurs voisins, les yeux écarquillés pétillants d'excitation.

Élyana arriva à cet instant et s'assit derrière Aithen, à côté de Mitsuko. Elle lança un regard rapide au roi et à la reine, leur adressa un hochement de tête respectueux, mais réserva plus d'attention au prince qui lui répondit par un demi-sourire. Élyana leva un sourcil interrogatif, mais le prince haussa les épaules et lui indiqua qu'il s'expliquerait plus tard.

Élyana soupira et se tourna pour saluer sa Sœur, qui lui offrit un visage figé, typique des Lux Baiulae. Élyana ressentit malgré tout, à travers les gestes et l'expression de la femme que celle-ci ne cautionnait pas sa décision de courtiser le haut prince. Élyana était en train de la rassurer du regard lorsque son attention fut soudain attirée par la voix tonitruante de Harlion : elle pivota pour regarder le champ, dans la même direction que tout le monde.

- Mon Roi, ma Reine. Mon Prince. Seigneurs et Dames. Aujourd'hui est un grand jour. Il nous fait entamer un nouveau chapitre, le nouvel essor de la furanerie qui – sans être les dix mille Coriolans de nos ancêtres – reste la force la plus puissante de toutes les Terrae Regis.

En signe d'accord, lances et bottes frappèrent le sol comme un tremblement de terre qui se propagea sous les sièges de l'assistance et jusqu'aux bancs de la Grande tente, faisant vibrer les entrailles du public.

Quelqu'un arriva alors en trombe, tout haletant, et s'assit à gauche de la reine-consort, bredouillant quelques excuses, avec une excitation évidente :

- Père, Mère, j'ai couru aussi vite que j'ai pu. Je ne voulais pas rater ça.

Darya haussa un sourcil et dit :

- Et Maître Rackeli ?

Toujours essoufflé, Ori répondit :

- Il arrive.

Le roi afficha un petit rictus, puis reporta son attention sur le spectacle. Darya accueillit son fils avec un sourire amusé, mais chaleureux, auquel le garçon répondit d'un œil pétillant et une réelle impatience. À peine se fut-elle détournée de son fils, Darya jeta un nouveau regard à Ori, surprise par sa peau luisante. Quelque chose avait changé, mais elle ne savait quoi. Peut-être était-ce dû à la chaleur ambiante. Elle laissa cela de côté et se concentra à nouveau sur ce qui se passait dans le champ.

Aithen, ressentant l'excitation de son frère, balaya toutes ses frustrations face à l'extraordinaire chance de son père et lui dit :

- Tu aimerais bien être sur l'un de ces furans, n'est-ce pas, p'tit frère ?

Cette fois, le sourire d'Ori se fendit jusqu'aux oreilles.

La voix d'Harlion retentit de nouveau, attirant l'attention de tous.

- Ces trois mille équipes furanes sont prêtes à vous servir, Sire. Elles sont prêtes à vivre, à combattre et à mourir pour protéger votre superbe royaume. Les deux tiers de ces équipes ont fait un long voyage pour participer à cette cérémonie, Sire, et si elles sont aussi resplendissantes que les autres aujourd'hui c'est parce qu'elles ont reçu une excellente formation.

À cet instant, les vorans entamèrent un chant merveilleux, un chant que voraniers et fantassins s'empressèrent d'accompagner de leurs voix de gorge. Ce fut une expérience bouleversante qui attira les larmes aux yeux du public en émoi. Ori, les yeux et les oreilles grands ouverts, était subjugué.

Harlion fit signe au tabellarius, qui mit chaque soldat et sa monture au garde-à-vous en frappant trois coups sur son tambour.

Harlion poursuivit :

- Sire, Primus Rinius, Chef du bataillon lancier ailé !

L'assemblée applaudit des mains sur les genoux.

- Primus Crassius, Chef du bataillon archer ailé !

Encore une ovation.

- Et enfin, Primus Kendor, ancien soldat de la Garde noire et officier de la Garde royale, chef du bataillon d'assaut ailé !

Les mains frappèrent les genoux avec toujours plus d'énergie pour accueillir l'homme connu pour son courage et sa belle personnalité.

Harlion envoya un nouveau signe au tabellarius, et le jeune homme se remit à marteler une séquence, immédiatement reprise par les quatre autres tabellari situés autour de la force militaire. Ayant ainsi reçu l'ordre de se mettre en selle, les trois mille furaniers et leurs capitaines montèrent sur leurs destriers. Le haut capitaine fit ensuite volte-face et invita le roi à ordonner leur envol.

Octavius adressa à Aithen un sourire reconnaissant tout en se levant plein d'excitation. Derrière lui, la jeune Cordon jaune qui venait à peine d'arriver s'apprêtait à faire porter sa voix. Le roi se retourna, la femme lui confirma qu'elle était prête, et il commença ainsi :

- Gardes ! Aujourd'hui est un grand jour, et vous voir ainsi déployés nous donne de l'espoir, parce que vous *êtes* des maîtres furaniers, entraînés et formés par les meilleurs – vos commandants, le haut capitaine Harlion et le haut seigneur commandant Aithen.

Octavius, le visage illuminé par un large sourire, se tourna vers son fils et l'invita à donner aux soldats l'autorisation de décoller.

En se levant, le prince ne put cacher son émotion et pinça ses lèvres dans un réflexe. Il remercia son père, regarda Élyana derrière lui et – avec une excitation dans la voix, excitation décuplée par la Cordon jaune – il autorisa la haut capitaine à ordonner l'envol de la furanerie. Puis, il resta là, figé pendant un moment, comme surpris et quelque peu gêné par l'intensité de ses paroles.

Le bruit des tabellari relayant l'ordre, suivi par celui des trois mille furans s'envolant à grands coups d'ailes et force de cris, engloutit les raclements de gorge embarrassés du prince. Ce vacarme rugissant se réverbéra sur tous les murs de la capitale, faisant sursauter tout être vivant à la ronde. Les Furanvillois qui n'étaient pas joints au spectacle de l'envol de la furanerie tressaillirent, tandis que ceux qui étaient là, et surtout les enfants qui piaillaient d'excitation, applaudirent à s'en briser les mains.

Octavius se tourna vers son aîné, le visage embrasé de fierté. Les yeux de Aithen brillaient de cette même fierté. Mais sous son plaisir, le roi ne put dissimuler une certaine réserve de mise en ces temps incertains. Le prince savait ce que pensait son père et il le lui montra dans un hochement de tête et un rictus tendu : toute cette force armée suffirait-elle à repousser le Scytale, les bourras et Zébula ? La question demeurait entière, et l'espoir ne pouvait suffire à y répondre.

À cet instant, Élyana toussota et se pencha en avant vers Aithen. D'une voix qui tentait de passer au-dessus des bruits de furans, elle lui glissa :

- Je suis heureuse que tu ne sois pas là-bas avec Xyre, sinon, la poussière aurait été proprement insupportable.

Aithen mit un moment à réaliser qu'Élyana s'adressait à lui, et il marmonna un « Hum ? » tout en penchant sa tête en arrière.

- Je dis que je suis heureuse que tu ne sois pas là-bas avec Xyre, sinon la poussière aurait été proprement insupportable.

Aithen étira encore plus sa tête vers l'arrière et adressa une moue enjouée à Élyana. Lorsque, par mégarde, ses yeux croisèrent ceux de Mitsuko, il se dit : *Je me demande pourquoi elle continue à me dévisager ainsi. Est-ce qu'elle désapprouve notre relation ou est-ce qu'elle est tout simplement étonnée ? J'espère qu'un jour Élyana m'apprendra à lire un peu mieux leurs visages.*

De nouveaux cris firent revenir les regards sur le spectacle qui se déroulait à présent dans le ciel, un spectacle jamais vu depuis des siècles. Utilisant toujours les tabellari pour transmettre ses ordres, le haut capitaine Harlion mettait en scène une chorégraphie complexe en organisant les trois compagnies pour dessiner dans le ciel l'emblème de la maison Coriolis, le bataillon lancier figurant l'aile gauche, les archers, la droite, et le bataillon d'assaut se chargeant du corps du furan bicéphale. Les furans et leurs maîtres créaient au sol d'étranges ombres interconnectées.

Répondant à un ordre aussi invisible qu'inaudible, les membres de chaque bataillon ailé défirent la formation par alternance, se croisèrent en descendant et reformèrent l'emblème inversée dans des mouvements parfaitement synchronisés. Ensuite, les compagnies abandonnèrent les ailes et se positionnèrent derrière et au-dessus du bataillon central. Là, toute la brigade furane montée tournoya dans les airs et fondit en un éclair dans un dernier cri assourdissant, pour atterrir devant la Grande tente en formation lancière.

On applaudit très fort des mains sur les genoux pendant une bonne minute ; la foule ne se calma que lorsque le roi et la reine – suivis par les princes – se levèrent et descendirent de l'estrade pour féliciter les officiers.

Un quart d'heure plus tard, une fois l'inauguration terminée, les soldats revinrent dans leurs quartiers avec leurs animaux, et le cortège royal se dirigea vers les champs au sud.

Tandis qu'ils marchaient, le soleil rouge sortit de derrière les nuages et les fit tous sourire, tous sauf Mitsuko.

En effet, la bouche de la femme formait une moue tantôt intéressée, tantôt inquiète, à la façon discrète des Lux Baiulae, en observant le haut prince et la Manu Dextra. Tous deux se promenaient devant elle, bras dessus, bras dessous, et n'importe quelle novice de l'Ordre aurait pu sentir l'électricité qui circulait entre eux.

Soudain, une parole d'Élyana arracha à Aithen un joyeux et bruyant « ha ! ». Darya jeta alors un œil derrière elle.

La reine-consort chuchota à son mari :

- On dirait bien que notre fils a décidé de continuer à fréquenter Élyana.

Sans même tourner la tête, Octavius lui répondit calmement ;

- En effet. Il est venu me le dire ce matin.

Darya hocha légèrement la tête, mais ne put s'empêcher de serrer le bras d'Octavius. Ce dernier envoya à Darya :

- *Tout ira bien, mon amour.*

Darya sursauta, surprise de recevoir une pensée alors qu'elle ne s'y attendait pas et qu'elle ne saisit pas tout-à-fait. Octavius recommença et Darya se tourna vers son mari, bouche bée. Elle allait murmurer sa question, mais elle décida de passer elle aussi par un envoi :

- *Cela fait des années que tu n'as pas utilisé le Lien pour communiquer, même lorsque cela aurait pu aider dans des négociations. Pourquoi le fais-tu maintenant ?*
- *Peut-être que mon grand âge m'a enfin donné le courage de me libérer de mes peurs.*

Darya lui envoya une réponse moqueuse. Elle savait ce qui avait poussé son mari à révéler ses capacités, et ce n'était pas son « grand âge ». Elle dut tout de même admettre qu'elle appréciait les envois d'Octavius : ils étaient tellement plus intimes que ses paroles. Elle serra sa main, puis renifla doucement, se rendant compte que c'était la première fois depuis longtemps qu'elle prenait du plaisir à utiliser le Lien pour quoi que ce fut. Cela la fit sourire.

Octavius lui répondit en étirant ses lèvres, puis il se laissa absorber par les images et les sons de la foire. Le roi adorait cette période de l'année, entre octavus et dodecimus, avec ses événements fédérateurs presque à chaque quart, lorsque la majorité de la population profitait de vacances mensuelles d'un quart en famille, entre amis ou collègues, pour n'importe quelle raison.

Marchant derrière ses parents, Ori les regardait interagir en silence, se demandant ce qu'ils pouvaient bien se dire. Le maître Rackeli, qui cheminait à côté de lui, inclina sa tête et dit d'une voix peu habituée à produire des sons – tout taciturne qu'il était :

- Le roi et la reine se sont toujours aimés, jeune Prince, et l'absence de la reine n'a jamais été due à un manque d'affection de sa part. Mais votre mère semble avoir pris une décision importante dernièrement, c'est ce qui fait apparaître sur leurs visages des sourires que je n'avais pas vus depuis longtemps.

Ori continua de regarder ses parents avec une lueur d'espoir. Penchant sa tête vers Aithen, Élyana dit :

- Alors, tu vas m'expliquer ce que signifiait ton air étrange tout à l'heure ?

Aithen regarda autour de lui avant de murmurer :

- Eh bien, c'est juste que… mon père nous a raconté comment… il a quitté Urbs Lucis non seulement sans restriction, mais en plus dans une meilleure position qu'avant d'y aller.
- Ah.
- Ah ?
- Oui. Te connaissant, tu n'as sûrement pas étouffé ton agacement.

Pour toute réponse, Aithen se contenta d'enchaîner une série de grognements et de hochements de tête.

- Eh bien, on dirait que tes commentaires ne l'ont pas trop dérangé, à en croire son comportement joyeux.
- Non, c'est sûr. Il a dit que je devrais... saisir les occasions qui se présentent à moi.

Élyana gloussa, ce qui provoqua le redressement soudain du prince.

Elle enchaîna :
- Tu sais qu'il a raison, n'est-ce pas ?
- J'imagine.

Le prince et la Lux Baiula continuèrent à marcher et à regarder autour d'eux, silencieusement, jusqu'à ce que le prince comprît enfin ce que voulait dire son père. Quand cela se produisit, il soupira, renifla, et se sentit... heureux.

Mais ce sentiment s'évanouit lorsqu'il remarqua que le sénateur Sisipe, l'un des partisans furanvillois du seigneur Arotek, le fixait, penché vers sa femme et lui murmurant quelque chose à l'oreille. Quand l'homme s'aperçut qu'Aithen le regardait, il se mit à sourire et hocha la tête dans sa direction et celle d'Élyana. Cela ne dupa cependant pas le prince. Il savait, bien sûr, que les cancaniers trouveraient toujours un moyen de parler de la « relation scandaleuse du haut prince avec la Lux Baiula ».

Ces gens-là. Si je tenais toutes ces langues de serpents qui ont répandu ces rumeurs depuis le bal. Je suis persuadé qu'Aroteka en fait partie et qu'elle a parlé de ma danse avec Élyana à la femme de ce bêleur de Sisipe. Je suis certain que le sénateur est un membre de la Cinquième Colonne et qu'il attend juste le bon moment pour m'attaquer. Quand j'en aurai la preuve, je ferai regretter à Aroteka chacune des affreuses paroles qu'elle aura osé cracher.

Au moins, Père a tenu parole et a accepté mon choix. Une voix dissonante fit soudain irruption dans l'esprit de Aithen : *J'espère que tu ne le lui feras pas regretter.*

Aithen sentit une pression sur sa main.

- Je ressens tes émotions changeantes. Tu es tiraillé entre colère, satisfaction et à nouveau colère. À quoi penses-tu Aithen ?

N'ayant manifestement aucune envie de dire la vérité, Aithen se pressa de dire :

- As-tu trouvé quelque chose sur… ce à propos de quoi les Locari nous ont mis en garde ?

Élyana leva un sourcil d'un air suspicieux, mais ne chercha pas à en savoir davantage :

- Non. Pas encore. Je me suis ouverte au Lien ce matin, tout en gardant les sensations que Rivière m'a confiées aussi vivantes que possible dans mon esprit conscient, mais je n'ai rien ressenti de semblable. Ni ici ni ailleurs ; j'imagine que c'est une bonne chose. Même si je dois avouer que je n'apprécie pas l'idée de sonder mes collègues à leur insu – pas du tout, même.

Aithen regarda Élyana avec empathie et lui glissa quelques mots d'encouragement dont elle n'avait certainement pas besoin. Il serra doucement la main qu'elle avait posée sur son bras, laissant ses inquiétudes de côté, puis tous deux reportèrent leur attention sur les divers artistes répartis un peu partout le long du chemin et se laissèrent envahir par les odeurs alléchantes qui venaient à leur rencontre depuis les kiosques de nourriture.

Le cortège était maintenant tout près du champ sud, là où les gazouillis des porteurs – certains étaient très nerveux à l'approche de la course tandis que d'autres étaient agacés par la proximité de tant de conspécifiques non familiers – envahissaient l'air. Certains, dans la suite du roi, étaient excités par leurs caquètements, tandis que d'autres – ceux qui trouvaient ces voleteurs répugnants – roulaient des yeux.

Le premier sénateur Léo, qui fermait le cortège en compagnie de la doyenne Paula et de la sénatrice Luma Kraelion, appartenait à la deuxième catégorie. Il grimaçait et se plaignait aux deux femmes. Il grogna lorsque la sénatrice

Kraelion lui rétorqua qu'elle aimait bien les porteurs, les trouvant beaux et intelligents.

Léo lui répondit :

- Eh bien, pour ma part, j'espère que la Sororité parviendra à trouver le moyen de communiquer en permanence et de façon simultanée. Ainsi, nous pourrons rapidement éliminer tous les nichoirs de porteurs et nous serions débarrassés de ce vacarme et de cette puanteur.

Le premier sénateur grogna de nouveau lorsque, pour toute réponse, les deux femmes se contentèrent de secouer la tête.

La doyenne Paula renchérit :

- Heureusement pour vous, Léo, je crois que le roi va nous laisser partir chacun de notre côté maintenant, donc—

Le haut capitaine Harlion arriva et interrompit la conversation. Il dit à Paula :

- Je vous prie de m'excuser, Doyenne.
- Puis, se tournant vers Léo, il ajouta :
- Premier Sénateur, le haut roi aimerait visiter les tentes des porteurs en votre compagnie

Le visage du sénateur n'aurait pas été plus défait s'il avait subi la pire débâcle oratoire. Lorsque le haut capitaine commença à froncer les sourcils, le sénateur Léo sourit comme il se devait et accepta l'invitation, répondant à l'officier qu'il arrivait sur-le-champ. Harlion parti, Léo regarda Paula rempli de sarcasme :

- Vous disiez, Paula ?

La femme tourna ses paumes vers le ciel, pleine d'innocence :

- C'est bon signe, Léo. Peu importe ses raisons, le roi pense toujours que le Sénat est un corps important. Ceci devrait vous permettre de tolérer la *puanteur* des porteurs.
- J'imagine, oui. À plus tard.

En arrivant en tête du cortège, Léo reçut de la part du roi un accueil chaleureux, ce qui attisa sa curiosité sur les raisons pour lesquelles le roi voulait lui parler. Il lui répondit pourtant sur le ton le plus enjoué possible et le suivit.

Les dix hommes et femmes qui veillaient sur le couple royal ne tardèrent cependant pas à éveiller les soupçons du premier sénateur. Un peu plus tôt dans le quart, il avait entendu parler de la tentative d'assassinat dont le roi avait été victime, ainsi que de la mort de trois des quatre Lux Baiulae affectées à sa protection. Si les assassins réitéraient leur tentative, *serait-il* en sécurité ? Mais personne n'essaierait d'atteindre à la vie du roi dans un lieu public, n'est-ce pas ?

Octavius tira Léo de ses terribles pensées en disant :
- Premier Sénateur ! Je voulais vous entendre depuis longtemps sur l'installation des Corniers qui ont préféré rester plutôt que de retourner à Col de corne. Est-ce qu'ils trouvent leurs marques ?
- Ah ! Les Corniers. Oui. Vingt familles ont décidé de rester ici – soit une centaine d'individus. Une minorité de citoyens craignent encore que les enfants de ces étrangers n'aient une mauvaise influence sur les leurs.

Remarquant une soudaine agressivité dans le visage du roi, Léo s'empressa d'ajouter :
- *Mais*, la majorité de nos bons Furanvillois ont accepté ces Occidentaux et les ont accueillis comme des résidents à part entière, tout comme le haut prince l'avait justement prédit.

Léo regarda la bouche d'Octavius se tordre légèrement et son sourcil gauche froncer ; apparemment, l'accueil des bons citoyens ne suffisait pas à effacer le comportement des autres.

Le roi renchérit :
- Je suis heureux que la majorité approuve leur présence, Premier Sénateur. Mais, continua-t-il sur un ton glacial,

qu'en est-il de ceux qui s'y opposent ? *Que* craignent-ils pour leurs enfants ?

Le premier sénateur tira sur son col comme si ses vêtements amples étaient soudain devenus trop serrés et répondit :

- Ils ont… juste peur que les enfants des Corniers ne contaminent la langue de leurs propres enfants et… qu'ils aient une mauvaise influence.

Octavius se contenta d'un simple « Je comprends », tandis que le groupe entrait enfin dans une grande tente envahie de bruyants porteurs en cages. Alors que les autres réagissaient avec une surprise, une excitation ou un dégoût évidents face à la vue, au bruit et à l'odeur des porteurs, le silence d'Octavius devenait inquiétant ; le roi était occupé à chercher une réponse à donner aux fanatiques. Trouvant enfin une solution, Octavius esquissa un sourire et proféra sa réponse à voix haute afin d'être entendu :

- On dirait que certains Furanvillois pourraient bien apprendre d'un échange temporaire, Premier Sénateur, et bien que le royaume ne soit pas aussi sûr que par le passé, il serait tout de même utile de les envoyer, eux et leurs enfants, passer quelques mois à Col de corne.

Tout le monde s'immobilisa un instant, avant de reprendre vie en feignant de ne pas avoir entendu ou compris ce que le roi venait de dire.

Le vieux Léo faillit trébucher ; il jeta un œil autour de lui, puis se détourna des autres regards pour répondre au roi :

- Je… J'ai dû mal comprendre, sire. Avez-vous dit—
- Tout à fait, Premier Sénateur. Je suis très sérieux. Si vous vous rappelez bien, c'était une pratique habituelle sous le règne de mon père. Une pratique qui permettait aux différents peuples du royaume de tisser des liens de confiance entre eux.
- Oui, mais avec la guerre—

- Nous ne sommes pas encore en guerre. Même si je ne sais pas comment appeler cette... insécurité. Ils seront autant en sécurité à Col de corne qu'ici.

Léo essaya de croiser le regard de la reine ou celui de la protectrice dans l'espoir d'y trouver un peu de soutien contre le projet déraisonnable du roi, mais personne ne regardait dans sa direction et il dut faire face au roi seul :

- Mais, Sire, je suis sûr que votre père n'aurait jamais fait voyager des familles en des temps aussi incertains.
- En fait, Léo, il l'a fait. C'est un acte logique lorsque le danger pointe le bout de son nez. Imaginez ce qui se passerait si d'autres soi-disant étrangers arrivaient dans la capitale en plein conflit et que les Furanvillois décidaient encore de les ignorer. Non. Il est encore temps de remédier à cette inconscience et de tisser un véritable lien de confiance entre ces peuples avant que notre ennemi ne décide de nous attaquer pour de bon. Nous le ferons, car si la capitale venait à devenir un refuge – ou si nous devions abandonner la *capitale* pour nous installer dans une autre ville – les gens doivent être capables de s'accueillir mutuellement.

Léo s'étouffa et ravala une fois de plus sa salive sous le regard perçant d'Octavius avant de trouver la force de sourire :

- Mon Roi, je dois avouer que vous avez toujours eu une vision très personnelle du monde et de ses rouages, et je ne suis... pas tout à fait sûr de bien les comprendre. Mais Votre Majesté sait ce qui est le mieux, et je vous soutiendrai, quelles que soient vos décisions.
- Bon. Bien, Premier Sénateur. Maintenant, laissons la politique de côté et profitons des festivités.

Sur ce, le groupe se sépara. Aithen, Élyana et Harlion partirent visiter le secteur des voleteurs fantaisie, et le roi, son épouse et les autres se dirigèrent vers les compétiteurs, visitant les propriétaires les uns après les autres. Octavius s'informa de l'origine des propriétaires, de leurs voleteurs et des chances qu'avaient les animaux de gagner la course. Léo fronçait les sourcils de temps en temps, pendant que Darya – en bonne lectrice animale comme la plupart des clercs kynariens – fournissait des indications encourageantes sur la santé physique et mentale des porteurs. Quant à Mitsuko, elle observait le roi manifester un grand intérêt pour les porteurs qu'il manipulait les uns après les autres, et quiconque aurait pu lire ses tics et mouvements de bouche discrets aurait su qu'elle était sincèrement étonnée par cet homme.

Tout à coup, Octavius s'arrêta devant une cage finement travaillée, contenant le plus beau porteur qu'il n'eût jamais vu. Il était sur le point de demander qui en était l'heureux propriétaire lorsqu'une jeune voix hésitante se fit entendre derrière.

Il s'agissait d'un jeune homme d'une quinzaine d'années. Il portait un pantalon et une chemise grossièrement tissés, mais propres et en bon état. Le garçon affichait un sourire honnête et timide sur son visage où quelques poils roux commençaient à pointer.

Octavius lui dit :

- Quel merveilleux voleteur, jeune homme. Maître… ?

En bégayant nerveusement, le garçon répondit :

- Albo, Sire.

- Maître Albo. Où avez-vous trouvé un aussi beau spécimen ?

Le jeune homme perdit soudain son sourire et s'affola.

Octavius se rendit compte de ce qui effrayait le jeune homme et ajouta :

- Je ne doute pas du fait qu'il vous appartienne. Je vous demande simplement cela, car il est rare de voir cette espèce de voleteur par ici. Vous devez venir de très loin.

Le jeune homme ne parut pas convaincu par les paroles rassurantes du roi, mais en croisant le sourire sincère d'Ori qui acquiesçait, il se détendit, même s'il était abasourdi que le jeune prince eût daigné lui sourire. En effet, tous les seigneurs qu'il connaissait ne cessaient de se moquer de lui. Mais le prince avait l'air sincère.

Albo humecta ses lèvres et répondit :

- Oui, Sire, je viens de Col de corne. Mes parents m'ont laissé emporter mes voleteurs quand nous sommes venus nous installer ici, y a quatre mois, et j'ai réussi à trouver un nichoir pour les garder et poursuivre leur entraînement. C'est un Occidental à tête rouge. Ils viennent de la Haute-Alvinorie, mais comme mon pater y va de temps en temps, il m'a rapporté celui-là y a deux ans. C'est mon meilleur porteur, et j'suis sûr qu'il pourrait gagner contre un porteur de la Sororité. Il est fort et très agile : il évite facilement les prédateurs, même s'il est plus doué dans sa forme femelle. Je l'ai vu faire plusieurs fois.

Octavius gloussa et lui demanda :

- Vous êtes toujours aussi bavard quand on vous pose des questions, Maître Albo ?
- Pardon, Majesté. Au début, j'ai cru qu'vous, 'fin bon, non, pis ma famille et moi – tous ceux de Col de corne en fait – on a beaucoup de respect pour vous et pour le haut prince, et—

Le garçon s'interrompit avant de repartir dans un long discours sans fin.

Le roi lui dit :

- Vous n'avez aucune raison d'être gêné, jeune homme.

Le conseil du roi fit rougir le garçon. Alors qu'il cherchait le moyen de faire avancer la conversation, le roi eut une idée et se mit à parler plus fort pour s'assurer d'être bien entendu par le premier sénateur :

- Je suis ravi d'apprendre que votre famille et vous vous sentiez bienvenus à Furanville. Comme je l'ai dit aux ministres, aux sénateurs et aux soldats, les Corniers sont aussi des Alvinoriens et ils méritent d'être traités comme tels. Maintenant, parlez-moi de votre voleteur. Qu'est-ce qui fait que sa race est si puissante ?

Pendant que le garçon expliquait les adaptations qui permettaient à son porteur de voler plus vite et plus longtemps que les autres compétiteurs, un autre propriétaire s'approcha derrière la garde pour écouter la conversation, tout en observant avec attention le prince et sa compagne lucienne – qui discutaient gaiement quelques rangées sur la gauche.

Albo avait impressionné le roi avec ses solides connaissances sur les lignées de porteurs et leurs adaptations physiques, mais lorsqu'il tenta d'expliquer comment la créatique stimulait la capacité d'adaptation de ses porteurs, il se mit à hésiter et rougit. Il s'apprêtait à s'excuser pour son ignorance lorsque le spectateur discret l'arrêta pour intervenir :

- Sire, je pense que ce jeune homme parle de l'hétérozygotie des porteurs. C'est un principe biologique qui permet à la nichée issue de parents d'espèces différentes de mieux s'adapter à son environnement que si elle était née de parents de même espèce.

Le roi jeta un œil interrogateur en direction de la femme. Mais lorsqu'il vit sa robe, il la salua.

- Pardonnez mon intervention, Sire. Je suis Émissa, propriétaire du porteur d'Urbs Lucis.
- Lux Baiula, je crois que vous avez gagné la Course trans-alvinorienne l'année dernière.
- Tout à fait, Sire.
- Vous êtes la bienvenue dans notre discussion.

La femme hocha la tête en signe de remerciement, et la garde royale la laissa passer.

Octavius poursuivit :

- Vous dites donc que la progéniture de parents d'espèces différentes est souvent meilleure que celle de parents semblables.
- La femme acquiesça.

- Est-ce bien ce que vous vouliez dire, Maître Albo ?
- Oui, votre Majesté. Je ne trouvais plus le mot.
- Vous seriez surpris d'apprendre que, moi aussi, il y a des mots qui m'échappent parfois, Maître Albo. Mais votre esprit est vif et je prendrais *plaisir* à vous écouter davantage.

Se tournant vers son épouse, qui écoutait la conversation sans rien dire depuis un moment, il dit :

- Que dirais-tu d'offrir au Maître Albo une place dans la classe du maître Setarcos, mon amour ?

La reine esquissa le sourire le plus grand que le jeune homme n'eût jamais vu, à part celui de son propre père.

Albo resta silencieux pendant un temps anormalement long, puis remercia le roi et la reine à plusieurs reprises haut et fort, puis adressa un regard reconnaissant au reste du groupe.

À court de mots, le jeune homme se tenait là, en état de choc, et le roi lui demanda de venir trouver le maître Rackeli au palais afin que ce dernier lui donnât la permission de se joindre au cours du maître Setarcos. Il lui souhaita ensuite bonne chance pour la course et s'éloigna accompagné de sa suite, à l'exception d'Ori et du maître Rackeli, qui restèrent un moment en arrière.

Albo regarda cet homme aux allures sévères qui semblait vouloir lui parler, mais il n'en fit rien et se contenta de hocher la tête. Le garçon déplaça son regard vers le jeune prince, se demandant s'il était fâché de voir le roi offrir un tel honneur à un paysan, mais le sourire sincère du prince chassa toutes ses craintes, et laissa sur son visage une expression d'incrédulité.

Ori lui dit :

- Je vous verrai peut-être dans la classe du maître Setarcos ; j'assiste de temps en temps à certaines leçons avec ses étudiants.

Albo resta coi, abasourdi et incapable de répondre quoi que ce fut, tandis que le prince et le majordome s'éloignaient pour rejoindre le cortège royal.

En sortant de la tente, Octavius se sentait léger et joyeux. Il venait de vivre des moments simples, de ceux qui font sourire et oublier, l'espace d'un instant, tous les ennuis. Octavius resaisit le bras de sa femme et le serra contre lui quand soudain une fléchette vint se ficher dans son cou et tout devint noir. Le roi tituba avant de s'effondrer au sol sans que personne n'eût le temps de réagir. Darya poussa un cri et ce fut le chaos.

Le primus Julian hurla et s'agenouilla près du roi, pendant que Dana et ses Sœurs dispersaient la foule et installaient un cordon autour de la famille royale.

Julian secoua le roi et l'appela, en vain. Il colla son oreille sur sa poitrine et poussa un soupir de soulagement en entendant battre son cœur.

- Il est vivant, mais sa respiration est faible. Mitsuko, appelle Tania, tout de suite !

Puis Julian se retourna et, d'un regard furibond, chercha l'agresseur au milieu de la foule. Ne voyant personne s'enfuir, il hurla à nouveau !

- Émile ! Allez chercher le prince ou le haut capitaine ! Ils doivent ordonner le blocage de toutes les routes et des chemins de la région. File !

La nouvelle recrue de la garde prétorienne partit comme une flèche, sautant par-dessus les obstacles et se faufilant dans la foule, à la recherche de Aithen ou d'Harlion.

Pendant que Jashan empêchait la reine-consort et le jeune prince de s'approcher, Mitsuko sondait le roi et envoyait un message à Tania Lux Baiula, et le primus Julian poursuivait son inspection du champ de foire.

- Où est-il ? Où est-il ? Où… là !

Désignant à une centaine de mètres une silhouette qui paraissait s'enfuir vers la lisière du champ où se trouvaient montures, charrettes et chariots des visiteurs, Julian ordonna la poursuite.

Sans perdre un instant, trois prétoriens et trois Lux Baiulae se mirent à courir. Cependant, la poursuite au milieu de la foule en panique s'avéra difficile, voire impossible.

Merr, espérant arrêter le fuyard avec une flèche, mais il écarta cette idée lorsqu'il prit conscience qu'il risquait plus de blesser un civil que d'atteindre l'assassin.

Les projectiles reliés que les Lux Baiulae tentèrent d'envoyer contre l'homme n'eurent pas davantage de succès.

Gardes et Sœurs reprirent alors leur course effrénée. Primus Julian – n'étant pourtant pas le plus rapide de la compagnie – se déplaçait comme un voran de combat, bien décidé à renverser quiconque se trouvait sur son chemin. Sa capacité unique à rester concentré, conjuguée à sa haine du maître des ténèbres et de tous ses disciples après le meurtre de sa sœur par le Scytale, calmait la douleur dans ses muscles et ses os. Ses jambes embrasaient le sol et son corps bondissait, esquivait, se faufilait.

Le haut capitaine et le prince arrivèrent enfin par la droite. Harlion fonçait sur ses jambes musclées par des décennies d'arts martiaux. En le voyant courir, nul n'aurait pu imaginer qu'il avait la soixantaine, seuls sa respiration saccadée et son visage rougi en témoignaient.

Il restait encore une centaine de mètres aux poursuivants pour mettre la main au collet de l'assassin lorsque Dana vit un autre trait sortir de sa sarbacane. Grâce à sa vision décuplée par les pouvoirs du Lien, elle vit le projectile se diriger directement sur Julian, qui était le plus avancé. Dana hésita un instant – une fraction de seconde – pour décider s'il valait mieux continuer de pourchasser l'homme ou essayer d'aider Julian. Une fois sa décision prise, elle ralentit les battements de son cœur et souffla une liaison sonactique qui fit trébucher l'officier à deux reprises, juste à temps pour faire manquer sa cible au trait.

Cela n'arrêta cependant pas l'assassin, qui cherchait maintenant le moyen de projeter son poison sur Harlion et Aithen !

Dana tenta de faire trébucher les deux hommes, tout comme elle l'avait fait avec Julian, mais la foule était trop dense et elle les appela pour les avertir, en vain. À la recherche d'une autre solution, et constatant que la voie entre elle et l'assassin était la seule à peu près dégagée, elle décida de lancer une flèche reliée sur l'homme, au risque de toucher un civil. Soudain, une main ferme s'abattit sur son bras et l'arrêta avant qu'elle ne pût générer sa liaison.

C'était Élyana. Sans un mot, de ses yeux meurtriers, l'ancienne Cordon rouge – l'une des rares capables d'utiliser un pouvoir interdit – entra dans le Lien tout en voyant l'assassin pointer son arme sur le capitaine et le prince – ce prince qui était aussi… l'homme qu'elle aimait. À cet instant, Harlion s'arrêta et tomba ; le prince ralentit et se tourna vers son capitaine. L'assassin avait le champ libre. Sans attendre, et avec le regard de toute personne dont la famille est en danger, un regard meurtrier au centre d'un visage dur comme le roc, Élyana rejoignit l'esprit de l'homme, y entra, et l'assaillit avec une décharge de vibrations si puissante que l'air autour de lui crépita.

Non seulement les vibrations terrassèrent l'homme, mais son cri d'agonie et les craquements de l'air glacèrent le sang des quelques personnes qui s'enfuyaient encore, les poussant à accélérer après un arrêt momentané.

Dana Lux Baiula se tourna vers sa collègue l'air choqué et, d'une voix étranglée, lui dit :

- Élyana, qu'as-tu fait ?

Élyana se contenta de serrer la mâchoire et ordonna à la femme de surveiller l'assassin pendant qu'elle courait vers le prince et le capitaine.

Dana s'exécuta, mais dans une immense confusion, troublée par un sentiment qui lui tordait les tripes pendant que de nombreux scénarios s'affrontaient dans son esprit.

Se laissant tomber à genoux auprès d'Harlion, Élyana regarda Aithen dont l'oreille était collée à la poitrine du capitaine.

Aithen s'assit. La voix tremblante et le regard épouvanté, il dit :

- Je ne vois aucun trait sur lui. Je ne sais pas ce qui s'est passé, mais il est tombé comme ça en se tenant la poitrine.

Élyana commença à sonder le capitaine. Il était à présent facile de la lire, avec son visage plissé par l'inquiétude.

Alors qu'elle sondait Harlion, Aithen posa des questions sur le roi et fut soulagé d'apprendre que Tania, qui était arrivée avant qu'Elyana ne se mette elle aussi à la poursuite de l'assassin, avait dit qu'il vivrait.

- Et Harlion?

Élyana secoua la tête. Elle n'était pas un médecin, mais le sondage lui permis de percevoir des signaux peu rassurants de son cœur et de son cerveau. Aithen sentit tout son corps se contracter et trembler d'un seul coup. L'instant d'après, son visage se ferma tandis qu'il s'élançait, furibond, vers le tueur qui gémissait à terre.

À Solinor

D'une voix à la fois perplexe et enjouée, Aria dit à son amie :

- Cari, c'était tout simplement – comment dire – incroyable ! Mais tellement étrange.

Les amies se trouvaient dans la chambre d'Aria.

- Que veux-tu dire ?
- Je veux dire, tout ce qu'Ylana m'a montré, c'était complètement extraorbé. Jamais je n'aurais cru une prêtresse capable de faire ça. Aucun de nos professeurs ne nous a enseigné des choses pareilles, et nos manuels n'en parlent pas non plus. C'était très étrange parce que

je n'arrive pas à comprendre pourquoi elle a voulu me montrer ça. Pourquoi à moi ?

- Aria, de quoi parles-tu ? Que t'a-t-elle appris ?
- Qu'une vraie prêtresse peut diriger toutes les créatures.
- C'est tout ? On nous apprend déjà à lire dans l'esprit des animaux et à les contrôler.
- Je ne te parle pas de ça. Ce type d'influence n'a rien à voir avec ce que la prêtresse suprême m'a montré. Elle maîtrise tellement ces compétences que je sais maintenant ce que je veux devenir.

Carasina leva un sourcil, ne comprenant toujours pas ce à quoi Aria faisait allusion.

- Cari, Ylana peut contrôler – littéralement – des dizaines ou même des centaines d'animaux, comme si elle dirigeait les Voces Creatoris.
- Les Voces Creatoris ?
- Grrr ! Le chœur royal de l'Alvinorie. Elle fait ça avec autant de virtuosité que si elle dirigeait un chœur. Elle fait chanter tous les voleteurs – absolument tous ! – en même temps dans la forêt derrière chez elle. Des voleteurs de plusieurs espèces, et ils chantent les uns avec les autres en parfaite harmonie. Et puis…
- Aria fit basculer sa tête en arrière, gémit, et poursuivit :
- Et puis elle les fait s'envoler tous ensemble pour qu'ils accomplissent une chorégraphie parfaite juste pour nous.
- Cela semble incroyable. Si elle est capable de faire tout ça, pourquoi n'en avons-nous jamais entendu parler ?
- Tu crois que je ne le lui ai pas demandé ? Ylana dit qu'elle est comme mon oncle pour ça ; qu'elle n'aime pas utiliser ses pouvoirs pour se faire valoir, surtout parce que rares sont celles qui peuvent faire ce qu'elle fait.
- Aria, je crois que tu me fais marcher. Nous, les Kynariens ne sommes pas des relieurs ; nous sommes

d'excellents sensoriels, parmi les meilleurs, oui, mais pas vraiment des relieurs.

- Cari, je ne me moque pas de toi. Elle dit que certains d'entre nous *peuvent* être des relieurs, et elle dit même que j'ai un bon potentiel.

Cari cligna des yeux et Aria continua :

- Je ne voulais pas y croire, Cari, mais elle a été tellement convaincante que je n'ai pas eu le choix et j'ai essayé. J'ai passé les trois jours suivants à apprendre ses pouvoirs sensoriels et de liaison, et—
- Et quoi ?
- Elle avait raison. J'en suis capable. Je l'ai fait. Pas comme elle, mais j'ai réussi à faire chanter à l'unisson une dizaine de voleteurs. Avec un peu de pratique, je pourrai moi-même devenir une maîtresse locutrice animale.
- Tu veux dire une maîtresse lectrice animale…
- Locutrice animale.
- Je n'ai jamais entendu parler de *locutrice animale*. Et c'est toujours aussi incroyable. Mais, comme tu as réussi à trouver le moyen de communiquer avec des lincots sauvages plutôt que ceux que nous avions domestiqués, j'imagine que tu as vraiment un don particulier ; après tout, tu n'es pas une pure Kynarienne.

Le visage d'Aria s'assombrit tristement.

- Pardon, Aria, je ne voulais pas dire que tu… que tu n'es pas des nôtres… tu es une des nôtres. Il y a peut-être quand même une explication au fait que tu possèdes des capacités inhabituelles.
- Donc, tu sous-entends que la prêtresse suprême n'est pas entièrement Kynarienne ?
- Quoi ? Mais non. Bien sûr que non. Ohh, je suis désolée, Aria. C'était tout à fait déplacé et illogique.
- C'est bon.
- Bien, tu veux donc devenir une… locutrice animale.

Aria acquiesça.

- La prêtresse suprême m'a dit quelque chose qui m'a vraiment marquée alors que je commençais à me décourager. Elle a dit que notre Ordre est très représentatif de la société, non pas à cause de ses pouvoirs politiques, mais parce qu'il nous relie à notre existence et à toutes les créatures vivantes de cet orbe. Elle a aussi dit que nous étions l'agglomérant de notre peuple et que notre faculté à influencer les créatures, tout comme notre pouvoir de les contrôler, garantit notre sécurité.
- Mais on ne nous enseigne pas le contrôle, parce qu'il peut nuire.
- Tout à fait, mais au bout du compte, elle m'a dit qu'elle me l'enseignerait, à moi, parce que cela pourrait nous aider dans un avenir proche.

Cari se laissa tomber sur une chaise sans répondre. La confusion, la peur, et même un brin de jalousie envahissaient ses pensées et embrumaient son esprit.

Orgueil ou prise de risque

D'une voix plus enrouée qu'à l'accoutumée, la vieille praefecta dit :
- Veuillez vous asseoir, Maître Methrim.

Une fois le Zébulonien assis, Saara poursuivit :
- Biléna Lux Baiula nous a tenues informées de vos progrès dans l'instruction des filles pour leur mission en Zébulonie. Il semble qu'elles aient perfectionné leurs capacités linguistiques, mais qu'Ooldrina est devenue contestataire et renfermée. Comme vous passez beaucoup de temps avec elle, j'aimerais que vous me disiez ce que vous en pensez avant que je la fasse évaluer, car son attitude, en l'état actuel, n'est pas propice à la mission.

Ce soir-là, Lusk s'était préparé à manipuler aussi la cheffe de la Cordonneté blanche. Il avait été prévenu seulement une heure à l'avance, mais il l'avait consacrée à répéter ses stratégies et affiner ses méthodes sur des cultures de cellules cérébrales humaines qu'il gardait dans le laboratoire médical d'Urbs Lucis – auquel il avait facilement accès en tant que guérisseur – et dont il avait observé les changements de couleur indiquant que ses vibrations avaient l'effet escompté. Ainsi, il ajusta sa voix pour amorcer une cascade neurochimique destinée à lui ouvrir la porte de l'esprit de la vieille dame. Il lui dit :

- Merci, Praefecta.

Ce faisant, il sonda doucement sa réaction.

Saara fit une pause inattendue, se surprenant elle-même, et fit semblant de trier ses documents sur son bureau tandis qu'elle analysait sa réaction.

Pourquoi m'a-t-il remerciée ? Et pourquoi me suis-je arrêtée ?

Ne trouvant pas de réponse à ces questions, elle reporta son regard sur Lusk. À cet instant, elle ressentit un désir irrationnel pour cet homme. Assis en face d'elle, son visage, son corps, sa bosse étaient soudain devenus irrésistibles. Elle sentit son sang se précipiter dans ses veines comme elle ne l'avait pas vécu depuis longtemps. Elle ferma les yeux le temps de reprendre la maîtrise de son corps et de son esprit. Lorsqu'elle réussit à faire battre son cœur à une allure plus calme tout en restant alerte, elle poussa un soupir silencieux.

- Dites-moi, s'il vous plaît, ce qui, selon vous, perturbe cette fille.

Modulant avec la précision d'un chirurgien ses vibrations vocales, Lusk fournit à la praefecta les explications qu'il fournissait à tous ceux qui s'interrogeaient sur la psychologie de la fille. Il comptait la convaincre avec autant de facilité que les autres, dont son instructrice, Clara Lux Baiula.

Pourtant, Saara Rucius, cheffe de la Cordonneté blanche et la plus âgée des Lux Baiulae vivantes, ne répondait pas comme prévu, et la situation commençait à le perturber. De temps en temps, la femme posait en effet une question semblant découler d'un doute inconscient, malgré les discrètes vibrations qu'il lui envoyait pour stimuler sa production d'endorphines.

Lusk décida de changer de tactique pour se contenter à partir de ce moment de tenter la femme. C'était de toute façon ce qu'il avait toujours eu l'intention de faire, lorsqu'il s'entraînait sur les cultures cellulaires à activer les réponses hormonales puis à les remettre à leur niveau normal. Il était capable de tenter la plupart des femmes sans éveiller de soupçon, mais la praefecta medicas n'était pas « la plupart des femmes », et il avait mis en place cette autre technique en cas de besoin.

Après avoir vu la Lux Baiula hocher la tête d'un air pensif en réponse à son dernier commentaire, Lusk recommença à moduler sa voix et envoya en même temps à la femme des vibrations destinées à provoquer chez elle une légère décharge d'hormones sexuelles :

-   Praefecta, peut-être qu'un jour de repos pourrait faire du bien à Ooldrina : nous pourrions aller visiter la région avec Clara Lux Baiula et Raaviana. Si vous aimez la campagne, vous pourriez vous joindre à nous et en profiter pour observer la fille.

Saara sentit son cœur s'emballer à l'idée d'une telle escapade en campagne en compagnie du jeune homme. Elle dépoussiéra d'un geste son bureau comme pour réfléchir à la proposition. *Cela ne devrait pas m'arriver.* Mais une autre part d'elle-même rétorqua : *Et pourquoi pas ? Tu as bien dit à Bilena, dernièrement, que les Lux Baiulae ne devaient pas être des castrées.* D'un côté, Saara reconnaissait la véracité de cette remarque, mais d'un autre, quelque chose continuait de la déranger dans sa façon actuelle de réagir.

Elle leva les yeux et répondit :

- Merci pour votre idée et pour votre invitation, Maître Methrim. J'y réfléchirai.

Lusk acquiesça.

Ayant pris une décision, Saara inspira profondément et ajouta :

- À présent, je voudrais vous demander votre aide. J'aimerais que vous me sondiez ; au cours des dernières minutes, j'ai éprouvé d'étranges sensations que je ne parviens pas à m'expliquer. Accepteriez-vous de le faire ?

Lusk tenta tant bien que mal de dissimuler son incertitude :

- Vous êtes sûre, Praefecta ? Il vaudrait peut-être mieux que Sarrinia Lux Baiula s'en charge.
- Je le sais. Mais les procédures de Sarrinia sont trop longues et je n'ai pas de temps à perdre. Et en tant qu'ancien guérisseur de la reine, vous êtes aussi tout à *fait* qualifié pour me sonder.

Les raisons de la praefecta étaient fondées ; la guérisseuse des porteuses offrait effectivement des évaluations très longues. Reprenant alors le contrôle, Lusk lui répondit :

- Vous avez raison, Praefecta, je vous prie de m'excuser. Je serai ravi de vous examiner.

Saara ferma les yeux pour entrer dans le Lien et se prépara à subir l'examen, un examen au cours duquel elle allait en profiter pour sonder discrètement son sondeur. Elle n'avait pas particulièrement envie de laisser le maître Methrim entrer dans son esprit, mais elle devait trouver le moyen d'entrer dans le sien sans éveiller ses soupçons.

L'un des souvenirs transférés surgit soudain : celui de Liboria Lux Baiula, qui fut, presque cinq cents ans auparavant, une Barrière puissante de la Guerre trionique. Le souvenir de la femme disait : *Protège ton esprit avec une onde intermittente. Il pourra entrer, mais tu seras capable d'annuler ses vibrations s'il s'avère mal intentionné.*

Très consciente de l'approche de Lusk Methrim dans le Lien, Sarra répliqua : *Je ne connais pas cette technique protectrice.*

Le souvenir de Liboria Lux Baiula lui répondit : *Il faut faire comme* cela. Saara écouta son conseil et s'exécuta sur-le-champ, puis laissa le maître Methrim entrer.

Pervertir jusqu'au bout

La Coate s'allongea sur son lit et entra dans le Lien pour se connecter à l'esprit de Marcus Vrol. Elle ne le rejoignit cependant pas immédiatement ; la veille, une erreur avait été commise dans le dosage du médicament suppressif de son prisonnier et, lorsqu'elle était entrée dans son esprit, il avait failli l'y enfermer. Elle avait violemment réprimandé Kina et la femme avait promis de ne plus se tromper.

Mais la force de l'homme dans le Lien était loin d'être la seule difficulté qu'elle devait surmonter. Marcus Vrol s'était révélé bien plus difficile que prévu à pervertir. La Coate avait en effet passé des jours à l'étudier, le poussant à lui révéler ses faiblesses et désirs secrets, et tout ce qu'elle avait découvert était qu'il s'ennuyait d'une présence féminine – non pour satisfaire ses élans sexuels, mais pour combler ses besoins émotionnels – et l'attachement émotionnel était la façon la plus lente et la plus difficile de pervertir quelqu'un. La satisfaction de ses envies sexuelles, de son appétit pour le pouvoir ou de son désir de s'échapper eût été bien plus facile, même sans passer par le Lien.

Comme il s'agissait d'un vieil homme – même s'il ne paraissait avoir que soixante ou soixante-dix ans – il devait avoir une sensibilité émotionnelle unique et intransigeante après ces décennies de vie en reclus. Elle savait qu'à moins de pouvoir utiliser le Lien, elle ne pourrait jamais le pervertir à temps pour sa mission. Elle avait donc décidé d'essayer d'apprendre la reliure adéquate avec son contact à Urbs Lucis, une reliure qu'elle avait ensuite expérimentée sur ses semblables non sans conséquences fâcheuses. Mais ça avait fonctionné et elle avait besoin que ça fonctionne avec lui. Après tout, si elle y parvenait, elle pourrait le pervertir pour en faire un puissant Temptator, peut-être même encore plus puissant que Lusk Methrim. *Il faut que ça fonctionne. J'ai simplement besoin de libérer suffisamment de neurotransmetteurs pour faciliter mon entrée dans son esprit : une fois à l'intérieur, je ferai le reste à ma manière.*

Après s'être convaincue du bien-fondé de son plan et avoir sondé son prisonnier pour s'assurer que ses pouvoirs étaient convenablement paralysés, elle le rejoignit dans le Lien.

Elle le trouva rapidement au milieu de la myriade d'autres vibrations. Elle sonda son esprit une dernière fois pour être certaine qu'il était tout à fait inconscient, puis elle s'approcha de sa forme. Il ne cessait de changer de forme et de place, comme tous les esprits inconscients. *Il faut que je le maintienne en place, sans quoi rester auprès de lui sera comme chasser un voleteur-allumette, et je n'ai pas du tout envie de jouer à ça.*

La Coate forma l'image d'une femme aperçue dans l'esprit de l'homme quelques nuits auparavant. Invoquer des souvenirs visuels n'était pas son point fort, mais elle allait aussi utiliser des souvenirs vocaux. Ainsi, après avoir jeté un œil à sa nouvelle forme dans un miroir créé pour l'occasion, et après l'avoir trouvée convenable – à défaut d'être parfaite – elle imagina un champ d'herbes fraîches et se concentra sur sa voix. Sa forme se mit à sourire, car elle était satisfaite de sa contrefaçon.

Comme l'homme allait à nouveau disparaître, elle se concentra et lui murmura :

- *Mon cher Marcus.*

La forme de l'homme lui répondit avec une secousse qui fit tout trembler alentour, mais elle se calma rapidement.

La Coate se hâta de dire :

- *Marcus, le plan de melon rouge commence à pousser.*

Elle avait appris, au cours de cette même incursion malheureuse dans son esprit la veille, que les melons rouges avaient un sens particulier pour lui, et que le premier souvenir associé à ces melons était en compagnie de la femme dont elle imitait la voix.

La forme de Marcus explosa de nouveau, mais se maintint un peu plus longtemps. Il regarda le melon rouge que la Coate avait placé devant elle, puis leva les yeux vers elle.

La Coate engagea alors tous ses pouvoirs et ses passions dans la forme de la femme et façonna un doux sourire, tendre et chaleureux, pour rencontrer le regard de l'homme.

Marcus plongea dans les yeux de la Coate. Cela fonctionnait… enfin, jusqu'à ce que l'homme se mît à écarquiller les yeux et qu'il disparût.

Au bord de l'exaspération, la Coate recommença – deux fois, en réalité. Au dernier essai, elle réussit à calmer l'esprit de Marcus et à se mettre – ou plutôt à mettre l'image de la femme aimée – dans une représentation de sa villa, qu'elle avait au préalable dessinée dans ses moindres détails pour s'en servir de la sorte. Ce souvenir parut l'apaiser, même si la villa avait été sa prison pendant près de quarante ans. Elle se mit ensuite à marcher avec lui, mais sans prendre sa main, par crainte de ne pas être capable de reproduire correctement le souvenir tactile de la femme.

Ils s'assirent sous le porche et entamèrent une conversation, pendant qu'elle coupait pour lui des tranches de melon rouge. Lorsqu'elle lui offrit une tranche, leurs mains se touchèrent et, après un instant d'hésitation, elle laissa ses inquiétudes se muer en passion. La forme de Marcus Vrol se leva et saisit ses bras. Se sentant proche de la réussite, elle envoya de légères vibrations dans son esprit pour libérer les neurotransmetteurs de l'attachement.

Elle attendit, surveillant ses réactions. Lorsque la forme de l'homme se rapprocha de la sienne, elle poussa un soupir de soulagement et entra à nouveau dans son esprit.

PERMANERÉ USQUE AD FINEM

Après la deuxième tentative

L'atmosphère qui régnait, le lendemain, dans les appartements du roi était pesante et pleine d'émotion. C'était la fin de la matinée. Le roi s'était réveillé d'un sommeil réparateur, et sa famille, les officiers de sa garde personnelle, ainsi qu'Élyana et Mitsuko Lux Baiulae étaient assemblés dans son bureau.

Le roi avait survécu et devait pouvoir se rétablir complètement. Kiron et Sikka Lux Baiula, victimes des fléchettes empoisonnées, tout comme Harlion qui avait eu une crise cardiaque, se trouvaient à l'étage médical de Domus Lucis, entre la vie et la mort.

Ne voulant pas qu'on le vît malade et étendu dans son lit, le roi avait chargé son serviteur personnel, – le jeune Koricki Dar'Muntake – d'installer un fauteuil en feuilles de lacora derrière son bureau afin de recevoir ses invités avec dignité. Mais on pouvait voir, à sa peau rougie et à sa posture légèrement voûtée, qu'Octavius souffrait toujours des conséquences de la toxine. Darya le regardait, priant pour que sa folie ne lui coûtât pas la vie.

Octavius s'adressait à son aîné et au capitaine de sa garde, tous deux décidés à endosser la responsabilité de l'attaque. Pendant ce temps, Ori, à l'opposé, écoutait sans regarder, modelant et remodelant le fauteuil en feuilles de lacora dans lequel il était assis. Il avait l'air inquiet, et ses yeux se déplaçaient d'un bout à l'autre de la pièce, tandis qu'il décryptait les paroles de son père du haut de son jeune esprit.

D'une voix encore faible, mais avec suffisamment d'assurance pour être entendu par son cadet, Octavius dit :

-   Vous devez tous les deux arrêter vos bêtises maintenant. Je n'aurais jamais dû me promener en public avec autant de désinvolture par les temps qui courent. Si je l'ai fait, c'est parce que j'ai mal évalué notre ennemi. Je suis persuadé que personne ici ne refera cette erreur. C'est pourquoi nous ne discuterons que de notre réponse à cette seconde tentative d'assassinat. Sachez toutefois que je ne tolèrerai à ma cour *aucune* remise en question des actes d'Élyana Lux Baiula. Je ne peux ni interdire l'enquête d'Urbs Lucis à son sujet, ni l'empêcher – c'est son droit – mais tant qu'elle sera ici, Élyana sera libre de poursuivre ses activités habituelles, sans contraintes ni châtiment.

Tout le monde hocha la tête ou l'inclina en signe d'accord, sauf Dana.

Après s'être essuyé le front, Octavius ajouta :

- Je sais ce que vous vous dites, Dana : d'abord le roi, et maintenant, la Manu Dextra. Combien encore possèdent des pouvoirs interdits ? À ma connaissance, vous ne devriez plus rencontrer qui que ce soit avec la capacité de… violer les esprits, comme dit ton Ordre. Mais ce n'est pas vraiment de cela qu'il s'agit. Vous devriez plutôt vous demander si ceux qui l'ont utilisé l'ont fait autrement que pour défendre leur propre vie ou celle d'un autre.

Octavius jeta un coup d'œil inquiet à Élyana, espérant que Dana l'interprèterait seulement comme une référence de plus à ce qu'il avait fait le quart dernier. Évidemment, Élyana savait ce que signifiait ce regard inquiet. Le roi n'était pas tout à fait sincère.

Dana ne releva pas ses paroles ; elle avait retenu la leçon et laisserait à Irania, la représentante d'Urbs Lucis à Furanville, le soin de gérer la violation des lois d'Élyana. Mais la Cordon mauve s'en chargerait-elle à présent qu'Élyana était devenue la Manu Dextra de la Magna Mater ? Allait-elle vraiment raconter cela à Krystiana et la pousser à agir contre ce qui pourrait être les intérêts actuels de la Sororité ? Peut-être qu'Irania se contenterait de n'en parler qu'à Raméla, qui – en tant que cheffe de la cordonneté mauve – répondait du comportement de ses pairs, afin de laisser la femme s'occuper calmement du problème à sa manière. Bien sûr, Dana savait que le comportement d'Élyana avait sauvé la vie du prince et du capitaine. Mais ce résultat constituait-il une excuse ? Dana, le visage froid comme la pierre et les yeux balayant l'espace sous l'effet d'un conflit intérieur, acquiesça.

Puis, Octavius demanda :

- Comment va Harlion ?

Élyana lui répondit froidement, malgré les sentiments qu'elle savait motiver la question du roi :

- Tania n'a pas voulu se prononcer pour le moment, Sire.

Octavius réprima un geste de colère, mais sa voix se brisa en poursuivant :

- Va-t-il survivre ?!

Élyana ne se départit pas de son air stoïque :

- Tout ce que nous pouvons dire est qu'il est actuellement en soins intensifs, Sire. Je suis désolée.

Se rendant compte que même en tant que roi, il ne pouvait pas s'attendre à une autre réponse, Octavius soupira et répondit :

- Ne vous excusez pas, Élyana. J'imagine que nous finirons par le savoir.

Grognements et jurons s'élevèrent dans le bureau du roi. Octavius adressait des regards inquiets à Aithen qui les adressait à son tour à Élyana. Observant cet échange, Darya réalisa que malgré les liens indéfectibles qui la liaient à Octavius, elle ne faisait toujours pas partie de ce cercle intime, et cela l'attrista ; mais lorsque le roi la regarda, elle se trouva bête d'avoir réagi ainsi.

Le roi essuya à nouveau son front humide et une ombre voila son visage ridé tandis qu'il songeait à sa propre vulnérabilité rendue prégnante par la soudaine détérioration de l'état de son officier de toujours. Il pinça les lèvres avec amertume :

-   En supposant qu'il s'en remette, que pouvons-nous faire pour lui, à ton avis, Aithen ? Peut-on réduire ses tâches sans l'insulter ?

Aithen hésita un instant, sentant le poids des regards attristés et inquiets de tous ceux qui, dans cette pièce, connaissaient bien le capitaine sexagénaire et l'appréciaient tout autant.

-   Peut-être pourrions-nous diviser sa charge, Père ; il serait toujours le chef de votre police secrète, mais… *et* le primus Kendor deviendrait capitaine de la Garde ; Harlion lui voue un grand respect et ne verrait probablement pas d'inconvénient à ce qu'il prenne sa place de haut capitaine – si quelqu'un doit la lui prendre.

Si embrumé fût-il, Octavius avait remarqué l'autocorrection de son fils, et il sourit avec fierté :

-   Tu feras un bon roi, fiston.

Tout le monde acquiesça à cette remarque, même Darya qui regardait Élyana avec un doux sourire.

Élyana refoula une bouffée d'émotion qui montait en elle tout en se demandant si la reine consort avait fini par approuver sa relation avec Aithen.

Remarquant la gêne de son fils, trahi par ses gestes maladroits – Aithen n'avait jamais aimé être au centre de l'attention sauf lorsqu'il débattait de la véracité d'une question ou qu'il expliquait la nature d'un élément –, Octavius ajouta :

-   Qu'il en soit donc ainsi. Quand Harlion sera tiré d'affaire, nous rendrons ce changement officiel par une cérémonie en hommage à sa longue carrière—

Le roi ne termina pas sa phrase tant de douloureuses secousses lui traversaient le corps.

Darya se précipita pour lui demander comment il allait et s'il voulait se reposer. Lorsqu'elle se retourna pour appeler Koricki, le roi l'arrêta en grognant :

-   Je ne vais pas bien, Darya ; mais je connais mes limites, et je ne les ai pas encore atteintes. Fais simplement venir

Tania pour qu'elle s'occupe de moi quand nous aurons terminé ici.

- Ne serait-il pas mieux d'ajourner cette réunion pour la reprendre lorsque tu seras complètement rétabli ?

D'une voix ennuyée, mais ferme, Octavius lui répondit :

Non. Je me connais, Darya. Ça va aller.

La reine acquiesça, et le roi prit l'assemblée au dépourvu avec sa question suivante, bien que nul ne fût surpris de son changement subi de sujet, tant il avait l'habitude de le faire :

- Au fait, comment s'est passée la course trans-alvinorienne ?

- Le maître de cérémonie est venu me demander s'il devait annuler l'événement. Je lui ai dit de ne pas le faire, car il serait difficile de rassembler à nouveau tous les porteurs en cas de report. Mais tous les concerts et spectacles ont été annulés.

- Et, comment a réagi le public – enfin, si le public a bien voulu revenir ?

- Avec morosité, comme on pouvait s'y attendre.

- Très bien. Je suis content que notre peuple comprenne que tout ne peut pas toujours se dérouler comme avant. Merci mon amour.

Les yeux d'Octavius se mirent soudain à rouler, comme s'il fouillait dans sa mémoire. Il les arrêta enfin lorsqu'il se rappela ce qu'il voulait dire :

- Darya, peux-tu t'assurer que le jeune maître du porteur… le maître Albo, soit admis aujourd'hui ou demain dans la classe du maître Setarcos ? Je ne voudrais pas qu'il doute de ma promesse après ce qui s'est passé.

Darya répondit en reniflant, soupira et lui sourit.

Le roi recentra alors la conversation sur l'enquête relative à l'identification de son agresseur, ainsi que sur les progrès réalisés sur le sérum contre la toxine. Octavius écouta tout d'abord Aithen et Julian lui expliquer que cet assassin appartenait probablement au même groupe que ceux qui l'avaient attaqué le quart précédent, bien que le prisonnier ne l'eût pas confirmé. Puis, il se tourna vers Élyana pour lui demander si la Sororité avait réussi à obtenir des informations de la part de l'homme, ce à quoi elle répondit qu'elles avaient essayé, mais que l'homme, qui se trouvait dans un état critique, était assez incohérent et – puisqu'elles ne pouvaient pas entrer de force dans son esprit, ce qui incita Darya à froncer les sourcils avec une pointe de cynisme – elles étaient tout aussi bredouilles que les enquêteurs royaux. Octavius était sur le point de leur suggérer de le faire tout de même, mais il se ravisa en maugréant.

Après une nouvelle salve de tressautements douloureux, Octavius déclara :

- Alors, amenez le prisonnier au Frumentariat pour qu'il y soit interrogé. *Là*, nous aurons des réponses.

Malgré les frustrations inhérentes à leur incapacité à faire parler le prisonnier, Aithen et Julian furent soulagés à l'idée de faire intervenir le Frumentariat, réputé pour utiliser des techniques plus… productives, bien que personne ne les connût vraiment. Les rares fois où Aithen avait demandé à Harlion ce qu'il en était, l'homme avait refusé de lui répondre simplement et lui avait conseillé de rester en dehors des affaires du Frumentariat. Certes, cette réponse avait contrarié le prince, mais il avait obéi au capitaine. Pourtant, cette fois, grâce à la situation, il allait peut-être enfin découvrir ce que faisaient les Frumentarii. Mais voulait-il vraiment savoir ?

Octavius tira Aithen de ses réflexions en congédiant l'assistance à part sa femme, à la suite du rapport d'Élyana sur l'antidote.

Quelque peu perdu, le haut prince fut rassuré de voir son petit frère s'approcher de lui et résumer pour lui ce qu'il avait manqué. Aithen vérifiait qu'Ori avait bien compris en jetant de temps en temps un œil à Élyana – qui marchait à sa droite.

Lorsque tout le monde fut parti, Octavius se serra la nuque et la frotta en grimaçant. Il regarda Darya traîner une chaise depuis son bureau jusqu'à lui.

Elle s'assit, prit les mains de son mari dans les siennes, les serra nerveusement, et dit :

- Je dois retourner en Kynarie.

La reine consort regarda son mari qui avait cessé de respirer l'espace d'un instant ; il ne dit rien tandis qu'elle poursuivait :

- Je suis vraiment désolée, Octavius. J'aurais vraiment voulu rester jusqu'à ce que tu sois totalement rétabli, mais Ylana m'a demandé de revenir.

Bien qu'il se sentît très faible, Octavius se pencha en avant pour prendre sa femme sur lui.

- Tout va bien, Darya, bien que j'aie pris goût à t'avoir à mes côtés et que ce sera difficile de te savoir loin de moi.

Darya inspira profondément, pleine de culpabilité.

- Quand dois-tu partir ?

- Dans deux jours.

Octavius hocha la tête et s'adossa un moment.

- Vas-tu y aller en bateau ou à dos de furan ?

Affectant un sourire moqueur, Darya lui répondit :

- Tu sais bien que je ne voyagerai jamais à dos de furan. J'irai sur le bateau du maître Brak. Ce sera plus rapide et plus confortable.

Grimaçant au point de faire frissonner Darya, le roi dit :

- Le maître Brak. *Voilà* un homme à la fois utile, digne de confiance et tranquille. J'aimerais tellement t'accompagner. Mais il m'est tout aussi impossible de t'accompagner que ce ne l'est pour toi de rester. J'aimerais pourtant traverser la baie Lardos avec toi, une fois encore. Un jour, peut-être, si la Créatrice le veut.

Darya se mit soudain à culpabiliser :

- Octavius, je serai *bientôt* de retour ; je te le promets.

Elle s'interrompit, observant la réaction de son mari. Lorsqu'elle aperçut sans ses yeux un apaisement à l'idée de son retour rapide, elle continua :
- En réalité, j'ai déjà parlé à Ylana de mon envie de passer plus de temps ici, avec toi, et elle a accepté d'en discuter à mon retour.

Un sourire triste et rempli de prudence passa sur le visage d'Octavius tandis qu'il serrait la main de sa femme. Elle serra la sienne pour sceller cette promesse.

Tandis que le silence de la confiance les enveloppait, Octavius ne cessait de retourner dans son esprit une idée qui venait de poindre, et qu'il ne semblait pas certain de vouloir partager avec sa femme, à en croire ses mouvements de tête.
- Que se passe-t-il, Octavius ?

Soulagé par l'invitation de sa femme, le roi répondit :
- J'aimerais qu'Ori vienne avec toi.

Inutile de voir couler les larmes pour comprendre l'intensité des émotions qui traversaient Darya pendant qu'elle se demandait si Octavius lui avait vraiment demandé d'emmener leur jeune fils avec elle.
- La guerre est à nos portes, Darya. Elle pourrait bien se rendre jusqu'à la capitale pourtant loin de la Zébulonie. J'aimerais autant qu'Ori se trouve en lieu sûr même si—

Darya regarda Octavius avec insistance.
- Même si la guerre finira aussi par arriver jusqu'aux côtes de Kynarie. Le fait est que nous n'avons aucun autre allié vers qui nous tourner pour l'instant. Espérons cependant que nous finirons par en avoir, un jour ou l'autre.
- Tu penses aux Unumiens.

Octavius acquiesça.
- Ont-ils refusé de nous aider ?
- Oui. Leurs terres ne sont pas en danger et ils ne souhaitent pas entrer dans le conflit à nos côtés.
- Vas-tu les solliciter à nouveau ?

- Bien sûr. Après tout, je ne demande pas leur aide ; je veux simplement m'assurer qu'ils seront là au cas où nous n'avons aucune alternative et que nous devons envoyer certains de nos citoyens chez eux.

Après un moment, Octavius continua :

- Et pour Ori ?

Avec un vibrato dans la voix, Darya répondit :

- Je vais le prendre avec moi. Mais tu sais qu'il ne sera pas content de cela. Il t'aime très fort et me connaît à peine, même si nous nous sommes rapprochés *dernièrement*.

- Eh bien, c'est l'occasion rêvée de vous rapprocher tous les deux. Et puis, j'ai une mission à lui confier ; une mission importante qu'il ne pourra accomplir que depuis ta patrie.

Darya leva un sourcil curieux.

- Tu la connaîtras en même temps que lui.

Darya n'insista pas. Elle connaissait son mari. Elle savait ce que représentait un secret pour lui, fût-il grand ou petit, et qu'il aimait les effets de surprise.

- Tu trouves toujours le moyen d'assaisonner nos séparations à la sauce aigre-douce.

Octavius lui sourit avec un clin d'œil. Darya se pencha sur lui, l'embrassa, puis alla chercher Tania Lux Baiula.

Un repos forcé

Lorsque le soleil rouge eut atteint son zénith – son jumeau bleu caché derrière lui durant le premier entre-quart – une voix yerlayenne résonna dans la douce lumière jaune pour interpeler Octavius :

- Je ne penssse pas que vous devriez reppprendre vos activitéss, Sire, tant que la toxine n'a pas été totalementtt éliminée de votre systèmmme. Vous risquez d'aggraver votttre état.

Octavius allait s'insurger quand Tania ajouta :

- Mais je suis certaine que vous pourrez reprendre vos accctivités dès demain si vous laissez à votre corrrps le temps de neutraliser complètement la toxine et de se remettttre des dommages causés.

Lorsqu'Octavius parut vouloir se révolter à nouveau, Tania continua :

- Sire, il s'agit de mon avis de docteure non seulement formée en médecine générallle, mais aussi très au courant de la santtté de votre majesttté.

Octavius grogna, agacé par l'insistance de la Lux Baiula.

- Grrr. Très bien.

Tania hocha la tête, satisfaite, puis se retourna vers Darya et Koricki. Tous deux s'engagèrent, l'une oralement et l'autre en acquiesçant, à s'assurer que le roi tiendrait sa promesse.

Octavius prit acte de cet échange avant de se racler la gorge pour y mettre un terme.

- Ma chère Darya, il est inutile de passer des accords secrets avec Tania Lux Baiula. Je me tiendrai tranquille jusqu'à demain et, si j'ai envie de me lever de ce lit, je sais que le jeune Koricki, ici présent, mettra toute la maison sens dessus dessous pour me recoucher.

L'apprenti-junior de l'Ordre de la lumière se raidit sur sa chaise sous le regard sarcastique du roi, mais Octavius cessa rapidement de le regarder pour ajouter :

- Maintenant que nous sommes d'accord sur mon traitement, *Cheffe de l'obédience des docteures Tania*, il y a une chose que je voudrais vraiment savoir.

Tania et Darya soupirèrent à l'unisson, sachant ce que le roi voulait leur demander – étant donné son air adouci.

- Je suis désolée, Sire, le haut capitaine n'avait pas encore recouvré ses esprits lorsque j'ai quitté Domus Lucis. Son cerveau a été privé d'oxxxygène pendant un moment et, même avec l'aiddde du Lien, nous ne pouvonsss pas facilement réparer les dommages causés.

Ému, Octavius demanda :
-   Est-ce qu'il va survivre ?
-   Je ne sais passs, Sire. Peut-être. Probablement. Il a toujours été en bonne santé et n'a jamais sombré dans l'excès ; oui, je pense qu'il devrait s'en remetttre. Il se peut qu'il reprenne conscience dans une heure ou dans un jourrr ; il nous est impossible de le savoir avant que certaines régions de son cerrrveau ne s'activent. Tout ce que nous pouvons faire pour l'instant, c'est nous occuper de lui et atttendre.
Résigné, le roi secoua la tête et dit :
-   D'accord. Merci, Tania.
Il s'interrompit un instant avant de poursuivre :
-   J'aimerais que vous me laissiez à présent, mais tenez-moi au courant de tout changement dans l'état de santé du capitaine.
La cheffe de l'obédience des docteures hocha la tête avec respect, donna silencieusement ses instructions à Koricki Dar'Muntake, et sortit. Darya lui emboîta le pas peu de temps après pour laisser son mari se reposer. En passant près du jeune Dar'Muntake, elle en profita pour lui donner ses propres instructions sur le confort de son mari et la manière de s'assurer qu'il tiendrait ses promesses.

Quelques heures plus tard, comme le roi finissait le bouillon que Koricki lui avait commandé, quelqu'un qui entendait bien être reçu par le roi se présenta.
Lorsque le roi aperçut le maître Rackeli, il lui demanda pourquoi il était si pressé de le voir.
-   Pardonnez-moi, mon Roi, j'ai un message urgent à vous transmettre.
-   Un message urgent ? De qui ? Et que contient-il ?
Le maître Rackeli montra l'enveloppe au roi afin qu'il pût en reconnaître le sceau. Ce dernier renifla et se renfrogna.
-   Eh bien, lisez-moi ce message, Alturo.

Le maître Rackeli se racla la gorge plusieurs fois avant de commencer : de toute évidence, il était mal à l'aise.

- *Sire, je vous écris cette lettre, car je ne suis pas en mesure de vous rencontrer. Je vous prie néanmoins de considérer ma demande comme si je vous l'avais présentée en personne.*

Alturo Rackeli leva la tête pour jauger l'humeur du roi. Voyant son regard impatient, le majordome se racla la gorge encore une fois et termina la lecture de la lettre :

- *J'ai ouï dire que la reine-consort retournait en Kynarie et que vous envoyiez Ori avec elle.*

À ces mots, le visage d'Octavius se tendit, mais il laissa Rackeli poursuivre.

- *Si je puis me permettre, Sire, je vous conseille de les garder tous deux ici. Je sais que vous pensez qu'ils sont plus à risque en Alvinorie, mais aussi isolées que soient les terres orientales, ils ne manqueront pas de courir un grand danger tôt ou tard. J'en suis persuadé. Si vous croyez que mes inquiétudes sont sans fondement, je vous supplie de les faire au moins accompagner par l'une de vos unités de la garde Royale. Votre fidèle serviteur.*

Le roi tremblait de colère. Autant il était ouvert aux idées de tous, autant il avait horreur de revenir sur ses décisions. Il ne pouvait dissimuler son agitation que ses mouvements saccadés, ses soupirs et hochements de tête trahissaient.

- Sire, voulez-vous envoyer une réponse ?

Après un grognement et une brève hésitation, il répondit :

- Non. Pas pour l'instant ; j'apprécie ses inquiétudes, mais je ne suis pas d'accord. Et comment peut—? *Grrr* ! Peu importe. Veuillez me laisser à présent, Alturo, je vous ferai savoir quand je serai prêt à dicter ma réponse. En cas d'urgence, veuillez vous adresser au haut prince. Je dois me reposer à présent.

Le maître Rackeli s'inclina avec respect et quitta son roi, non sans jeter un œil à Dar'Muntake en passant.

Une fois la porte fermée, le roi aboya en direction de Koricki :

- Pourquoi tout le monde vous regarde-t-il avec méfiance ou comme s'il attendait quelque chose de vous, apprenti Koricki ?

Le jeune Koricki, étouffant ses émotions presque aussi bien qu'une Lux Baiula – seule une discrète déglutition trahit son malaise –, répondit :

- Je crois que chacun a ses propres raisons, Sire. Mais—

Toujours fâché par la lettre que le maître Rackeli venait de lui lire, le roi coupa la parole du Kynarien avec un peu trop d'ardeur :

- Tu as bien commencé, apprenti. Ne gâche pas tout avec un, *mais*.

Je jeune homme avala sa salive dans un réflexe, et continua :

- Merci, Sire. Pardonnez-moi. Tout le monde essaie simplement de s'assurer que je veille pour que vous suiviez les instructions… Je vais me retirer à présent et vous laisser vous reposer. Je passerai la nuit dans l'antichambre au cas où vous auriez besoin de moi. Bonne nuit, Sire.

Le roi se contenta de grogner et regarda partir le jeune Alterintrant, ce garçon que la Sororité lui avait imposé. *Au moins, il sait rester discret... et il est aussi prévenant qu'utile.* Le roi poussa un profond soupir de frustration tandis que son esprit se laissait envahir par un million de pensées contradictoires qui ne s'interrompirent que lorsque la douleur le fit grimacer. Il n'allait pas pouvoir dormir, malgré tous les conseils qu'il avait reçus.

Des soupçons

Assis à son bureau, occupé à fouiller dans ses papiers et écoutant d'une oreille distraite son écuyer, le haut prince dit :

- Qui est ce Luvius, dis-tu ?

Avec un certain malaise dans la voix, malaise que le prince prit pour son habituelle timidité, Kildare répondit :

- Mon Prince, Luvius Arco est un ami de mon cousin Rovere. Nous avons été présentés lors du Bal. Le maître Arco aimerait être reçu dans les écuries afin d'être formé par le maître Vorak.

- Hum, mais pour quelle raison le maître Vorak ou moi-même voudrions-nous de lui comme apprenti dans les écuries ?

Kildare se contorsionna, gêné, et dit :

- C'est un jeune homme brillant, issu d'une bonne famille d'Antar, mon Prince. Et c'est… c'est difficile de… enfin… il est très persuasif. Mais… mais le roi et vous avez toujours dit qu'il est important de « tisser des liens » dans tout le territoire. Et, en ce moment, il n'y a personne d'Antar à la cour, ajouta Kil en haussant les épaules.

- Et tu pensais que j'allais accepter sans hésiter ?

Kildare se mit à se frotter les mains nerveusement. De toute évidence, son maître était préoccupé par quelque chose d'autre, et cette interruption le dérangeait.

- Pardonnez-moi, mon Prince. Ce n'est pas le bon moment pour vous parler de cela. Je dirai au maître Arco que je reviendrai vous en parler lorsque vous serez plus disponible.

Devant les excuses de son écuyer, Aithen lâcha ses papiers et leva la tête :

- Non, non. C'est bon, Kil. Le roi et moi attachons *en effet bien* de l'importance à ces liens avec la petite noblesse, et je crois qu'en ces temps incertains, cela est encore plus important. Est-ce qu'il est uniquement intéressé par les écuries ?

- Je pense que oui, mon Prince.
- Hum, le maître Furanum[18] n'a presque jamais accepté de mettre quelqu'un à ce poste sans lui avoir d'abord confié le nettoyage des stalles ou le soin des animaux. Mais si le maître Luvius est qualifié et que le maître Vorak l'accepte dans son équipe, je n'y vois pas d'inconvénient.
- Merci, mon Prince. Je vais donner au maître Vorak la lettre de présentation de Luvius.

Kildare s'inclina et se tourna vers la porte. Se souvenant de son entrée, il s'arrêta et demanda au prince ce qu'il cherchait un peu plus tôt.

- Ce que je cherchais ? Le rapport financier de ce matin. J'ai dû l'égarer. Avant que tu ailles voir le maître Furanum, pourras-tu d'abord m'envoyer Neaj, s'il te plaît ?
- Oui, mon Prince.

Neaj Trebloc arriva rapidement et se mit au garde-à-vous pour recevoir les ordres du prince. Aithen revint s'asseoir à son bureau d'un pas agacé.

- Maître Trebloc ! Avez-vous repris le rapport de ce matin ? Je ne le trouve pas.

Avant de répondre, le jeune Neaj jeta un œil au bureau du prince. Après avoir rapidement observé les piles de documents, il répondit :

- Non, mon Prince, mais je pense que je le vois.

Aithen le regarda d'un air incrédule et tourna la tête vers son bureau. Tous les documents se ressemblaient : des feuilles couleur crème empilées les unes sur les autres.

- Vous le voyez de là où vous êtes ?

---

[18] Master of the Furans.

- Oui, mon Prince. Je vois un petit tas de feuillets bien rangés à part une page, et l'épaisseur me paraît correspondre à celle du rapport.
- Dans ce cas, pourriez-vous l'attraper pour moi s'il vous plaît ?

Neaj Trebloc se dirigea vers le bureau et, d'un geste aussi précis que rapide, prit le rapport à l'exact endroit qu'il avait désigné. Il le tendit fièrement au prince, un léger sourire dessiné sur ses lèvres droites et fines.

- Maître Trebloc ! Vous êtes un homme étonnant ! Je vous assure que j'ai retourné cette pile plusieurs fois sans le trouver.

Aithen poursuivit après avoir réfléchi quelques secondes dans le silence :

- J'ai une mission spéciale à vous confier.

Les pupilles de Neaj se dilatèrent d'excitation avant de revenir à leur état normal, dans ses petits yeux perçants :

- Je suis là pour vous servir, mon Prince.
- Un ami du cousin de Kildare aimerait être formé dans nos écuries. En temps normal, j'aurais confié l'enquête et la décision finale au maître des furans, Vorak, mais quelque chose me dérange dans le comportement de Kil, et, s'il y a quoi que ce soit, je veux le savoir.
- Pensez-vous que Kil ait été forcé de proposer sa candidature, mon Prince ?
- Non. Pas du tout. Simplement, avec toutes ces histoires de Temptatori qui infiltrent le royaume, mon cerveau a élaboré toutes sortes de scénarios auxquels je n'aurais jamais pensé avant. Sache que je ne soupçonne pas Kil, mais j'aimerais que tu enquêtes discrètement sur leurs liens ainsi que sur les finances de ce jeune homme et de sa famille. J'attends ce rapport dans deux jours. Peux-tu t'en charger ?

Neaj cligna des yeux et demanda :

- Mon Prince, vous savez que je suis comptable. Il me sera facile de passer ces dossiers financiers au peigne fin, mais je ne suis pas un frumentarius.
- Je le sais. Pourtant, si vous y réfléchissez, Maître Trebloc, vous avez déjà le don de repérer des schémas. Je suis persuadé que vous pouvez vous en servir pour enquêter sur les habitudes des gens tout comme sur leurs finances. Et puis, comme le capitaine Harlion n'est pas en état en ce moment, et que je ne connais pas très bien ses sous-officiers de la police secrète, j'ai pensé qu'il serait pertinent de vous confier cette mission.

Neaj Trebloc accepta la mission avec un hochement de tête déterminé, et, après avoir reçu le nom de la personne sur laquelle il devait enquêter, il quitta le prince en lui promettant de revenir avec des résultats dans les deux jours.

Je suis heureux que mon père m'ait confié ce jeune homme. Et j'apprécie de savoir que des gens fiables gravitent autour de moi ; tout cela m'aide à supporter mes inquiétudes croissantes sur la baisse de qualité des nouvelles recrues.

Cette dernière pensée fit revenir en lui le souvenir d'Harlion, imprimant sur son front une ride d'inquiétude. *J'aimerais tant qu'Harlion puisse continuer d'occuper ses fonctions de chef de l'armée. Je sais que Kendor fera un excellent travail, mais je sais aussi que ce n'est pas de cette manière que Harlion avait imaginé ses dernières années de service. Oh, Fondateurs !*

Une sensation

Alors qu'une autre longue journée touchait à sa fin et que ni l'un ni l'autre ne s'intéressait au dessert posé sur la table, Aithen demanda à Élyana :
- Retournes-tu à Urbs Lucis demain ?
- Oui. Je dois discuter de ce que j'ai fait hier avec Krystiana et Ramela.

Élyana s'interrompit un instant, ce qui laissa le temps à Aithen de voir son hésitation dans ses traits qui s'adoucissaient.

Aithen secoua la tête :

-   Ce moment devrait être très excitant pour toi, Élyana. Tu retournes avec le secret des Locari, une capacité dont l'Ordre a désespérément besoin. Au lieu de cela, tu repars avec une crainte injustifiée.

-   C'est ainsi, Aithen.

Élyana souleva sa cuillère et se mit à tapoter sur l'épais set de table devant elle qui étouffait le son.

Aithen lui demanda nerveusement :

-   Que penses-tu que Krystiana et le Conseil de la lumière vont dire ou faire ?

Encore une fois, Élyana hésita avant de répondre :

-   Je vais très certainement en subir les conséquences, car les praefectae vont faire le lien entre ce que j'ai fait et comment Krystiana et moi avons trouvé le Scytale dans le Lien cet été. Elles sauront que Krystiana leur a menti à ce sujet. Et, si elles en concluent que nos actions ont attiré l'attention du Scytale et de Noctiferus sur la Sororité, elles pourraient remettre ses capacités de direction en question.

Aithen se demandait à quel point elle dissimulait sa peur et son anxiété. Bien que le visage d'Élyana se durcissait et s'adoucissait de temps en temps, il ne reflétait que ce qu'elle voulait bien montrer. Quant à lui, l'idée qu'Élyana pût être punie par l'Ordre lui nouait les tripes.

Un sourire timide se dessina sur le visage de Aithen, un sourire provoqué par un espoir fragile conjugué à l'ardent désir d'encourager cette femme qu'il commençait vraiment à aimer. Il lui dit :

-   Peut-être accepteront-elles ton pouvoir et celui de Krystiana, tout comme elles ont accepté celui de mon père.

-   Je n'en sais rien, Aithen. Le roi n'avait agi que dans l'« intimité » de ses appartements, avec sa garde et toi pour seuls témoins, même si les ennuis ont découlé de la présence d'une Lux Baiula. Ce que j'ai fait... devant tout le monde... venant d'une Cordon mauve... était inadmissible ; nous ne sommes pas censées tuer. Nous suscitons déjà suffisamment de méfiance chez les gens. Si la rumeur se répand qu'une *Cordon mauve* a tué quelqu'un dans le Lien, notre légitimité sera considérablement affaiblie.

Déconcerté par la réponse d'Élyana, Aithen enfonça sa cuillère dans le dessert qu'il avait commencé à picorer.

-   Mais Élyana, c'est complètement fou ! Tu as sauvé quelqu'un et arrêté un assassin. Et, oui ! l'homme est maintenant mort, mais c'était loin d'être un malheureux *innocent*.

Devant l'absence de réponse d'Élyana dont le visage était toujours aussi impassible, Aithen poursuivit :

-   Et tu m'as toujours dit que la Sororité ne jure que par la logique. Eh bien, puisque les praefectae ont accepté que non seulement mon père, mais aussi Marcus possèdent ce pouvoir, alors elles doivent *absolument* appliquer cette même logique à Krystiana et à toi !

Élyana fixa le prince pendant un moment. C'était un homme remarquable, intelligent et cultivé, mais il avait encore une conception idéaliste de la vie, une conception idéaliste qui altérait son jugement et conditionnait ses réactions.

N'est-ce pas pour cela que tu es tombée amoureuse de lui ?
Mais elle n'était pas lui.

-   Peut-être, dit-elle.

Aithen grimaça et posa sa cuillère sur la table avec un bruit retentissant.

-   Il le faut, Élyana. Je suis sûr qu'elles suivront cette logique !

Élyana soupira et esquissa un sourire plus résigné que rempli d'espoir.

- C'n'est – ce n'est que mon impression après avoir vu tout ce que nous croyions savoir se déliter.

Le détachement avec lequel Élyana dit cela déconcerta Aithen. Il décida alors de détendre l'ambiance en changeant de sujet, à la manière d'Élyana.

- Élyana, j'ai remarqué que tu allais faire une contraction. Cela me prouve par-dessus tout que tu es *vraiment* contrariée. Mais comme tu aimes tant me le dire, s'inquiéter ne sert à rien. En fait, cela—
- En fait, cela ne fait qu'empirer les choses, oui.

Élyana respira profondément et remercia le prince.

Aithen tendit la main pour prendre celle d'Élyana qui avait lâché la cuillère avec laquelle elle tapotait la table. Ce contact lui fit du bien.

- Aimerais-tu que nous allions nous promener ?

Élyana regarda en direction du balcon et vit qu'il faisait encore clair. Se retournant vers Aithen, elle acquiesça avec une douceur indescriptible, presque implorante.

Aithen se leva, et Élyana – la main toujours dans celle du prince – le suivit dans les jardins sans lui opposer la moindre résistance.

En route pour Zéblina

Passagère d'un garde aussi silencieux que costaud, sur un furan nerveux, Ooldrina tourna le regard vers son amie qui furanait derrière un autre soldat. Elles étaient parties ce matin pour Wakideb, un village éloigné au beau milieu des montagnes du Sagr depuis lequel elles entreraient ensuite clandestinement en Zébulonie.

Raaviana paraissait inquiète ; bien sûr, elle avait appris à parler un bon zébulonien, elle maîtrisait le langage-espion que Molara Lux Baiula, leur instructrice en espionnage, leur avait enseigné pour s'assurer que les jeunes femmes sauraient transmettre leurs découvertes et recevoir des instructions sans risquer de se faire démasquer pendant leur mission en Zébulonie. Mais cela ne l'empêchait pas de s'inquiéter à l'idée d'aller dans un pays qui avait, pour une raison ou pour une autre, rejeté leurs ancêtres et qui les avait forcés à se réfugier à la frontière entre les deux royaumes.

Ooldrina n'avait pas ces inquiétudes. En fait, elle était plutôt heureuse de partir le plus loin possible d'Urbs Lucis, même si cela signifiait aller dans ce pays dont sa mère de naissance ne parlait jamais. Elle espérait pouvoir en parler à Raaviana, mais comment pourrait-elle le faire sans devoir tout lui expliquer ? Elle avait réalisé qu'elle ne pouvait pas parler de toutes ces choses terribles qui lui étaient arrivées lorsqu'elle avait tenté de le faire à deux reprises et qu'elle avait été prise de panique chaque fois. Non, il valait mieux tout oublier, et partir le plus loin possible de son violeur était sans doute la meilleure solution.

Une chose l'inquiétait pourtant : avouer à son amie, le moment venu, qu'elle ne rentrerait pas avec elle. Elle jeta un coup d'œil rapide à Raaviana, tourmentée par la culpabilité, puis le détourna vers les prairies et les forêts qui défilaient au-dessous d'elles, sans les voir.

Sentiments troublés

La Praefecta Medicas était installée sur son balcon, laissant la douceur de l'air et la fine pluie d'un nouvel automne apaiser son esprit.

Kinu, son furan vert, était là, allongé au bord de la terrasse. La praefecta avait acquis cet animal lorsqu'elle s'était rendu compte que les années passaient et commençaient à laisser des traces sur son corps. Un jour, elle mourrait, et elle ne voulait pas être seule ce jour-là, même si ses souvenirs allaient probablement être transférés à une autre – si on la trouvait avant l'interruption définitive de ses activités cérébrales.

Depuis, deux décennies s'étaient écoulées, et elle était toujours vivante et en bonne santé. Elle célèbrerait bientôt son cent soixante-seizième anniversaire, et sa vie, au sein de l'Ordre qu'elle avait rejoint dans son âge innocent, avait été très agréable. Elle avait eu une carrière réussie, certes, avait participé à l'élaboration de nombreuses techniques médicales, ce qui avait permis à la cordonneté blanche de récolter les honneurs et d'accroître son influence par l'introduction d'administratrices du Conseil respectées dans de nombreuses villes du royaume.

Mais d'un point de vue personnel, eh bien, c'était une autre affaire. Elle n'avait vraiment pas été aussi libertine que Biléna voulait bien le croire. Certes, elle avait connu plusieurs hommes au cours de ces décennies, mais son devoir avait toujours primé et avait été un frein à ses expériences qui furent, par conséquent, toujours éphémères ; elle l'avait accepté et s'en était contentée.

Lorsque Lusk Methrim sonda son esprit, cependant, quelque chose s'était produit, quelque chose à quoi elle ne s'attendait pas et qu'elle n'était pas capable de s'expliquer. Voilà qu'à présent elle avait envie de se connecter à nouveau avec lui. Ce sentiment ne l'avait pas quittée de la journée et avait compromis ses travaux.

- Que m'arrive-t-il, Kinu ? Le sais-tu ? Le sens-tu, *toi* ?

Kinu se leva et s'approcha de sa propriétaire avec un doux ronronnement empathique. Le furan d'âge moyen se trouvait alors dans sa phase femelle, et elle percevait très bien les émotions de Saara. Quand Saara lui caressa la tête, Kinu secoua ses ailes, faisant s'envoler de minuscules gouttes d'eau. Ces gouttelettes créèrent un brouillard jaunâtre que les microbes, transportés par l'eau de pluie sur le corps de Kinu, faisaient briller. Saara, qui ne s'attendait pas à voir ce spectacle s'écria :

- Ah ! Tu arrives encore à ta phase de fertilité, Kinu ?

Remarquant les gouttelettes sur sa robe, elle ajouta ;

- Ou peut-être essaies-tu de me dire que quelque chose…
ou *quelqu'un*, comme Lusk Methrim, m'a replongée
dans ma phase aurorale ?

La furane verte ne répondit pas ; elle n'avait aucune réponse
à donner à sa maîtresse.

- Oh, Kinu ! Comment peut-on vivre des décennies et
même des siècles sans jamais apprendre quoi que ce
soit, en commettant toujours les mêmes erreurs et en
n'étant pas capable de se protéger ?

La voix rauque de Saara rendit cet emportement encore plus
déstabilisant, et Kinu recula soudainement, son visage vert
marqué par l'inquiétude.

Lorsque la vieille praefecta remarqua la réaction de sa
furane, elle grogna, s'excusa et se rassit. Elle rappela ensuite
Kinu et passa l'heure suivante à tenter de comprendre son
propre état, se sondant de temps en temps, et promettant à sa
furane d'aller voir Sarrinia le lendemain – ou de subir une
flagellation de purification dans les eaux thermales, si elle ne
parvenait pas à trouver le moyen de maîtriser ces pulsions
insensées. Et elle refusa de croire que sa réaction avait été
intentionnellement provoquée par Methrim.

PERMANERÉ USQUE AD FINEM

XVI ALLÉES ET VENUES

Une mission

Juché sur un sommet surplombant ce qui semblait être Kartak, l'Umbra envoya au Scytale :

- *Dominus noster nos in inceptum mittit, Alis Domini.*[19]

Le Scytale lui répondit avec une certaine impatience mêlée à la frustration de ne pas maîtriser parfaitement la langue ancienne :

- *Inceptum, dicis ? ad Kynariam, ut spero. Tempus est hostes nostros opprimere.*[20]
- *Minime, non iam, sed proximum. Ille in conventu nostro mihi duabus abhinc quartis dixit se velle ut nos Yeltchek adiremus.*[21]
- *Pourquoi ? Et, de grâce, Umbra, arrêtons avec cette langue ancienne.*
- *Pour voir si ses habitants représentent une quelconque menace pour ses projets ; pour savoir s'il faut les laisser tranquilles ou chercher à les utiliser d'une manière ou d'une autre.*
- *N'est-il pas un peu tard pour se soucier d'un autre groupe ?*
- *Il ne s'agit pas d'un groupe, comme tu dis, mais plutôt d'une véritable nation dotée de capacités supérieures à celles des Humains, des Kynariens ou des Zébuloniens.*
- *Dans ce cas, pourquoi n'y as-tu pas pensé toi-même ?*

La forme de l'Umbra se mit à crépiter et se déforma sous une colère contenue mais dévastatrice. Après avoir recouvré son calme, l'Umbra envoya sur un ton glacial :

---

[19] Notre maître nous envoie en mission, Alis Domini.

[20] Une mission ? En Kynarie, j'espère. Il est temps d'en finir avec nos ennemis.

[21] Non, pas encore. Mais cela viendra. Il m'a confié, lorsque je l'ai rencontré il y a deux quarts, qu'il voulait que nous allions en Yeltchek.

- *Rappelle-toi qui tu es, Alis Domini. Malgré ton nom, tu n'es pas le commandant de notre seigneur ici ; tu n'es qu'une créature pour lui – et pour moi – un outil que notre grande mission nous imp – impose.*

La forme du Scytale se contorsionna sous l'effet de l'indignation et la haine.

Pendant ce temps, l'Umbra se maudit pour son bégaiement. Extérieurement, cependant, il se contenta de regarder le lézard avec indifférence, attendant qu'il se calmât pour continuer.

- *Es-tu prêt maintenant à parler de notre mission ?*

Devant le silence du Scytale, l'Umbra ajouta :

- *Parfait. Rejoins-moi dans d'ici trois jours dans les montagnes du Sagr, près d'un village du nom de Razeb. Viens avec une meute de tes rokons pour garantir notre protection. De là, nous nous envolerons en direction des montagnes près d'un village côtier au sud-est de Yeltchika. Là-bas, un homme me présentera quelqu'un qui dispose de l'information ainsi que des ressources dont j'ai besoin. Quant à toi, tu resteras caché avec tes congénères et vous m'attendrez.*

La forme nébuleuse du Scytale se déforma avec encore plus d'indignation cette fois :

- *Ce ne sont pas mes congénères ; nous n'avons rien en commun.*

- *Non, tu es pire qu'eux, dans tous les sens du mot, et je ne veux pas prendre le risque que les Yeltcheki se méfient de moi en me voyant en ta compagnie.*

Le Scytale acquiesça en grognant, puis demanda :

- *Puis-je te demander comment tu comptes trouver les informations dont tu as besoin ? Tu ne connais ni leur langue ni leurs coutumes et tu ne leur ressembles pas du tout.*

- *Le fait est que je connais leur langue et que j'ai une bonne idée de leurs coutumes. Mais l'homme qui me servira d'intermédiaire m'apprendra tout ce que je dois savoir pour être bien accueilli dans la capitale. C'est un homme que je connais par ses affaires illégales en Zébulonie. Quant à mon apparence, ne t'occupe pas de cela.*

- *Bien sûr, Umbra. À dans trois jours alors.*
- *Près de Razeb.*

Là-dessus, le Scytale disparut. Mais l'Umbra ne réintégra pas son corps immédiatement. Il resta là, à grincer des dents en repensant à la question du Scytale : Pourquoi n'avait-il pas pensé à partir en reconnaissance à Mo'Tarkoth ? Il n'en avait aucune idée, mais cela le troublait. Il secoua la tête, jeta un œil en contrebas, sur les contours de Kartak, et opina. Il se dirigea ensuite vers une haute colline à proximité d'Urbs Lucis et projeta un tourbillon de feu sur la ville imaginaire dont il haïssait tant les habitantes. Il transféra enfin son esprit à Solinor, la capitale de la Kynarie, et son air grimaçant céda la place à un sourire narquois : *Hic incipit.*[22]

Moradien et son groupe

Moradien faisait les cent pas dans sa chambre en attendant l'arrivée de ses complices avec les filles qu'elles avaient apparemment convaincues de les rejoindre.

Se parlant à voix haute, elle dit :

- J'espère qu'elles ne se sont pas contentées de les convaincre, mais qu'elles les ont aussi persuadées de s'engager. L'heure est trop grave pour que nous puissions nous contenter d'une semi-adhésion. Avec l'arrivée de la Guerre des ténèbres, tout le monde doit s'investir pleinement.

Avant que Moradien eût le temps d'accueillir une nouvelle pensée, on frappa à la porte.

- Qui est-ce ?
- C'est nous, Lis et Morla… et d'autres.

---

[22] C'est ici que tout commence.

-   *Enfin*. Entrez.

Lisandeka entra la première, le regard méfiant. Vinrent ensuite Carrain et Lopénia suivies de six autres filles ; Morla ferma la marche. Moradien parut satisfaite, mais n'accueillit pas immédiatement Carrain et Lopénia. Elle les regarda plutôt d'un air circonspect et dit :

-   Je suis contente de vous voir. Mais je savais que vous viendriez. C'est une cause noble, une cause prometteuse.

Quelques présentations et mots de bienvenue plus tard, Moradien invita ses complices et les nouvelles recrues à s'asseoir autour de deux grands plats de bouchées apéritives.

Moradien demanda :

-   Savez-vous pourquoi vous êtes ici ?

Les filles se regardèrent avec inquiétude, espérant que l'une d'elles répondrait à la place des autres. Le visage de Moradien s'obscurcit un peu tandis que ni Carrain la petite brune ni Lopénia la châtaine ne prit la parole ; elles ne semblaient pas encore prêtes à s'engager.

Une jeune fille sombre et maigre se risqua à parler, et le visage de Moradien s'éclaira à peine :

-   Pour changer les choses. Pour participer à la préparation de la prochaine Guerre des ténèbres.

Regardant d'abord ses deux transfuges, Moradien répondit :

-   Tout à fait ! Tu t'appelles Nakira, n'est-ce pas ?

La fille acquiesça en rougissant.

Moradien continua :

-   La Sororité n'est plus ce qu'elle était, et si nous n'agissons pas, nous ne survivrons pas à la guerre qui approche.

La fille maigre demanda :

-   Parce qu'elle laisse entrer des incapables ?

-   Oui, mais aussi parce qu'elle ne nous apprend pas ce que nous avons besoin de savoir pour nous protéger.

Une autre fille, plus grande et plus épaisse, dit :

- Je suis d'accord. Je sais que je suis capable de m'introduire dans les pensées de quelqu'un, mais avec ses règles aberrantes, la Sororité m'empêche de développer ce don. Je pourrais vraiment me rendre utile en espionnant les rebelles et les traitres, mais elle m'en empêche. Et pour quoi faire ? Pour m'apprendre à former de stupides boules de feu qui ne peuvent même pas égratigner ce ridicule Scytale.

Moradien s'embrasa :

- Tout à fait ! La Sororité sait que notre monde est au bord de l'anéantissement, mais elle reste bloquée dans l'obéissance aveugle à des règles qui ont été établies pour fonctionner dans l'ancien temps. Eh bien, nous ne sommes plus dans l'ancien temps.

Nakira frappa dans ses mains pour parler. Elle regarda autour d'elle, ne sachant pas comment les autres allaient réagir :

- J'ai récemment écouté un discours du premier clerc Galadrin. Il a dit que la créatrice avait libéré Noctiferus pour punir les criminels et les mécréants avant le jour de l'Union et que les croyants doivent… se manifester à travers leurs actions.

La fille s'interrompit pour observer les réactions des autres. Voyant que la plupart des filles, y compris Moradien, l'écoutaient attentivement, elle ajouta :

- Je crois qu'il a raison et que le seul moyen de trouver et d'arrêter les scélérats est d'apprendre à utiliser tous nos pouvoirs.

Indignée, la voix de Lopénia s'éleva, stridente, pour demander :

- Pourquoi dis-tu cela ? Enfin, je suis d'accord avec toi pour dire que tout ne va pas parfaitement bien, mais le monde n'est pas peuplé que de *déviants*.

Incapable de contenir sa déception face à ses transfuges, Moradien lui coupa la parole :

- Ah non ? Et que penses-tu des Sœurs qui vendent leurs services à des hommes répugnants pour les satisfaire sexuellement dans le Lien ?

Lopénia rétorqua :

- Mora, tu sais bien que c'est faux !
- Vraiment ? J'ai surpris une conversation entre Élyana Lux Baiula et notre ô combien superbe Magna Mater dernièrement. Apparemment, elles autorisent ces pratiques pour aider les soldats à rester concentrés. C'est un *fait*, Lopénia.

La brunette afficha un visage horrifié, pitoyable et confus et replongea dans le silence.

Encouragée par leur cheffe, Nakira renchérit :

- Et nous savons toutes que la famille royale est athée. Voilà quelque chose d'autre qui semble fâcher les dieux.

Une autre fille demanda :

- Donc, comment sommes-nous censées contribuer au changement de tout cela ?

Les yeux et le ton de Moradien se durcirent :

- En faisant pression sur la Sororité pour qu'elle actualise ses règles, et qu'elle supprime ces interdictions, ou alors !

Plusieurs filles firent écho aux paroles de Moradien, mais Carrain demanda craintivement :

- Ou alors ?
- Nous nous tournons vers d'autres voix, des voix qui sauront apporter le changement nécessaire. Et nous continuons à faire grandir notre regroupement jusqu'à ce que nous soyons assez nombreuses soit pour imposer ce changement, soit pour créer une nouvelle Sororité.

Des murmures s'élevèrent soudain comme un incendie dans une forêt. Certaines se regardaient avec gourmandise, tandis que d'autres paraissaient plus angoissées.

L'une d'elles demanda :

- Mais comment devons-nous nous y prendre, Moradien ?

- Par tous les moyens possibles.

Carrain se recula et lui demanda ce qu'elle voulait dire par là.

Moradien balaya toutes les filles d'un regard sauvage, avant de s'arrêter sur la petite brune :

- Carrain, « *par tous les moyens possibles* » veut bien dire ce que cela veut dire. Parce que tout le monde s'en moquera, ou ne sera plus là pour s'en soucier, si nous perdons tout en respectant les règles de l'Ordre. Est-ce que vous préférez mourir – ou pire, finir en esclavage – pour vous conformer aux règles de l'Ordre ?

Toutes les filles secouèrent la tête, sauf Lopénia et Carrain.

D'un ton incrédule, Moradien dit :

- Vous préfèreriez être esclaves, vous deux ?

Carrain se raidit et répondit :

- Je suis prête à faire un certain nombre de choses pour nous sauver, oui, mais—
- Mais quoi ?
- Mais je ne ferai rien de *répréhensible* pour autant. La vertu d'une personne ne se mesure pas à sa faculté à rester fidèle à sa foi, à ses principes ou à sa morale lorsque tout va bien, mais à sa faculté à respecter tout cela même dans l'adversité.

Moradien ricana :

- Tu te trompes tellement.

  Puis, regardant les autres, elle ajouta ;
- Carrain doit avoir lu un livre que je n'ai pas lu pour penser qu'utiliser nos pouvoirs pour arrêter des malfaiteurs est un acte immoral… ou qui va à l'encontre de notre foi.

Serrant et desserrant les poings, Carrain dit d'une voix tremblante :

- Je ne rejoindrai pas votre… quoi que vous essayiez de faire ici.

Ignorant cette dernière remarque de Carrain, Moradien se tourna vers son amie et la dévisagea. Elle lui dit :

- Et toi, Lopénia ? Es-tu avec nous ?

Lopénia ne répondit pas tout de suite et lança un regard inquiet à son amie.

Carrain croassa :

- Désolée, Lopénia, c'est quelque chose que je ne peux pas accepter.

Moradien, qui en avait assez et qui souhaitait passer à autre chose, conclut :

- Allez ! Tu peux te retirer, Carrain, mais, s'il te plaît, reste avec nous ?

Un doigt sur ses lèvres écarlates, elle ajouta d'un ton adouci :

- En fait, pourrais-tu m'attendre dans ma chambre ? J'aimerais te parler en privé avant que tu t'en ailles.

Carrain se mit à obéir, puis s'interrompit d'un seul coup. Elle parut alors troublée et effrayée.

- Qu'y a-t-il, Carrain ?

- Je… je.. pourquoi t'attendrais-je ? Je m'en vais.

Les autres filles, fascinées, la regardèrent, impatientes, sauf Lopénia qui pâlit de peur pour son amie.

D'un ton étonnamment doux et agréable cette fois, Moradien lui répondit :

- Parce que je te l'ai demandé, Carrain.

Carrain lança un coup d'œil à son amie tandis qu'elle semblait se battre contre quelque chose d'invisible, qu'elle pouvait sentir au plus profond d'elle-même. Lopénia joignit ses deux mains, l'implorant.

Après un long moment de grande tension, Carrain céda. Ses traits tirés témoignaient de sa peur et de sa confusion, puis elle se dirigea vers la chambre de Moradien. Une fois la porte fermée, elle se laissa tomber au sol et sanglota en silence, se demandant si elle était capable d'appeler une Sœur à l'aide par le Lien.

Enchevêtrée

Au crépuscule, l'établissement ayant fermé pour la nuit, la Cordon rouge Ksarina Lux Baiula, entra dans la taverne de Kartak qu'elle avait choisi d'espionner à la suite de sa mission de reconnaissance dans la ville un peu plus tôt dans le mois. Gina Lux Baiula, une Cordon jaune, lui emboita le pas discrètement.

Après s'être assurée, en envoyant des vibrations pour sonder l'immeuble, que les propriétaires étaient endormis, Ksarina créa un bouclier sonore et entraîna Gina vers le fond de la taverne, dans une petite alcôve.

La taverne était souvent fréquentée par des personnes dont Ksarina soupçonnait l'implication dans la tentative d'assassinat du haut roi et la participation à la cellule de Temptatori que l'Ordre essayait de démasquer depuis plusieurs mois. L'endroit était un peu plus propre et avait meilleure réputation que les autres tavernes que l'on pouvait trouver autour de Kartak, grâce à l'intransigeance de son propriétaire que même les habitués n'osaient provoquer. Malgré la relative propreté, l'odeur de fumée et de bière était prégnante.

À cet instant, Ksarina Lux Baiula pointa l'angle droit de l'alcôve, près de la table, indiquant à quel endroit il fallait déposer l'appareil.

Sans un bruit, malgré la présence du bouclier, Gina se dirigea vers le mur en prenant soin de ne pas bousculer les sièges. Encore plus prudemment, elle déplaça celui qui se trouvait près du mur et, du plat de la main, en inspecta la surface à plusieurs reprises, en murmurant :

- Non, pas celle-là. Peut-être celle-ci. Pas elle non plus. Non. Non.

Ainsi de suite.

Lorsqu'elle trouva enfin ce qu'elle cherchait, elle lâcha un « Celle-là ! » qui attira un grognement discret de Ksarina.

La Cordon rouge avait espéré que leur mission serait aussi simple que rapide, à condition que Gina ne la compromît pas, mais les bavardages de la femme risquaient de la mettre en péril. Elle en avait assez de mettre sa vie en danger pour les Blanches, les Jaunes et les Mauves. En fait, Ksarina n'arrivait pas à comprendre pour quelle raison la cordonneté rouge n'était pas responsable de toutes les activités de la Sororité. Certes, la Magna Mater avait nommé Larca générale suprême de l'effort de guerre quelques mois auparavant, mais ses Sœurs et elle servaient toujours les autres cordonnetés.

Gina se concentra sur une brique du mur et se mit à envoyer des vibrations sous forme de rubans lumineux bleus sur les joints du mortier.

Les yeux de Ksarina balayaient la taverne tandis qu'elle sondait l'endroit pour s'assurer que personne ne venait. En effet, les propriétaires vivaient au deuxième étage de l'immeuble.

Le mortier se désagrégeait doucement, grain par grain, et la brique se disloquait au même rythme. Gina envoya une vibration proculactique de sa main gauche afin d'empêcher la brique de tomber. Une longue minute plus tard, la brique céda et Gina, un sourire satisfait aux lèvres, se retourna vers Ksarina qui se contenta de grogner tout en regardant avec anxiété l'escalier qui montait aux appartements des propriétaires.

Lorsque Gina fourra la vieille brique sans son sac, la Cordon rouge lui chuchota :

- Tu n'aurais pas pu la faire disparaître, tout simplement ?

- Tu as dit que nous n'avions pas le temps.

Ksarina soupira et dit avec impatience :

- Bon, dépêche-toi.

Gina sortit alors l'appareil de son sac – une brique enchevêtrée dont la jumelle se trouvait à Urbs Lucis. Elle prit le temps de l'admirer un instant, bouche bée, puis pria pour que cela fonctionnât.

Ksarina, n'y tenant plus, leva les mains et souffla, austère :

- Dépêche-toi ! Nous ne savons pas si les propriétaires ont
le sommeil léger ou non, et je n'ai pas envie de le

découvrir. Les gens d'ici ont peut-être un mauvais fond, mais j'aimerais autant ne pas devoir blesser l'homme ou son épouse – ni alerter toute la ville.

Gina fronça les sourcils, l'air méchant, et dit :

- J'en ai encore pour quelques minutes.

Comme la Cordon jaune mettait la touche finale à la brique en utilisant le Lien pour façonner la surface exactement comme les autres briques du mur, Ksarina entendit du bruit à l'étage. Elle se tourna vers Gina et lui murmura, avec encore plus d'empressement, de se dépêcher.

Pendant que Gina finissait de boucler son sac à dos, un autre bruit – plus fort cette fois – vint de l'étage. Les craquements du plancher indiquaient qu'il s'agissait d'une personne assez lourde. Ksarina se figea entièrement tandis que Gina haletait.

Une voix féminine demanda ce qui se passait. Un homme lui répondit :

- Je ne sais pas, j'ai entendu un drôle de bruit en bas.

Gina risqua un murmure :

- Tu n'as pas insonorisé la pièce ?

Ksarina lui répondit d'un sifflement accompagné d'une grimace.

En descendant l'escalier, l'homme se demandait ce qui pouvait bien le chatouiller. Il déplaça sa lampe pour essayer d'éclairer la taverne. La lumière n'allait pas très loin, mais elle lui permit tout de même d'apercevoir deux ombres se diriger vers la porte d'entrée. Il cria :

- Qui est là ?

Lorsque la porte s'ouvrit, l'homme vit ces deux mêmes ombres sortir et refermer la porte, mais il n'entendit rien, à part un étrange craquement, puis plus rien, seulement le silence habituel de la taverne dans la nuit. Le tavernier ne donna pas l'alerte, mais il descendit vérifier que rien ne manquait dans la réserve ni dans le coffre.

En courant, Gina demanda à son acolyte comment l'homme avait pu entendre quoi que ce fût. La Cordon rouge lui répondit avec agacement qu'elle n'en avait aucune idée, mais qu'elle espérait que la brique était correctement installée pour fonctionner, car elle n'avait aucune envie d'y retourner.

Les deux femmes rejoignirent leurs vorans dans un bosquet, illusion que Ksarina avait créée pour cacher les animaux.

Sur le chemin du retour, Gina entra dans le Lien et envoya un message à sa collègue d'Urbs Lucis. La connexion fut rapidement établie, et Gina entendit bientôt le tintement, car sa collègue attendait impatiemment de ses nouvelles. Les pensées de Gina étaient remplies d'angoisse et d'excitation :

- *Kelysia, est-ce que ça a fonctionné ? Tu m'as entendue ?*

- *Oui, le son était un peu nasillard et intermittent, mais j'ai* entendu *qu'il y avait un problème avec un homme. Avez-vous été découvertes ?*

- *Oui, mais nous n'avons pas été prises. Et que la créatrice me foudroie sur-le-champ si je comprends comment le propriétaire nous a entendues malgré le bouclier sonore.*

Kelysia envoya :

- *Eh bien, comme tu le sais, nous sommes tous différents, et certaines personnes – même les non-sensoriels – peuvent avoir des sens plus développés que d'autres ; le propriétaire a peut-être senti la distorsion causée par le bouclier.*

- *Oui, j'imagine. Donc, maintenant, nous devons attendre ?*

- *Oui, maintenant, nous attendons.*

Un accueil

Vêtu d'un pantalon d'écurie taché et d'un gilet beige, un homme d'âge moyen tendit une lettre d'admission à un candidat qui, il en était sûr, allait causer des problèmes avec les filles. Mais les recommandations qu'avait présentées l'homme affable, ainsi que le bon rapport de ses antécédents, l'avaient poussé à l'embaucher. Avec son fort accent kirgadi et son regard perçant, le maître Furanum Vorak dit :

- Z'y file. Va voir le maître Rackeli qui t'fil'ra un' chambre et de vraies vêt'ments. On mange bientôt ; tu peux manger avec le pers'nel du palais pour les connaît'. Viens après ; j'te f'rai fair' le tour pour que tu connaisses l'endroit.

Le beau jeune rouquin s'assura d'avoir bien compris ses instructions, puis lui sourit et s'en alla. Il n'avait pas réussi à se faire engager comme gérant d'écurie, mais il n'allait pas non plus devoir nettoyer les stalles. Dans un premier temps, il allait mettre à jour les registres de plus de dix mille furans de la Couronne, répartis dans tout le royaume et en Kynarie.

Après avoir retrouvé le maître Rackeli qui, en levant les sourcils et en grognant, lui fournit son uniforme et qui lui indiqua sa chambre, et après avoir enfilé son vêtement de serviteur royal, Luvius marcha vers les communs situés au rez-de-chaussée de l'angle nord-est du palais. Là, il scanna l'endroit à la recherche d'un jeune Kynarien, et le trouva assis seul de l'autre côté de la cantine.

Luvius sourit intérieurement et se dirigea vers le fond de la pièce. Ce faisant, il se mit à chercher quelqu'un d'autre – l'écuyer du prince – et se réjouit de le voir assis au milieu d'un groupe de jeunes hommes et femmes. Il lui fit un signe de la main.

Kildare lui répondit d'un sourire timide et retourna rapidement à la discussion, comme s'il avait peur de s'attarder trop longtemps sur Luvius.

Le maître Arco haussa les épaules et continua à avancer vers Koricki.

- Hum !

L'assistant personnel du roi leva des yeux peu engageants, ce qui ne découragea pas Luvius qui lui demanda :

- Puis-je m'asseoir avec vous ?

Koricki attendit un moment avant de lever un doigt pour l'y autoriser.

Le fils du marchand s'assit en face du Kynarien et tendit la main en disant :

- Je m'appelle Luvius. Je viens d'être engagé dans le personnel des écuries et je ne connais encore personne ici, à part Kildare Kildari. Mais toutes les places sont prises là-bas et vous aviez l'air d'avoir besoin de compagnie.

Koricki ne répondit pas ; il ne serra pas non plus la main de l'étranger. Il se contenta de se mordre la lèvre et retourna à son repas.

Sans se soucier de cet accueil glacial, Luvius poursuivit :

- Je crois vous avoir déjà vu à Urbs Lucis, il y a quelques mois. Vous faisiez vos courses dans le marché principal de la partie basse de la ville. Je me rappelle m'être dit « Ça, c'est un gars sûr de lui, le genre de personne avec qui j'aimerais être ami. » Je n'en ai malheureusement pas eu l'occasion. Et maintenant, nous voilà ici !

Cette fois, Koricki leva la tête avec une expression un peu plus étrange que précédemment, et dit avec un léger accent kynarien :

- Vous parlez beaucoup.
- Seulement quand j'ai besoin de quelque chose ou quand je rencontre quelqu'un que j'apprécie ou que je pourrais apprécier.

L'apprenti junior et médecin à la peau brune et aux cheveux bouclés se mordit à nouveau les lèvres, fit mine de lever les yeux, mais reporta son attention sur les rougeauds dans son assiette, puis fronça les sourcils en s'apercevant qu'il n'avait plus assez de pain pour les saucer.

- Ça sent drôlement bon ce que vous mangez.

- Ce sont des rougeauds épicés. Si vous allez dans la
  cuisine maintenant, vous pourrez peut-être en avoir.
- C'est ce que je vais faire. Je reviens.

Lorsque Luvius revint, il s'assit sans un mot et donna un
morceau de pain à Koricki. Le jeune Alterintrant le regarda
d'un air méfiant.
Luvius dit :
- Vous aviez l'air contrarié de ne plus en avoir. La bonne
  odeur de pain frais dans la cuisine m'a fait penser à vous
  en apporter.
Koricki lui répondit :
- Peu importe ce que vous essayez de faire, ça ne
  fonctionnera pas avec moi. Mais comme il n'y a
  personne d'autre à cette table, vous pouvez rester ici.
Luvius ne parut pas vexé par les mots de Koricki ; il était au
contraire plutôt attiré par la défiance du jeune homme, et
réfléchit un moment à sa réponse. On pouvait voir à son
expression changeante que ses pensées avançaient. Il dit enfin :
- Eh bien, je prends cela comme un bon présage. Puis-je
  connaître votre nom ?
- Koricki.
- Juste Koricki ?
- Dar'Muntake.
La réaction poussée de Luvius face à la présence d'un
parent de la prêtresse suprême de Kynarie arracha un soupir
excédé à Koricki, et le marchand se dit qu'il était temps
d'arrêter de parler pour goûter à la nourriture. Il trempa donc
son pain brun dans la sauce, comme il avait vu Koricki le faire,
attrapant quelques rougeauds au passage. Lorsqu'il mit le pain
à sa bouche, son visage s'illumina et un gémissement de plaisir
lui échappa. Remarquant du coin de l'œil que Koricki le
regardait, il leva la tête et plongea son regard dans celui de
l'assistant du roi. Le Kynarien détourna le regard, gêné, et

Luvius hocha la tête, dissimulant un léger sourire au coin de ses lèvres.

Des questions autour d'un verre

À l'intérieur d'une taverne bondée de la ville basse, un homme à la peau laiteuse conversait paisiblement, malgré le tumulte ambiant, avec sa compagne Cordon rouge, visage mince et posture droite.

La population d'Urbs Lucis s'était habituée à voir l'étranger, un ancien citoyen d'une nation ennemie, fréquenter la ville, même si quelques-uns appréhendaient encore sa présence et d'autres le défiaient lorsqu'il était seul, ignorants qu'ils étaient des graves conséquences qui existaient à défier un homme aux compétences de Lusk. Mais ce soir, en compagnie d'une Sœur, même les Luciens les plus provocateurs le laissaient tranquille.

Après avoir avalé une autre gorgée de haute cervoise, Lusk dit :

-   J'ai entendu dire que vous aviez réussi votre mission à Kartak.

Ksarina lui répondit avec un rictus :

-   Malgré tout.

Lusk hocha la tête d'un air entendu.

-   Comme on dit dans mon pays, « Beauté et perfection ne peuvent naître que du chaos. »

Ksarina leva un sourcil intrigué.

-   Pensez à nos soleils. Ils sont le chaos. Mais c'est de ce chaos que naissent la vie et la beauté de tout ce qui nous entoure. Notre civilisation est le produit de ce chaos. Au début, la civilisation affronte le chaos pour créer l'ordre. Mais cet ordre n'est pas statique, et la civilisation poursuit sa progression. Lorsqu'une société devient trop importante, trop lourde et trop vieille – comme la nôtre – elle n'est plus capable de s'adapter et retourne au chaos dont elle est issue.

- Je ne vois pas le rapport entre cette métaphore et ma mission à Kartak.
- C'est très simple : vos actions sont le résultat du désordre croissant. Elles peuvent même l'aggraver, en fait, mais c'est ainsi.

Ksarina portait sa boisson à ses lèvres lorsqu'elle commença à comprendre ; elle s'interrompit alors, attendant la conclusion de Lusk.

- Pour régénérer la beauté originelle et la liberté nées du chaos, il faut *nécessairement* tout défaire.

Le visage de Ksarina passa par une palette d'expressions allant du flegme à l'excitation, puis elle acquiesça avec enthousiasme et s'exclama :

- Mon père – digne soit son corps – disait toujours qu'il fallait une bonne guerre pour remettre les choses à plat. Je n'avais jamais compris ce qu'il voulait dire, mais à présent, je comprends.
- Il avait raison.

Lusk termina sa cervoise et dit :

- Êtes-vous déjà allée à Domus Medici ?
- Seulement en tant qu'apprentie, il y a de cela très longtemps. Je me demande parfois ce qu'on y fait maintenant.
- Nous pourrions peut-être y aller ensemble. J'aimerais vous y montrer quelque chose qui illustre parfaitement ce que je viens de vous dire.

Ksarina sourit avec complicité, avala sa boisson et sortit en compagnie de Lusk Methrim pour revenir dans le Sanctum-Intérieur.

Un départ

Assis dans le carrosse royal, les joues tremblant sous un flot d'émotions contradictoires, Ori écoutait son père tout en retenant les larmes qui se pressaient derrière ses yeux. Il ne savait pas que faire de la demande de son père de partir avec sa mère. Pas parce qu'il n'aimait pas sa mère, bien au contraire, mais parce qu'il ne la connaissait pas vraiment. Les rares fois où elle était venue à Furanville n'avaient pas suffi à bâtir une solide relation mère-fils. Certes, ses amis pourraient arguer qu'il avait développé une passion farouche pour son oncle Claudius alors qu'il ne voyait celui-ci qu'une ou deux fois par an, mais le temps passé en sa compagnie était exclusivement dédié au plaisir. Tandis que les visites de sa mère avaient pour but de « rattraper le temps perdu » avec lui, ou – plutôt – de lui demander ce qu'elle avait manqué ; ils n'avaient donc pas vraiment eu l'occasion de développer une quelconque complicité. Jusqu'à cette année.

D'une certaine manière, les choses s'étaient passées différemment. En fait, Darya lui avait consacré beaucoup de temps, elle avait appris à le connaître et il avait apprécié cela. Il avait enfin ressenti de l'amour de sa part. Il avait aussi eu l'impression que sa mère avait décidé de rester auprès d'eux, d'être une mère pour lui et une épouse pour son père. Et voilà qu'elle devait s'en aller, et qu'Octavius l'envoyait avec elle. Ori était déchiré entre son désir de rester avec son père pour continuer à apprendre tout de lui, et son amour croissant pour sa mère qu'il ne voulait pas perdre à nouveau.

- Ori, je ne t'envoie pas dans un endroit dénué d'intérêt ; la Kynarie est une région de toute beauté dotée d'un immense savoir. Tu pourras y découvrir des choses que tu n'aurais sans doute jamais apprises ici.
- Mais je n'ai pas envie d'étudier la philosophie ni… la *beauté*. Je veux apprendre comment diriger un peuple, et je veux l'apprendre de *toi*.

Ces paroles inattendues réchauffèrent le cœur d'Octavius. Il jeta furtivement un regard coupable à son épouse et répondit :

- Ori, dans n'importe quelle autre situation, je t'aurais gardé auprès de moi. Mais l'ennemi que nous affrontons est… le mal incarné. Je ne suis pas capable de garantir ta sécurité si tu restes ici.

Ori allait rétorquer à nouveau, mais Octavius leva la main et dit :

- Mais j'ai une mission à te confier, une mission d'une importance capitale, que toi seul pourras accomplir en Kynarie.

Ori fronça les sourcils, méfiant. Son père était-il en train de le manipuler pour le pousser à partir ? Sa mère se tourna vers Octavius, impatiente, se demandant ce qu'il avait imaginé pour justifier le départ d'Ori.

- Pendant ton séjour en Kynarie, je voudrais que tu notes toutes les actions et événements publics, qu'ils soient organisés par le gouvernement ou par le peuple, et que tu notes aussi les réactions du peuple. Si je te confie cette mission, c'est parce que, malgré ton jeune âge, tu es l'une des personnes les plus objectives que je connaisse. Tu pourras m'aider à comprendre comment la plèbe et le patriarcat du pays réagissent par rapport aux prises de position de la prêtresse suprême sur les événements qui affectent l'Alvinorie.

Le visage d'Ori s'illumina d'une excitation maîtrisée et Octavius poursuivit :

- De plus, tu as toujours avec toi de quoi écrire, ce qui signifie que tu es toujours prêt à prendre des notes sur ce que tu vois et entends.
- C'est toi qui me l'as appris.
- C'est *toi* qui l'as appris.

Ori se redressa fièrement

- Je demanderai à Octavien de t'envoyer ce qu'il note sur les événements d'ici.

Ori allait encore répliquer, mais, encore une fois, Octavius leva la main :

- Je sais que c'est son projet. Mais il n'a pas un objectif politique. Toi, tu te concentreras sur la collecte d'informations dans une perspective souveraine. Octavien intègrera ensuite tes observations dans sa recherche. Lorsque tout cela sera terminé, il sera important de comprendre ce qui s'est passé, comment nos gouvernements ont agi et réagi par rapport aux événements, et aussi comment le peuple a lui-même réagi.
- Me demandes-tu d'être un espion ?
- Non ! C'est pour cela que je te parle de noter les actions et événements *publics*. Je t'envoie là-bas pour que tu sois en sécurité ; pas pour que tu te mettes en danger en jouant l'espion.

Ori prit le temps de réfléchir à cette « mission ». Il examina son père de ses yeux perçants pendant un long moment, reniflant et secouant sa tête de temps à autre. Il regarda attentivement ses deux parents.

Darya observait Octavius et Ori, déplaçant son regard de l'un à l'autre. Elle aurait tant voulu que sa vie fût différente. Elle aurait tant voulu avoir été plus présente dans la vie d'Ori. *Pourrons-nous nous rapprocher maintenant ? Au moins, Aria sera contente d'avoir son cousin avec elle.*

- Pourquoi maman ne peut-elle pas s'en charger ?

Octavius aurait dû s'attendre à cette question, mais ce n'était pas le cas. Darya lui vint en aide et répondit à sa place :

- Malheureusement, à cause de mes fonctions officielles, je n'entends que ce que disent les autres officiels. Toi, en revanche, tu n'auras pas de telles contraintes. Ton cercle de connaissances sera à la fois plus varié et moins surveillé que le mien.

Ori passa un moment à réfléchir à la réponse de sa mère, puis il leva les yeux vers son père avec l'assurance et la détermination qui l'avaient toujours caractérisé, et dit :

- J'accepte cette *mission*.

- Hum, à en croire le ton de ta voix, tu ne crois pas à cette raison. Mais tu acceptes quand même ?
- Oui. J'en ferai une véritable mission. J'imagine que les Kynariens ne manqueront pas de parler de tes décisions et qu'ils agiront en fonction de leur compréhension de tes motivations. J'apprendrai tes méthodes royales à travers les yeux de ceux que tes décisions affectent.

Octavius et Darya regardèrent leur fils, déconcertés par ce retournement soudain et par... ces accusations ?

- Tu crois que mes actions vont les affecter, *eux* ?
- Ils sont déjà affectés. J'ai vu le regard de la prêtresse suprême lorsque vous avez tous déserté les jardins après l'avoir rencontrée au bal. Je pense que tu lui as posé une question à propos d'elle ou de la Kynarie et qu'elle n'était pas d'accord.

Les yeux écarquillés, Darya et Octavius dévisagèrent leur fils pendant un moment, puis se regardèrent en signe d'accord.

Le roi déclara :

- Très bien. À en croire les vociférations du maître Brak, je dirais qu'il est temps pour vous d'embarquer. Prêts ?

Ori essaya d'esquisser un sourire plein de courage, tandis que Darya répondait par un soupir aigre-doux.

Le navire à destination de la Kynarie était un fourbisseur – un vaisseau de taille moyenne transportant nobles et plébéiens d'un pays à l'autre, deux fois par mois. Les sections réservées étaient surveillées et protégées par un bataillon de Cordons rouges engagés par la Compagnie maritime Brak.

Encadrée par la Prétorienne, la famille royale alla à la rencontre du maître Brak en personne, près de la passerelle. Derrière lui se trouvaient trois Lux Baiulae qui, sous leur air féroce, échangeaient de vigoureux hochements de tête avec leurs homologues de la garde. Il n'y avait personne d'autre sur le pont : tous les autres passagers étaient déjà à bord et installés dans leurs quartiers.

Les merveilleux effluves de la mer et le chant des volemers accompagnaient le salut désarmant du maître Brak qui les accueillait à bras ouverts :

- Mon Roi, ma Dame ! Et le jeune prince Ori ; quel plaisir d'avoir un si beau jeune homme sur mon navire aujourd'hui. Si vous me faites l'honneur de m'assister, car je sais que vous vous intéressez à tout ce qui a trait à la science – et piloter un navire relève de la science, surtout quand il s'agit de naviguer près des récifs qui bordent la côte – je vous promets l'une des expériences les plus mémorables de votre vie, mon Prince.

Ori, comme tous s'y attendaient, n'hésita pas un seul instant et accepta la proposition du marchand ; après cela, le roi embrassa sa femme le plus tendrement possible, sous les yeux du marchand, puis prit son fils par les épaules, mettant dans son geste tout l'amour d'un père, tout en étouffant une montée d'émotion avant qu'elle ne vînt le décontenancer, et le laissa partir.

Tandis que Darya et Ori montaient à bord, Octavius poussa un soupir silencieux, puis regarda le navire se détacher et quitter le port.

Sur le pont, écoutant le capitaine du maître Brak donner des instructions à son équipage, les yeux rivés sur sa mère qui agitait la main en direction de son père, Ori fut soudain assailli par une vision effrayante de Darya, vision qui le plongea dans un terrible état catatonique. Troublé et incapable de chasser la vision, il se mit à hurler. Tous se tournèrent vers lui, affolés ; et l'image disparut. Embarrassé, mais toujours ému et terrifié, Ori se précipita dans les quartiers réservés, sans répondre aux appels de sa mère.

ÉPILOGUE

- Ma Reine, puisque la cour alvinorienne a refusé notre offre de paix en échange de ces mâles, il est temps de mettre nos troupes en marche.

Zébula, résignée, soupira tout en regardant son amant jouer à un jeu de ficelles dans la cour intérieure. Ses gestes – lorsqu'il se plaçait pour attraper la balle et pour la renvoyer à son adversaire – la fascinait autant aujourd'hui que la première fois qu'elle l'avait vu dans ce concours de Shutsha.

- J'imagine que vous avez fini d'analyser la situation politique et militaire de l'Alvinorie ?

Nihildrina acquiesça.

- Et vous, Générale ? Êtes-vous d'accord avec la conseillère éternelle ? Pouvez-vous me garantir la réussite de cette campagne ?

La Générale loucha d'un air méfiant vers la conseillère de la reine avant de répondre :

- Si j'ai l'autorisation de remplir les rangs de l'infanterie avec les deux cent mille hommes que j'ai demandés, oui.

La reine regarda sa conseillère, attendant de savoir si la requête de la générale était raisonnable.

- D'après mes calculs, leur absence ne devrait nuire que temporairement à notre société – à condition que la générale ramène une quantité suffisante de prisonniers de qualité afin de renouveler nos créatiques, et autant de prisonniers pour remplacer tous les Zébuloniens morts au combat pour soutenir l'économie du royaume.

Zébula regarda tristement son amant.

Lorsque l'expression de la reine commença à se durcir à nouveau, Nihildrina ajouta :

- Ma Reine, je comprends vos réticences, mais vous savez combien il est important pour vous aussi de renforcer votre ligne créatique avec du sang neuf.
- Du sang étranger.

Nihildrina ne répondit pas, mais jeta un œil vers la générale Marikai pour s'assurer que la femme n'ajouterait rien qui pût décourager la reine.

-	Parfait. Ainsi soit-il.

APPENDICE I – CARTES

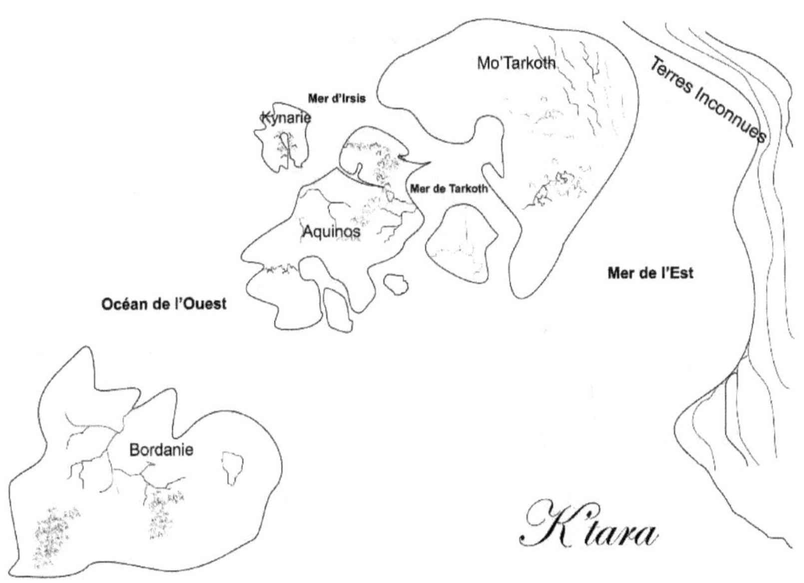

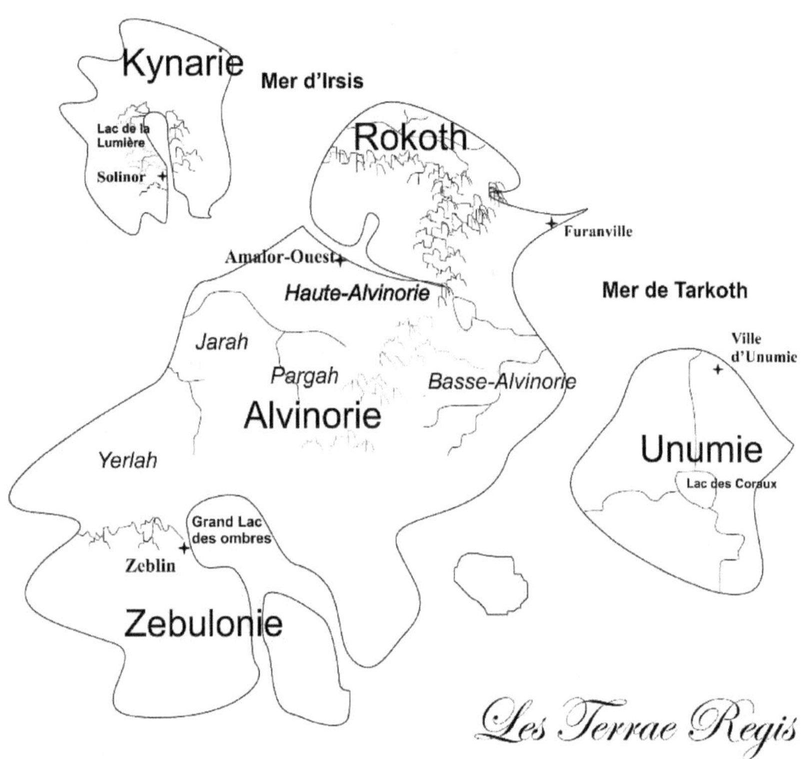

Kynarie
Mer d'Irsis
Rokoth
Lac de la Lumière
Solinor
Furanville
Amalor-Ouest
Haute-Alvinorie
Mer de Tarkoth
Jarah
Ville d'Unumie
Pargah
Basse-Alvinorie
Alvinorie
Unumie
Yerlah
Lac des Coraux
Grand Lac des ombres
Zeblin
Zebulonie
Les Terrae Regis

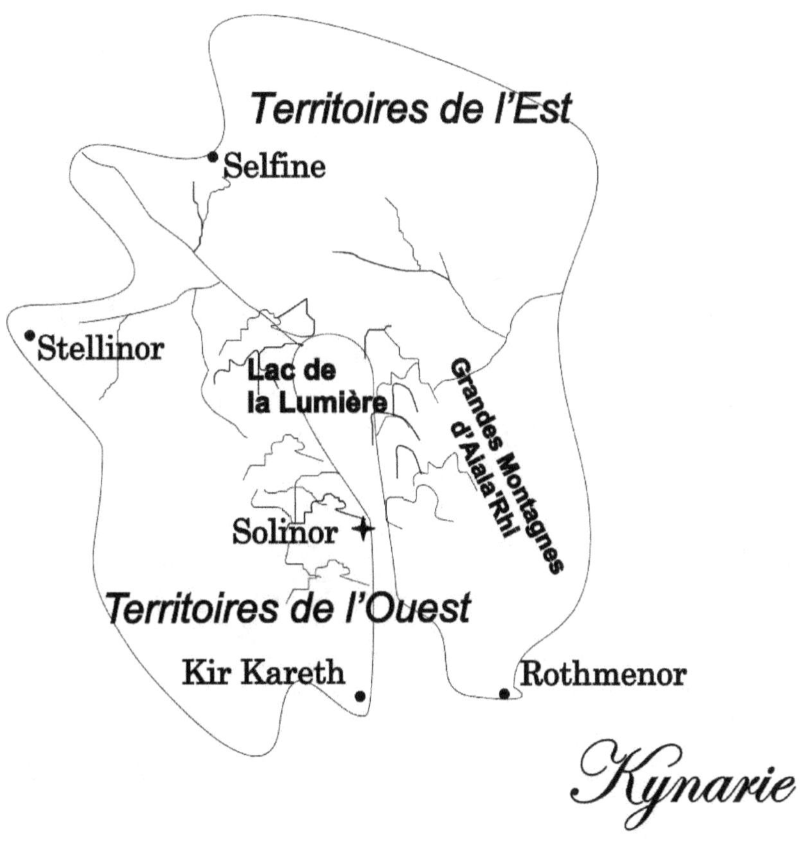

Territoires de l'Est
Selfine
Stellinor
Lac de
la Lumière
Grandes Montagnes
d'Alaïa'Rhi
Solinor
Territoires de l'Ouest
Kir Kareth
Rothmenor
Kynarie

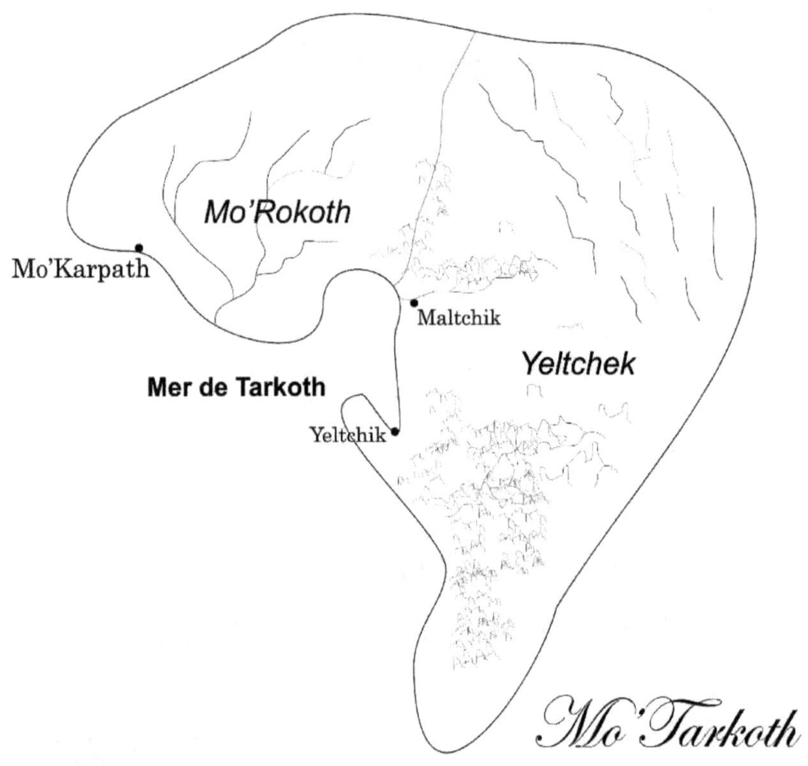
Mo'Rokoth
Mo'Karpath
Maltchik
Mer de Tarkoth
Yeltchek
Yeltchik
Mo'Tarkoth

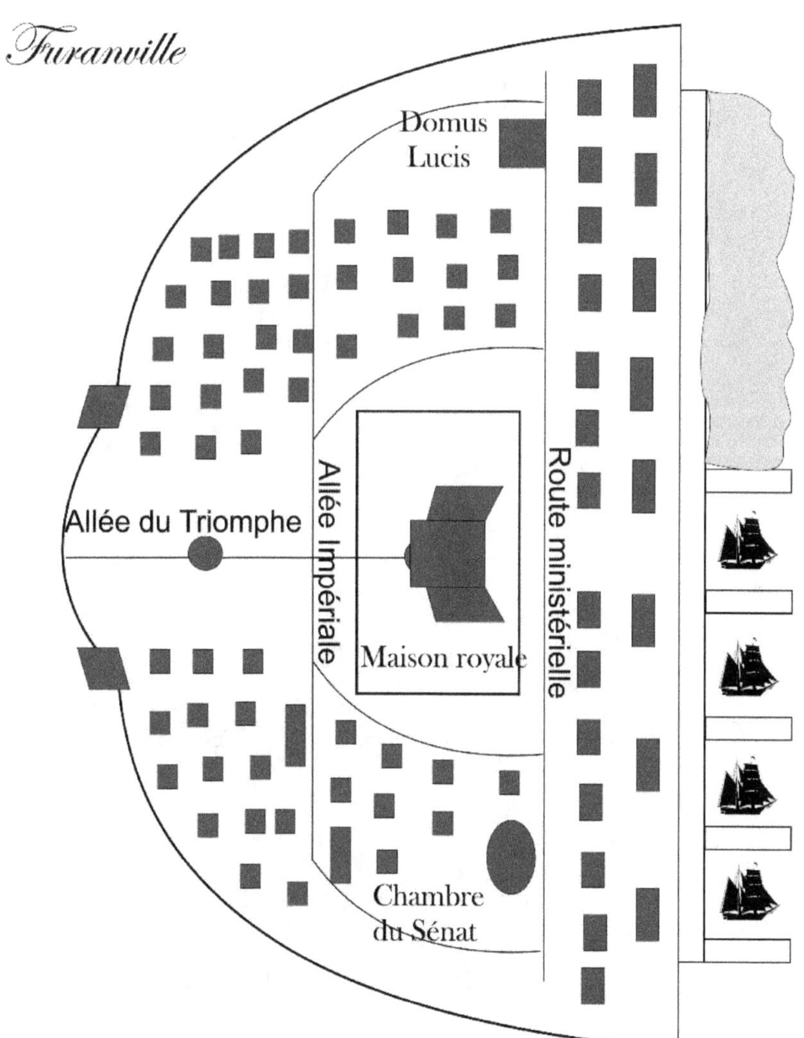

Domus Lucis
Allée du Triomphe
Allée Impériale
Route ministérielle
Maison royale
Chambre du Sénat

Appartements du haut prince

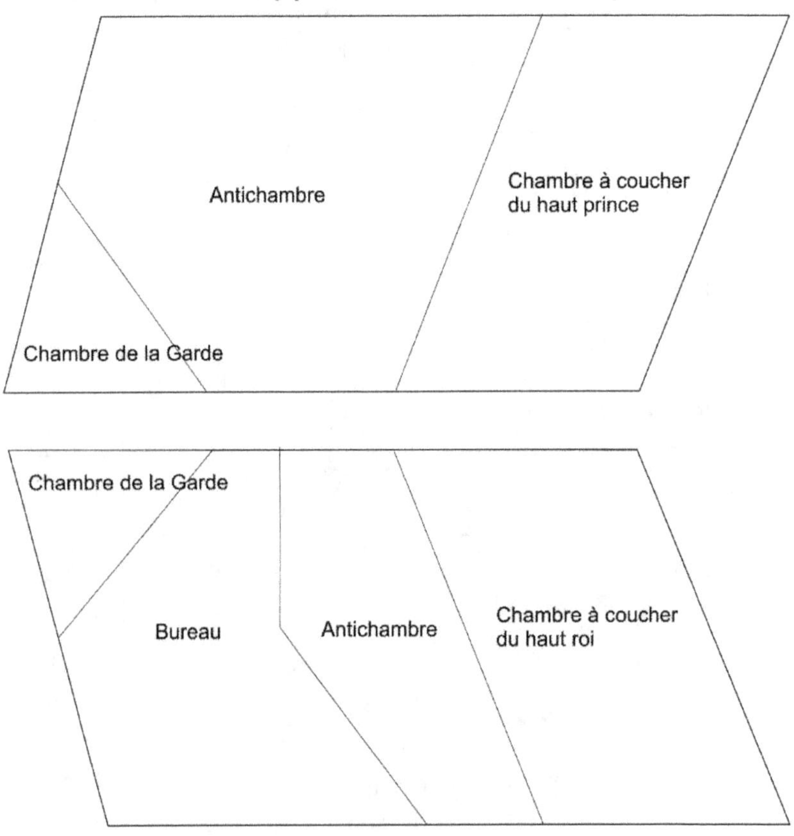

Appartements du haut roi

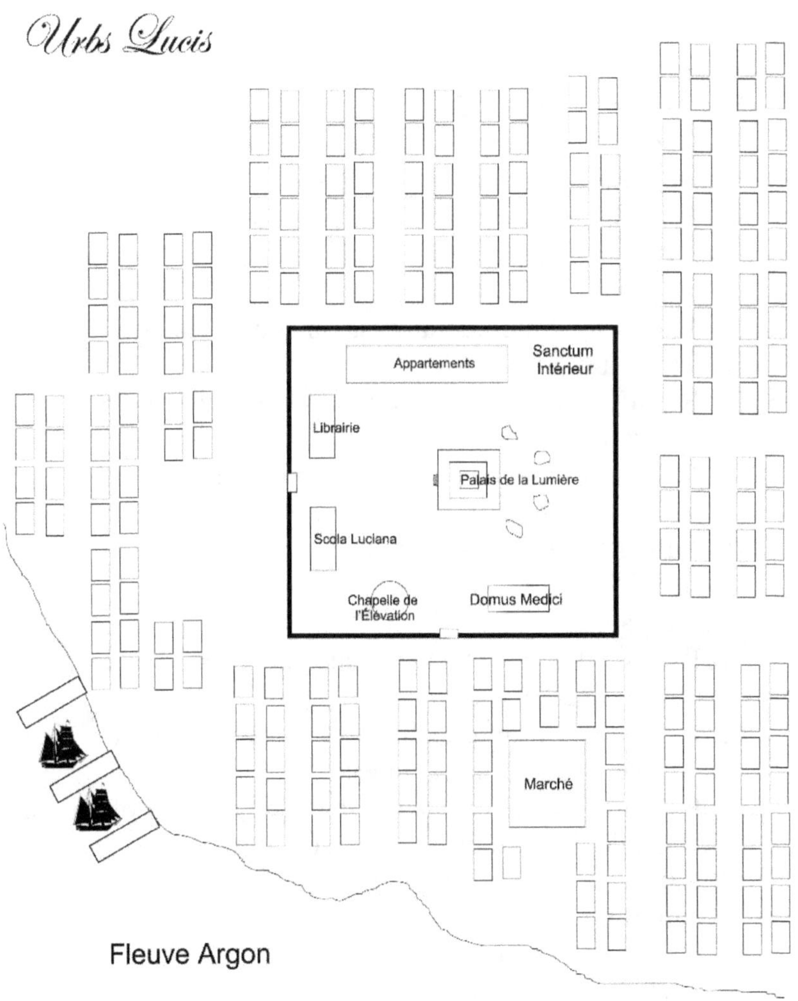

Urbs Lucis
Appartements
Sanctum Intérieur
Librairie
Palais de la Lumière
Scola Luciana
Chapelle de l'Élévation
Domus Medici
Marché
Fleuve Argon

APPENDICE II – NOUVEAUX PERSONNAGES OU PERSONNAGES DONT LE RÔLE A ÉVOLUÉ DANS CE VOLUME II

Garde noire
1. **Bartus :** Jeune soldat.
2. **Corian** : Mort dans les grottes.
3. **Domar** : Mort dans les grottes.
4. **Francis** : Mort dans les grottes.
5. **Larus** : Membre de la mission contre les bourras dans les grottes.
6. **Mirko** : Membre de la mission contre les bourras dans les grottes.
7. **Ruvius** : Membre de la mission contre les bourras dans les grottes.
8. **Yaris** : Petit homme d'âge moyen ; se fâche facilement.
9. **Yuuto** : Secundus ; Pargahni ; très pieux.
10. **Zeb** : Mort dans les grottes.

Garde royale
11. **Boros** : Garde engagé dans la première tentative d'assassinat du roi.
12. **Crassius** : Primus ; Chef du bataillon archer ailé ; chauve, peau brune et tannée.
13. **Kendor** : Ancien soldat de la Garde noire et officier de la Garde royale, chef du bataillon d'assaut ailé.
14. **Kiron** : Prétorien ; membre de la garde personnelle du haut roi.
15. **Rinius :** Primus ; Chef du bataillon lancier ailé ; moustache large et épaules carrées.

Autres

16. **Elnon** : Frumentarius vétéran, commandant des Frumentarii, il garde toujours son calme et son visage est impassible ; sa colère n'est perceptible qu'à travers le discret tressaillement intermittent de sa bouche.

Civils
17. **Albo** : Jeune propriétaire de porteurs.
18. **Coate, la** : Commandante des assassins et des temptatori.
19. **Eenosh** : Homme au service de la Coate.
20. **Kina** : Femme au service de la Coate.
21. **Luvius Arco** : Jeune rouquin au teint pâle, grand et beau garçon, fils d'un riche marchand ; paresseux et prétentieux.
22. **Moradina Solis** : Dame d'Antar, ville où se trouve la résidence secondaire du haut roi Octavius.
23. **Neros** : Maître charpentier de Col de Corne.
24. **Octavian** : Fils du haut capitaine Harlion ; Octavius lui a donné son nom ; âgé de soixante-dix ans.
25. **Ruben** : Assassin.
26. **Rovere** : Cousin de Kil.
27. **Vorak** : Maître des écuries.

Urbs Lucis
28. **Clara Lux Baiula** : Cordon jaune ; responsable de la formation d'Ooldrina et de Raaviana ; elle a les cheveux bouclés, de couleur auburn, un nez droit, un regard perçant et un visage dépourvu de rides.
29. **Dana Lux Baiula** : Cordon rouge et seconde Barrière ; assignée à la garde renforcée du haut roi Octavius.
30. **Élyana Lux Baiula** : Cordon mauve anciennement Cordon rouge ; ancienne conseillère du haut roi Octavius et à présent Manu Dextra de la Magna Mater.
31. **Émissa Lux Baiula** : Cordon jaune, entraîneuse de porteur ; elle s'exprime avec un langage populaire.

32. **Gina Lux Baiula** : Cordon jaune ; membre de l'équipe-espionne de l'Ordre.

33. **Ksarina Lux Baiula** : Cordon rouge ; elle aide Gina Lux Baiula à placer la brique enchevêtrée à Kartak.

34. **Laiella Lux Baiula** : Première Barrière et première officière de Toras ; Grande guerrière austère aux techniques meurtrières ; originaire de l'île Bremin, son teint est vert pâle et ses cheveux, roux.

35. **Larca Lux Baiula** : Praefecta Milites, cheffe de la cordonneté rouge, et à présent générale suprême.

36. **Lina Lux Baiula** : Cordon jaune à Col de Corne ; membre de l'équipe-phare.

37. **Lira Lux Baiula** : Cordon rouge ; participe au combat lors de l'attaque des bourras.

38. **Lorina Lux Baiula** : Cordon blanche au service de Dame Moradina.

39. **Lotaria Lux Baiula** : Cordon blanc. Assistante de la gardienne des bains ; femme à l'allure surprenante avec son cou gras, court et ridé.

40. **Mitsuko Lux Baiula** : Cordon mauve ; protectrice du haut roi Octavius ; immigrée de Yeltcheck qui massacre les « r ».

41. **Na'Riina Lux Baiula** : Cordon rouge et seconde Barrière.

42. **Ooldrina** : Réfugiée de Razeb ; Alterintrante ; peau laiteuse, large visage typique des Zébuloniennes, longs cheveux noirs, yeux noirs ; novice de la Sororité.

43. **Raaviana** : Réfugiée de Razeb ; Alterintrante ; visage large, longs cheveux roux, yeux verts ; novice de la Sororité

44. **Sasha Lux Baiula** : Cordon rouge et seconde Barrière ; femme anguleuse aux épaules larges et aux bras aussi musculeux que ceux d'un pêcheur.

45. **Silla Lux Baiula** : Cordon mauve au service de la dame Moradina.

46. **Sikka Lux Baiula** : Cordon rouge ; membre de la garde personnelle du haut roi.
47. **Tania Lux Baiula** : Cordon blanche et docteure en cheffe à Furanville ; âgée de quatre-vingt-quinze ans.
48. **Tera Lux Baiula** : Cordon blanc. Gardienne des bains.

Kynariens
49. **Koricki Dar'Muntake** : Cousin éloigné d'Ylana Dar'Muntake ; poids moyen, peau brune, petite bouche, cheveux bouclés ; homme humble et honnête qui souffre d'un léger manque de confiance en lui malgré son statut d'apprenti dans la Sororité.
50. **Yuri** : Prêtre géologue.

Furans
51. **Coureur :** Furan du secundus Sheffar.
52. **Craie** : Furan d'Elmanon.
53. **Crin** : Furan de la lignée de Lumos, le premier furan d'Octavius ; monté par Octavius lors de son voyage pour Urbs Lucis.
54. **Racine** : Furan de Laiella ; poils marrons au milieu de sa crinière noire, bec court et trapu.
55. **Trait** : Furan du secundus Yuuto ; tué par un bourras.

APPENDICE III – ANIMAUX ET VÉGÉTAUX

Cueilleur : Petit animal sortant du sol pour ramasser des éléments morts après les tempêtes.
Porteur : Voleteur de taille moyenne, utilisé pour communiquer dans les Terrae Regis.

APPENDICE IV - GLOSSAIRE

Bain de flagellation : Les Lux Baiulae se rendent dans les Thermes d'Urbs Lucis pour se purifier dans les bains de flagellation, une baignoire remplie d'espèces microbiennes toxiques qui tuaient une grande quantité de celles déjà présentes sur le corps d'une Sœur par un processus très douloureux. Leur flore microbienne est ensuite renouvelée par des microbes bénéfiques qui leur donnent un coup de fouet, rechargent leurs énergies et les revigorent.

Corae sentiens : Capacité à ressentir une présence.

Elak : Terme zébulonien signifiant « homme ».

Frumentariat : Service secret de l'Alvinorie.

Frumentarius : Agent des services secrets de l'Alvinorie.

Pointe aiguisée : Outils d'écriture fabriqués à partir des tubes situés à la base des ailes membraneuses des voleteurs.

Propriétaire de porteur : Personne responsable de l'élevage et de l'entraînement des porteurs.

Shustha : Épithète zébulonien pour désigner les mâles. Le mot désigne à la fois leur forme biologique, mais aussi leur statut d'esclaves et d'objets inutiles.

Voces Creatoris : Chœur de Furanville. Le chœur chante du matin au soir, six jours par quart tout au long de l'année, alternant les chanteurs au cours de la journée. Les voix emplissent la ville grâce aux liaisons des Lux Baiulae en retraite.

L.A. Di Paolo est un italo-canadien américain vivant à Pottstown, Pennsylvanie. De jour, en raison de son éducation en sciences et affaires, il gère des projets de développement pharmaceutiques. De nuit, il se laisse porter par de la musique pendant qu'il écrit pour répondre aux questions qui lui trottent constamment dans la tête. Questions sur l'évolution, la nature, et la condition humaine. Il a pris la plume dans le but d'explorer ces questions et leurs réponses, d'abord dans des journaux étudiants, puis dans un magazine qu'il a publié, et enfin par l'entremise de ce premier roman et de ses nouvelles.

Si vous êtes intéressé à en savoir plus sur L.A. Di Paolo ou sur son roman, visitez son site web à https://ladipaolo.net/fr/, ou scannez le code ci-dessous avec votre cellulaire.

Née en France, Claire Bourély a passé une partie de sa vie entre l'Espagne, la Suisse, l'Angleterre et le Québec. Passionnée par tout ce qui touche à l'art, à la langue et à la littérature, elle a publié plusieurs romans et a joué sur la scène parisienne, avant de devenir traductrice de l'espagnol et de l'anglais vers le français. Aujourd'hui, elle se spécialise en linguistique socioculturelle et réalise un doctorat en sciences humaines appliquée. En plus d'avoir enseigné le français au secondaire, elle a été couturière sur mesure, bibliothécaire, guide touristique et s'est même frottée à la contrebasse. Les chats ne sont pas les seuls à avoir plusieurs vies.